明朝的败局

正德十六年

丑人 著

辽宁人民出版社

图书在版编目（CIP）数据

明朝的败局：正德十六年 / 丑人著 . —沈阳：辽
宁人民出版社，2023.1
　ISBN 978-7-205-10553-2

　Ⅰ . ①明… Ⅱ . ①丑… Ⅲ . ①长篇历史小说—中国—
当代 Ⅳ . ① I247.5

　中国版本图书馆 CIP 数据核字（2022）第 164202 号

出版发行：辽宁人民出版社
　　　　　地址：沈阳市和平区十一纬路 25 号　邮编：110003
　　　　　电话：024-23284191（发行部）　024-23284304（办公室）
　　　　　http：//www.lnpph.com.cn
印　　　刷：北京长宁印刷有限公司天津分公司
幅面尺寸：165mm×235mm
印　　张：20.5
字　　数：271 千字
出版时间：2023 年 1 月第 1 版
印刷时间：2023 年 1 月第 1 次印刷
责任编辑：赵维宁　段　琼
封面设计：乐　翁
版式设计：一诺设计
责任校对：吴艳杰
书　　号：ISBN 978-7-205-10553-2

定　　价：59.80 元

目　录

第一章　太子其乐股掌上

一

弘治皇帝朱祐樘早在成化二十三年大婚，迎娶皇后张氏。多年后，脂粉飘香的后宫里本应美女如云，但朱祐樘每日就寝时，与他卧入龙床的人仍旧只有皇后张氏。张氏数年不孕，直到弘治四年，才有了太子朱厚照。

皇太子朱厚照三岁多一点，皇后生下皇次子朱厚炜，可怜这孩子命短，没长到两岁就夭折了。子嗣匮乏，弘治皇帝和皇后非常疼爱太子朱厚照，因为爱，他们对朱厚照的管教特别宽容。

朱祐樘勤政，每天一早上朝，就累在堆积如山的奏疏里，少有闲情顾及东宫的太子。皇后娇惯太子，对他百依百顺，太子在东宫的生活起居，实际上托付给了内侍。东宫领班内侍太监是刘瑾。刘瑾本姓谈，六岁时被镇守太监刘顺领养，由刘顺阉割带进宫，改姓刘，入钟鼓司。在以往的岁月里，刘瑾混得没起色，有一年跟人打架犯了命案，本要判个死罪，他干爹刘顺找通刑部，改判了杖刑。就是那次起死回生，刘瑾洞察世事，变得越来越老到。他能入东宫侍奉太子，得亏了内官李广引荐。通常太监自幼入宫，大多不识几个字。刘瑾则不同，他干爹刘太监早年教他念过书，略通古今，并且他的口齿又是格外伶俐；所以李广的引荐，十分顺畅地让刘瑾做上东宫内侍。

这天刘瑾带着一只鹰进了宫，鹰的双眼被皮套罩着，两只利爪勾搭在刘瑾的肩上。朱厚照见了刘瑾肩上的鹰，眼睛一亮，顿生欢喜。

刘瑾讨好地说："这是一只猎鹰，抓兔子、抓野鸡、抓狐狸相当厉害，太子喜欢，就拿去把玩吧。"

朱厚照连忙问道："你是怎么知道我想有只猎鹰的？"

刘瑾不回答，冲朱厚照笑了下。

猎鹰听到说话声，好像受了惊，倏地跳跃，张开翅膀足有四尺来宽，惊得朱厚照兴奋不已叹道："好家伙，真雄壮。"

进入青春期的朱厚照性情有些躁动。他喜欢上了动物，在宫里养了马，养了狗，时不时地骑着马，带上狗，让刘瑾等人随侍，前往南海子狩猎。狗抓野兔差不多十拿九稳，但狗始终抓不到天上飞的。有了猎鹰，无论天上飞的还是地上跑的，统统能拿下。刘瑾送来猎鹰，正合朱厚照的心意。

朱厚照忙不迭地伸手抓鹰，要将鹰抓过来扛在自己肩上，显摆威武。鹰毕竟是猛禽，性子烈，刘瑾担心鹰朝朱厚照撒野，往后退了几步。朱厚照愣了下，说你送我鹰，也不让我碰一下？

刘瑾急忙解释说："这鹰野性得很，还不相识太子。"

朱厚照说："那就赶紧驯化，让它相识我。"

刘瑾摆出阿谀状，掏出一只厚厚的袖套子，让朱厚照套在胳膊上。他扬起双手捉住鹰。鹰的双眼罩着，看不见天地，自然飞不了。它不太情愿刘瑾捉它，张开钩子似的嘴巴，很凶地叫了几声。刘瑾捧着鹰，轻轻放在了朱厚照伸开的胳膊上。鹰将朱厚照的胳膊当作了一根树杈，爪子牢牢地抓着，抖了几下翅膀，摇晃脑袋，想摆脱掉罩着眼睛的皮套。朱厚照承受鹰的胳膊，树杈似的摇曳几下，逗得鹰有点儿亢奋。随后朱厚照被鹰的雄姿逗得亢奋了，另一只闲着的手要帮鹰摘下眼罩子，看看鹰的面目。

刘瑾连忙说："太子千万别摘下眼罩。"

朱厚照转过脸来问刘瑾："为何摘不得？"

刘瑾说："就怕它不认太子，使出利嘴啄伤太子，我可担当不起罪过。"

朱厚照缩回了手，随后又小心地伸出手，摸了下鹰如钩的嘴巴和爪子，果然锋利。他吩咐刘瑾说："先将鹰关进笼子里喂养，等喂熟了，再去南海子放逐追猎。"

哪知这活蹦乱跳的鹰养了没几天，死掉了。朱厚照瞅着笼子里的死鹰格外难过，哇哇哭起来，哭得一把鼻涕一把眼泪，谁也哄不住他。他哭了一会儿，哭来刘瑾。

没等刘瑾开口，朱厚照伤心地说："野鸡野兔和狐狸没逮住一只，猎鹰就死了。"

刘瑾安慰他，说："莫哭了，臣再给太子殿下弄只鹰来。"

朱厚照说："死的是只猎鹰，我要猎鹰。"

刘瑾说："这只猎鹰这么快就死掉了，肯定不是只好猎鹰，太子别再难过了。"

鹰是刘瑾从街市买来的，他买下鹰后，那个卖鹰人收下银子就走了，不知去向。刘瑾为了哄朱厚照不哭，才答应再弄只鹰进献给朱厚照，话说出了口，要兑现的。可他没法找到那位卖鹰人就没法再弄到一只鹰。于是刘瑾找来手下太监谷大用、张永和马永成，差遣他们出宫抓鹰。

张永一愣说："鹰长了翅膀高飞在天空，我们没长翅膀，怎么抓得住鹰？"

刘瑾瞪了张永一眼说："猎鹰是没长翅膀的人抓获的，别人怎么抓到的，你们可以学别人去抓。"

谷大用说："哪里有鹰可以抓获，我们不知道。"

刘瑾说："不知道鹰在哪里，就去寻找嘛。"

马永成说："鹰在天上，我们在地上，即使找到鹰，怎么抓得住呢？"

刘瑾恼了，板着脸说："不是我想得到鹰，是太子想得到鹰，才派你们出宫捕捉鹰。太子即使想得到天上的星星和月亮，也得架起云梯登上天去。"

三个人仍旧觉得刘瑾刁难他们，又推脱不掉。因为鹰毕竟是太子需要，如何捕捉他们毫无经验。

刘瑾告诉他们说："鹰在山里，怎么捕获，民间自有办法，你们出宫去，尽管找高人讨教。"

二

朱厚照是在八岁那年正式出阁入文华殿念书的。他天资聪慧，讲官讲授完上句，他能理解下句，讲官今日讲授的课程，到明早他能熟诵。弘治皇帝朱祐樘获悉太子朱厚照念书有过人之处，无尽欢喜，希望太子凭着一股子聪明劲饱读圣贤，将来成为一代明君。生性好动的朱厚照虽说有着读书的天分，但他不喜欢待在学堂里。他在学堂的时候，总在想刘瑾那伙随侍，只有跟刘瑾他们在一块儿，他才有乐趣，有快感。

东宫的内侍一共有八人，除刘瑾、张永、马永成、谷大用之外，另外四人是高凤、罗祥、魏彬和丘聚。这八个随侍太监平常没啥事，就陪朱厚照逗狗养鸟，骑马射箭。朱厚照跟这八个随侍玩在一块儿，既没高下之分，也没贵贱之别，甚至把这八个随侍当作了铁杆弟兄。

刘瑾为取悦朱厚照，在宫里建了马球场。朱厚照身在文华殿，心却系在了马球场。这一日，授课先生杨廷和出去小解，回到文华殿时，只见伴读不见朱厚照。杨廷和立马皱起眉头问伴读，太子去哪儿了？伴读们就说先生前脚出殿，太子后脚跟着走了。朱厚照逃课不是头一回，刚开始逃出学堂还晓得回来，后来逃走后干脆不回学堂了。见太子玩性越来越大，性情越来越顽劣，杨廷和带着几个伴读出了文华殿，在宫里寻找太子回来念书。他们找了几大圈儿，终于在马球场找到朱厚照跟东宫一伙太监击打马球。朱厚照和太监们头戴幞帽，身穿圆领窄袖衫，脚登黑靴，骑着马，手持偃月形球杖，策马奔驰在球场上。那只比拳头还小的球用质轻而又坚韧的木材制成，中间镂空，外面涂上彩色颜料，在球场上飞快地滚来滚去，很显目。

击打马球是一项高雅运动，盛行于唐朝皇室。比赛分两队，策马挥杖将球击进对方球门算得分。球场上纷乱的马蹄鱼贯而行。朱厚照顾及不了杨廷和，带着伴读找他来了，骑在奔腾的马背上跟刘瑾和谷大用他们打得正激烈。杨廷和朝尘土飞扬的马球场呼唤，玩在兴头上的朱厚照不理不睬；陪他玩球的太监固然听到杨廷和的呼唤，见朱厚照不理不睬，他们朝杨廷和看了几眼，也是不理不睬。杨廷和无奈，朝着球场连连说了几声可恶，转身走了。

闷闷不乐的杨廷和只好带着伴读生返回，迎面遇见内阁大学士刘健。刘健出身于书香门第，早年得理学名家薛瑄真传，天顺四年考取进士，英宗朝入宫，三迁东宫詹事府，充任东宫讲官，曾授知于弘治皇帝，为弘治皇帝的老师。杨廷和似乎找到倾吐怨气的对象，加快步伐走向刘健。

来不及跟刘健寒暄，杨廷和性子一急，管不住嘴巴，满脸涨红骂开："那伙没鸟的阉人，真是可恶，太可恶了。"

刘健不知杨廷和为何咒骂宫里太监，好奇地问道："杨先生怒从何来？"

杨廷和道："太子又逃学了……"

刘健一惊道："太子为何逃学？"

杨廷和道："是东宫那几个没卵的东西唆使太子玩击球，玩得没了底线，我亲自跑去叫人，都叫不回来。"

刘健从没见儒雅的杨廷和出粗口，怔了下，问："那帮家伙耽误太子学业，皇上知道吗？"

杨廷和摇头，然后叹道："就怕太子玩得荒芜学业，皇上问罪下来，我可担当不起。"

刘健愤然附和道："玩物丧志，让皇上好好收拾东宫那帮家伙。"

杨廷和微微躬下身子道："拜托刘先生禀告皇上。"

刘健恳切道："一定的。"

杨廷和肚子里还憋着气，又粗口骂道："但愿皇上下旨，阉掉东宫那帮家伙的人头大卵子。"

杨廷和不断地粗口大骂。刘健再三附和，咒骂东宫太监误了太子学业，该千刀万剐。随后刘健跟杨廷和告别，走着走着，杨廷和的愤慨在刘健脑海里抹不掉，觉得东宫那伙太监带着太子贪玩非同小可。他本是出宫去的，又折回来，登奉天殿觐见皇上，才知皇上在武英殿。

刘健一刻不停赴武英殿，人没迈进门槛，就有太监忙不迭地进殿禀报。朱祐樘应了声，说叫他进殿来吧。片刻后，刘健进了殿，见礼部右侍郎焦芳、南京太常寺卿兼都察院左副都御史杨一清也在武英殿。杨一清是奉旨赴京师述职的。刘健一边跟杨一清、焦芳打招呼，一边朝朱祐樘走过来，先请安，然后躬身把杨廷和的拜托诉说了一番。朱祐樘的表情显然有些阴沉了，但他并没怒形于色，只是轻描淡写地说道："朕知道了。"刘健想起杨廷和粗口谩骂的愤慨样子，仍不罢休，仍在斥责以刘瑾为首的那伙太监。朱祐樘早就知晓太子跟刘瑾、马永成等人玩得过了头，该要严加管教，迫于皇后对太子百依百顺地娇宠，加上他自己对太子的宠爱，总也动不了真格。再说太子贪玩得并非一无所获，他爱骑马射箭，精诚尚武，博采众长，一学就会，鉴于此，朱祐樘不愿过早地压制太子博采的天性，愿太子将来能像太祖那样，做个弯弓射大雕的精武大帝。这时刘健意识到朱祐樘不温不火的态度隐含了不想深究东宫，他再纠缠下去，自讨没趣，只好告退。

刘健不知与他近在咫尺的焦芳跟刘瑾私交甚好，他一个劲儿斥责，被焦芳听了个仔细。焦芳离开武英殿后，直奔东宫。这时候的马球场上散了个干净。焦芳找到刘瑾，悄悄耳语了一番。刘瑾肃然一怔，不安地问焦芳："皇上怒了没有？"焦芳回答说："还好，没怒。"

刘瑾这才松口气。虽说皇上没有追究东宫，但刘健的奏言在皇上那里是有分量的。刘瑾不敢马虎。他去见太子。

太子朱厚照一日不见太监刘瑾，就觉得日子里好像少了什么。用完晚膳后，朱厚照回了寝宫。刘瑾来了，平日里他进出太子寝宫随便得很，今儿个他看上去有点儿生疏，毕恭毕敬地站立在寝宫门口问安。

朱厚照以为刘瑾今晚当班来伺候他，欢喜地说："快进来吧。"

刘瑾木桩似的插在门口，勾着头说："臣有罪，来向太子殿下请罪的。"

朱厚照立马瞪起眼，问刘瑾："你有何罪？"

刘瑾仍勾着头说："从此以后，臣有可能再也伺候不了太子殿下了。"

朱厚照惊诧道："谁说你不能伺候我了？"

刘瑾回答道："有人在皇上面前告了臣的状，说臣带着太子贪玩马球，贪玩骑马射箭，荒了太子学业……"

没等刘瑾说完，朱厚照急着问："是谁告的状？"

刘瑾没底气抖出刘健，又不便出卖报信的焦芳，他说："就怕皇上问罪，臣才跑来向太子殿下请罪的。"

朱厚照拍了拍刘瑾的肩膀，笑了笑说："好了好了，你别吓得尿裤子了，有谁问你的罪，我替你扛下。"

刘瑾要的就是这句话，跟着朱厚照笑起来。

朱厚照对刘瑾说："今夜你哪儿也别去了，就陪在我身边。"

刘瑾点头说："臣遵旨。"

朱厚照又笑道："我即位还早着呢，你咋当我是皇上了？"

刘瑾讨好地说："殿下现在是小皇上，再过些年就是大皇上了。"

朱厚照连忙说："等我做了大皇上，你就陪我巡游天下，看天下到底有多大。"

刘瑾说："大皇上的天下宽广无边。"

朱厚照开心得很，笑了笑说："到那时，咱俩游天下，行万里路，看遍万水千山。"

其实刘瑾长朱厚照整整四十岁，朱厚照才十四岁多一点。这样的年龄差距，按说两人不会有共同语言，更不会有共同的兴趣和爱好，可是两人偏偏情趣相投，那便是玩一些五花八门的游戏。刘瑾童心未泯，总能玩出新鲜花样来，令朱厚照开心不已。

两人不知不觉走到入寝的床榻边，朱厚照突然想起一桩事来，见旁边没有外人，神秘兮兮地说他昨晚做了个梦。刘瑾好奇地问，殿下昨晚做了个什么梦？朱厚照看着刘瑾，说你要答应我，千万不能讲给别人听。刘瑾点头说，殿下的梦，如同一道密旨，臣不敢泄露。

朱厚照说道："昨晚我做梦，和一位宫女睡在了床榻上。"

再往下讲，有些龌龊，朱厚照白净的脸，倏地红至耳根……

三

下雪了，京城内外白皑皑的。谷大用、马永成和张永出宫捕鹰。前几次他们出宫捕鹰，空手而归。这次他们找捕鹰高人指点后来到了居庸关的山地，在旷野的雪地上用网作套子，用一只死狐狸作诱饵，然后他们躲藏在套子附近，等候鹰的到来。等到第三天，冻得他们鼻涕直流，想回宫，空手不好交差。在冬季的大雪天捕鹰，是最佳时期，这时候野鹰的食物短缺，能找到吃的极不容易。到第四天的上午，冻得发抖的谷大用等人终于看到了一线希望，有两只鹰出现在了东边的山顶上，它们在高空盘旋，俯视雪地。一只鹰很快地发现套子里的狐狸，朝套子这边飞过来，第二只鹰也跟随着飞过来，并没急着俯冲而下，它们在套子上空盘旋了几圈，才一前一后落在了雪地上。是两只浑身长满灰白花斑的漂亮苍鹰。兴许是饿极了，它们歇落雪地后都没喘口气，直奔网套子。躲在附近的谷大用、马永成和张永屏着气息，兴奋不已。等两只苍鹰钻进网套后，他们用劲拉扯系在套子上的那根绳，撑起的网眨眼间垮塌下来，两只苍鹰没来得及啄上一口狐狸肉，就被套在了网里。它们一阵惊惧，扑腾翅膀想逃走，这才发觉网套子处处无门。马永成、谷大用和张永钻出埋伏地，朝网套子那边狂奔过去。谷大用心急，掀开网套子抓捕时，一只鹰趁机逃掉了，另一只鹰被马永成逮住。这时候受到惊吓的鹰一点儿也不老实，反而露出凶残的本性，朝马永成发起攻击，马永成的一件崭新的棉袄被啄了几个窟窿。

马永成心疼棉袄，一声接一声地抱怨。

谷大用说："是你的棉袄重要，还是太子要的鹰重要？"

马永成嘴里吹着气说："啄的不是你的棉袄，你当然不心疼哩。"

张永心想这大雪封山的野地上能冻死个人，若没捕到鹰，他们不知在此还要待多久，幸好捕捉到了一只，可以回宫交差，本是皆大欢喜。马永成这般心疼他的棉袄，恨不得拿鹰出口气，张永不耐烦地说："等咱们带着鹰回宫了，太子会赏你一件羊羔皮袍子的。"

三人立马带着鹰返回，进了宫。朱厚照得到鹰，惊喜若狂，给了三人一些赏赐。

捕来的鹰毕竟是野生猛禽，习性凶猛，想要它捕猎，就得先磨掉它的野性，再让它通人性。猎鹰只听一个人的话，谁驯它，它听谁的。朱厚照是鹰的主人，鹰只能让他亲自驯了。驯鹰不比驯牛、驯马、驯猫、驯狗，方法独特。宫里没人懂得驯鹰。刘瑾早有安排，请来一位驯鹰师傅，专门教朱厚照如何驯鹰。驯鹰师傅指导朱厚照带着鹰进入一个僻静的房间，在房间扯起一根缆绳，正式开始驯鹰，第一步是熬鹰，怎么熬法极有讲究。

刚开始，鹰歇在缆绳上，摇摇晃晃惊恐不安，又是振翅，又是张牙舞爪地鸣叫，谁靠近它，它就啄谁，总想挣脱腿上的皮绊绳逃走。到了夜晚，熬鹰房里点起蜡烛，亮堂堂的如同白昼，鹰产生错觉，不知白天和黑夜，亢奋过度自然困乏。

熬鹰房里自始至终只有朱厚照陪着鹰，鹰瞅着人，人瞅着鹰，让鹰在孤独中渐渐把驯鹰人当成它的伙伴。驯鹰人的手段又是极其残酷，不分白天和黑夜地折磨鹰，不让鹰睡觉，只要鹰打盹儿，朱厚照就操起手中的木棍敲打那根缆绳，缆绳抖动自然惊醒了鹰。人在熬鹰的时候，鹰也在熬人，一连数天，人和鹰都睡不好觉，熬到最后，人和鹰都困倦得支撑不住。鹰熬到极度困倦时，便从缆绳上掉落下来，人就给鹰洗个热水澡，再喂点盐水或者茶水洗胃拉膘，让鹰在痛苦的折磨中瘦下来。驯鹰的第二招就是饿鹰，不给鹰喂食，鹰饿上三五天，又困又饥肠辘辘，一身的鹰膘消失殆尽，剩下皮包骨，那凶恶的野性，自然给熬掉了。

等鹰渐渐接受驯它的主人，才可给它喂食，这时候给鹰喂食也有讲究，不是大口大口地喂。驯鹰人先把肉用清水洗净，再切成条状，戴上皮手套，攥着肉，露出一点点给鹰啄，一次进食不让它吃饱，这样儿，鹰不能大口大口地饱食一顿，食欲反而大开，就对驯它的主人产生依赖。驯鹰人还要经常地给鹰喂上自己的口水，鹰反复吞咽驯鹰人的口水，熟悉了驯鹰人的气味，对驯鹰人不再产生恐惧。

从熬鹰到饿鹰，进行了十来天。朱厚照和鹰之间的距离不再有了障碍，尤其是鹰吃下他的口水，熟悉他的气味完全接受了他，他试探着把嘴挨近鹰的嘴，鹰嗅到他的口水气味，感到很亲切，竟然用嘴轻轻啄他的鼻子玩，用头上的羽毛轻轻磨蹭他的脸。鹰展示出如此贴近人的举动，说明它的野性被人征服。接下来到了驯鹰捕猎的火候，鹰在屋子里困了十来天不见天地，它一旦来到户外，那高远的天空和广袤的大地有可能唤醒它迷失的记忆，等主人给它松绑时，它若腾空展翅、远走高飞，主人对它的驯化就全泡了汤。这时候驯鹰师傅出了场，要做一件绝活儿。鹰的尾巴有十六根粗壮羽毛，就靠这十六根羽毛调节起飞、制动、滑翔、下坠和捕捉猎物。也就说这十六根粗羽毛既是鹰把握方向的舵，也是鹰的助飞器。驯鹰师傅要制约鹰的助飞器，不让它逃走，就用绳索把这十六根尾毛一根接一根地缠起来，缠得不能太紧也不能太松，太紧了鹰飞不起来，太松了鹰就会飞跑。等鹰的尾毛缠好之后，朱厚照说了声备马。谷大用跑去牵来一匹皮毛发亮的枣红色汗血宝马。刘瑾、张永和魏彬等人拎起装有活兔的笼子准备上路。

魏彬问道："殿下要去哪里放鹰逐兔？"

朱厚照一跃骑上马说："跟我走就是了。"

汗血宝马不紧不慢地走在前边，刘瑾一伙儿紧跟在了后边，马儿没走多远，转了个弯儿。

谷大用发现马走的方向不对劲儿，就问："说好了出城的，殿下咋往谨身殿去了？"

朱厚照说："宫里宽大的空场子有的是，咱们别出城了。"

谨身殿前是一片神圣的地方，在那里放鹰捕捉兔子万一被皇上逮着，不会有好果子吃。众太监不走了，喊殿下留步。朱厚照勒住马，回过头问道："为何不走了？"

刘瑾说："谨身殿前的场子虽说宽大，可那地方去不得，还是换个地方。"

朱厚照不解地问道："那地方宽宽大大，放鹰逐兔再好不过了，咋去不得？"

刘瑾猴着身子说："那地方向来肃静，就怕吵吵闹闹惹皇上不高兴……"

朱厚照生气地说："你们这么胆小，这么怕皇上，从此以后，别跟着我了。"没谁敢再吭声，乖乖跟着马的屁股走，走到了谨身殿前。

在谨身殿前开阔的空场上放鹰逐兔是从没有过的事。朱厚照带着鹰来到谨身殿前就玩开了。几个打杂的太监耐不住寂寞，跑出谨身殿看热闹。朱厚照骑在马背上，左手架猎鹰，右手扬鞭催马。老远的另一头，刘瑾、谷大用、张永和魏彬放出笼子里的兔子。朱厚照揭开鹰头上的眼罩，鹰左右晃动脑袋，看到奔跑的兔子，腿子用劲一蹬，两扇翅膀"呼哧"一响地张开，腾空一跃飞离朱厚照的手掌，直朝兔子奔去。

兵部尚书刘大夏从谨身殿前走过，正好撞上东宫一伙太监领着太子在玩鹰捕兔子。刘大夏本想阻止这不雅不敬的游戏，见是太子在唱主角，不便管这闲事。

此刻，弘治皇帝朱祐樘在华盖殿跟大学士李东阳、谢迁谈笑风生。一个太监跑来禀报："皇上，谨身殿那边热闹得很……"朱祐樘不经意问道："是谁在那里唱大戏？"太监回答道："是太子在那里放鹰逐兔子。"朱祐樘甚是吃惊，站起来，邀了李东阳和谢迁说："陪朕去看看。"朱厚照驯鹰的时候，一直瞒着朱祐樘。等朱祐樘领着李东阳和谢迁来到谨身殿前时，刘大夏已经离开了。

朱厚照正玩得欢畅，见父皇带着谢迁和李东阳来到谨身殿前，只好带着猎鹰策马朝朱祐樘奔过来。刘瑾、谷大用、张永和魏彬尾随其后，他们尾随的样子在李东阳和谢迁眼里就像一群猎犬。

在谨身殿前玩鹰逐兔，是冒犯圣上天庭之举，若换了别人，朱祐樘不会放过。因为爱，唯一的宝贝太子在宫里无论做什么，朱祐樘都能宽容。他身为当朝的天子，儒雅得文气十足，而他的太子一手架鹰，一手扬鞭催马朝他奔来的剽悍样子，尽显一派英武，正是他想要的。于是朱祐樘脸上挂起欢欣的笑。奔过来的朱厚照朝朱祐樘叫了声父皇，从马背上跳了下来。

朱祐樘紧盯朱厚照手上的鹰，好奇地问道："哪来的这只鹰？"

朱厚照扫了眼刘瑾等人，回答说："是他们帮我在雪地上捕获的。"

朱祐樘越发好奇，忙说："还是一只野鹰，野鹰凶猛得很，你是怎么驯服它的？"

朱厚照说："熬它嘛。"

李东阳懂得一点儿驯鹰的常识，听朱厚照说出一个"熬"字，说出行家里手之言。他夸赞道："驯鹰便是熬鹰，要有非凡的意志力，太子能熬出一只猎鹰来，意志力实在是过人。"

谢迁心想这放鹰逐兔本是游牧庶民们迫于生计所为，太子有着高贵的身份，竟然在天子上朝的圣地玩这种低贱的把戏，不可为之赞叹。只是李东阳当皇上的面夸赞太子，他不得不违心随之附和道："骑马射箭、放鹰逐猎，向来是北方蛮夷的强项，太子取北蛮之长，且可壮我大明之威。"

候在一旁的东宫太监们就怕皇上怒斥放鹰逐兔，原本吓得快要尿裤子，不敢吭声。听到李东阳和谢迁夸太子，皇上心花怒放，他们紧随其后地迎合着，恭维着……

四

东宫太子朱厚照受宠爱的地位没人可以取代。甭说他是皇上和皇后的掌上明珠，太皇太后周氏也格外娇惯他。周氏住在仁寿宫，这满头白发的老祖宗时不时地来东宫，为的是看一眼皇曾孙。再说朱厚照的储君地位没有第二人与他相争，他非常清楚未来的皇位注定是他的。他在东宫无忧无虑，调皮得天马行空，越来越没有章法，到处养着动物，使得东宫看上去就像是个动物园。只要他想要的动物，刘瑾和谷大用等人会千方百计给他弄来。

东宫共有八个太监专门侍奉朱厚照，朱厚照侍奉由八个太监进献的动物。

这天朱厚照召见八个太监。等刘瑾、马永成、丘聚、魏彬、张永、罗祥、高凤、谷大用到齐之后，朱厚照发话了，说他想要山中之王。谷大用的脑子走神，以为朱厚照要他们去报复某个王爷。

于是谷大用问道："是谁欺负殿下了？"

朱厚照说："欺负我的人还没从娘的肚子里生出来。"

谷大用说："刚才殿下说什么王的，那个山中之王，到底是何人？"

朱厚照哈哈笑起来，嘲讽谷大用七窍通了六窍。

刘瑾也笑了，对谷大用说："山中之王就是老虎嘛。"

朱厚照夸赞说："还是刘瑾聪明。我想得到一只老虎，诸位快去弄吧。"

八个太监全怔住，心想山中之王是吃人的东西，太子要这东西，岂不是为难他们？

见八个太监不吭声，朱厚照对他们说："我养了最大个头的马，也养了小不丁点儿的蛐蛐，这些玩意儿都没个凶猛雄壮的样子，唯有山中之王——老虎，才够威风。"

马永成说："京城里打着灯笼，恐怕找不到一只野生老虎来。"

朱厚照说："那就打灯笼到山上去找呗。"

丘聚说："京城郊外的山里，从没听说有虎藏着。"

朱厚照看了眼丘聚，不满地说："我要的猴子，是你们跑到山里找回来的，难道就找不回虎来？"

刘瑾说："咱们听从太子吩咐，跑到山上找虎，就怕找到虎后，全都回不来了。"

朱厚照的目光落在了刘瑾身上："为何不能回来？"

刘瑾不紧不慢地回答说："全都喂了虎嘛。"

朱厚照笑起来，操起指头一个接一个数落道："八个奴才从此后，就充当我喂养的八只虎了。"

这话虽是随口说出逗着玩儿，但很快传出东宫，都知道太子封了随侍的八个太监为八虎。为首的那只虎，是年长的太监刘瑾。有时候，朱厚照快活了，不直呼其名，按照年龄顺序喊他们大虎子、二虎子、三虎子，只要喊到谁的名字，就应声，毫无一点儿虎相，哈巴狗儿似的迎合。

太子就喜欢寻个乐趣，没有八虎陪他乐，他寂寞死了。

过了些天的一个大清早，朱厚照乏味得很，不知怎么打发，想出一个忍俊不禁的玩法来。以前的日子，大多是八虎们逗他乐，今儿个他要逗八虎们乐了。他出了趟寝宫，捡了地上的狗屎、马粪用绸子裹了个严实，供在了一张八仙桌上。然后他坐在八仙桌边，等候内侍送来早膳，没多会儿，魏彬和张永跑到御膳房端来早膳。朱厚照也不介意八仙桌上供着狗屎马粪，端起早膳吃起来。魏彬和张永候在旁边看他吃。他吃到中途，吩咐魏彬、张永说："快去叫刘瑾他们来，一个都不能缺。"魏彬和张永出去了一趟，回来的时候，身后跟着六个人。这时候朱厚照的早膳吃完了。

八个太监不知一大早太子有何吩咐，毕恭毕敬站了一大排。

朱厚照咳嗽一声，扬起巴掌抹了下嘴巴和鼻子，木着脸问道："诸位吃过早点没有？"

八人齐声答道："侍候殿下要紧，还没来得及哩。"

朱厚照道："没来得及吃早点正好。今日我要赏赐诸位美食，就放在桌上，每人一份，快拿去受用。"

一大早得到太子赏赐，八人就觉今日的兆头非同一般的好，受宠若惊，异口同声道："谢太子殿下恩赐！"

朱厚照忍不住，"扑哧"一声笑了出来。

用绸子包裹的正好有八份，马永成先拿走一份，后边的七人各自拿了一份。当场拆开露了天机没趣儿，朱厚照赶紧吩咐说："诸位退下吧，找个僻静地方去享用。"

八人得到赏赐，喜上眉梢纷纷退下。朱厚照瞅着他们退去的背影，捂着嘴巴偷偷地笑个不停。绸子严严实实包裹的就那么一点点。八人离开太子寝宫。马永成不甚满足，按捺不住说太子真小气，赏赐的美食都塞不了牙缝。刘瑾瞥一眼马永成，说赏赐不在乎多少，全是太子一片心意。绸子包裹的份额没分厚薄，都是一丁点儿，众人也没介意。谷大用嘴馋，最先拆开包裹，一看是坨狗屎，大吃一惊道："咋是这种东西？"

众人随之大惊，大倒胃口，一个个拆开看时，包着的不是狗屎就是马粪，都傻了眼。

谷大用大为光火说："太子真可恶！"

高凤愤愤不平说："咱们全心全意侍候太子，没有功劳也有苦劳，太子为何这般对待咱们？"

魏彬说："肯定是咱们侍候不周到，太子才这样惩罚咱们。"

马永成说："这样的惩罚未免过分了。"

罗祥说："吃屎固然是一种过分的惩罚，但一定有含意，这含意到底是什么呢？"

刘瑾发话了，他说："太子精明，明知咱们不会吃屎，偏要拿了狗屎、马粪来赏赐，依我之见，太子是在考验我们对他到底有多忠诚。"

高凤说："如果是太子在考验，这屎是吃还是不吃呢？"

七个人不约而同看了高凤一眼，不吭声，然后你看我，我看你。

看了会儿，马永成说："吃下了，一旦传出去，成了千古笑话。"

刘瑾立马沉静下来说："指鹿为马的典故诸位应该听说过了，太子指狗屎、马粪为美食，一定是用心良苦……"

没等刘瑾说完，张永插嘴说："太子年少，哪来那么多的心机，兴许是恶作剧，刘公公居然当真了，要吃，刘公公最先品尝一口。"

听这话，众人都笑了。唯有刘瑾乌青了脸："富贵人家的狗从不吃屎的，就怕遭主人冷落遗弃。但饿极了，照样贱下身子，趴在地上啃几口屎吃。"

这话谷大用不愿听，跟刘瑾抬杠说："咱们不是狗。"

刘瑾说："忙活在帝王家的人，别看有多体面，都是奴才，一旦惹翻主子，打发起来，连狗都不如哩。"

众人七嘴八舌，不知如何是好。马永成心一横，说诸位别想得太深了，也别让几坨狗屎、马粪给折腾住了，都跟我来，找太子请罪去。张永横插一杠子说："这段日子，咱从没犯过宫里哪一条，总不能捏造一个罪过来。"谷大用附和道："也是的，咱们跑去请罪，分明没有的罪过，弄了个跳进黄河洗不清。"

八个人最终扔掉八份狗屎、马粪，各自散去。唯有马永成和刘瑾仍有些惴惴不安，他俩相约，返回到了太子寝宫。这时候的朱厚照在寝宫里逗一只鹦鹉玩，他背对着走入寝宫的马永成和刘瑾。那鹦鹉相识马永成和刘瑾，摇晃着脑袋叫喊"刘瑾驾到，刘瑾驾到"……以前弘治皇帝朱祐樘来太子寝宫，这只鹦鹉在内侍的教唆下，会喊出"皇上驾到"，逗朱祐樘高兴。鹦鹉居然喊出"刘瑾驾到"，显然把刘瑾当作了皇上。朱厚照骂了鹦鹉一声混蛋，随后说刘瑾吃屎去了。但是鹦鹉只顾喊"刘瑾驾到"。刘瑾听到鹦鹉这般喊他驾到，如同得到一个吉兆，暗自一惊，难道我有天子运吗？加快步伐往前走去，身子往下一沉，跪在了朱厚照身后，大声说道："奴才刘瑾不敢驾到，奴才刘瑾来向太子殿下请罪了。"刘瑾的突然出现，吓了朱厚照一大跳，他迅速转过身来，脸无表情问道："你咋回来了？"马永成这时也跟着刘瑾跪下来："臣也是来向太子殿下请罪的。"两人突然一跪，跪得朱厚照丈二和尚摸不着头脑。

"二位别跪了，快起来。"朱厚照说，"你们有何罪要请的？"

刘瑾叩了个响头说："今早殿下召见臣，臣一路走一路忏悔，知道殿下要惩罚臣的过错；臣第一趟来时，脑筋不好，竟然忘了请罪，这会儿折回来请罪，该不嫌迟吧？"

马永成不再吭声，让刘瑾一个人说。朱厚照明白刘瑾带马永成跑来下跪请罪是个幌子，有可能是来找由头的，但他就不给他找，逗刘瑾玩儿，默着脸问："我赏你的美食，吃了没有？"

刘瑾又叩了个响头，答道："殿下的赏赐金贵得很，臣舍不得咽下，留着哩。"

朱厚照忍不住大笑起来，说："好你个老狐狸精，真能逗我乐……"一把扯起刘瑾，笑得鼻涕眼泪直流。站起来的刘瑾始终不笑，又补了一句："过些天，臣还个礼，送只金枪不倒的虎鞭过来，让殿下大补一回做个好梦……"

五

　　就因朱厚照喜欢飞的跑的动物，喜欢吹拉弹唱的戏曲歌舞，东宫里闹哄哄的热闹非凡，因此有人称东宫是百戏场。这百戏场要是在民间，没有任何过错，单单在东宫里，多少有些贬义。

　　弘治皇帝朱祐樘性子温和，为人宽厚仁慈，是少有的贤明君主；在他主政的弘治朝里，左右身边的大臣们大多刚直不阿，少有歪风邪气。可在东宫上演玩物丧志，令一些大臣看在眼里极不舒服，上疏劝谏皇上问责东宫。朱祐樘看罢奏疏，便觉东宫有今日之歪风，他难辞其咎。

　　皇上要整治东宫的消息在朝廷里不胫而走，礼部右侍郎焦芳闻知后，偷偷去东宫给刘瑾吹了风。刘瑾为之一震，明白东宫接下来的日子不太好过。刘瑾被称东宫八虎之一的大虎子，若皇上问责下来，他显然成了出头鸟。焦芳只是偷偷给刘瑾报个信，没有好的办法阻止皇上问责东宫。刘瑾心惊胆战之际，找谷大用和马永成问计，二人也没避祸的万全之策。

　　一时无计的刘瑾急得惶恐不安。他想皇上住的乾清宫相距太子住的东宫近在咫尺，皇上要来东宫，眨眼工夫就到了，待皇上从乾清宫那边过来，一切都晚了；皇上即便不来东宫，下道旨，就有人鞍前马后跑个不停。太子毕竟是皇上唯一的亲生儿子，皇上对太子不过是睁一只眼闭一只眼地教训一番；对待太监就是另一回事，拉出去挨几十响廷杖是轻罚了，如果皇上心情不好，太监就成了案板上的肉，不知要剁上多少刀。想到这里，刘瑾急着见朱厚照。朱厚照在逗一只猴子。刘瑾一到，先请安，然后说皇上要来修理东宫了。朱厚照不以为然，注意力全在猴子身上。刘瑾不得不使出心计，又说，殿下养的宠物一个都不能留下了，统统灭掉。这时候朱厚照突然转过脸来，问刘瑾，谁说要统统灭掉这些畜生？刘瑾说有人往皇上的御案上递交了奏疏，斥太子玩物丧志。

朱厚照怔了下，问奏疏是谁上的？

刘瑾知道是谁，也不敢明说，只是提醒朱厚照该想个办法。

朱厚照当然舍不得他的宠物在转眼间全没了，打定主意藏下宠物。刘瑾摇头，说殿下的宠物又不是一只两只，形形色色一大群，往哪藏得了？再说谕旨下来，谁敢顶风抗旨？这话说得朱厚照一时没了主张，木着脸看着刘瑾。

刘瑾说："不过呢，宫里有个人能替殿下解围。"

朱厚照赶紧问刘瑾："此人是谁？"

刘瑾不紧不慢说："是住在仁寿宫的太皇太后。"

朱厚照便觉好主意："我这就去请老祖宗到东宫来。"

刘瑾又补上一句："只有太皇太后才是殿下的挡箭牌。"

朱厚照点头附和："言之有理。"

紧接下来，朱厚照亲自到仁寿宫请太皇太后。太皇太后周氏见了唯一的皇曾孙自然高兴，咧开嘴巴笑起来不见一颗牙。这老祖宗寿高快九十了，身边虽有成群的宫女、太监相待，拄着根紫檀嵌玉器珠宝的拐杖走几步都嫌累，说腿脚不灵便了，哪儿都去不了。朱厚照一边撒娇，一边软磨硬缠道："皇曾祖母走不动，我可以背着走。"在来仁寿宫的时候，朱厚照下了决心，不请走太皇太后誓不罢休。太皇太后经不住几个回合的软磨硬缠，才答应来东宫住上几日，她朝身边一位太监扬了下手说："快去备轿。"那太监应了声，喊了帮手去抬轿子。

平日里，弘治皇帝朱祐樘来东宫不是太勤便。几天后的一个下午，朱祐樘想起堆在御案上的几份斥责东宫玩物丧志的奏疏，那言辞几乎是毫不留情。朱祐樘便觉下道旨处理东宫大为不妥，教子还是自个儿亲自来，他脚步还没迈入东宫，太监魏彬就上气不接下气地跑进东宫，报信说皇上快要驾到了。他这么一喊，整个东宫的气氛立马如弦绷紧了。八虎太监们知道皇上来东宫不会有好果子吃，又逃不过这一劫，是死是活只好硬着头皮跑出来迎驾，候在门口毕恭毕敬站了一大排。朱厚照本该要候在门口迎驾，刘瑾出了个馊主意，怂恿朱厚照赶快陪在太皇太后身边。没多会儿，皇上驾到了，候在门口的太监都躬着身子齐声招呼相迎。朱祐樘环顾迎侍的太监，问道："太子呢？"张永低头回答道："禀皇上，太子在里边陪着太皇太后哩。"朱祐樘愣了下，又问道："太皇太后怎么到东宫来了？"刘瑾巧言答道："太子担心太皇太后在仁寿宫里过得寂寞，请太皇太后到东宫里住上几宿，行个孝哩。"朱祐樘点了下头，入了东宫。

太皇太后周氏是朱祐樘嫡亲的祖母。朱祐樘的童年非常不幸，他的不幸与他父亲宪宗皇帝宠幸万贵妃有关。万氏总想母仪天下，可她就是没有儿子，所以格外嫉妒宪宗皇帝宠幸别的妃子，只要宫里有谁怀孕，她便遣使手下施药打掉胎儿。宪宗皇帝偶然临幸纪氏，让纪氏怀上宪宗皇帝的骨肉。纪氏在被废的吴皇后和司礼监掌印太监怀恩的保护下，偷偷躲藏在偏僻的安乐堂生下朱祐樘，等朱祐樘藏在安乐堂长到三岁时，宪宗才知道，异常高兴。万氏不高兴了，大哭大闹，打发朱祐樘的生母纪氏去了浣衣局，这浣衣局是惩罚宫女的地方，每天有洗不完的衣物。没过多久，纪氏死了。万氏受宠，无人可以代替。太皇太后周氏想到纪氏的死，就怕万氏对朱祐樘下毒手，断了皇家香火，干脆带着太子朱祐樘住进了自个的仁寿宫，此后的多年，朱祐樘一直生活在仁寿宫里，身影不离祖母。

祖母恩重如山，朱祐樘不敢有丝毫的冒犯。当他步入东宫寝殿时，太子朱厚照正陪在太皇太后身边。太皇太后格外娇纵太子朱厚照。朱祐樘意识到来得不是时候。朱厚照明白父皇的来意，既惶恐又不敢怠慢地叫了声父皇。朱祐樘懒得搭理，只顾向太皇太后请安。朱厚照一闪身子躲在了太皇太后背后，用大腿轻轻撞着太皇太后的脊背，提醒太皇太后快给他做挡箭牌。太皇太后不用提醒，先声夺人说："贪玩是孩童的天性，天性不可泯灭，记得皇上小时候也爱贪玩，何况太子还是个童孩……"太皇太后显然早有准备给太子护短，朱祐樘嘴里要说的话，不得不咽了下去。他来东宫是揣了一肚子火来的，心想这会儿发泄，太子因有太皇太后护短，他的训斥等于白搭，心一软，搁着了。太皇太后觉察到了朱祐樘心里正闷着火气，直打岔儿，朱祐樘只好应声。朱厚照趁机溜走了。

有太皇太后待在东宫护着，朱祐樘想整东宫家规显然落了空。

弘治十七年的秋天，也就是太皇太后周氏从东宫回到仁寿宫之后不久就病逝了。朱祐樘陷入深深的悲痛中，他跟祖母的感情，一刻不可割舍。葬下祖母后，朱祐樘仍旧没从悲痛中解脱出来，整个人被伤感笼罩着。

不久之后，朱祐樘遇到一件烦心事。户部主事李梦阳上书斥责弊政，矛头直指外戚寿宁侯两兄弟。这寿宁侯正是张皇后的娘家兄弟张鹤龄，还有另一位兄弟建昌伯张延龄。疏入御案，字字痛斥张皇后的两个兄弟借仗皇家威风，专横跋扈、霸占民田、淫猥妇女、敛财不止。弘治朝一直开启广开言路的上好政风，未曾有言官进谏而获罪。李梦阳才有这个胆，直接冒犯皇亲国戚。朱祐樘接到李梦阳弹劾张氏兄弟的奏疏，想到皇后与他恩爱甚佳，有些为难起来，先派侍郎屠勋和太监萧敬去调查。等屠勋和萧敬查实回来，张皇后不能眼看娘家兄弟由此获罪入狱，倚在朱祐樘身边哭哭泣泣，求朱祐樘开恩。朱祐樘经不住皇后使出泪水哀求，心一软，不想深究。这事儿本可不了了之，但张鹤龄居然狗屎不臭挑起来臭，反戈李梦阳，在上朝的时候，拣了李梦阳奏疏里的一句话，斥责李梦阳对皇后大为不敬，竟敢称皇后为"张氏"，然"氏"之称谓，乃民间妇孺也。李梦阳当廷谢罪，称自己不小心笔误。张鹤龄得寸进尺，捏住李梦阳的笔误不肯放过，上前奏道："皇后乃国母，贵在万人之上，岂可让梦阳在奏疏里贬低成张氏？臣奏请皇上加罪处斩李梦阳。"张鹤龄此语一出，文武百官都惊了个正色，反而觉得张鹤龄倒打一耙子，要将正人君子置于死地。李梦阳也不是单枪匹马跟张鹤龄对着干，他背后有一伙阁臣撑着。大学士刘健见张鹤龄出言太狂，耐不住性子走了出来，愤然对抗道："笔误之事，人皆有之，梦阳之笔误，即便有罪，也没罪到处斩的程度。寿宁侯刚才的言论，窃以为视同厥词。要知皇上贤明，即位之初，广开言路，文武百官不惧言过，君臣之间和谐共融国事，堪称旷世美谈。然寿宁侯斥梦阳笔误奏请皇上处以极刑，是堵塞言路之举，不可取，绝对不可取。"张鹤龄没想到刘健此刻会挺身而出，替李梦阳帮腔，恼得很，转过身来，瞅着多管闲事的刘健说道："梦阳低贬皇后，视同低贬了皇上，这大为不敬之罪还算轻吗？"刘健微微笑了下，不饶张鹤龄道："前些天里，皇上派遣侍郎屠勋和太监萧敬出了赵宫，查实寿宁侯的败迹跟梦阳的上书没有二样。今日寿宁侯拿捏梦阳的笔误不放，恳求皇上加罪处斩梦阳，依臣之见，寿宁侯的那些个败迹，远远胜过了梦阳笔误之罪，倘若皇上治罪下来，寿宁侯恐怕要借个人头了。"

在朝殿上抗辩，张鹤龄肯定不是刘健的对手，不知是让刘健当众揭了短处羞红了脸，还是被刘健气红了脸，张鹤龄脸上像泼了碗新鲜猪血，口齿有点儿堵塞。刘健明了皇上看在皇后情分上，舍不得治罪张鹤龄，他便抓了这个机会羞辱败迹累累的张鹤龄。高坐殿堂上的朱祐樘眼看刘健跟张鹤龄吵闹不休，一边是小舅子，另一边是心腹阁臣，压谁都不是，若让他俩争吵下去，最终会闹得都没颜面。朱祐樘霍地从龙椅上站立起来，说了声退朝，大殿里才安宁下来。

张鹤龄本想借了皇上之力，狠狠报复一下弹劾他的李梦阳，没料半路上杀出个刘健来，给搅黄了，还受了刘健的气，他斗不过刘健，仍旧不放过弹劾他的李梦阳。这时候皇后的母亲金夫人出场了，哭着脸奏请皇上惩治李梦阳。朱祐樘一时拉不下面子，应付着下道旨，把李梦阳囚在了监牢，算是给了金夫人一个面子。然而李梦阳下狱，并非金夫人想要的结局，她再次入殿，依旧是一把鼻涕一把泪地奏请皇上处斩李梦阳。这当儿，朱祐樘正埋头批览奏章，耳边听到金夫人的声音，心就烦起来，都不想看一眼金夫人。金夫人并没觉察到朱祐樘此刻的心情，还在一旁哭哭啼啼奏请。朱祐樘再也克制不住，大怒着推案而起，喝道："快退下，回家好好教子去吧！"朱祐樘突然爆发出惊人的怒气吓住金夫人，她再也不敢言声，来不及擦拭眼泪鼻涕，灰溜溜地退去了。

李梦阳入狱后如何处置，办理案子的都察院派人来请示皇上。朱祐樘明白囚禁李梦阳众大臣颇有微词，却给自己找个理由说："朕览梦阳奏疏，的确有'张氏'二字，用语不敬皇后，朕才不得已囚他，这些日子他也吃尽了苦头。"都察院来人上前奏道："梦阳的确狂妄，廷杖一百响还算轻饶了。"朱祐樘微微怔了下，心想李梦阳被囚多日的确冤枉，他那孱弱身骨若经受一百响廷杖必死无疑，随即批示道："准梦阳复职，罚俸三月，仅此而已。"

数天后，朱祐樘有意安排金夫人游南宫，让皇后和两个弟弟随侍。游罢南宫，朱祐樘宴请用膳。酒过数巡，朱祐樘打发皇后、金夫人和张延龄离席，只留下张鹤龄跟他私语，不让旁人窃听。朱祐樘趁着酒兴怒斥张鹤龄："朕问你，为官一方，不为民造福，反而鱼肉乡里，霸占民田、淫猥良家妇女该当何罪？"张鹤龄做梦也没想到朱祐樘有意设了个局，在此宴请后拿他试问，他一下子慌了神，不知如何应对。朱祐樘见张鹤龄口齿结巴说不出完整的句子，越发地怒了，睁大眼睛直瞪张鹤龄，怒骂张鹤龄不知深浅厚薄，警告张鹤龄若再次枉法，必将严惩不贷。张鹤龄吓得赶紧摘下帽子，说了声臣有失众望，请皇上宽恕，身子发软跪在地上连连叩头谢罪。刚才品尝御宴美酒，谈笑风生一团和气，转瞬间，皇上来了阵风雨雷电，这情形发生得突然，站在远处的人不闻其声，只见专横跋扈的张鹤龄竟是如此的狼狈，震惊不已。

第二章　太监迎来艳阳天

一

弘治十八年五月初，朱祐樘病倒在乾清宫的龙床上，他的龙体如同置于冰窖，冷得直发抖，皇后给他盖上被子，他还嫌不够暖和。这时节的气候渐显炎热，人们早已脱下棉袄换上单薄的衣裳。朱祐樘却格外地怕冷，完全是病理反应。皇后差了掌御药太监张瑜急召太医院使施钦、院判刘文泰、御医高廷和来乾清宫给朱祐樘诊治。刘文泰和高廷和的医术在太医院里堪称顶尖，两人都没敢确诊，只是凭了经验观察，以为皇上犯下伤风感冒症，开了方子交给张瑜施药。

自从病卧龙榻之后，朱祐樘一直在流鼻血，面色苍白如纸，龙体渐渐垮下来。这时候，朱祐樘想起他之前的几位大明天子，差不多只活到他这个年纪就驾崩归天了；他猛地打个冷战，意识到了老天有可能要终止他的命数。

想到命数，朱祐樘叹口气，鼻腔里又涌出一股鲜血，嘴里有一股涩涩的咸味。皇后非常惶恐，急得叫太医。刘文泰和高廷和听到皇后叫喊，奔跑过来，手忙脚乱了一会儿，鼻血算是止住了，不过是暂时的。

刘文泰和高廷和以为皇上受了风寒上了火，施药清热解毒降火。哪知皇上的鼻血，令他俩使尽招数，就是没法子治愈。这时候无论刘文泰还是高廷和，都紧张起来，觉察到皇上的病，并非他俩当初诊断的伤风感冒症，他俩当作伤风感冒医治，显然下错了药，这话一旦说出口，定会大祸临头。

鼻血流到第四天，朱祐樘病入膏肓。召阁臣刘健、李东阳、谢迁到乾清宫。三人进入寝殿，心情沉重。朱祐樘下不了龙榻，随侍太监扶他坐在了龙榻上。刘健、李东阳、谢迁朝坐在龙榻上的朱祐樘跪拜请安。朱祐樘觉得三人离他有点远，不便交谈，叫三人到他跟前来。

三人明白皇上有话交代，一直没有多的言语，表情依然沉重，等候接旨。

坐在龙榻上的朱祐樘喘了口气，说道："朕承祖宗大统，在位十八年，今得此疾，不得痊愈。朕今日见到诸先生，禁不住忆想起少年时与诸先生相见的情景，如梦似幻映现眼前……"声腔哽咽，泪润眼眶。

刘健、李东阳、谢迁异口同声道："陛下万寿无疆！"

朱祐樘苦笑道："天定人寿，朕虽贵为天子，也在天定之列，不可强求。"

谢迁道："陛下贤明仁慈，上天一定会保佑陛下安康的。"

朱祐樘又是一声苦笑道："朕想起先祖宣宗帝三十八岁崩、英宗帝三十八岁崩、代宗帝三十岁崩。朕今岁三十六岁，是道坎，大限啊，朕恐怕过不了这道坎……"

这时掌御药太监张瑜贸然闯入寝殿，请皇上服药。朱祐樘懒得服药，也没搭理张瑜，打了个手势，张瑜明白来的不是时候，退出了寝殿。

朱祐樘接着说道："朕为祖宗守法度，不敢怠荒，主朝施政料理国事，得亏了诸先生辅助……"

刘健、李东阳、谢迁齐声道："臣等效劳国家，只是尽了微薄之力。"

朱祐樘捏住刘健的手，打起精神说道："朕蒙皇考厚恩，选张氏为皇后，生东宫，今年十五岁，尚未选婚；社稷为重，托诸先生做主选配，令礼部举行大婚。"

刘健、李东阳、谢迁悉心聆听，齐声道："臣等遵旨！"

朱祐樘说得有点儿累了，坐在龙榻上小憩片刻，道："授遗旨。"

太监陈宽立马扶着几案，太监季璋奉上文房四宝，秉笔太监戴义伏案执笔。

朱祐樘使出余力口谕道："东宫聪明，但年尚幼，好逸乐。朕若驾崩，皇位传东宫朕之嫡子厚照，择取黄道吉日诏告天下，广及乡田。由大学士刘健、李东阳、谢迁等诸先生辅之以正道，俾为令主，贤德有为，福祉于天下苍生。"

等朱祐樘口谕完遗旨，刘健、李东阳、谢迁连连叩首同声道："臣等不敢有违陛下遗旨，愿鞠躬尽瘁辅佐太子即位，一统大明。"

秉笔太监戴义用工整的楷体书写完遗旨，呈给朱祐樘亲览。朱祐樘览毕，点了下头。刘健、李东阳、谢迁接受遗旨并没立马退出寝宫，想多陪侍一下朱祐樘。因为鼻腔出血过多，朱祐樘的龙体完全败下来，他坐在龙榻上有点支撑不住，刘健和李东阳赶紧将他扶得躺下了。

就在授罢遗旨的第二天，也就是五月初七，弘治皇帝朱祐樘一口气上不来，驾崩在了乾清宫。

这当儿皇帝易主，朝廷人心浮动；官员们一边前往大内奔丧，一边打着自己的小算盘。

东宫八虎太监也在打自己的小算盘。太子一旦登基，就要离开东宫入主乾清宫，再也不会回到东宫来，八虎太监在东宫成了多余的摆设。何去何从，他们心里正纠结着。谷大用问马永成："等太子登上皇位，昔日的光景会不会一去不复返了？"马永成说："弘治皇帝在遗诏里说得很清楚，太子登基做了皇帝后，左右身边便是大学士刘健、谢迁和李东阳等人，怎容得下咱们？"就在谷大用和马永成对前景感到茫然时，张永和魏彬走了过来。魏彬说："太子马上要做皇帝了，诸位有何打算？"谷大用说："我正要问你这话，没想你倒问起我来。"张永说："等太子登上皇位，这东宫不知何日迎来新科太子，咱们继续待在东宫，恐怕没了出头之日。"四个人你一言我一语，没能说出好的归处。魏彬说："平常时候，咱八个常侍，太子最喜欢的是刘瑾，去问下刘瑾吧。"

四个人找到刘瑾。谷大用最先开口说道："咱们侍奉太子多年，费尽心血。太子入主乾清宫之后，刘公公是否想过出路？"刘瑾不紧不慢说："太子即位，对咱们来说是件好事，诸位有何犯愁的？"听这话，众人为之一振。马永成连忙说："刘公公乃高人，请指点。"刘瑾狡黠一笑说："诸位随我去见太子，等见到太子之后，就以皇上相敬。"

二

朱厚照即位这天，要举行隆重的登基仪式。一大清早，礼部派官员到天地宗庙祭祀。穿着朝服的文武百官也赶了个大早，全都候在奉天门前，等司礼监侍仪奏响初鼓，才可进入紫禁城，但不能直接进入奉天殿，因为皇帝还在奉天门上做祷告，他们只能跪在御道两旁，等皇帝从奉天门上下来，方可尾随皇帝进入奉天殿。

昨夜里，朱厚照正式告别东宫住进乾清宫。天没亮，他身穿金黄色衮服从乾清宫里出来，本该乘坐御轿直接前往奉天门做祷告，轿子没走多远拐了个弯，他要回趟东宫，是一辆轿子去的。从东宫转来时，多出了三辆轿子，这多出来的三辆轿子里坐着谁，知道的人不敢说，不知道的人只能猜。

四辆轿子抬到奉天门停下来，身着衮服的朱厚照从最前头的一辆轿子里撩帘出来，其余三辆轿子封闭得紧，也不让人靠近。做完祷告后，朱厚照从奉天门上下来，又坐进了轿子。四辆轿子跟来的时候一样，皇帝坐的轿子在前，其余三辆轿子在后。当四辆轿子从御道上经过时，跪迎道旁的文武百官对后边三辆神秘的轿子百思不得其解。

新皇帝上奉天门做祷告，登基仪式里规定只有新皇帝乘坐的一辆御轿，现在多出三辆来，里头坐的谁呢？文武百官仍在猜个不休。

四辆轿子从奉天门抬到奉天殿的御阶前停下来，侍卫们赶紧迎上来接驾。按登基仪式顺序，司礼监侍仪奏响初鼓后，通赞、赞礼、宿卫官、诸侍卫及尚宝卿侍从入奉天殿；等司礼监侍仪第三次奏鼓后，除内阁大臣和六部尚书之外，其他官员才可依官职高低列队进入奉天殿。也就是说皇帝的御轿从奉天门到奉天殿，早就有礼仪官和内阁大臣及六部尚书在奉天殿里恭候着了。

朱厚照从轿里出来，他身后三辆轿子这时候该揭开神秘的面纱了。待迎驾的侍卫一辆接一辆地拉开轿门时，钻出来的不是人，而是一群狗和猴，大大小小的狗有十来条，大大小小的猴也有十来只，惊得开启轿门的侍卫简直不敢相信自己的眼睛。狗和猴一出轿子紧跟着朱厚照。尾随而来的文武百官见从轿子里钻出的狗和猴，惊得目瞪口呆。朱厚照也不介意谁惊个啥模样，下了轿后直登御阶上奉天殿入宝座。那猴啊、狗啊好像知道这个日子是皇帝登基的日子，好像知道它们比天下所有的狗和所有的猴都高贵，好像跑慢了宝殿里就没了它们立足的地方，都格外起劲地跟着皇帝往宝殿上跑，跑得摇头摆尾，欢天喜地。

户部尚书韩文在奉天殿的大门里站着，他出来要比别人快些，从惊呆中缓过神来也比别人快些，先开了口："今儿个皇上登基，是天大的喜日，咋跑来一群畜生？"站在大殿门口接驾的其他人，知道朱厚照在东宫里喜欢喂养四条腿，做梦也没想到他会在登基大庆之日，竟然带着四条腿来了，真是何等的荒唐！但他们得罪不起即将登上御座的天子，嘴里有话不敢说出来。

张太后在大学士刘健、谢迁、李东阳陪护下出了大殿，也是大吃一惊。

刘健不怕得罪少年天子，毫不留情当即说道："皇上带狗带猴来登基，不成体统！"

准备接驾的众臣见首辅刘健发了话，纷纷表示不满，摆出不让狗和猴进入奉天殿的架势。

一群侍卫加上狗和猴簇拥朱厚照登到了奉天殿前，再往前走出十来步，就可入得殿堂。

张太后经历失去夫君的悲痛，迎来儿子登基，本是冲了个大喜，没料儿子到殿登基，带来一群不食油盐的东西，有失皇家尊严，很是恼怒。她按捺不住朝前走出数步，质问朱厚照："我大明自太祖开国，在皇儿之先历经九位天子，未曾有哪位天子即位之时，带着畜生入殿。皇儿入得殿堂，就是大明的天子了，天子之尊，岂能容得了一群不食油盐的东西来朝贺？"

朱厚照没想到他带四条腿来入殿，会遭阻拦，回言道："儿臣带着狗和猴入殿登基，的确开了个不雅的先河。要知儿臣早在东宫过得郁闷，正是这猴啊、狗啊陪伴儿臣寻个开心，所以儿臣跟这通达灵性的猴啊、狗啊结下了情意，儿臣逢今日登基之大喜，总不可无情无义忘了它们，就带它们来了。"

刘健直言道："俗不登大雅之堂，天子行政的大堂，胜过了大雅之堂，要来登，只能让护持天子、效忠国家的文臣武将来登……"

童心未泯的朱厚照是满心欢喜带着猴和狗来登基的，母亲和刘健把守在大殿门口不让猴和狗进去，他不能接受。想他第一天做万众朝拜的皇帝，遭遇他人限制，令他在文武百官面前有失龙颜，真想下道旨，给限制他的人来点教训，又想限制他的不是别人，而是首辅和母亲，他斗不过。

他又不肯服输，开始撒娇，耍性子，要挟道："谁不让猴和狗入殿，这个基我就不登了。"

这话说出口，令人震惊。众人明了少年天子才十五岁，还是个不太懂事的孩子，性子的确有点顽劣，他若真的闹别扭不入朝殿，误了时辰又误了日期，出了天大的乱子谁都扛不起。于是众人慌了起来，就连首辅刘健也慌得没个辙，不敢来硬的。李东阳挨近刘健，悄悄低语道："天子登基要紧，不能耽误时辰了。”

刘健眼睁睁地目睹猴和狗一只接一只跳进门槛进入奉天殿，忍着火不断地摇头。猴和狗一进奉天殿，环境陌生，尽是陌生面孔，蹦跳着有点不安。这时奉天殿里的气氛，一点也显不出庄严肃穆来。前来朝贺的大臣们得罪不起皇上的猴贵宾、狗贵客，躲闪开，腾出一片空地让给猴和狗，猴和狗有了自己的空间，才安静下来。

即位仪式正式开始。身着衮服的朱厚照升御座。百官上表朝贺，跪地叩拜，连呼万岁。大乐鼓齐奏，尚宝卿置宝于御案。鼓声静，殿内鸦雀无声。司礼监太监宣读先帝遗诏，诏文告天下新天子即日上御座伏御案一统天下。殿堂里的朝贺声再次此起彼落。猴和狗渐渐适应了殿堂里的环境，也没闲着，自发地耍起杂戏来，有几只小猴跳在了狗背上，狗驮着小猴溜达玩儿。大臣们见狗驮猴子在大殿里杂耍玩儿，恼羞得很。倒是高坐龙椅上的少年天子见了猴子人样地骑在狗背上，觉得好玩，禁不住笑了起来。

就在这时，拱卫司侍仪点燃鞭炮庆贺，殿里殿外倏地响起震耳欲聋的爆炸声。这下可热闹了，人没受到惊吓，却惊吓到了四条腿，一群猴子吓得上蹦下跳，越过跪拜官员的头顶，像在水里按葫芦，更有胆小的猴子吓得爬上顶梁柱，躲到梁上不肯下来……

三

从明年正月开始，大明改年号正德，开启正德元年。

即位之前，朱厚照从没想过如何做皇帝，只是父皇突然病逝，将他推上皇帝宝座，也就是说他还没做好当皇帝的准备，就当上了皇帝。他坐在龙椅上，格外怀念东宫无忧无虑的嬉耍日子。尤其是他做太子的时候，从没跟辅佐他的刘健、李东阳、谢迁等人有过交往。现在，他们辅佐他做皇帝，他就有受制于人的感觉，这种感觉时常令他郁闷。

虽说东宫的日子一去不复返了，但那八虎太监，朱厚照依旧割舍不下，时不时地召他们来乾清宫打发寂寞。这天刘瑾和谷大用各自提着个笼子来乾清宫，笼子一圈儿罩了布，看不见里边装着啥。

见了用布裹着的两只笼子，朱厚照连忙说道："又给朕送鹰来了。"

刘瑾笑了下，摇头道："不是鹰。"

朱厚照瞅着笼子问："不是鹰，是啥玩意儿？"

谷大用说："比鹰更好玩的，看皇上猜不猜得到。"

朱厚照想到啥就猜啥，谷大用摇头，刘瑾也摇头。

谷大用和刘瑾要给朱厚照一个惊喜。进了寝宫，才将罩着笼子的布揭掉，露出一红一黑两只斗鸡，逗得朱厚照眼睛发直："哪来的鸡？"

刘瑾说："鲁西产的。"

谷大用说："鲁西斗鸡天下闻名。"

刘瑾说："鲁西斗鸡不叫斗鸡，叫咬鸡。"

朱厚照好奇地问："鲁西斗鸡为何叫咬鸡？"

刘瑾说："它们打架的时候嘴巴非常厉害，才叫咬鸡。"

朱厚照蹲下来，仔细打量笼子里的鸡，霍地站起来说："让它们打吧，朕就想看看这咬鸡打架到底有多凶猛，有多厉害。"

两只鸡隔着笼子一见面，仿佛有着深仇大恨，咯咯叫着，又是跳跃又是振翅，欲奔笼子而出。朱厚照要饱个眼福，刘瑾服侍着打开笼子，一红一黑钻出来，二话不讲朝对方扑过去，腾空而起厮打成一团。打了几个回合，黑毛鸡有点招架不住，一跃逃到了龙床上，红毛鸡追杀过来，把宽阔的龙床当作了战场，厮打得昏天黑地。朱厚照兴奋得连连拍手，直呼过瘾，过瘾。

谷大用和刘瑾有意让两只鸡无休止地搏斗，不知斗了多少个回合，略占弱势的黑毛鸡斗到最后反败为胜，跳将起来扑倒红毛鸡，一口紧接一口啄着红毛鸡的脑袋，将红毛鸡活活啄死，啄得龙床上到处都是鸡血。只因红毛鸡的战死，没了戏，令朱厚照格外扫兴，遣使刘瑾和谷大用再去找鸡来。刘瑾和谷大用领旨，派人搜寻斗鸡送往宫里，供朱厚照把玩。

那边是内阁大臣刘健、李东阳、谢迁等人紧锣密鼓地辅佐朱厚照如何治理朝政；这边是八虎太监刘瑾、谷大用等人唆使朱厚照如何娱乐游戏。朱厚照左右在游戏与朝政之间，令他割舍不下的是游戏，他一旦游戏起来，定会把朝政忘得一干二净。到了夜晚，大内里热闹非凡，刘瑾、谷大用、张永、魏彬等人不请自来，陪侍朱厚照看戏赏舞蹈，或者玩一些杂耍，有时一闹就闹个通宵。

大臣们没有哪天懒在床上，早起出门赶进宫来，东边天际还没发白。一连好些天，前来上朝的大臣一个不缺候在奉天殿，御案边的龙椅上总是空的，只好派太监到乾清宫去找皇上。而乾清宫的太监们知晓皇上夜夜伙同刘瑾等人嬉耍至五更过后，皇上熬夜太深，一大早起不了床，却不敢在朝殿上抖出来。这天早朝，大臣们都入殿了，御案边的龙椅仍是空的。首辅刘健再也耐不住性子，亲自跑到乾清宫，寝宫的内侍见闯宫的是首辅大人，只能象征性地阻拦。刘健不吃这一套，笔直闯入寝宫，见龙床上的朱厚照睡得正沉，他咳了声，叫唤道："皇上该起床了。"朱厚照翻了个身，睡眼惺忪地问道："是谁闯入朕的寝宫了？"刘健回答道："是老臣刘健。"这时的朱厚照不得不有点在乎，他一惊，坐了起来，问啥时辰了。刘健道："日头老高了，都要晒破皇上屁股了。"这话刺激着朱厚照懒床的羞耻感，他提高嗓门拿了内侍出气："好一群作孽的混蛋，都不叫醒朕，让朕睡得误了早朝。"内侍们挨了骂，火急火燎拿起龙袍给朱厚照穿上。

刘健也不回避朱厚照从被窝里露出半裸身子，一半提醒，一半指斥道："先帝勤政，早朝比谁都上得早。皇上懒床是懈怠朝政，不可取。但愿老臣是第一次到乾清宫来叫皇上，也是最后一次。"

朱厚照辩解道："昨晚朕睡得迟，才睡过头了。"

刘健本想说皇上不是一次两次迟入朝殿了，话到嘴边，咽了下去，躬身道："老臣告退了。"

皇帝懈怠朝政，跟昔日东宫八虎太监泡在一块儿寻欢作乐，朝廷众臣看在眼里，大为不满，就有人直言进谏。朱厚照闻知如同未闻。然刘瑾之辈讨好皇帝欢愉，不是一年半载，早在皇帝穿开裆裤的时候，他们就相继随侍着皇帝，看准皇帝不会冲他们翻脸，也不在乎谁的刺耳之言，反而变本加厉侍奉皇帝戏耍玩乐。

刘瑾等人耐心地侍奉朱厚照，可谓苦心经营，就是要朱厚照给他们一个职务。不是朱厚照不肯给，他多次在内阁会议上提及，称刘瑾等人侍奉他多年，没有功劳也有苦劳，内阁大臣几乎是一边倒，没一个赞同提升刘瑾等人。到了正德元年（1506）春，朱厚照下了道旨，擢升刘瑾进神机营中军二司，管五千营。这之前，刘瑾掌钟鼓司，就是掌管内廷的歌舞戏班子，隶属司礼监。神机营是禁军里的一支精锐部队，内卫京师，外征来犯，直接受朝廷指挥。从钟鼓司到神机营，刘瑾虽称不上一步登天，可他手中总算有了军权。他深知他掌神机营五千营只是仕途的第一步，后边怎么走，只能上靠皇帝，下靠党羽。至于阁臣刘健、李东阳、谢迁及六部等官员，他跟他们不是一路的，不是一路的人，想靠也靠不住。

刘瑾听说中原斗鸡闻名遐迩，派魏彬、张永去了趟开封；两人带回十几只斗鸡，巴不得立马献给皇上，讨个奖赏。刘瑾说了声莫急，然后把十几只开封斗鸡藏着。刘瑾要吊朱厚照的胃口，等朱厚照从乾清宫来奉天殿的时候，刘瑾迎上来，凑近朱厚照，诡秘说道："臣又弄到新鲜玩意儿，想进献给皇上，就怕皇上不喜欢。"

朱厚照哪里经得住刘瑾诱惑，一惊说："什么玩意儿？"

朱厚照步子迈得急，刘瑾哈巴狗儿似的跟在后边："是中原斗鸡。"

朱厚照好像不感兴趣，登上了奉天殿的御阶。

刘瑾紧追其后，撩逗说："皇上一直玩的是鲁西咬鸡，这咬鸡嘛，只是体现了个'咬'字，当然比不过开封产的中原斗鸡了……"

听这话，朱厚照突然站住了，回头问："这中原斗鸡，有何不一般？"

刘瑾回答道："这中原斗鸡嘛，打架特持久，特不服输。臣想让皇上亲赏一场鲁西咬鸡跟中原斗鸡大战一回，试比高低。"

这时朱厚照的兴致被刘瑾拨动："朕在奉天殿里等着，你去带鸡来吧。"

刘瑾连忙说了声领旨，转身跑下御阶。他约上谷大用，把鸡分别装进两只笼子。他提的是只紫色中原斗鸡，鸡冠如瘤状，头小，脸坡长，长着个豆青眼儿，嘴巴短粗又直，鸡胸前宽后窄，看上去雄壮得很。谷大用提的是只芦花鲁西咬鸡，鸡冠好似柿饼状，鹅颈鹤腿，长的是一副鹰嘴鹞眼样儿，看上去漂亮得很。两人大步流星直登奉天殿。这当儿，大臣们早已退朝而去，奉天殿里只有执事太监和一伙侍卫。朱厚照也没闲着，正伏案批览奏疏。待提着笼子的刘瑾和谷大用走到大殿门口时，一个太监赶紧走到御案前禀报。朱厚照猛地抬起头说："让他们进殿来吧。"随即朱厚照将批览奏疏的注意力转移到了刘瑾和谷大用提来的两只笼子上，霍地站起身，离开了御案，朝笼子这边走过来。

刘瑾和谷大用走到大殿中央，止了步，将盛鸡的笼子放在脚下。朱厚照走到笼子跟前，目光左右摆动，打量笼子里的鸡。

刘瑾躬身道："臣进献的两只鸡，都是千里挑一的极品。"

看多了鲁西鸡打斗，没了新意。看中原鸡打斗，朱厚照是头一回，忙问："是谁从开封来的？"

刘瑾答道："臣脚旁的这只紫色鸡是从开封来的，它打死不告饶。"

朱厚照没看一眼刘瑾说道："放出来，让它们打吧。"

刘瑾吹嘘两只斗鸡是极品，打死不告饶，预告这场斗鸡大战格外有看点。大殿里的太监、侍卫经不住诱惑，都围过来看热闹。

可这中原斗鸡和鲁西咬鸡钻出笼子并没立马交手，它们试探对方，振翅咯咯叫着恐吓对方。两只鸡相遇就是不开打，刘瑾见这冷战情形，就怕惹朱厚照不高兴，急得额头上直冒汗。他猴着腰，挥动膀子，拍打鸡屁股助战道："打呀，快打呀！"他的助战还是没有起到作用。围观众人感到扫兴。冷不丁儿，中原斗鸡两腿一蹬，腾空扑了过去，鲁西咬鸡也没躲闪，一跃而起跟中原斗鸡交上火。大殿里空旷，掉下一根针都会溅起回音，两只大公鸡叫嚷着血战，那回音环绕大殿每个角落，似有一群鸡在恶斗。

这中原斗鸡和鲁西咬鸡格斗起来如离弦的箭，都不肯退缩，拼命使出嘴巴和两腿把对方往死里打，打得羽毛如雪花飘飞，溅起的鲜血似雾气弥漫。

就在两只鸡在大殿里搏斗得正酣时，大学士谢迁、户部尚书韩文、户部郎中李梦阳登上了奉天殿的御阶，正朝大殿走来，三人走至御阶中央，听到大殿内闹哄哄的，不知发生了什么事，加快了步伐。这时大殿内的众人都在围观斗鸡大战，兴奋不已摆弄出各种姿势给鸡助威，毫无雅态可言。

等谢迁、韩文、李梦阳快要登到大殿门口时，才被一个太监发现，那太监两步当作一步跑进门槛疾呼道："不妙了不妙了，谢迁、韩文和李梦阳入殿来了……"

在这之前，早有韩文和李梦阳上过奏章，指斥刘瑾等人怂恿皇上击球走马，放鹰逐兔，贪图玩乐耽误朝政。真是冤家路窄，来的三人中就有韩文和李梦阳，若让他俩撞上斗鸡，正好逮了个把柄。观看斗鸡的众人都惊了个正色，就连朱厚照也惊得一时不知所措。还是谷大用灵活，喊了声快把鸡藏起来，众人一阵慌乱开始捉鸡，场面混乱，人人狼狈。

刚藏下鸡，谢迁、韩文和李梦阳迈进了门槛。好像什么都没发生过，殿内众人装得比以往任何时候都要正经，这装出来的正经有点夸张，甚至有点呆板，令进殿来的三人从他们躲闪的目光里觉察到了几丝怪异。

朱厚照一个劲儿掩盖斗鸡的事儿，迎上来，招呼道："朕寂寞得发慌，三位爱卿来得好及时……"

韩文听出朱厚照言过其实，笑了笑，回言道："大殿里有众随侍陪着皇上，皇上哪来的寂寞？"

两只斗鸡虽说被强行扯开藏着了，但它们打斗留下的痕迹没被抹掉。谢迁心细，一眼就看出遍地鸡毛和点点滴滴鲜红的鸡血，知道刚才闹哄哄的大殿里上演过一出斗鸡的把戏，不便当面戳穿，故意一惊道："啊呀呀，是谁的人血滴落了一地？"

没人回答。

谢迁弯下腰，捡起一片鸡毛，放到鼻尖上，垂下眼帘细看，看了半天，突然问道："大殿里哪来的鸟毛？"

问得众人禁不住地笑起来。

韩文懂了谢迁的用心，是要逼迫刘瑾和谷大用就范，给朱厚照一个台阶。可是刘瑾和谷大用打死也不承认他们逗皇上在奉天殿里玩斗鸡。于是韩文不再有了耐性，从谢迁手里拿过那片羽毛，看了看说："这哪是鸟毛，分明是片鸡毛。"

谢迁点头道："是我老眼昏花，看错了毛，差点把片鸡毛当作了令箭。"

众人又是一声哄笑。

谢迁笑不出来，冷着脸，毫不客气地说道："先帝遗诏，老臣不敢有丝毫的违背，若皇上不听老臣劝谏，继续跟那鹰犬鸡马之徒为伍，老臣只好罢了……"

谢迁历任数朝重臣，忠于朝廷有口皆碑。此刻，他口出直言，大殿里的气氛，仿佛让他一腔直言折腾得沉闷起来。

四

以往的弘治朝，没有宦官阉人弄权玩术的份儿，朝廷里打着灯笼，找不出一个阴阳勾斗的权臣。弘治皇帝身边的那帮臣僚，各个眼里容不得沙子，就是这帮眼里塞不得沙子的臣僚自弘治皇帝驾崩后，大多按部就班臣服在了正德皇帝朱厚照身边。可是朱厚照专宠八虎太监以乐为上，不问朝政，引起群臣激愤。

首辅刘健带头再而三地上疏，请诛八虎太监，朱厚照懒得批报，搁置一旁，不理会。刘健无奈，愤然请辞，告老归乡。这一招无论是真是假，朱厚照不得不在乎，对刘健的请辞不予批准，反而下旨挽留。马永成、刘瑾、谷大用等八人观察皇上不为刘健请诛所动，更加不惧什么，仍是夜以继日陪侍皇上逍遥玩乐。朝廷众臣几乎要群起而攻之，又见皇上并没将众臣呼声放在眼里，心灰意冷。兵部尚书刘大夏、吏部尚书马文升日日见八虎太监以乐挟持天子，试图擅权，且将大明宫廷搅得乌烟瘴气，大失所望，紧随刘健之后，乞请辞官。

先有刘健辞官，又遇刘大夏、马文升辞官，朱厚照又气又恼不可接受。他没准许刘健辞官，是因刘健身为内阁首辅，若让他走人，必然会引发朝野震荡；但刘大夏和马文升有别于刘健，两人跳出来闹别扭，不给点颜色看看，他们不知深浅。

如何给刘大夏和马文升点颜色看看，刹住辞官之风，朱厚照没招儿，召刘瑾、谷大用到暖阁给他出主意。

暖阁里摆放了茶水，朱厚照慢慢地品着，心里有事，样子看上去却悠闲得很。没多会儿刘瑾和谷大用相约而来，两人正要叩拜，朱厚照说："免了吧。"两人弯曲的腿子绷直了，毕恭毕敬站着听旨。

朱厚照打了个手势，随侍太监不吭声地退下了。然后朱厚照又打了个手势，请刘瑾和谷大用入座。两人刚刚坐定，还没来得及端起茶杯，朱厚照捡起茶几上刘大夏和马文升的辞职书递给刘瑾和谷大用看。随之朱厚照的情绪急躁起来，站起身来回走动，叹息道："兵部尚书刘大夏和吏部尚书马文升跟朕过不去，他们要告老还乡，分明是要挟朕，朕若不给他们点颜色瞧瞧，他们以为朕太好欺负了。"

召来刘瑾和谷大用出主意教训马文升和刘大夏，的确找对了人，无论刘瑾还是谷大用，对马文升和刘大夏恨之入骨。两人一目十行看完刘大夏和马文升的辞职书，再也按捺不住。

谷大用挑拨道："刘大夏和马文升辞官何止是要挟陛下，他们根本没把陛下放在眼里，这还了得！"

刘瑾慢条斯理道："刘大夏拥兵自重，又居功自傲，他辞别陛下而去，看样子，他要拉拢马文升另立山头，想造反了！"

两人一唱一和，还没出个主意，砸死人地先奏上一本。这一本奏得既及时，又让朱厚照感觉有道理，但不至于那么严重。

唯恐继马文升和刘大夏之后，又有人接二连三地拿辞职作要挟，朱厚照似乎有点招架不住。他本想拿掉刘大夏和马文升的尚书职务，将他们调离京师到留都南京做个闲差，一方面起到杀鸡给猴看的效果，另一方面也算惩罚了他们。他刚把他的想法说出来，刘瑾抓住这个千载难逢的时机，站起来说："这样的人，还有什么可以留下的，既然他们不愿效忠陛下，就让他们滚吧。"

听到刘瑾铿锵有力吐出一个"滚"字，朱厚照倏地蒙了，不知说啥才好，因他从没想过让刘大夏和马文升滚，只是想降他们的职，不再重用他们。但从朱厚照发愣的表情里，刘瑾看出朱厚照下不了让马文升和刘大夏滚的决心，趁热打铁说："罢免官职还轮不上刘大夏和马文升自己来，他们罢免自己，是犯上之举，这种人，朝廷还能容得下吗？"

谷大用附和说："一朝君子一朝臣，这是历朝之规。刘大夏和马文升既然不愿归顺陛下，陛下也没什么怜惜的了。"

听罢两人谗言，朱厚照随即叹道："那就让他们滚吧。"

谷大用担心朱厚照反悔，怂恿说："眼不见心不烦，让他们滚得越远越好。"

刘瑾说："不诛他们于午门外，是陛下大开了皇恩。"

谷大用和刘瑾前脚离开暖阁，马永成和魏彬后脚迈进了暖阁，两人鬼鬼祟祟的样子就像做贼似的。朱厚照知道他们要来，迎了上去。马永成几大步走到朱厚照跟前，把嘴贴在朱厚照耳边悄悄低语，朱厚照顿时眉开眼笑。站得老远的一个太监虽没听到马永成对皇上嘀咕了什么，但他明白今晚皇上又要偷偷地溜出宫了，这事儿，他不敢声张。

等朱厚照用完晚膳回了乾清宫，谷大用、魏彬、刘瑾、马永成、张永、丘聚、罗祥、高凤等人接二连三来到乾清宫，八人显然是约好来乾清宫的，并且还约好今夜如何侍奉皇上得个快活。刘瑾喘着气，手往怀里掏，掏出布衣和布鞋；谷大用赶紧给朱厚照脱下绣着五爪金龙的衮服换上布衣布鞋。朱厚照踱着步子，问身边的八人："瞧朕的样子，有多大改变？"

谷大用说："陛下无论穿什么衣裳，都高贵无比。"

朱厚照瞥了眼谷大用说："朕穿这身衣裳随诸卿出宫，不再是天子了……"

张永笑道："陛下不是天子谁是呢？"

朱厚照也笑了，毫无顾忌说："朕今晚出宫要做的事儿，等于是偷鸡摸狗的事，一点儿也见不得人，可不是皇上要做的事，所以呢，朕穿了这身粗简布衣出宫后，逢上外人，诸卿切莫左一声皇上右一声陛下乱喊。"

罗祥说："遇上外人，咱们跟陛下对话，也得有个称呼，既不可喊皇上，也不能叫陛下，那该叫啥？"

朱厚照说："就叫少东家。"

众人点头道："晓得了。"

朱厚照又说："朕的名字里头有个照字，诸卿出宫后，也可喊朕小照照。"

皇上即兴给自己取个小名叫小照照，挺有趣；众人练习着改口叫喊小照照，朱厚照不介意，一团和气答应着。

换罢衣装，梳理了一番，朱厚照一挥手说："出宫吧。"

众人护侍着起驾，出乾清宫。

皇上出宫，少不了个场面。这一回，皇上出宫跟做贼没两样，趁着夜色让八个太监掩护，偷偷摸摸出宫，一群人刚走到西华门，被门差拦住盘问。刘瑾迎了上去，从衣包里抓出一把银子塞了过去，那门差得到银子，闭了嘴，点头哈腰送他们出门。

这个晚上，朱厚照特别兴奋，简直就像一只放飞的鸟儿。出西华门没走多远，他转过身来，冲着浩气辉煌的紫禁城说道："瞧这围墙里戒备森严，好似一座大大的监牢！"这惊人之语，正好透出少年天子在循规蹈矩的宫中沉积已久的郁闷。

皇上才十六岁，还没大婚，还是个童子身。护驾的八个太监心里都很清楚，今夜里他们冒险引领皇上去逛青楼，才是无与伦比的朝贡。但皇上高贵的身家性命自然把握在了他们手中，不可有丝毫的闪失。

八个太监哪里也不去，护驾主子直奔八大胡同。

这八大胡同地处前门外大栅栏附近，说是八大胡同，其实是由百顺胡同、朱家胡同、李纱帽胡同、胭脂胡同、石头胡同、王广福斜街、韩家潭、陕西巷组成。这些个地方，是京城有名的烟花柳巷，脂粉流香的青楼一家挨着一家。其中的百顺胡同、陕西巷、胭脂胡同和韩家潭档次最高，雅名儿被称作"清吟小班"，所谓"清吟"，就是饮茶呀、谈棋说戏之类。

这之前，朱厚照从没来过八大胡同，只是经常听刘瑾、马永成、谷大用等人讲起八大胡同的风流韵事，听得多了，就想来八大胡同逛一逛，找个乐子。白天里，谷大用和魏彬来八大胡同打探过，这会儿护侍朱厚照直奔胭脂胡同。胭脂胡同共有十多家高档妓院，来光顾的大多是达官贵人和文人墨客。今晚，朱厚照要来苏家大院。这苏家大院几乎占了大半条胭脂胡同，是一家五进带跨院的大四合院。夜幕里，苏家大院里灯红酒绿，时而溅起打情骂俏的笑语声。身着布衣的朱厚照在八个太监簇拥下迈进了苏家大院，院落里立刻响起迎客的吆喝声，一群绝色美人儿听到吆喝声，从不同的门洞里钻出来。这窑子里美人儿的气色就是不一样，一个个皮白肉嫩、媚眼频抛，抛得朱厚照心房躁动起来。

　　刘瑾朝前走出数步，推开奔涌而来的粉头，忙说："爷儿们来了，苏家撑门的老鸨子藏哪儿去了？"粉头们见来客口气大，有势头，好像是来找茬的，退到一旁站着。一个男仆见这情状，快步过来，哈腰笑道："恭请爷们儿是先吃茶，还是先……"

　　马永成打断男仆的话，道："来贵客了，你快去喊来老鸨子。"

　　男仆应了声，转身往后院奔去。片刻后，一位身着大红绸衫的中年妇人急匆匆地随了男仆而来。她就是苏家大院的老鸨子。

　　老鸨子八面玲珑，一看来的是伙生客，当老相识招呼，连皮连肉地说了一番奉承话。一转身，变了脸，冲了众粉头呵斥道："来了大贵人，一个个咋不动个好声色接待？"

　　一个粉头笑道："人家要找的是老鸨子，根本没把咱们看在眼里。"

　　刘瑾懒得闲话，冲苏家老鸨子说道："咱的少东家今晚要包下你家宅子，不得有外人进来。"

　　来包苏家大院的大多是商贾富豪或者身份显赫的达官，那帮人老鸨子混了个脸熟。这帮人在老鸨子眼里来路不明，她看人显然看走了眼，错把年轻的万岁爷看成京城某位惹不起的阔少，不信这位被众人簇拥的阔少会在风月场上一掷千金，倒还以为刘瑾在说大话，直言道："包是可以的，咱家的宅子不是几个银子就可随便包下的。"

　　被老鸨子小看，朱厚照生气了，恨不得下道旨，封了这苏家大院。想他是乔装打扮偷着出宫的，不便暴露身份，慢吞吞说道："包你家宅子，要不要拿个京城做抵押？"

　　马永成接着道："咱少东家能来一趟苏家大院，是赐福苏家大院，还谈啥银子？"

　　刘瑾道："只要咱少东家得了个舒爽，啥银子都不会缺个角儿，快打发粉头侍奉吧。"

　　老鸨子仍不觉这气度不凡、张口吞天的少东家便是当今大明的少年天子，但她很快明白这少东家来头不小，出自京城哪家府上，不便打听，也得罪不起。随即她打起笑脸，吩咐粉头接客。朱厚照从众多美人儿中挑选了一个让他满意的美人儿。

那选中的美人儿领着朱厚照上了阁楼。八个太监就在阁楼下边站岗守卫，不让人打扰。美人好奇地问道："你叫啥？哪家府上的？"

朱厚照说："你别打听啥，叫我小照照就是了。"

粉头的媚眼仍没离开朱厚照白净秀气的脸，打情骂俏说："小小的年纪，就让一群仆人护着来逛窑子，不怕掉进窑姐的窑洞里爬不出来？"

朱厚照笑了，回敬道："我人小志大，是来探窑洞的，看窑姐的窑洞到底有多深。"

朱厚照的口才一点不逊色，反而逗得粉头不敢再开口。两人裹成一团，躺倒在一张床榻上，开始销魂般的云雨……

五

这天的早朝，朱厚照居然没有迟到，一大早儿坐在了奉天殿的龙椅上。来上朝的文臣武官，忙不迭地呈递奏疏，眨眼间御案上摞了一尺多高。朱厚照懒得翻阅，只是捡起兵部尚书刘大夏、吏部尚书马文升的辞职书抖了抖，面无表情地说道：

"刘大夏和马文升拿辞官要挟朕，要告老还乡去，人各有志，朕也不挽留，准许二位回乡颐养天年。"

在殿的百官都知晓刘大夏和马文升辞官不为别的，只是提醒皇上勤政，不让八虎太监牵着鼻子走。皇上不能理解，反而批准刘大夏和马文升辞职，这使百官倏地心凉了半截。阁臣刘健、李东阳、谢迁等人随之走了出来，为刘大夏和马文升说情。朱厚照连说了几声罢了罢了。刘健、李东阳和谢迁还有话要说，不肯退下。朱厚照不让他们继续说下去，一瞪眼说："言多无益，三位爱卿该闭嘴了。"刘大夏和马文升这时候也在朝殿上，见辞职成真，两人走了出来，叩拜道："臣等谢皇上恩准。"然后两人退了下去。

意识到殿堂上的众臣不会就此罢休，会接二连三替刘大夏和马文升说情，弄出节外生枝，朱厚照干脆站起身喊了声退朝。文武百官即便有言要进，没了机会，只好依次退出了奉天殿。

这时节正是正德元年六月。马文升携家离开京城时，如一阵微风悄然而去。刘大夏离开京城时，好似一股大风扫过，他脱下朝服，换上一身布衣徒步走过大明门，叩首而别，然后雇了骡马出得皇城。刘大夏毕竟身为朝廷重臣，只因劝谏皇上勤政弃官，惊动皇城百姓，观者如堵，场面尤为壮观。

就在刘大夏和马文升离开京城之后，好端端的晴朗天空卷起层层乌云，将整个京城卷入狂暴的风雨雷电中。奉天殿以及南郊的祭坛、太庙遇上这场暴风雨，没能逃过一劫，遭到雷击，损毁屋脊上的鸱吻和兽瓦；这可不是一件小事，可谓天象警示帝王不作为，震怒天神。朝廷大臣们联想到刘大夏、马文升愤然辞官而去，皇上昏沉不觉，才有这雷异星变击毁郊坛、正殿辟邪之物。于是礼部速派官员给朱厚照通报。获悉雷击鸱吻、兽瓦之事，朱厚照并没显露出震惊。他已经知道了有人要拿雷击之事大做文章，明白礼部的奏报，含有对他的指斥，于是，他给自己找个理由说："听说永乐十九年四月初八日，京城里狂风呼啸、雷雨交加，那雷电猛地一下子点燃奉天殿、华盖殿和谨身殿，三大殿在雷火里烧了个精光，事后也没出个啥乱子。这雷电不过击损了几片兽瓦之物，更换新的就得了，没啥大惊小怪的。"尽管礼部慎重通报有关雷击鸱吻、兽瓦之事，是为天象警醒天子。但朱厚照不信邪，依旧我行我素跟刘瑾、谷大用、马永成等人打得火热。刘健看在眼里气得直哼哼，想他费了那么大的劲儿呈上奏章劝谏，又拿了辞官下赌注威胁皇上惩办那八个阉竖，都动摇不了皇上。正是他带头辞官，才有刘大夏、马文升跟进，结果是他无用之举的牵引，害得刘大夏和马文升做了牺牲品。无论刘大夏、马文升还是他，都是朝廷重臣，但在皇上眼里，不如那帮满肚子装着狗屎的下作阉人。想到这里，刘健觉得这口气不出，真的要憋死他了。

李东阳和谢迁也是憋着口气，没个地方发泄，两人相约来到刘健府上。生气的刘健正躺在床上谢绝访客，见来人是李东阳和谢迁，不想见也得要见了，一溜烟儿从床铺上振作而起，吩咐家佣上茶。

三人聚一块儿，可谓一个鼻孔出气，要说的话，相通得如同一个心灵里发出。

刘健叹道："好一场风雨雷电，都震不醒小主子，日后不知咋办？"

李东阳道："那八个阉竖不除，小主子不会有清醒的时候。"

刘健生气道："倘若先帝还在世，定会活剐那八个狗东西的皮。"

谢迁道："先帝大行之前，召咱三人接遗旨，历历在目啊，先帝旨意不可负，不可负……"

李东阳道："我约谢迁兄来，没别的意思，就是咱三位老臣联疏一把，再上奏章，不信除不掉那八个阉竖。"

刘健摇头，苦笑道："大夏和文升联疏一把，结果是致仕而归，咱三人联疏，没用啊。"

谢迁道："咱三人身负先帝遗旨，责重如泰山，不可眼看大明社稷在儿戏中付之东流。"

谢迁和李东阳百般恳请，刘健不便再推辞，答应三人联名奏疏。第二天上朝的时候，谢迁本想呈上联疏，担心皇帝搁置一旁。等到退朝后，朱厚照去了武英殿，那里人少，谢迁瞅了这个机会溜进武英殿，将三人的联疏递上了御案。朱厚照阅罢，顿生反感，质问谢迁："朕弄不明白诸爱卿为何这般怨恨刘瑾等八人，天天喊着要诛他们，他们到底犯下何等大罪不可赦？"谢迁回道："臣等进言，请诛八虎，绝非吃饱了撑着，是因那八个太监误导皇上于声色犬马，可是皇上置若罔闻。若臣等对怠政之风视若无睹，既负先帝，也负陛下。"言毕，谢迁告退。朱厚照喊他留步，他不得不转身回来。朱厚照正色道："朕自小在东宫，没个三兄四弟陪伴，很是孤单，得亏了刘瑾、马永成、谷大用等人随侍，不然朕孤单死了，直到如今，朕与他们实为君臣，情同手足。诸爱卿请诛他们，这个脸，朕一刻翻不过来，总不得强迫朕做出无情无义的事来。"谢迁道："社稷为大，臣等为社稷进言，请皇上三思。"

离开武英殿，谢迁满脑子空白，仿佛从地洞里钻出来，眼冒金星看物景有些模糊。刘健和李东阳正等着谢迁上疏的消息；谢迁悻悻然去见刘健和李东阳。没等谢迁开口，刘健和李东阳意识到了不妙。

虽然感觉不妙，但李东阳还是迫切想知道皇上阅罢联疏后的想法，问谢迁。

谢迁沉着脸直摇头，然后叹道："联疏被皇上一巴掌打过来，没个指望了。"

其实谢迁的表情里早已透出没指望，李东阳和刘健直到亲耳听到谢迁说出没指望，两人的心情倏地一沉，沮丧得很，不欢而散。

三位阁臣一番联疏，很快传入刘瑾等八人耳里。他们明白谢迁、李东阳和刘健在朝廷的分量远远胜过刘大夏和马文升，皇上敢蔑视刘大夏和马文升，让他们致仕还乡；但刘健、李东阳和谢迁身负先帝遗诏辅佐皇上，又是数朝元老，一旦联手上奏章，皇帝不得不在乎。八人唯有刘瑾沉稳得住，其他七人心慌意乱，拿了刘瑾当主心骨，请刘瑾赶紧出个对策。

刘瑾笑道："刘大夏和马文升跳出来跟咱们作对，被皇上赶出衙门，灰溜溜地离开京城做了平头百姓。这刘健、李东阳和谢迁又跳出来跟咱们作对，在皇上面前照样屙不出三尺高的尿来，你们有啥担心的？"

谷大用绷着脸说："这次跳出来跟咱们作对的毕竟是三位阁老，位高权重啊。"

刘瑾露骨说："咱们只要一个劲儿拍皇上马屁，侍奉皇上高兴，只要皇上高兴了，谁拿咱们都没办法。"

这当儿，张太后隐约闻知皇上夜里跟随刘瑾等一伙太监悄悄溜出宫寻花问柳，不便将这丑闻声张。想到皇上十六岁了，到了大婚的年纪，单个儿入寝乾清宫，没有女人侍寝，难免出现差错。于是张太后敦促礼部尽快给皇上办理大婚。礼部受了张太后旨意，派人选秀女进宫，最后选定上元（今南京）女子夏氏配皇上大婚。这夏氏便是军都督府夏儒的长女。待礼部和钦天监择了吉日，正式举行大婚。

皇帝大婚期间，紫禁城里处处弥漫着大红大紫的喜气。大臣们给皇上和皇后祝贺都来不及，哪能惹皇上不欢愉，即便有言相奏，也都搁置了。刘瑾讨皇上开心，巴不得皇上大婚越热闹越好。他本来就掌司礼监的钟鼓司，负责内廷俗乐演出，拉了歌舞戏班子来凑热闹。马永成和谷大用也没闲着，找来武术高人进宫表演摔跤、拳击的角抵戏。丘聚和张永等人出宫找来鹰犬进献皇上把玩。总之八个太监在皇上大婚期间唱主角跑前奔后凑热闹，加紧取悦于皇上，让皇上陶醉其中。

一晃进入正德元年冬十月，皇上的大婚期早已过去，宫里歌舞、角抵戏仍在热热闹闹上演着，看不出有终止的时候。皇上丢下御案上堆积如山的奏章，整天泡在歌舞杂剧里脱不了身。户部尚书韩文眼看朝中诸臣请诛，扳不倒那八个取悦皇上的太监，反而让那八个太监越来越得宠，越来越放肆，心情很是愤懑。韩文与僚属李梦阳谈及时弊，说着说着，竟然泣泪而下。见韩文流出痛心泪水，李梦阳开导说："韩公身为朝廷重臣，忧国之心可贵，但不至于以泪泣诉。"韩文叹息着问李梦阳："皇上沉溺在声色犬马中，有何计策扳倒那八个阉竖，让皇上有个摆脱？"李梦阳道："近闻谏官弹劾那八个阉竖，已下阁议，阁中元老颇多，若众臣上下齐心，联手元老齐上阵，铲除刘瑾之辈，不是一件难事。"韩文倏忽来了性情，毅然道："言之有理。但愿众臣上下齐心，一个劲儿请诛刘瑾之辈。我已老矣，不求名垂青史，甘愿一死报国罢了。"两人聊以同心。随之韩文对李梦阳说：

"天下读书人都夸你好文采，下笔如神，你尽快来一疏，切中要害，不信扳不倒那八个阉竖！"李梦阳受韩文鼓励，激愤于笔下，草章成文，交韩文修正。

看罢李梦阳的草疏，韩文不放心说："疏已切中时弊，就怕皇上不览，弃之一旁，白费了心血。"

李梦阳说："咱们要吸取刘大夏、马文升等人单兵作战的教训；墙倒众人推，团结百官一起动手，再厚的墙，没有推不倒的。"

韩文点头说："也是的。"

随之韩文和李梦阳带着奏疏密见朝中元老，请他们签名。次日早朝，韩文和李梦阳赶早进宫，拿了朝中元老签过名的奏疏串通入殿的大臣。大臣们大多饱读过诗书，几乎没人敢小看李梦阳的文采，传阅奏疏一睹为快：

臣等待罪股肱之列，值主少国疑之秋，仰观天象，俯察物议，中夜起叹，临食而泣者屡矣。臣等昼夜伏思，与其退避泣叹，不如冒死进言，此臣之志，亦臣之职也。伏睹近岁以来，太监刘瑾、马永成、谷大用、张永、罗祥、丘聚、魏彬、高凤等八人，置造巧伪，淫荡上心。或击球走马，或放鹰逐兔，或俳优歌舞杂剧错陈于前，或导万乘之尊与人交易，狎昵媟渎，无复礼节。日游不足，夜以继之，劳耗精神，亏损圣德。遂使天道失序，地气靡宁，朝政失当。此辈细人，唯知蛊惑君上，以便利己私，而不思皇天眷命，祖宗大业，皆在陛下一身。先帝临崩顾命之语，陛下皆闻之，为何置犬马之徒于左右，作长夜之游，恣无厌之欲？前古阉宦误国之例，有汉十常侍，甘露之变为证。今刘瑾之流罪恶彰显，实为祸患，伏望陛下忍痛割爱，一并除之，于国之幸，于民之幸！

没多工夫，入殿来的六部尚书、都察院都御史、通政司使、大理寺卿、太常寺卿、太仆寺卿、光禄寺卿、詹事、翰林学士、鸿胪寺卿、国子监祭酒、苑马寺卿、尚宝司卿等官员阅罢奏疏，没有异议，在奏疏上踊跃签名。

韩文和李梦阳获得百官支持，士气大振，只等皇上来视朝时，呈上奏疏。

第三章　八虎翻身得权势

一

一大早儿，韩文和李梦阳在奉天殿里鼓噪着，联盟百官上疏，请诛八虎太监。内阁首辅刘健想起他跟李东阳、谢迁联疏请诛，还有兵部尚书刘大夏、吏部尚书马文升拿了辞官施压，都没让皇上有所动摇，便觉韩文和李梦阳再闹一把，是枉费心机。于是刘健对韩文和李梦阳的奏疏并没抱多大希望，只是应酬着在奏疏上署了个名。

太阳升起一竿子多高，皇上还没入殿视朝。大臣们各有自家衙门的事，不得无休止地等下去，但皇上不入朝殿，他们走不了。不用猜，皇上准是夜里睡得晚，瞌睡厚，今早儿懒床，起不来，咋办呢，就得派人去乾清宫去找。派谁去呢，都怕去乾清宫打扰皇上瞌睡讨个没趣。大伙你看我，我看你，看了半天还是找不出一个合适的人去趟乾清宫。司礼监太监王岳也在朝殿，朝刘健走过来，就说："众大臣候在殿堂等皇上不是个事儿，还是首辅大人面子大，恭请去一趟乾清宫吧。"刘健朝王岳瞪了一眼，心想要吩咐，也轮不到你来吩咐。这时户部尚书韩文朝刘健走过来，韩文并不知晓王岳刚才开口给刘健刮了面子，照旧请刘健去趟乾清宫。刘健不便刮韩文的面子，伸出指头往脸上画了个框框："我这张老脸给皇上多看一眼都不喜欢，不至于送上门去讨个厌恶。"韩文吃吃一笑说："不会的不会的。"

正说着，大殿门口进来一个太监，喊了声"皇上驾到"。大殿里松散的气氛立马肃穆起来，百官依次找到自己的位置站得笔直。朱厚照穿着件金黄色龙袍入殿时，知道自己来得迟，让百官久等了，加快步伐迈向御座。

这天早朝朱厚照尽管来得晚，可他一点不觉朝殿上藏着躁动。韩文以为朱厚照视朝只是点个卯，草草地完事，草草地宣布退朝，按捺不住朝站在身旁的李梦阳又是使眼色又是挑嘴巴，暗示李梦阳快点把署有众大臣姓名的奏疏递上去。可是李梦阳在这关键时刻，竟然有点紧张，甚至有点害怕。其他署过名的大臣看到韩文在暗示李梦阳，也给李梦阳打气使眼色；李梦阳发现周围的大臣都在使眼色支持他，挺了挺身子，大步走了出来，走到御案前跪下，将奏疏举过额头说："臣有一份奏疏，请皇上批览。"

司礼监太监王岳接过李梦阳呈上的奏疏递到了御案上。朱厚照不经意地拿起来阅览。众臣全都屏气凝神瞅着朱厚照，只见朱厚照览毕奏疏，拉长了脸。谢迁担心朱厚照祖护八虎太监，虚张一把当即发怒，令李梦阳挺不住；如果李梦阳挺不住谢罪，其他署名的大臣兴许会跟着李梦阳谢罪，这联疏请诛八虎太监的事，就会彻底泡汤。于是谢迁走了出来，帮衬李梦阳跪在御案前，说道："禀皇上，梦阳刚才呈交的奏疏，绝非梦阳一人所为，是内阁及九卿诸大臣达成共识拟定的，请皇上当机立断。"朱厚照看着了谢迁，翕动嘴唇欲言又止。本是心灰意冷的刘健这时性情勃发，继谢迁之后走到朝殿中央，奏道："皇上应该听说过汉末十常侍的前车之鉴，当年的张让、赵忠等阉宦玩小天子灵帝于股掌之上，灵帝被那伙阉竖哄昏沉了，常以张常侍是我父，赵常侍是我母，结果呢，那十常侍架空小皇帝无度擅权，横征暴敛，鱼肉百姓。史为明镜，老臣直谏，请皇上三思！"

在奏疏上署过名的大臣，接二连三地蹲下身子，跪在朝殿上，发出一个声音。朱厚照不知对谁发落，急得满脸涨红道："你们背着朕，到底做了什么？"

谢迁回答道："臣等不敢背着皇上做什么，臣等一直光明磊落请诛我朝八常侍，愿皇上以国家社稷为重，除后患以息众怒。"

韩文顿时动了感情，泪滴衣襟疾呼道："皇上啊，要知大唐甘露之变的教训，宦官专权揽权，胁迫天子，下视宰相，陵暴朝士如草芥！"

一时奈何不了百官接二连三地启奏，朱厚照喊了声退朝。然而百官不肯退去，场面僵持不下，令朱厚照更加无奈。可他从没经历过百官团结一心朝他发难，又毫无经验处理这突发事件，倒还以为是内阁及九卿要孤立他，如临大敌，吓得没了主张，仓皇拂袖而去。

离开奉天殿，朱厚照回了乾清宫。受到众臣发难，他吓得一个劲儿哭泣。中午时辰，御膳房送来膳食，他一口也吃不进去。

太监刘瑾、马永成、张永、谷大用、罗祥、魏彬、丘聚和高凤等八人看到早朝时的那番阵势，意识到大限临头，相约来乾清宫寻求庇护。八人入得寝宫后，跪下来一把鼻涕一把眼泪地哭泣，哭得朱厚照心烦意乱。跪在前边的刘瑾哭得最厉害，他泣诉道："臣等兢兢业业服侍皇上，别无他求，到底有何罪？朝中百官穿一条裤子勾结起来上疏，要置臣等于死地，这是何等的卑劣，请皇上做主替臣等洗清冤屈！"眼看八个太监哭成一摊稀泥，朱厚照心里一阵发软，叫他们别跪了，别哭了。

八人来乾清宫除了寻求庇护之外，是来探虚实的。皇上叫他们别跪了别哭了，言语里透露出关怀，他们深感不安的心灵得到抚慰。

御膳都快凉透了。

马永成关心说："皇上请用膳。"

朱厚照说："朕被今日的早朝气饱了。"

谷大用说："皇上的龙体饿不得，快用膳。"

刘瑾端着碗汤往朱厚照嘴里喂，强迫他吃下去。

吃下几口，朱厚照感觉到了温暖，叹息道："今日的早朝，内阁和九卿逼迫朕快刀斩乱麻。退朝后，朕一直在想，要主人宰杀自家的狗，怎么也狠不了心，下不了手。何况朕孩提时，诸卿就随侍了。"

刘瑾说："臣等就算是皇上喂养的狗，那伙人叫嚷着打狗，分明是打狗欺主。"

丘聚说："他们逼迫皇上亲自动手打狗，这是何等的卑劣。"

马永成说："他们打狗，是别有用心。"

朱厚照扫了眼把自己当狗的刘瑾等人，觉得可怜，心更软，安慰说："有什么事，朕再去调和，你们先退下吧。"

等八人退下后，朱厚照遣使近侍太监王岳传旨给刘健、韩文等人，称刘瑾等八人即便可恶，还没可恶到非诛不可的地步。王岳曾是东宫内侍，时常遭遇刘瑾等人欺负，深恶痛绝刘瑾等人只顾逗皇上欢娱，荒芜朝政。王岳领旨去游说请诛派，去去来来跑了三趟，背地里却给请诛派打气，请诛派的态度更加强硬。

事态继续僵持不下，毫无调和的余地。这天下午，朱厚照在华盖殿召见刘健、谢迁、李东阳、韩文等人。一伙人刚刚走到左顺门，太监李荣迎上来，招呼道："皇上有旨，赞扬诸位大臣爱君爱国，所奏良言可嘉。但皇上不忍立即处置刘瑾等八人，兴许是从宽论处。"

听这话，众人凉了半截，你看我我看你，不吭声。

韩文耐不住开口道："刘瑾那帮小人怂恿皇上玩乐无度，荒弃万机，我等见这情状，岂可一忍再忍？"

李荣笑了笑说："诸位顾命大臣所上奏疏，皇上不是不知道。"

刘健问李荣："既然皇上知道，为何充耳不闻，还要宽处那八个阉竖？"

李荣毕竟是跑腿的，奈何不了首辅刘健这般质问，又笑了笑说："我只是提个醒，就怕逼得急了，欲速则不达。"

众人随之匆匆入得华盖殿。朱厚照早已端坐在龙椅上等候着。

待众人行过拜礼，果然如太监李荣所言，朱厚照坚持己见，正色道："刘瑾、马永成等八人，随侍朕多年，没功劳也有苦劳，诸爱卿力争尽快惩处，有违朕本意，所以朕请诸爱卿多加宽恕，暂缓处治罢了。"

听这话，刘健觉得率众人白来一趟，激昂道："臣等请诛八常侍，毫无利己私，若皇上心慈手软，恐怕祸患无穷。"

话不投机半句多。朱厚照的脸色陡然变了，恨不得拿了刘健发落。见这情形，太监王岳灵机调解道："今日异议不可冰释，留待明日阁议吧。"这才打破僵局。

整个夜晚，朱厚照翻来覆去，一方面来自请诛派的压力，另一方面是刘瑾等八人作何处置，二者要想得到平衡，的确是个棘手的困局。快到天亮时，他终于想出个两全其美的办法。

早朝的时候，朱厚照下旨将刘瑾等八人徙置南京。八人面对朝廷众臣一浪高过一浪的请诛，不入监牢能有个去留都南京的归宿，也算大幸，谢了皇恩，准备收拾一番，启程上路赴南京。刘健、李东阳、谢迁、韩文等人对皇帝下旨徙置刘瑾等八人去南京并不满意。退朝后，他们不肯散去，一个劲儿地请求诛斩八常侍。

刘健泣诉道："先帝临崩时，握老臣手，多有嘱咐，担心阉竖擅权祸国殃民。臣等诉求诛斩八常侍，是众朝臣共同的呼声，陛下不可执迷不悟。"

朱厚照调解道："诸爱卿早些时候奏上来的奏章，将刘瑾等八人比作汉末擅权的十常侍，比得也恰当。现在朕打发八常侍去远隔千里之外的南京混个闲差，就不再是常侍了，可是诸爱卿还有什么过不去的呢？"

谢迁按捺不住，言激气昂道："刘瑾之辈不诛，安息陵寝的先帝何得安息？"

接下来，韩文及九卿诸臣声讨八常侍罪状，力争惩办，不绝于耳。面对众朝臣发出一个声音，朱厚照不知如何应对，懒懒地摆了摆手，叫他们退下，来日再议。

一边是顾命大臣，一边是自小随侍，朱厚照处在了两难境地，折腾得焦头烂额。他回到乾清宫，坐卧不安，来回地走动，时不时地自言自语。近侍太监王岳看在眼里，揣摩到朱厚照心乱如麻，听谁不听谁没了主张。

王岳借此时机凑近朱厚照，躬身道："臣有言挂在嘴边，不知说得说不得？"朱厚照转过身来，问王岳："你有何言？"王岳勾下头说："臣说了，就怕皇上斥臣妄语。"朱厚照目不转睛盯着王岳："你尽管说吧。"王岳道："内阁及九卿为先帝朝遗臣，这帮顾命大臣久经先帝考验，理政有序、治国有方，实为不可或缺。他们联盟上疏，兴许合情合理。"朱厚照"嗯"了声，轻轻点了下头。王岳不再言声，退在了一旁。

内阁及九卿诸臣一次又一次上疏被搁置，他们一筹莫展，实在想不出妙策再出一疏，语惊皇上拍案而起下道斩令。就在这茫然无措之际，王岳领着司礼监太监范亨、徐智悄悄来到内阁，正好遇到阁臣谢迁在跟韩文商议对策。

谢迁忙问："皇上有何旨意托王公公传来？"

王岳回答说："皇上没旨，我们是背着皇上来的。"

范亨说："刘瑾和谷大用等八人勾结得紧，若不尽快除掉，定会玩皇上于股掌之上。"

徐智说："那八个狗东西早有图谋，除掉他们迫在眉睫。"

韩文叹息说："只怪皇上舍不得除掉他们，不知诸位公公有没有良策？"

王岳说："皇上此时心神不定，犹豫不决，失去耐性，是个机会。"

韩文一振问道："这机会如何使用？"

王岳会心一笑说："依我之见，只要再上道密奏催促，兴许可以大功告成。"

韩文赶紧问王岳，皇上这会儿在哪里。王岳说在暖阁。韩文当即草书密奏，约了谢迁前往暖阁。一路上，韩文对谢迁说："我不信众朝臣再而三地交章请诛那八个阉竖，皇上老是闻风不动。"谢迁清楚朱厚照之所以金口难开，御笔难提，是因为朱厚照娃娃心未泯，把个"玩"字当先，十分依赖陪他玩的那八个阉竖。于是谢迁笑了笑说："猴子不上树，只能多打几遍锣了。"两人说着话，走进了暖阁。朱厚照果然在暖阁，样子看上去有点疲恚。谢迁和韩文上前叩拜。朱厚照懒懒地问他俩有何事来见，韩文连忙掏出密奏，呈了上去："臣等不厌其烦上奏章，请皇上圣明。"朱厚照一听不厌其烦，禁不住有点烦了，不看也知道奏章里写的是什么，扬了扬手说："你们别再跑来跑去了，朕太累了，到明早儿，朕下道旨，逮捕刘瑾等八人下狱。"听这话，韩文和谢迁为之一震，绷着的筋骨一下子轻松了，两人同声说了声皇上圣明，退了下去。

二

刘瑾奉旨准备前往南京。升为吏部尚书的焦芳火急奔来，扯了刘瑾的袖子走到僻静地方，绷着脸说："皇旨有变，刘公公去不了南京。"刘瑾一惊，看着了焦芳："皇上，皇上又下什么旨意了？"焦芳说："明早儿，皇上会重新下旨逮捕刘公公……"刘瑾顿时大惊："焦大人的消息从何而来？"焦芳回答说："就在一个时辰之前，王岳、徐智和范亨怂恿韩文、谢迁又上了道密奏，皇上改变了主意，决定明早儿再下旨……"报过信后，焦芳匆忙离开。刘瑾的心悬着了，心想他下狱，谷大用、张永、丘聚、马永成、罗祥、高凤和魏彬，免不了要下狱，赶紧叫来他们。

叫来的七个人都蒙在鼓里。刘瑾沉着脸说："明早儿，咱们都要下狱了。"

话音一落，其他七人一阵惊恐。

谷大用疑惑说："此消息刘公公从何得来？"

刘瑾不便出卖焦芳，没好气说："连我都相信是真的，你有什么值得怀疑的？"

但是高凤仍不相信刘瑾的话，忙问："皇上早晨宣旨咱们赴南京，不会朝令夕改吧？"

刘瑾恼了，瞪眼说："你们是不见棺材不落泪！"

其他七人听到"棺材"二字，胸口往下一沉，吓得浑身发软，面如灰土哭起来。

刘瑾心想哭着等大祸临头，不如想办法避祸，给七人壮胆说："诸位活得好生生的，有什么值得痛哭流涕的？"

丘聚抹把泪水说："明早儿皇上下旨，逮咱们下狱，定会死路一条。"

丘聚道出众人心里话。

刘瑾冷笑道："你我的人头，今日还搁在肩膀上，有鼻有眼能闻味观色，有口能言可辩是非，何必如此惊恐？"

七人求平安心切，且把刘瑾当作主心骨，希望刘瑾快点施出化险为夷的妙计。

刘瑾低头琢磨片刻，冷静说："内阁及九卿那帮人，这些天一直在皇上那里把咱们往死里奏，可是皇上迟迟不肯答应他们，说明皇上内心里有咱们，不愿抛弃咱们，这就是咱们绝处逢生的希望。"

此言一出，谷大用随之说道："皇上朝令夕改，兴许是谢迁和韩文那伙逼宫所致，皇上是不得已……"

刘瑾点头说："有可能是皇上不得已。但谢迁和韩文一伙斥我们挟制天子，他们反复上疏，步步紧逼，岂不正是挟制天子吗？"

张永说："恶人先告状，咱们不得坐以待毙。"

刘瑾捺不住地一挥手说："等到明日就木已成舟了。诸位赶早跟我去见皇上。"

七个人擦去眼泪，整了整衣装，随刘瑾去见皇上。这时候太阳落入西山，紫禁城里斜阳收尽，笼罩在灰暗的夜色里。朱厚照用罢晚膳，去了乾清宫，一个人独处寝宫，瞅着一炷冉冉飘动的香烛摆出冥思状，想近日众朝臣如波涛涌动，口诛笔伐刘瑾等人，平心而论，他跟刘瑾等人并没过节。多年来，那八个常侍随叫随到，服服帖帖侍奉他，做到了百般顺从，到明日，只要他发旨，他们就成了阶下囚。在宫里做阶下囚，不被赐死，也要被狱卒杖个半死不活。想到这里，朱厚照心里隐隐有些难过。

就在这当儿，一个小太监奔入寝宫奏道："禀皇上，刘瑾、张永他们来了，要求见。"

朱厚照都没看一眼小太监，瞅着香烛不吭声。那小太监以为皇上不见，正要退下，朱厚照叫住他，叹口气说："叫他们进来吧。"

没多会儿，小太监领着刘瑾等八人进了寝宫，跪在地上叩头有声，痛哭流涕。见八人如丧家犬，朱厚照心里不由得生出愧疚，忙说："诸卿有什么好哭的？"

刘瑾连连叩首，泪流满面道："今日皇上不施皇恩，待到明日，奴辈一身臭骨肉就要磔死喂狗了。"

听这话，朱厚照吃一惊，然后紧皱眉头问道："朕未曾发旨处斩你，可你为何讲出此言？"

刘瑾有意避开那伙顾命大臣，把矛头指向司礼监太监王岳，呜咽道："内阁与九卿诸大臣之所以步步紧逼交劾奴辈，是因为有王岳一人主使挑拨，王岳与奴辈同侍皇上左右，他为何起歹心加害奴辈？"

朱厚照大惊，问道："凭了王岳一人，不会有那么大的能耐吧？"

刘瑾挑拨道："奴辈近日查实，正是王岳外结阁臣及九卿，内制皇上，唯恐奴辈从中作梗，才先发制人。"

朱厚照疑惑道："王岳不过是司礼监的一个小小太监，岂可撼动内阁及九卿一呼百应？"

刘瑾被一阵接一阵袭来的紧张折腾得僵硬了身子，脊背上的大汗流淌不息，可他硬挺挺地支撑着，不让自己垮下，拼死一搏说："阁臣和九卿呈报给皇上的奏疏，大斥奴辈进献走马鹰犬，加治问罪，可奴辈即便进献走马鹰犬，取悦于皇上，也不至于罪大恶极，罪该万死。"

朱厚照轻轻点了下头。

刘瑾又补上一句："那走马鹰犬，何损万机？王岳唆使内阁及九卿，是争风吃醋，可他为何这般？"

朱厚照脸上明显地透出怒色，起身来回疾步，倏地转身站住："没料王岳竟是如此卑劣，应问罪严惩，只是阁臣及九卿多为先帝遗臣，一时不便处置。"

八人有备而来。见朱厚照只是治罪王岳，王岳在朝廷不过为沧海一粟，他们拿王岳引申说事，真正要打击的是内阁及九卿。于是刘瑾又率七人叩首，将留待最后的话泣奏出来："皇上啊，您要眼亮心明，要知内阁及九卿反复上疏，步步紧逼，分明是挟制天子。奴辈不惜万死，也要提醒皇上，千万别倒持太阿剑，授人权柄，自受其害！"

听这话，朱厚照陡然涨红了脸，勃然大怒道："朕奉先帝遗诏，堂堂正正身为一国之主，岂可受制于人？"

皇帝突然暴发盛怒，令刘瑾等八人窃窃自喜。

于是刘瑾趁了朱厚照盛怒未消之机，加紧进言道："内阁及九卿能勾结得如此齐心，是看在皇上年少，是趁皇上羽翼未丰之机，架空皇上，为所欲为，若皇上等闲视之，到时定会后悔莫及。"

刘瑾摸透朱厚照的性情，对症下药使出激将法，句句奏在朱厚照的心坎上。"朕不会让他们得逞的。"朱厚照头脑一阵发热，当即提起御笔下诏，命刘瑾入掌司礼监兼提督团营，命丘聚提督东厂，命谷大用提督西厂，命张永等人分管司营务。八人是来求个平安的，毫无非分之想，没料各得要职，仿佛坠入梦境。朱厚照见一个个傻头呆脑不接旨，感到十分奇怪："朕封你们官儿，都不想要，那就别怪朕收回来封给别人了。"还是丘聚脑子转得快，缓过神来提个醒，八人趴在地上连连叩拜，大谢皇恩。

朱厚照封八人职务，不是随便封的。先说刘瑾入掌司礼监兼提督团营，这司礼监为内务府十二监之首，又为二十四衙门之首；其中司礼监有两个职务不得了，一是掌印太监，二是秉笔太监，尤其是秉笔太监掌握着"批红"大权，可代替皇帝"批红"。提督团营又掌握着禁军军权。这肥差如天降馅饼突然砸在刘瑾头上，重重地将他砸得昏头昏脑了。至于东厂和西厂，是朝廷授权抓人的衙门，只要有谁犯个毛病，或者看谁不顺眼，就可抓进来用刑。刘瑾、丘聚、谷大用和张永等八人一旦得到皇帝敕封，就可行使抓人的权力。他们告退后，也没闲着，开始连夜抓人。

不等天亮，刘瑾指使丘聚和谷大用抓捕王岳、徐智和范亨。谷大用问："抓获三人如何处置？"刘瑾咬了咬牙说："他们不是奏请皇上贬咱们去南京吗，也好，叫他们得个现世现报，滚出北京赴往南京。"太监王岳、徐智和范亨都住在宫里，当丘聚和谷大用带人来抓捕时，他们正焐在被窝里睡大觉。丘聚和谷大用怎能容得了他们舒适地躺着，二话不说扯掉被子丢在了地上。王岳以为谷大用和丘聚是私刑枉法，背着皇帝先下手为强实施报复，大嚷道："你们好大的胆！"没等王岳嚷出第二声，谷大用亮出皇旨，王岳见了那方宝玺朱印，胸口倏地一紧，明白请诛的大事彻底失败，不再吭声地蔫了下来。这当儿，外廷的大臣们早都回家了，毫不知晓今夜的紫禁城里有变。

三

第二天一大早，住在紫禁城外的文武百官纷纷赶往宫里。户部尚书韩文昨天约了内阁大臣谢迁呈报密奏后，指望皇上今早儿下旨逮捕刘瑾等八人。他异常兴奋，一夜没睡好觉，起床进宫比谁都早，就想看看那八个只会溜须拍马、阿谀奉承的阉竖如何打入监牢，如何不得好死。刚登上奉天殿时，早起值班太监李荣连忙凑近韩文，晃动脑袋左右环顾，然后悄声说道："告诉韩先生一个坏消息，昨晚宫里有变，王岳、徐智和范亨被抓了。"韩文一惊，打听道："他们为何被抓，是谁抓的？"李荣格外谨慎说："是刘瑾、丘聚和谷大用……"没等李荣说完，韩文又是一惊，急切问道："他们凭什么抓人？"李荣说："听说皇上在昨天连夜下旨，命刘瑾入掌司礼监兼提督团营，命丘聚提督东厂，命谷大用提督西厂等职。"韩文想起昨天他跟谢迁呈上密奏时皇上的允诺，以为李荣哄他，恼怒起来："你一派胡言！"

李荣打个冷战说："我不敢胡言，全是真话，据说要遣王岳、徐智和范亨去南京赋闲。"李荣说得有鼻有眼，韩文不得不相信了，意识到大事不妙，脸猛地一沉，拉长了，随之沮丧起来。大臣们陆续进殿，有关八个阉竖昨晚争取皇上的消息在奉天殿里传开，使得整个殿堂弥漫着心灰意冷的气息。

刘健、谢迁和李东阳是同时进宫来的，三人一路谈笑风生登上御阶走进奉天殿。沮丧难耐的韩文急忙迎上来，垂头丧气说："昨夜皇旨有变，三位阁臣兴许还蒙在鼓里。"

刘健、李东阳和谢迁被韩文说得一头雾水。

"昨夜宫里到底发生了什么事情？"谢迁不解地问道。

"我辈不如八个阉竖。"韩文灰心说道，"他们赢了，咱们输了。"

刘健、李东阳和谢迁顿时目瞪口呆。

之后刘健问道："他们赢得了什么？"

韩文苦笑道："他们赢得了要职。"

三阁臣又是一阵惊诧，懒得打听那八个阉竖赢得什么要职，便觉一阵寒气袭上身来。

李东阳心不死，约刘健和谢迁去问皇上。

李东阳说："君无戏言，皇上晚天的允诺，没过夜就变卦了，也得有个说法。"

谢迁摇头，悻悻道："讨皇上一个说法，没必要了。"

刘健唉声叹气道："正不压邪，才邪乎，我等到此隐退，才是明智之举。"

八个原本要在今天被皇上打入监牢的太监，人人趾高气扬入得朝殿。倒是刘健、李东阳和谢迁宛如输个精光的赌徒，愤愤不平的是皇上变卦不问罪八个阉宦，也不至于封赏他们要职。三阁臣明知大势已去，不再强求什么。

等朱厚照入殿来视朝的时候，刘健突然来了一口恶气，首当其冲走了出来，啥也不说，先叩拜，然后请辞。

朱厚照怔了下，问刘健为何要辞官。

刘健答道："臣已老矣，体衰力乏，实在胜任不了首辅一职，请皇上恩准。"

没等朱厚照作出表态，谢迁和李东阳相约走了出来，叩拜着请辞。在殿的众臣心想三位阁臣突然提出辞官，整个内阁就要瘫痪，交头接耳议论开了。朱厚照毫没料到三位阁臣会在今早同时请辞，有点措手不及，摆手不准。

刘健、李东阳和谢迁就是不告退，一个劲儿请求皇上恩准他们告老还乡。

朱厚照这才意识到三阁臣辞官与他封刘瑾、谷大用和丘聚等人职务有关。他一时安抚不了，装糊涂问道："三位阁臣是奉先帝遗诏辅佐朕的，为何突然间约好一块儿走人？"

谢迁回答说："自古君臣总有一别，臣致仕归乡，是在情理之中，请皇上恩准。"

朱厚照明白刘健、谢迁和李东阳在跟他抬杠，脸一沉说："三位阁臣相约请辞，此举有负先帝。"

刘健听罢有负先帝之言，气得喉咙哽塞，愤愤说道："臣即便再做首辅不过是个幌子。"

朱厚照惊了个正色，问刘健："先帝和朕并没薄待首辅，首辅为何讲出此番话来？"

刘健轻蔑一笑，随之涨红脸说："臣是占个茅坑不屙屎，退出这个坑，也算退出一个肥缺，让给宦臣去屙屎，兴许屙得痛快淋漓。"

在殿的文臣武将颇觉好笑，没有心情笑出来。倒是朱厚照被逗笑了，他说："若首辅吃多了酒肉荤腥便秘，朕吩咐太医开几服泻药给首辅服下，定会大通。"

刘健不禁哈哈笑道："通则不痛，不通则痛，臣就是吃饱了撑着，痛得厉害。"

刚刚得志的刘瑾、丘聚和谷大用等人明白三位阁臣不服输，心里有怒，要发泄，但愿他们的发泄激怒皇上，准许他们致仕。

三位阁臣毕竟有着举足轻重的地位，他们走人，内阁就要关门了。朱厚照意识到了事态的严重，他当然不会让内阁关门，更不会准许三位阁臣告老还乡。

退朝后，朱厚照主持召开内阁会议，稳定刘健、李东阳和谢迁的情绪。会还没正式开始，刘健稳不住神，气得一反常态，推案而起，怒喝道："内阁及九卿多次上疏，诉求皇上问罪刘瑾、丘聚、谷大用等八人，皇上不仅不问罪，反而提升他们要职，这是何等的荒谬！既然皇上眼里没有臣等，臣等留在朝廷有何意义？"谢迁抓住朱厚照昨晚的允诺，说皇上朝令夕改，言而无信，这可不是天子的风范。唯有李东阳翕动嘴唇欲言又止。场面非常难堪。内阁会议最终开了个不欢而散。

三阁臣宁愿辞去高位，也不放过以刘瑾为首的八常侍，可想三人不惜一切代价豁出去了。转败为胜的八常侍以为皇上会批准三阁臣辞职，结果不是他们想象的那样，皇上一个劲儿挽留，显露出妥协的迹象。八常侍不得不在乎了，就怕皇上顶不住压力，又变卦。

因祸得福数刘瑾得到的好处最大，与他受到皇上宠幸有关。他被推到群臣对立面之首不足为奇，尤其是三阁臣拿了辞官要挟皇上，不见偃旗息鼓，难免令刘瑾心有余悸，他尽量保持低调。

这天朱厚照待在谨身殿里休闲着。刘瑾来朝见，叩拜道："启禀皇上，臣已遣使王岳、范亨、徐智上路前往南京了。"

有关司礼监的三个太监贬置南京朱厚照没兴趣，他心里正纠结着刘健、李东阳、谢迁跟他闹情绪，不知闹到哪天才肯罢休。他对刘瑾发着牢骚说："朕保你们八人，就想求个一团和气，没料闹出这么多的麻烦，直到迄今，谢迁、刘健和李东阳还在跟朕别扭着。"

刘瑾本想谢恩，突然改口说："刘健、谢迁和李东阳说是奉先帝遗诏辅佐皇上治理朝政，实则不然，所做之事尽是带头唆使众朝臣跟皇上抬杠、唱反调，更为过分的是他们竟然拿了辞官来恐吓皇上，分明是在打皇上的码头。"

朱厚照仰起脸，又开拇指和食指架在下巴上，半睁半闭着眼说："三阁臣帮朕料理朝政驾轻就熟，可他们就是跟朕没缘分。"

刘瑾狡黠一笑说："既然没缘分，就让他们走人。"

朱厚照突然转过脸，瞅着刘瑾说："别看刘健、李东阳和谢迁的岁数大了，他们以一当十，没谁比得过。"

刘瑾又是狡黠一笑说："臣以为他们是三只老虎，皇上养在身边，可谓养虎遗患，不值得，不值得啊。"

朱厚照说："朕就想，留下他们不值得，先帝临崩时，又为何遗诏他们给朕呢？"

刘瑾说："强扭的瓜不甜。皇上即便留住他们，未必顺从皇上。"

朱厚照点头说："也是的。"

刘瑾又补上一句："皇上别太在乎三位阁臣了。死了屠夫，难道会吃下整头活猪吗？"

朱厚照又微微地点了点头，不再言声。

过了些天，朱厚照竟然把司礼监掌印和秉笔大权交给了刘瑾，刘瑾的地位扶摇直上，权势大得令人不敢触碰，那些曾跟刘瑾作对的朝臣自然收敛了锋芒。这时候谷大用和马永成等人就想利用刘瑾的权势除掉异己，正合刘瑾心意。

谷大用说："不清除掉刘健、谢迁和李东阳，一有机会，他们还会卷土重来……"

马永成说："找个借口诛杀他们最干净利落。"

刘瑾摇头说："你们先去吧，我会有办法的。"

三位阁臣权倾朝野，不是谁想诛杀就可办到。刘瑾当然不会冒险诛杀阁臣，他对付刘健、李东阳和谢迁的杀手铜是他们三人的请辞书。想到拿了请辞书清除三人有违先帝遗诏，留下把柄，刘瑾琢磨那天的内阁会议，刘健和谢迁无视皇上大闹内阁，只有李东阳缄默，决定依此理由留下李东阳，让刘健和谢迁走人。

没了刘健和谢迁，李东阳势单力薄，想在内阁造势没了帮手。再说内阁有李东阳做支撑，也说得过去。于是刘瑾先斩后奏，利用掌印和秉笔大权，矫旨让刘健和谢迁致仕，两人得到矫旨，又有先前的请辞，不得不接受。

刘健和谢迁满怀伤感归故乡。李东阳很是无趣，奏言道："臣等三人，责任相同，独留臣于朝廷，何以谢天下？"李东阳再次请求辞职，没被准许。刘健和谢迁致仕出京城，李东阳相送一程，泪如长河奔流，悲怆叹道："两位仁兄此时离别，留下我一人，有何意义，可惜不能一道同行。"刘健不太理解李东阳此刻的心情，轻轻笑道："李阁老有啥好哭泣的？那天的内阁会上，若与咱俩同斥弊政，就有今日咱们仨的同归而去。"李东阳垂下头，羞涩满面，无语相对。随后刘健意识到了出言过重，想到朝廷有宦官擅权，即便是天意要留李东阳，他的日子不会好过到哪里，连忙改口道："我跟谢迁兄同去，东阳兄要多保重！"三人相拥痛哭。出得皇城，刘健和谢迁懒得回头，独善其身归返乡田。

四

迎娶皇后夏氏进宫后，礼部又替正德皇帝选配了若干位嫔妃，根据皇帝需要，将来还会有绝色秀女选进宫来，成为皇帝妃子。皇帝要在晚上临幸某位妃子，不是随便的一桩事。管理皇帝和妃子行房事的机构叫敬事房。皇帝每天晚膳时，敬事房的太监就会端来一只银盘子，银盘子里装着上至皇后下至嫔妃的名牌。等皇帝用完晚膳，端着银盘子的敬事房太监跪在皇帝面前，如果皇帝这晚无意找哪位妃子侍寝，说声退下即可；如果皇帝想跟哪位妃子行房事，就把哪位妃子的名牌翻过来，放回到银盘里。敬事房的太监退下后，通知被选中的妃子香汤沐浴。等皇帝就寝时，敬事房的太监帮助香汤沐浴后的妃子脱尽衣裳，用羽毛制成的毛衣裹着她的玉体背进皇帝寝宫。按规矩，皇帝不得跟妃子睡一整晚，时辰到了，候在寝宫外边的太监就会冲寝宫里叫喊时辰到了，倘若皇帝不应声，太监会再次叫喊时辰到了，直到把妃子喊出来，然后背走妃子。这还没完，敬事房值班太监还要做记录，记下妃子跟皇帝同寝的年月日，以作妃子受孕的证据。

皇后和众嫔妃论相貌一个要比一个长得俊美，朱厚照好像跟她们没缘分。尽管敬事房的太监每天都要端着那只装有众嫔妃名牌的银盘守候在用晚膳的朱厚照身旁，朱厚照多半时候都不瞅那银盘一眼，就说退下吧。端着银盘的太监听到皇帝喊退下，倍感奇怪。

其实朱厚照天生喜欢那种体态丰满、床笫风骚的女人，他的皇后和嫔妃，就是缺乏床笫风骚，他才不喜欢。只有八大胡同的女人，人人体态丰满，特别有办法勾引他腾云驾雾，如坠梦境，他即便离去后还会想她们，还会再来找她们。用罢晚膳，刘瑾来了。见到刘瑾，朱厚照为之一振，让刘瑾随侍悄悄出宫。

跟以往一样，朱厚照悄无声息走西华门出宫。谷大用、张永和马永成早就赶着两辆马车候在了西华门前。刘瑾陪着朱厚照一出西华门，上了后边的马车，坐定后，谷大用用力抖动缰绳，喊了声"起驾"；张永和马永成赶着前边的马车开路，谷大用赶着马车跟上。黑色夜路上，响起一连串马蹄声。

因是偷着出宫，一路上没有禁军和内侍护驾，朱厚照也不怕半路上遇到劫驾，他寻求的是刺激。一直以来，紫禁城在朱厚照眼里，就是一个巨大的笼子，他待在这个笼子里，沉闷得快要发疯。待到天黑，他就滋生飞离笼子的欲望。马车不紧不慢背离紫禁城而去，他不禁想起奔行在路上的两个人，问坐在马车上的刘瑾："告老还乡的谢迁和刘健这会儿不知走到哪里了？"刘瑾怔了下，看着朱厚照，天太黑，马车里更漆黑，无法看清朱厚照脸上的表情。刘瑾揣摩片刻，试探着问朱厚照："陛下怎么突然想起致仕的两位老臣来？"

"两位老臣是带着怨气离去的。"朱厚照慢吞吞说道，"他们怨朕，就让他们怨吧。"

"他们怨陛下，就是对陛下大为不敬。"刘瑾说，"陛下有什么好思念的？"

"朕当初的确想留住他们，"朱厚照说，"后来朕权衡了一下，留下他们，朕想做点什么，还要听他们说三道四，还要看他们的脸色，这样一来，朕就没了行动自由。"

"他们是犯上，"刘瑾说，"得亏臣打发他们回了老家，不然，他们看这不顺眼，看那不顺眼，今天上道奏章，明天上道奏章，总是挑别人的毛病，惹得陛下心烦气躁。"

"刘健和谢迁走了，内阁里空出两个位置，朕想让吏部侍郎王鏊入内阁，他是成化十一年的进士，当年考了个一甲第三名，很出色。"随着马车颠簸，朱厚照摇晃着身子，"另一个空缺，朕还没想好给谁……"

刘瑾灵机一动，连忙说道："臣想举荐一位贤良入内阁，不知陛下意下如何？"

朱厚照忙问："谁？"

刘瑾回答说："吏部尚书焦芳。"

朱厚照沉默了一会儿，说："焦芳，他入内阁行吗？"

刘瑾说："此人特别听话，陛下叫他朝东走，他决不敢往西行。"

朱厚照说："好吧，那就让焦芳入内阁试试看。"

刘瑾一阵暗喜说："焦芳不会坏事，陛下用他，尽管放心。"

两辆马车要去的是老地方胭脂胡同苏家大院。车还没到达，丘聚就带着一帮人在苏家大院里清场，将院落里的闲杂人员统统赶走。一伙京城阔少正好要在今夜受用苏家大院最美的粉头，这伙人可不是软柿子，平日里跋扈惯了，未曾有谁敢欺负他们。丘聚要撵走他们，明摆着要从他们手中夺走美人儿，他们被激怒，跟丘聚等人硬碰硬地杠上了。

阔少们不知丘聚等人的来路，毫无退缩之意，竟然撸袖子摆出天不怕地不怕的姿态。谷大用和张永就在这时候驾着马车停在了苏家大院门口。见院子里闹哄哄的，刘瑾、谷大用、马永成和张永先下了车。朱厚照待不住，也下了车，迈进了苏家大院。

刘瑾扫视一眼众阔少，来了个下马威："都是谁家养的狗东西，敢在此胡闹？"

一位油头粉面的阔少迎上来，冲刘瑾问道："你骂谁？谁是狗东西？"

刘瑾大怒道："拿下！"

丘聚的两名手下快步冲上前，将那油头粉面的阔少擒住。其他阔少见此情状，正要动手，丘聚大声吼叫道："谁敢嚣张，就地惩处！"

众阔少随之惊怔住，领略到对方霸气十足，不是那么好对付，就想知道对方的身份。

朱厚照和众随侍全都穿着便服，身份自然给那便服隐藏了。众阔少认了半天，也没有认出他们是谁。一位身穿皮袍的阔少没多介意刘瑾和丘聚，便觉他们白白地给人欺负，有口气要出，不服地问道："我们先来的，凭什么撵走我们？"

刘瑾再次怒道："咱的少东家早已包下苏家大院，你们跑来找死？快滚！"

穿皮袍的阔少被刘瑾的怒喝惹恼，冷笑一声说："老子打定不走，你能拿老子咋办？"

刘瑾正要说声拿下，被朱厚照拦住。随后朱厚照朝前走出数步，哈哈一笑说："你充谁的老子？老子才是老子，老子天下第一！"

刘瑾这才喊出一声"统统拿下"。丘聚一挥手，众手下一拥而上，逮住众阔少。直到此刻，被捆绑的众阔少仍没觉察到他们相遇了正德皇帝，不以为然地抗争着。

刘瑾吩咐丘聚说："这伙混蛋敢跟少东家抢美人儿，坏了少东家的心情，从此后，叫他们永远来不了苏家大院。"

丘聚点头说了声遵命，带走了那伙阔少。

苏家大院这才安静下来。

朱厚照来过多趟了，苏家大院的粉头们仍不知他是当今的万岁爷，以为他是朝廷某位权臣的公子。他花银子如流水，花起来比谁都慷慨，因此粉头们格外喜欢他到来。此刻，粉头们纷纷奔涌过来抢夺他，嗲声嗲气喊他"小照照"。他来者不拒，让众粉头簇拥着，嘻嘻哈哈、疯疯癫癫、搂搂抱抱。疯癫到末尾，他挑选两位体态丰满的新鲜粉头上了阁楼。

要到三更，朱厚照已是精疲力竭，搂了粉头睡会儿，当然不能睡到天亮误了早朝。快到五更，刘瑾上得阁楼，喊时辰到了，这跟宫里敬事房的太监喊的是一个样儿。如果朱厚照不应声，刘瑾会接着再喊，直到把朱厚照喊醒，然后他进阁楼，帮朱厚照穿好衣裳，打道回宫。这时候，苏家大院的粉头们都会得到一份不薄的赏赐，开心地叫嚷小照照明日再来。朱厚照边走边朝她们招呼，其乐融融。

第二天，午朝过后，刘瑾派了个手下悄悄给吏部尚书焦芳报信。焦芳获悉他要进内阁，喜从天降，有那么一刻，以为自己坠入梦境。这之前，刘瑾几次遭遇险境，都是焦芳给他报信，化险为夷。按说焦芳对刘瑾有恩，该由刘瑾亲自给焦芳报信，然刘瑾只是派个亲信跑趟腿，就是要吊焦芳的胃口，将来好听他使唤。

因是传话来的，毕竟不是刘瑾本人亲口讲的，也没见皇上下达任命书，此等美差是真是假，只是一个诱惑，或者只是一个传言。焦芳高兴了阵子，对他能否入内阁将信将疑。到天黑，焦芳有点按捺不住，想见趟刘瑾。

刘瑾不在宫里住着了，前些日子，他迁出宫外，住进了自己的府邸。焦芳来登门，要比以往方便多了。吃罢晚餐，焦芳带了些银子，独自驾辆带篷的马车离开了府上。马车在弯弯曲曲的胡同里绕来拐去，就到了刘瑾府邸，然后焦芳带着银子敲门进去了。刘瑾一见来人是焦芳，也没露出惊诧，只是轻轻扫了眼焦芳带来的银子，打个手势，请焦芳入座，又打个手势，立在旁边的家佣退下了。两人坐定后，边饮茶边交谈。

刘瑾清楚焦芳的来意，开门见山说："刘健和谢迁致仕走了，内阁里自然空出两个肥缺……"说到这里，刘瑾看着了焦芳。

焦芳的身子不由得朝刘瑾倾斜过去，笑道："白天里，刘公公派人传话给我，是否为真，我想弄个明白，就来府上拜见刘公公，讨个实信。"

刘瑾端起茶杯，勾下头，揭开盖子，吹了吹，品了口茶，放下杯子，慢吞吞说道："昨日里皇上召见我，提到内阁进人补空缺，两个空缺皇上心里有了个人，另一个空缺给谁，还没人选，征求我的意见，我力荐焦大人。"

焦芳兴奋道："谢刘公公出力，能办成这等好事，我将重谢。"

刘瑾故意卖了个关子，沉着脸说："既然我力荐焦大人，当然希望焦大人入内阁，就怕皇上心有所想，另选他人。"

焦芳稳不住神，拱手朝刘瑾拜道："刘公公在皇上面前说话有分量，皇上定会言听计从，若帮我助成美差，我焦某决不会忘恩负义。"

刘瑾笑了笑说："能助焦大人进内阁，我刘某人将来办事，也可图个方便。"

焦芳立马点头道："刘公公的事，就是我焦某的事，我焦某一定效劳。"

话说得投机，两人的心贴在了一块儿，挨得很近地密谈了一番。

数天后，朱厚照突然下旨，任命吏部侍郎王鏊入内阁，预机务，兼翰林大学士；任命吏部尚书焦芳入内阁，兼文渊阁大学士。

第四章　佞臣遮天良臣亡

一

刘健和谢迁致仕，刘瑾出了半口气，还有半口气要出在户部尚书韩文身上。他开始动手除掉韩文，指使谷大用和马永成查韩文，这一查不打紧儿，竟然查出韩文管辖的银库储有假银，让假银入库，是一大失职。刘瑾抓住这个把柄，上疏斥韩文失察，不能防奸，矫诏韩文革职。韩文明白刘瑾查他是假，驱逐他是真，想到刘健和谢迁致仕，便觉这沉渣浮起的仕途没啥好留念。户科给事中徐昂替韩文抱不平，上奏道："户部尚书韩文率九卿上疏，为忠愤所激，为社稷所安，不可革职！"徐昂的这一举动，反而给他带来落职的后果。

牵连徐昂，韩文无力还报，悲愤至极，干脆致仕。

离开京城，韩文一路惴惴不安；想到太监王岳、徐智和范亨贬至南京，刘瑾派杀手尾随其后，趁着夜色刺杀三人于途中，唯有徐智幸免，拖着一条断臂逃脱。韩文意识到他出京城，刘瑾不会放过他，他脱掉官袍扮成小商贩骑匹骡子，提心吊胆奔行在途中。

就在韩文致仕后不久，刘瑾想起追随韩文上疏的李梦阳，恨之入骨，矫旨李梦阳构陷朝廷大臣，都没给李梦阳一个致仕的机会，直接将李梦阳送进了监牢。见这情形，不愿沉默的百官被激怒，再次响起诛讨声。工部尚书杨守随首先上了道奏章，斥刘瑾等八人罔上诬下，恣意肆情，唯刘瑾最甚。疏入御案，留中不报。接着是给事中刘蒨和吕翀上疏，怒斥刘瑾驱逐顾命大臣，为擅权扫清障碍，请求刘健和谢迁官复原职。这道奏疏一进内阁，落到焦芳手中，焦芳并没呈送御前，而是直接把奏疏转给了刘瑾。刘瑾看罢针对他的奏疏，愤然道："小小给事中，也敢欺负人！"焦芳绷着脸，瞅着刘瑾道："就怕这道奏疏呈送皇上，批出岔子来。"刘瑾沉默片刻说："刘健和谢迁是自愿辞官的，刘蒨和吕翀的奏疏，纯属一派胡言！"

奏疏要呈送皇帝批朱。刘瑾贴近焦芳耳语。焦芳点了点头，带着刘蒨和吕翀的奏疏前往朝殿。

朱厚照在谨身殿逗一只鹦鹉，那鹦鹉晃动身姿，叫喊平身平身。朱厚照扮成觐见的臣子，当那鹦鹉是至高无上的皇帝，朝拜鹦鹉自娱自乐。焦芳带着奏疏进殿来，见了朱厚照卑躬于鹦鹉面前，想笑不敢笑出声。随侍太监李荣凑近朱厚照，禀报了一声，朱厚照才转过身来。焦芳毕恭毕敬迎上去，先请安，然后呈上奏章。

朱厚照不经意地问是谁的奏章。

焦芳勾着头说："禀皇上，刘蒨和吕翀合奏这道折子，让刘瑾蒙冤，有失公允，请皇上公断。"

朱厚照嗯了声，接过奏章皱起了眉头。

览毕奏章，朱厚照仰起脸，当即下旨逮刘蒨、吕翀入狱。

逮刘蒨和吕翀入狱，是朱厚照做给其他朝臣看的，暗示其他朝臣不再步刘蒨和吕翀后尘。朝臣们也不糊涂，避其锋芒暂作沉默。远隔千里之外的南京官员似乎感受不到朱厚照的暗示，当吕翀和刘蒨入狱的消息传入南京时，立刻引起震荡，百官愤愤不平。南京兵部尚书林瀚、六科给事中戴铣、十三道御史薄彦徽、御史蒋钦异常愤慨。

戴铣道："自弘治朝广开言路以来，未曾有言官因进谏而获罪，刘蒨和吕翀不过上了道奏章，就被打入监牢，将来还会有谁敢直言？"

林翰激越赞赏道："两位直臣直斥时弊，可敬可爱，不可多得！"

蒋钦道："朝中几位元老刚致仕，又迎来两位谏臣牢狱之灾，看来不除阉竖刘瑾之徒，国无宁日。"

薄彦徽道："皇上宠幸刘瑾之徒，继续听之任之，灾厄还在后头。"

蒋钦道："诸位枉自空谈，不如再奏一本。"

戴铣道："正不压邪，国运必衰，再奏一本，当务之急！"

众人激愤难耐，即兴联疏，斥权阉刘瑾之徒戏娱皇帝，误国失道；强烈要求正国法，留辅臣，除阉竖。这道联疏看上去没有新意，的确步了刘蒨和吕翀之后尘。等联疏到达北京后，很快落到阁臣焦芳手中。焦芳又将来自南京的联疏交给了刘瑾。

这一回，刘瑾不得不在乎了，担心南京官员跟北京官员南北呼应，闹得水里按葫芦。然刘瑾最担心的是这接连而来的南京联疏有可能改变皇帝的想法，皇帝一旦抗不住南廷北宫施压，变脸是瞬息间的事。于是刘瑾不敢急着将来自南京的联疏呈报御案，背地里私藏下来，等个好时机再呈报。

几天后的一个下午，刘瑾故意安排一场马球比赛，请来朱厚照参赛。待朱厚照击球的兴致正浓时，刘瑾抓住这个时机掏出来自南京的联疏呈上去。这时候击打马球的朱厚照对来自南京的联疏毫无兴趣，摆了下手，不耐烦说："朕不想看这等胡言，交你去办吧。"刘瑾要的就是这句话，连忙收起奏疏揣在了怀里。继续玩马球，刘瑾玩得比谁都开心。

得到皇帝准许，大开刘瑾方便之门。他矫诏，派锦衣卫赶赴南京，逮蒋钦、戴铣、薄彦徽、林翰等人到北京，又从监牢拖出刘蒨和吕翀，加上工部尚书杨守随、都御史戴珊、张敷华等言官一共二十一人跪于奉天殿前，一并廷杖。在朝廷正殿前廷杖大臣，只有皇帝才有这个权力。刘瑾何许人也，在宫里不过是个跑腿的奴才，这奴才在奉天殿前体罚众顾命大臣，激怒戴铣和蒋钦拼死一搏。

戴铣怒发冲冠大骂道："太祖开国，立有铁牌，告示阉宦干预朝政，斩！阉竖刘瑾，凌驾皇权之上，凌辱众顾命大臣，违反大明祖制，当斩啊！"

蒋钦随之怒骂道："奸佞刘瑾，误国小人也！"

听到戴铣和蒋钦怒骂，刘瑾当即下令道："给戴铣、蒋钦加杖！"

持杖的太监先是象征性地惩罚跪于奉天殿前的众臣。待刘瑾下令后，杖棍集中在了戴铣和蒋钦身上，且是下手狠重，戴铣当场被杖死。廷杖才结束。

刘瑾这般惩处谏臣，皇帝视而不见。兵部主事王守仁眼看谏臣在朝殿前给阉宦屈膝跪下，痛挨廷杖，冒死上奏道："戴铣、蒋钦、薄彦徽等人身居司谏，以言为职，其言且善，应嘉勉；倘若过激，应包容，以开忠说之路。今赫然下令拘囚、廷杖，削职为民，有失公允。陛下之心，不过少示惩罚，使诸臣日后不敢轻率，而非处谏臣于绝地。在廷之臣，若以此为非，不敢为陛下进直言，岂不失去忧国爱君之心？尤为言官戴铣，发其忠言为天职，奏其时弊为己任，以言立罪杖毙于阙下，使陛下背负杀谏臣之名，而后众谏臣岂敢言表于朝堂？"疏入，刘瑾大怒，拖出王守仁廷杖五十，打得王守仁皮开肉绽。而后谪贬王守仁赴贵州就任龙场驿丞，掌管驿站车马。

就在王守仁前往贵州的时候，刘瑾一心要除掉王守仁，派了杀手尾随。王守仁行至钱塘，发觉身后藏有刺客，使了招金蝉脱壳，趁着夜色来临，脱下衣裳和帽子，拔了杂草塞进衣裳，扎了个草人儿投掷江中，漂浮于水面，佯装投江自尽。他更衣潜逃时，留下诗句："百年臣子悲何极，夜夜江涛泣子胥。"这两句所谓的遗诗，令王守仁倍感悲凉，想到赶人不上百步，刘瑾赶他何止百步？

二

爱挑剔的御史、给事中趁了皇帝来视朝时，喋喋不休地奏事；还有其他廷臣纷纷呈上奏章；接下来就是学士们讲读经史。每日面对这纷繁杂乱的朝政，朱厚照渐渐失去兴趣，厌烦得很，总想摆脱朝政，玩个痛快。鉴于此，刘瑾瞅准朱厚照玩在兴头上时，拿出一大堆奏章请朱厚照批红。朱厚照被刘瑾打扰得扫兴，不耐烦地一挥手说："朕用你是干什么的？可你老来麻烦朕，去去去！"这样儿"去去去"的经历多次之后，朱厚照中了刘瑾略施的小计，刘瑾用事不再通过皇帝览批。

朝廷官员大多为前朝旧臣，早已养成严谨勤政的风范，看不惯正德朝怠政，更看不惯太监干预国事。早在太祖建国之初，便在大内立有一块禁止宦官干涉朝政的铁牌。英宗正统时期，违反祖制让太监王振擅权，是个血的教训。大臣们想到王振擅权的惨痛教训，才上疏进谏。

尽管大臣们反复上疏斥刘瑾矫旨驱逐前朝旧臣是为擅权扫清障碍，朱厚照一句也听不进去，倒还借刘瑾之手，清除爱指手画脚、限制他自由的旧臣。然刘瑾并非在帮朱厚照，他排除异己，的确是为擅权扫清障碍。两人不同的目的居然水乳交融，这就使众朝臣的进谏变成一腔又一腔废话。

有皇帝撑腰，刘瑾用事一掌遮天。起初，刘瑾把奏疏送往内阁拟旨，内阁秉笔官员不敢得罪刘瑾，小心探询刘瑾的口气，然后按照刘瑾的意图下笔。后来，刘瑾懒得在宫中衙门上班，干脆在自家府上料理公务，他家府邸变成了衙门，就连掌印和秉笔的要事，也在他家宅子里交办。京城府部衙门官员每日办事，要来刘瑾家府上汇报；科道以下级别较低的官员，就得跪在刘瑾家门前听候，人若集多了，不免长跪，如同等候皇帝召见。至于大小京官奉命出外办差，返回京城朝见皇帝后，必须来刘瑾家作番辞别。刘瑾随又矫诏，令吏部和兵部进退文武官员，必须先到他家府上作一番详议。大臣们每天呈上的内外奏本，分红本和白本两种。大臣入奏时，向刘瑾府上先上红本，由刘瑾批答；然后刘瑾自建白本，送交内阁。这样一来，不利于刘瑾的奏本在刘瑾手上全都过滤掉了，送入皇帝御案的奏本，大多是歌功颂德的一类。

刘瑾行使皇帝的权力，自太祖开国以来的有明一代，除英宗正统朝的王振，他是第二人。正德皇帝朱厚照见此情形，任由刘瑾主政，不加干涉，因此有人称朱厚照是坐皇帝，称刘瑾是立皇帝。

这天都察院派了个给事中往刘瑾府上送来一份奏事，封章内书写了"刘瑾"二字，犯了刘瑾名号大忌；平常时候官员们跟刘瑾谈话，或者送来奏本，不能直呼其名，必须称他刘公公或刘太监。都察院送来的公文里误写"刘瑾"二字，显然激怒刘瑾，当场骂得送公文的给事中狗血淋头。送公文的给事中尽管百般解释笔误，刘瑾仍旧不依不饶。

事后掌管都察院的御史屠滽闻知奏本犯了立皇帝刘瑾名号大忌，吓得屁滚尿流直打哆嗦，赶紧率了十三道御史前往刘瑾府上赔礼请罪。由屠滽亲率一群士大夫吓得不敢登门，齐刷刷一大排跪在了刘瑾家门前台阶下，等刘瑾出来发落。

没多会儿，刘瑾出得府邸，见了跪在门口的十三道御史，脸孔立马拉长。

屠滽急忙弯腰，朝刘瑾叩头道："都察院公函笔误，有不敬刘公公之处，卑职特率十三道御史前来府上谢罪，请刘公公包涵。"

刘瑾瞪大了眼，直视屠滽道："十三道御史人人饱读诗书学富五车，咬文嚼字严谨得很，岂会有误？分明是故意之误！"

屠滽又叩首道："十三道御史不敢。"

刘瑾大怒起来："什么不敢，白纸黑字都木已成舟了。"

屠滽的腰脊梁一阵发软道："卑职知罪，请刘公公赐教。"

刘瑾没松口气，直挺挺站在高处，一只手反剪，另一只手指指点点叫骂起来。

众御史不再有谁敢言声。

刘瑾咒骂一句，众御史就往台阶上叩一下头，再骂一声，再叩个头，刘瑾不知骂了多少声，众御史不知叩了多少个头。等刘瑾骂累了，想不出更能发泄的话骂出口时，倏地吼了声："滚，都快点滚蛋！"

屠滽原以为率来十三道御史谢罪，可得到刘瑾谅解，没料讨得一顿臭骂，一个个灰头土脸如丧家犬似的撸起官袍狼狈地离开了。这样的羞辱无论落到谁头上，都接受不了。十三道御史离开刘瑾家之后，只能自己宽慰自己。

刘瑾就是要大杀言官的士气，要让他们知道进谏时，哪些话说得，哪些话说不得。

到了正德二年（1507）三月，焦芳入内阁差不多快一年。他跟刘瑾里应外合相当顺手，就是刘瑾不请示皇上清除异己使他多有不安，就怕刘瑾踩空一脚栽倒。他提醒刘瑾，众怒难犯。刘瑾怔了下，说众怒已经犯了，不可退避了。焦芳说："致仕的大臣，虽说不再任职，余党仍在朝廷，这伙余党是个不小的威胁。"刘瑾明白焦芳的意思，装糊涂笑了笑说："依焦大人之见，该如何处置这伙余党呢？"焦芳说："给他们戴上紧箍咒。"刘瑾不再笑了，沉着脸点了点头。之后刘瑾代替皇帝下诏，将致仕的大臣及朝中党羽共计五十多人统统视为奸党，诏榜于朝堂，颁示于天下：

"朕以幼冲嗣位，惟赖廷臣辅弼其不逮。岂意去岁奸臣王岳、范亨、徐智窃弄威福，颠倒是非，私与大学士刘健、谢迁，尚书韩文、杨守随、林翰，都御史张敷华、戴珊，郎中李梦阳，主事王守仁、王纶、孙磐、黄昭，简讨刘瑞，给事中汤礼敬、陈霆、徐昂、陶谐、刘蒨、艾洪、吕翀、任惠、李光瀚、戴铣、徐蕃、牧相、徐暹、张良弼、葛嵩、赵仕贤，御史陈琳、贡安甫、史良佐、曹闵、王弘、任讷、李熙、王蕃、葛浩、陆昆、张鸣凤、萧乾元、姚学礼、黄昭道、蒋钦、薄彦徽、潘镗、王良臣、赵祐、何天衢、徐钰、杨璋、熊卓、朱廷声、刘玉等递相交通，彼此穿凿，各反侧不安，因自陈休致。其敕内有名者，吏部查令致仕，毋俟恶稔，追悔难及。"

待到三月二十日，被视为奸党的五十多人来到金水桥南一律跪下，由鸿胪寺的官员宣诏示名。五十多人背上奸党罪名，悲愤至极。在职的廷臣听罢诏书，有的辞官，有的告病，不理朝事。

户部尚书韩文早已致仕。刘瑾仍恨韩文恨到骨缝里，趁了宣诏奸党之机，派遣锦衣卫百户钱宁抓来韩文，投进锦衣卫大狱。这钱宁是广西镇安人，小时候家境贫困，父母将他卖给一位姓钱的太监，改名姓钱。后来他跟随钱太监进了宫。自从刘瑾入掌司礼监，钱宁就依附着了，成为刘瑾心腹。

韩文从前有着尚书身份，没有皇帝亲诏，刘瑾想杀韩文，也就没有杀的理由。刘瑾囚韩文，就是要折磨韩文。韩文命大，在锦衣卫监牢里折磨了几个月，仍不死，就得放人。放走韩文，也不是白白地放他回家，钱宁得到刘瑾授意，罚韩文米二千石。

虽说韩文曾官至户部尚书，掌管国家太仓库银，不知有多少万两银子从他手中进进出出。具有讽刺意味的是二千石罚米，令他折腰。钱宁坚定说："韩大人交不出二千石米，出不了大狱。"韩文无奈叹道："能可减免点儿？"钱宁冷漠着脸回答道："一斤半两不可缺。"韩文明白这是刘瑾要他倾家荡产。交不出二千石罚米，他的牢狱之灾定会遥遥无期，恳求钱宁放他出去借贷。好在韩文人缘不坏，在京城里周游了几圈，凑上了数。钱宁命韩文亲自到大同交纳罚米。那二千石罚米本该要入归朝廷太仓库，钱宁做了个手脚，转了几道弯儿，最终转入刘瑾口袋。

三

身为皇帝老师的杨廷和进入东阁，掌管草拟、敕书。他虽没有直接参与弹劾刘瑾之辈，因他在御前讲授经学和汉、唐太监擅权，挟制小皇帝于股掌地史实，斥责谄媚得宠的佞臣，影射宦官刘瑾。刘瑾在矫诏奸党时，看在杨廷和身为帝师，放了杨廷和一马。

杨廷和借讲经史影射刘瑾，朱厚照都没在意。刘瑾在意了，立马翻脸，要动杨廷和的真格，想到逼迫杨廷和致仕，让皇帝背负驱逐老师的恶名，不妥。于是刘瑾私自拟诏，调杨廷和至南京户部任右侍郎。

刘瑾拟诏任免人事，朱厚照通常认可。遇杨廷和调任南京，朱厚照不太情愿先生杨廷和离他太远，对刘瑾说："南京部府无空缺，你差杨先生去了，束之高阁？"

刘瑾回言道："暂无空缺，可以添补嘛。"

朱厚照仍旧不太情愿杨廷和离开北京。

刘瑾浅浅一笑说："陛下多次抱怨杨先生讲授经史枯燥乏味。杨先生不过是个讲官，去南京是升迁。等杨先生去了南京，陛下不是少了抱怨，多了宽心吗？"

朱厚照一时无语，想起在经筵堂听杨廷和讲解经史，他的确是耐着性子在听，就说："那就让杨先生去吧。"

调杨廷和去南京，就是要让杨廷和远离皇帝。南京官职虽说跟北京官职级别相同，但南京官职有其名无其实，多为空职，也就说杨廷和去南京就任户部右侍郎，如同赋闲。

杨廷和不愿去南京任职，这不由他。他只好硬着头皮拿着任职书跟皇帝话别，退出朝殿后，遇到同时调南京礼部任右侍郎的学士刘忠。自从刘瑾把自家府邸当作衙门后，朝廷大小官员无论办差和调任，都得去刘瑾家登门辞别，几乎成为惯例。

刘忠问杨廷和："咱俩要不要去趟刘瑾家？"

杨廷和不满地说："刘瑾不厚道，咱们去登门，以为咱们巴结他，没必要去了。"

刘忠点头说："既然如此，那就别去了。"

之后杨廷和想起坊间盛传刘瑾贪心极重，这等奸佞小人得罪不起，干脆带了蜀锦登门。这蜀锦为四川产特贡彩锦，跟南京云锦、苏州宋锦和广西壮锦齐名天下。刘瑾得到杨廷和赠送的蜀锦，异常高兴，随即改诏，任杨廷和为南京户部尚书，眨眼间官职提升了一坎。

打发杨廷和去南京之后，朝廷废止了经筵日讲。这经筵日讲是专为皇帝而设的，皇帝无论有多忙碌，每天都要抽出时间坐在经筵堂听先生讲授经史。这之前，朱厚照总是找各种借口逃脱，在经筵堂里根本没听几次。除了废止经筵日讲，朱厚照还废掉了限制他自由的尚寝官和文书房侍从内官。朝廷爱谏诤的人，大多封了笔，闭了嘴。

这时候朱厚照要比先前自在多了。他喜欢逛街市，出得紫禁城，禁军和内侍总是里三层外三层地护卫着。他特别讨厌被侍卫和禁军团团簇拥，总想能像平民百姓那样随便闲逛。每次他做贼似的偷着溜出宫，都要乔装打扮一番，很麻烦。他非常羡慕平民百姓自由自在地逛在街市上，而他享受不到平民百姓的自由，心里窝火，巴不得把个街市搬迁到紫禁城来，可那街市并非一砖一瓦，想搬就可搬得来。于是朱厚照有了个意想，既然不能把街市搬到宫里来，就在宫里建街市。

这么想时，朱厚照在暖阁召刘瑾、谷大用和张永。三人百思不得其解皇上为何要在大内建街市开店铺。等三人到达暖阁时，朱厚照要在大内建街市的兴趣正浓。三人躬身请安后，朱厚照说开了。

谷大用不解地问道："陛下为何要在宫里建街市开店铺？"

朱厚照回答说："好玩嘛。"

张永觉得这种玩法不合时宜，当头泼了瓢冷水："纵观历朝历代，没有在宫里建街市开铺子的先例，陛下若开这个先例，恐怕被人视为有失体统。"

谷大用和张永的看法相近，唯有刘瑾依随朱厚照。

刘瑾说："皇上贵为天子，天下没有皇上不能做的事。"

有刘瑾支持，朱厚照不再介意张永和谷大用："朕逛街市，不喜欢侍卫护驾，又老是偷着去逛，有失天尊，所以朕决定在宫里建街市，无须出宫就可逛了。"

三人明了，相继点头。

后宫的房子成片的多。刘瑾组织众太监选了条胡同忙碌起来，不出数日，能见一家挨一家的铺子依次排列着，挨个儿数，就可数出布铺、杂货铺、绸缎铺、广货铺、饭馆、当铺、米行、鱼市等五花八门的门脸儿。刘瑾差人模仿京城老字号做了招牌，高悬在门脸儿上，格外醒目。谷大用和张永领着一群太监驾了马车出宫，一趟又一趟地运回形形色色的货物分别放进不同的铺子，一条繁盛街市景象热热闹闹地呈现出来。

跟演戏一样，商铺的老板，逛商铺的顾客，都由太监、宫女扮成。朱厚照脱下龙袍，换上一身藏青色绸衫，问身边一群太监和宫女，朕像不像个掌柜的？一位太监嘻嘻一笑说："皇上无论穿什么衣裳，永远是皇上。"朱厚照不高兴，板起脸说："朕天天做皇上太累，没趣，朕不做皇上做掌柜，就想换个活法。"众太监众宫女附和道："皇上做掌柜，做得像极了。"朱厚照哈哈笑道："像就好，就怕不像。"

堂堂大明天子，在绸缎铺做起掌柜来。朱厚照喜欢扎进女人堆里，这绸缎铺恰恰是女人爱逛的地方，扮成顾客的宫女没等朱厚照大声吆喝，一个劲儿涌进绸缎铺，观看花花绿绿的绸缎。穿着藏青色绸衫的朱厚照站在柜台里，再也看不出皇帝的威严样子，竟是笑容可掬、点头哈腰地相迎，活脱脱是个掌柜的。

做掌柜就是做买卖。一铺子杭州产丝绸，怎么卖法朱厚照不懂，只能不计利润胡扯胡卖；宫女们捡个大便宜，挤挤攘攘地抢购。朱厚照簇拥在女人堆里一个劲儿乐。一铺子丝绸，贱卖不到一天，卖了个精光。

做过绸缎铺的掌柜，朱厚照接着到别的铺子做掌柜，他就是要过做掌柜的瘾。只要朱厚照来做掌柜，后宫一条街市跟紫禁城外的街市没二样，引来宫女、太监云集，来来往往穿梭于不同的店铺，气氛好不热闹。

开了半月店铺，朱厚照开得没了兴趣，突然想起紫禁城外的八大胡同，想起他趁着夜色偷偷溜出宫到八大胡同逛窑子的情景，就觉趣味无穷。于是他在后宫的街市里开起妓院来，妓院取名"云雨阁"。这"云雨"之意自然令人想起云雨销魂来。张永建议改换个隐晦的名字。朱厚照不答应，说云雨就是男人的快活，朕见着"云雨"二字就挺拔起了精神。办起云雨阁，没有粉头，刘瑾吩咐一群姿色颇佳的宫女做粉头。那召来做粉头的宫女都没名分，是皇帝家的奴仆，这辈子从青丝缕缕到白发苍苍，大多注定没个缘分得到皇帝临幸。召到云雨阁来的宫女，早就知道皇帝冷落皇后和嫔妃，令皇后和嫔妃如同身居广寒宫备受煎熬，又想到皇帝大婚快两年了，皇后和嫔妃仍没开怀生出皇子。尽管是应召做妓，人人受宠若惊，这嫖客不是别人，正是当朝的万岁爷子，她们做妓给万岁爷子嫖，视同得到皇帝临幸，巴不得抢先一步给万岁爷子嫖出个皇子来，到那时定会是母以子贵。

后宫宛若迷宫，胡同似蛛网。这云雨阁开在后宫一处僻静地方，平日里大臣们不会来，皇后、嫔妃也不会来，要来的人是打更、值班的太监。皇帝躲在这地方尽兴玩乐，知道的人不敢说出去，不知道的人难得发现。然而世间没有不透风的墙，没几天工夫，云雨阁被皇帝近侍太监李荣知道了。李荣同情皇后夏氏，担心皇上跟那没有名分的宫女鬼混，一旦混出身孕，生下皇子，对皇后极不公平，他憋不住嘴巴，悄悄告诉了皇后，气得皇后恨不得悬梁自尽。皇帝住在乾清宫。皇后住在坤宁宫。自从皇后入主坤宁宫，敬事房的太监背着浴后的皇后前往乾清宫的次数少得可怜，这可怜巴巴的数次临幸，显然没能让皇后怀上皇帝的骨肉。皇后早已知晓太监刘瑾等人经常唆使皇上趁着夜色溜出宫到八大胡同玩妓，冷落她，她怀恨在心，苦于没有办法报复刘瑾等人，又怕惹怒皇上废了她。鉴于此，皇后一直忍辱负重，没敢吭声儿。

没料皇上淫乐的胆子越来越大，竟然在皇宫里悬牌开起妓院来，这不足挂齿的龌龊事令皇后忍无可忍，抓住这个把柄，哭哭泣泣跑到仁寿宫找太后诉苦告状。自从朱厚照即位后，太后深居在了仁寿宫，从不过问朝政。皇后满脸泪水来到仁寿宫，双膝跪在太后面前，跪得太后大吃一惊，问说发生了什么事？

皇后哽咽道："刘瑾那伙太监，居然敢胆大妄为唆使皇上在宫里开妓院，拿了宫女做粉头，让皇上当嫖客，这龌龊事儿，都说不出口，请母后做主，严惩刘瑾等人。"

太后听罢，大惊失色，忙问道："宫里果真有此龌龊事吗？"

皇后回答道："母后若不相信，这就可去看看那云雨阁……"

太后不再多问。有关太监刘瑾干政矫旨驱逐顾命大臣她早有所闻，没想刘瑾等人竟是如此放肆，深吸口气，怒道："几个奴才想把皇上引入邪路，毁我大明社稷，罪该万死！"

皇后斥责道："皇上屈尊天子身份，把自己当作下九流的嫖客，把宫女贬为娼妓，在宫中嫖娼，这是何等的荒谬！"

太后的脸色越来越不好看，示意皇后的嘴巴别再没有分寸，说了声备轿。几个随侍"诺"地应声。没多会儿，抬来轿子。太后起身上轿时，对皇后说："那个云雨阁在哪里，你带我去看看。"皇后本是来仁寿宫搬兵请将的，一边答应着，一边扶着太后上了轿。

两辆轿子一前一后离开仁寿宫弄出动静。一个小太监老远看到太后和皇后的轿子抬过来，急匆匆跑进云雨阁通风报信。小太监冲进门时，撞上刘瑾，喘息未定说："刘公公不好了，太后和皇后娘娘的轿子抬过来了。"

刘瑾倏地一怔，几大步迈出门槛，果然看见太后和皇后的轿子抬过来了，立马慌了起来。

朱厚照正在云雨阁搂抱扮成娼妓的宫女打情骂俏闹着玩儿。刘瑾脚步慌乱神情紧张地走过去，禀报道："太后和皇后娘娘坐着轿子来了，请皇上快去避一避。"朱厚照吃一惊，以为刘瑾哄他。"来不及了，怕是被太后和皇后娘娘碰上，皇上快去避一避。"刘瑾不安地催促，整个云雨阁顿时如同大限来临，众宫女四散着逃了个精光。刘瑾和谷大用护卫朱厚照走后门溜掉了。

太后和皇后的两辆轿子来得缓慢，好像要腾出时间让皇上回避。太后坐在轿子里，不经意撩开窗口的帘子，看见胡同里的房屋门框上挂着招牌，就觉奇怪，喊了声停下。轿夫们歇下轿子，太后从轿子里钻出来。这时皇后的轿子也停下来，跟着太后下了轿。一看整条胡同都变成街市，太后来了情绪，老不高兴说："这是谁的主意？乱七八糟把个肃穆的后宫弄成这个样子，太不成体统！"随侍们知道这是皇上的主意，都不敢吭声。太后见没人回答，气恼说："这招牌有失皇家尊严，统统摘掉。"随侍们只是应声，想到招牌是皇上下旨挂上的，仍旧不敢听从太后旨意摘下招牌。

太后想进入悬挂招牌的屋子，看里面究竟做了些啥。伙同皇上开店闹着玩儿的太监眼看太后和皇后来了，害怕逮个正着，吓得锁上门，早就跑光了。太后想进门，进不去。太后找的是云雨阁，又往里边走了一段路，云雨阁的招牌果然高悬在头顶上。这时皇后领着太后总算抓住皇上开妓院的把柄。不用皇后说什么，太后大怒道："快点摘下这块牌子，点火烧掉。"随侍们你看我，我看你。皇后大声喝道："都愣着干啥，还不快点动手！"一个太监找来一把梯子，登上去，摘下云雨阁的牌子。但云雨阁已是人去楼空。

没逮着人，太后和皇后只好回去。

太后虽没一竿子插到底，是给朱厚照面子，希望朱厚照给她一个交代。

可是朱厚照并没意识到太后的想法，一个劲儿不理不睬。过了些天，朱厚照来仁寿宫请安，刘瑾随侍而来。太后岂能忘记云雨阁，趁这请安的机会，要好好教训一顿朱厚照。

以往朱厚照来请安，太后总是和颜悦色。这回太后端坐在一把紫檀木太师椅上，面无表情，只是"嗯嗯"几声点了下头。朱厚照察观太后的神色，觉得不对劲儿。

太后终于憋不住开口问道："皇上身为一国之表率，竟然在宫里做出荒唐透顶的事来，怎可对天下人交代？"

朱厚照暗自一惊，明白太后话里意思，抵赖说："儿臣又没做出越轨的事来，母后为何这般问儿臣？"

太后怔了下，接着又问："那云雨阁，你如何解释？"

朱厚照的脊背一阵发凉，口齿有些吞吞吐吐。

刘瑾灵机一动，替朱厚照解围说："禀太后，那云雨阁是皇上召集大臣议政的地方……"

没等刘瑾说完，太后转过脸，横瞪刘瑾问："议政，议什么政？"

朱厚照随机应变说："那地方清静，的确是儿臣召集大臣议政的地方。"

太后气恼道："宫里清静地方多得很，干吗要跑到那僻静地方悬挂一块云雨阁的牌子议政？"

刘瑾哄太后道："禀太后，有报上奏多地闹旱灾，庄稼地里颗粒无收，民众闹饥荒苦不堪言，因此皇上为天下疾苦所急，令吏部增设了云雨阁这个机构，所谓云雨阁，就是祈求上天风调雨顺，赐福于民之意。"

太后本想痛斥一顿刘瑾，还没来得及痛斥，却见刘瑾巧舌如簧把个云雨阁解释得皇恩浩荡，怒也不是，赏也不是；便觉此等不光彩的事儿继续纠缠下去，越发不光彩，只好点到为止。

四

　　太后出了面，后宫一条街市就此草草收场。那云雨阁被太后下令砸了牌子之后也关了门。太后分明要惩处刘瑾等人，只因有朱厚照做挡箭牌护着，让刘瑾等人逃过一劫。事情就这样如一页书似的翻过去了。状是皇后跑到仁寿宫里告的，才有太后坏了朱厚照的美事。更让朱厚照忌讳的是皇后不仅跑到仁寿宫告状，而且还亲自带了太后去搜查云雨阁，他很是恼怒，一赌气，越发冷落皇后。

　　到了正德二年（1507）八月，朱厚照仍在赌气，故意冷落皇后，想在外边建行宫，密遣刘瑾找寻建行宫的地址。刘瑾领旨后带着心腹钱宁在皇城里转了一圈，选在皇城西苑太液池西南岸修建行宫；这地方名叫豹房，是元朝王公贵族专门豢养虎豹玩乐的地方，虽说元朝相去甚远，但那玩乐的遗址还在。

　　选在太液池边修建行宫豹房，得到朱厚照认可后，刘瑾派钱宁监工，开始大兴土木。这使刘瑾跟朱厚照的君臣关系更加密切了。权位一高，刘瑾不再是昔日的刘瑾。

　　就在这时南昌的宁王朱宸濠来到了北京，想结识权倾朝野的刘瑾。宁王的封地原本在北方的大宁，那地方紧挨蒙古。第一代宁王朱权是太祖朱元璋的第十七子。朱权长得英武高大，神姿秀明，慧心聪悟，喜好博览群书，是个十足的书生亲王。洪武二十四年，朱权带着金册金宝前往遥远的大宁就藩。朱元璋特别喜欢十七子朱权，令他拥有精兵护卫八万、战车六千，在众藩王中，朱权的实力堪称顶尖。燕王朱棣发动"靖难之役"，盯上了宁王朱权的八万精兵，取道喜峰口，又入大宁城，要挟宁王朱权交出八万精兵。待燕王朱棣篡取建文帝朱允炆的皇位后，将宁王朱权改封在了江西南昌，子子孙孙世袭在南昌。现今的宁王朱宸濠便是宁王朱权的后代，弘治十年嗣位。

因天顺年间南昌的宁王府发生不法事，被英宗皇帝革除护卫，改为南昌右卫，这一改，大大削减了宁王的兵权和军事实力，此后的几代宁王，总想恢复护卫，未能如愿以偿。朱宸濠继续先人的梦想，力争恢复护卫。通过熟人引荐，他结识了刘瑾。

这天朱宸濠来登刘瑾府上，他是有备而来的。在来北京之前，朱宸濠听到坊间传说刘瑾被称立皇帝，他以亲王身份入得刘瑾府上，且把身子低矮了几分。

问了安，刘瑾才打发朱宸濠入座。

刚开始朱宸濠有点拘谨，心里有话，嘴里不敢说出。

还是刘瑾主动问道："宁王有何事来见？"

朱宸濠这才把话题说开了，请求刘瑾帮忙恢复护卫。

刘瑾打着官腔说："宁王想恢复护卫，可不是一件平常事，一要有依据，二要通报皇上准许。"

朱宸濠说："依据当然有的，并且还是一个历史遗留问题。"

刘瑾问："什么历史遗留问题？"

朱宸濠说："当年太祖册封第一代宁王朱权就藩大宁，令宁王朱权拥有护卫八万。到后来，永乐皇帝登基，改封宁王朱权于南昌。这护卫吗，就成了个悬案，可是太祖之封护卫，有据可查。"

刘瑾"哦哦"地点头。

这时朱宸濠的一只手掏进了腰包，掏出一张银票打起笑脸朝刘瑾递了过去："一点儿茶水费，不成敬意，请刘公公收下。"

刘瑾突然一愣，接过银票仔细一看，足足两万两，暗想宁王朱宸濠出手可算大方，也没客套，将银票塞进衣包，回言说："请宁王等着，让我去试试再说。"

随后刘瑾查备案，果然查实当年的宁王朱权拥有护卫八万。得到当今宁王朱宸濠恢复护卫的依据，刘瑾矫诏，准许朱宸濠恢复护卫，拥兵八万不太可能，折扣成了一半。朱宸濠无尽欢喜，拜谢刘瑾回了南昌。

朱宸濠到刘瑾府上办事，一掷两万，令刘瑾胃口大开；这两万两银子成了个基数，至于登门者一掷千金，他都看不上眼了。

正德三年（1508）春正月，刘瑾矫旨令朝觐官、主管十三行省民政和布政司纳银两万两。这两万两银子可不是个区区小数，压得不少官员喘不过气来。这样的索取居然是公开的，皇上即便晓得也是睁一只眼闭一只眼。

自从刘瑾掌控人事任免权，不断胁迫官员辞职留下空缺，这空缺让谁添注入补，全靠刘瑾一句话。都御史刘宇向来爱钻空子，闻知有人掷出百金千金就可谋取一份不错的职务，他心动了，可他跟刘瑾没什么交情，就怕贴上去刘瑾不买账。刘宇想起阁臣焦芳跟刘瑾的交情非同一般，带了礼金来登门。刘宇跟焦芳是有交情的，但不是太深，他突然来登门，焦芳感到意外。刘宇笑笑，说好久没走动了，今日特来看望焦阁老的。焦芳招呼说刘先生请进请进。刘宇随焦芳来到一间待客的厢房。焦芳请刘宇入座。刘宇没来得及入座，就把用绸布包裹的礼金放在了一张八仙桌上，鼓鼓囊囊在桌面上碰撞出悦耳的响声。焦芳一听便知绸布里包着细软，装糊涂问道："刘先生带啥来了？"刘宇笑着，说不成敬意，请焦阁老收下。焦芳打起笑脸说："来走动就行了，何必带啥来呢。"刘宇的屁股这才坐在一把楠木椅上。焦芳陪刘宇坐在了另一把楠木椅上。二人品着茶，拉了会儿家常，话题一转，刘宇请焦芳将他引荐给刘瑾。焦芳知刘宇来意后，细细一笑说："刘先生想高就，实话讲，我举荐没问题，可不是空口说白话的事。"刘宇会意地点头说："我知道，但我不知里边深浅，请焦阁老指点指点。"做这牵线搭桥的买卖，焦芳跟刘瑾有过多次合作，收取银两是天知地知你知我知。刘宇何许人也，焦芳略知底细，早在弘治朝时，刘宇私市善马贿赂兵部尚书刘大夏，不就是得到好处了吗？事败后，弘治皇帝谴他小人也。刘宇总督宣府、大同、山西军务，照样落下敛财的名声。这主儿找上门来，有些油水可吸。于是焦芳耍了个心眼，吊刘宇胃口说："不知刘先生的要求有多高？"刘宇就怕过高的职务求不来，逗焦芳笑话，不便讲个仔细，支支吾吾说："听说花个数百上千金，就可打通刘公公了。"焦芳细细一笑，摇了摇头，吹出一口气说："这个价以往还行，现在恐怕不行了。"刘宇以为焦芳推辞，有点急，就说："求焦阁老助我一臂之力，事成后，我会重谢！"焦芳笑道："我去试试看吧，看刘公公肯不肯给点面子，至于礼金的事嘛，数百上千金，且是古话了。"刘宇点了点头，告辞而去。

焦芳有意抬高礼金，的确想深宰刘宇一刀。哪知刘宇赌上一注豁出去了，倾其家产且又借贷，心想只要事成，谋个肥缺，不怕索取不回。经焦芳引荐后，刘宇来登刘瑾家，出手大方，掷出数万金，砸得刘瑾不知如何是好，如同遇到贵人，反过来讨好刘宇："刘先生这般厚我，看来此大恩非报不可了。"刘瑾拉下架子说出这样的话，刘宇意识到事要成了，也不心疼掷出去的数万金，"咚"的一响跪在了刘瑾面前："还得多请刘公公栽培。"刘瑾立马弯腰拉扯刘宇说："刘先生快起来，我心里有数了。"两人坐定后，相互恭维，谈笑风生宛若久违的好友。

刘瑾挥霍皇权可谓无度。刘宇看准刘瑾，才下了一大注，一方面买个肥缺，另一方面买活刘瑾，一举两得。没过几天，刘宇升迁兵部尚书，捞了些油水，这山望着那山高，又觉吏部油水更充足，刘瑾一句话，调刘宇任吏部尚书。刘宇得了油水，暗地里瓜分给刘瑾，这样一来，刘宇成了刘瑾的铁杆心腹。

因有刘宇掷出数万金，刘瑾任免人事的胃口撑得更大。但能掷出万金的人，可谓凤毛麟角。然刘瑾的胃口大开之后，渴求不止，打听到翰林学士吴俨家相当富裕，就想从吴俨口袋里掏出银子。吴俨是江苏宜兴人，成化二十三年取进士，入朝已久算得上一介老臣。吴俨为官低调，与世无争，看上去就是那种老好先生。因他来自江南富商人家，银子对他来说从没缺过，所以他入朝为官不曾敛财，不曾攀附谁，也不曾得罪过谁。刘瑾盯上他，他一点不觉。这一日，刘瑾托焦芳给吴俨捎个口信，吴俨知道刘瑾召他议事，不得不来刘瑾府上。

大凡入刘瑾府上奏事的官员，除阁臣及六部尚书有椅子入座之外，其他人的屁股视为下贱，没有板凳坐的份儿，一律双膝弯曲跪下，待奏事完毕，辞别告退时，那弯曲的双腿方可直立起来走人。吴俨进了刘瑾家的门，不知商议何事，心里多有不安。这一回，刘瑾破了个例，居然出来相迎，摆出和蔼可亲的样子请吴俨到他家首堂。吴俨来到首堂，按级别他的屁股与刘瑾家的板凳无缘，该是弯曲腿子跪下，不用提醒，"咚"的一响跪在了刘瑾家的堂下。刘瑾赶紧过来，一边说免礼免礼，一边躬身摊开两条胳膊，将只剩半人高的吴俨拉直成一人高。

这个不跪的待遇令吴俨感到意外，他看着刘瑾。

刘瑾避开吴俨的目光，打个手势请吴俨入座。吴俨也不客气，拣了条椅子坐下来。刘瑾不谈公事，跟吴俨拉起家常。

"听说吴先生老家的生意做得不错？"刘瑾问。

"哪里哪里，算是比一般家庭殷实点儿。"吴俨淡然笑答。

这之前，吴俨多次来刘瑾家奏事，不给板凳坐，老是跪着比刘瑾矮半截。这一回，他居然跟刘瑾平起平坐，且刘瑾的态度要比以往和蔼可亲得多，他就觉得有点反常。

刘瑾仍不谈公事，继续问吴俨："老家是做什么买卖的？"

吴俨有口无心答道："做丝绸的。"

刘瑾点了下头，不再往下问。话题一转，说吴先生入朝都快二十年了，至今仍做个文职学士，有点屈才。

吴俨笑笑："我能做个学士，心满意足了。"

刘瑾故作惊讶道："难道没有想到有朝一日得个高升？"

吴俨意识到刘瑾好像要擢升他，倏地一惊，然后笑道："于我没有这等好事，所以平日里想得太少。"

刘瑾也笑了，随后收敛笑，正色道："近些时期朝廷致仕一批官员，留下空缺，有的空缺甚至还是肥缺，吴先生可谓添注的人选之一，若有兴趣，回去考虑好了，再来给我回个话。"

吴俨感觉天上掉下馅饼，正悬在他头顶上。他没想到刘瑾卖官在吊他胃口，以为自己时来运转，要高升了，内心里倒有几分沾沾自喜。

可是刘瑾不会把那卖官的事儿讲得仔细，他只能先吊吴俨胃口，吴俨聪明动心，就会主动带着银子来上门。于是刘瑾等着吴俨再来找他，等了几天，没有等来吴俨。焦芳是牵线搭桥的，见吴俨上了刘瑾的门后，仍没动静，就觉奇怪。这天退罢早朝，焦芳有意跟上吴俨，先是有人同路不便交谈，待两人走到没有第三者旁听时，焦芳主动喊住吴俨。

"司礼监的刘公公召见吴先生，吴先生去了没有？"焦芳装糊涂地问。

"去过了。"吴俨回答说。

"刘公公的意思，好像要擢升吴先生，看来吴先生要高升了。"

"哪里哪里，八字还没一撇哩。"

"只要吴先生肯花银子再上门打点一下，朝廷的肥缺，可任吴先生挑选了。"

听这话，吴俨突然一震，想起传言刘瑾卖官的事，没料这等事居然落在他头上，就问："请问焦先生，那肥缺是什么肥缺？"

焦芳不打埋伏，直言道："那肥缺兴许是尚书。"

吴俨一惊说："尚书当然是人人渴求的肥缺，就怕花了银子，皇上不答应。"

焦芳觉得吴俨死心眼，尽说废话，瞪吴俨一眼说："吴先生别小看了刘太监的能耐。"

吴俨试探地问道："花多少钱才可捞个尚书？"

焦芳伸出两根指头在吴俨面前晃了晃。

吴俨问："两万两？"

焦芳说："尾巴上再加个零。"

吴俨又一惊："二十万两？"

焦芳点了下头。

吴俨心里倏忽冒出火来："我入朝做官，是皇上恩赐的，这多年来，皇上从没找我要过银子……"

焦芳一愣说："吴先生是嫌花得多了？"

心里冒火，吴俨的脾气硬起来："不嫌花得多，才二十万两，区区数儿。"

焦芳说："吴先生既然不嫌多，尽快去打点吧。"

吴俨憋不住哈哈一笑说："一个太监，无妻无小无拖累，干吗需要那么多的钱财？那肥缺，我不要了，叫他卖给别人去吧。"

离开焦芳时，吴俨态度很坚决。焦芳不再劝说，转身走了。之后焦芳跟刘瑾奏报吴俨，刘瑾默着脸转过身，半晌才说出一句好狗不拾抬举。

刘瑾卖官鬻爵，吴俨拒不上钩，抹了刘瑾的脸。随后刘瑾找个借口，斥责吴俨骄横，目空一切。吴俨明白他拒绝买官，刘瑾有意报复，接受不了怒于朝堂，来了一番抗辩。吴俨的抗辩让刘瑾难堪，反而激怒刘瑾下令罚吴俨廷杖。走出来挞伐吴俨的不是别人，正是花了大价钱买得兵部尚书的刘宇，刘宇差人拖出吴俨，罚杖三十，打得吴俨不堪受辱，干脆回家养病去了。刘瑾趁机矫旨奏道："学士吴俨，骄横无忌，他无病欺诈，应致仕，削籍为民。"吴俨得到刘瑾的矫旨异常愤慨，试图抖出刘瑾啖以私利的事来，被阁臣李东阳劝阻住。李东阳说："刘瑾乃奸佞小人，小人得志不可直抗。"吴俨不服，就问："这奸佞小人贩卖官职，本该弹劾问罪，竟然倒打一把逼我致仕为民，公理何在？"李东阳劝道："你不买，得罪了奸佞小人，这奸佞小人不会给你好果子吃的。再说朝中致仕的不是你一人。让他去卖吧，总有一天，他会把皇上卖清醒的，到那时，自有报应惩治他。"

吴俨致仕后，刘瑾的心情并没好起来。

西厂太监谷大用来刘瑾府上奏事，偶然提起李梦阳。刘瑾原本忘掉李梦阳，经谷大用提及，忙问李梦阳在何处。谷大用说在锦衣卫大狱里关着。刘瑾想起李梦阳代韩文草疏，怒从心起，说李梦阳关了这么久，他还活着，我这辈子不想再见到他。谷大用说李梦阳草疏请诛，引发廷臣群起而攻之，这家伙与我们势不两立，的确可恶。刘瑾的表情立马沉下来，说让他去死吧。谷大用点了点头，说赐死那家伙，才可解大恨。

李梦阳夫人左氏闻知李梦阳落下死罪，四处奔走托人解救，谁也没个能耐帮她。她打听到刘瑾非常仰慕翰林修撰康海的文采，多次召康海于门下秉笔；于是左氏就想拜托康海，可她不便跑去空口说白话。左氏请求探监，说她跟李梦阳夫妻一场，人之将死她跟李梦阳见最后一面，死而无憾。她的请求得到准许，夫妻俩在监牢见上面。左氏眼看受尽磨难的李梦阳满头白发，胡须垂胸，消瘦如柴，泪水止不住地涌出来。

李梦阳似乎有些超然，一把捏住左氏的手，叹道："夫人迟来几天，只可化蝶相会了。"

左氏唯恐狱卒听到，装出生离死别的样子，身子贴在李梦阳胸膛上，将樱桃小嘴凑在李梦阳耳边，悄悄说道："惧死遇生，老爷莫生恐。"

李梦阳暗自怔了下，低语道："我都临近死期了，生不生恐都无所谓了。"

左氏道："有个人能救得了老爷。"

李梦阳问："是何人？"

左氏道："是翰林修撰康海。"

李梦阳道："我落到这步田地，去求人，就怕人家不愿承担风险。"

左氏道："老爷跟康海的文采齐名，据说康海惜才仗义。刘瑾慕康海的文采，召门下秉笔，可想康海在刘瑾心中必有地位。人遇生死之际，去求他……"

李梦阳摇了摇头说："刘瑾恨我，才置我于死地。"

左氏急得慌，搡了搡李梦阳的身子说："老爷写几个字吧，让我带去求见康海试试看。"

李梦阳无奈地操起笔，在一张纸片上写下一句话，默默地念道："对山救我，唯对山能救我！"泪水止不住如泉涌出。这"对山"正是康海的别号。左氏急忙将李梦阳书写的纸片揉成一团揣进了怀里，然后离别李梦阳去见康海。

见到康海，左氏忙将怀揣的纸团掏出来递给康海，跪求道："我家老爷遇大难，托我前来求见康先生保命，愿康先生救人一命，胜造七级浮屠。"

康海忙将左氏扶起。他看罢李梦阳的亲笔，动容道："梦阳与我良友，把命托付于我，不可推辞。夫人先回去，待我去见刘瑾，他多少会给个面子的。"

左氏前脚离开，康海后脚出了门，来到刘瑾府上。这之前，刘瑾数次请康海入得府邸，被康海婉言谢绝。这次康海是不请自来，刘瑾大吃一惊，生出欢喜，说康先生难得一见，今儿个是阵什么风吹来康先生？康海笑了笑，说早想来刘公公府上坐会儿，品品茶，只是公务缠身，走不开，今儿个有了闲暇，不请自来，刘公公是否欢迎？刘瑾笑笑，说康先生堪称一品才子，能来寒舍，蓬荜增辉啊。

一番调侃之后，刘瑾请康海入了上座。

康海坐定后说："昔日的唐玄宗任高力士，高力士惜才，为李白脱靴，刘公公能做到吗？"

刘瑾愣了下，浅浅一笑回答说："除非是康先生的靴子需要我脱下。"

康海仰面哈哈一笑说："刘公公明知我没穿靴子。"

刘瑾逗乐说："下次来我府上，康先生别忘了穿上靴子。"

康海不再笑了，言归正传道："窃以为今天的李梦阳就是昔日的李白，刘公公是否愿为李梦阳脱靴子？"

刘瑾又是一愣，明白了康海的来意，就说："李梦阳之囚，为朝廷事也，康先生前来过问，有何意在？"

康海直言道："刘公公时常赞我好文采，其实梦阳的文采胜过我，若将他囚置于死地，可惜啊，愿刘公公高抬贵手。"

康海替李梦阳说情说到如此份儿上，刘瑾不便刮个干净，看了康海面子，送了个顺水人情，答应释放李梦阳，让李梦阳远离京城。

五

总制三边军务杨一清入朝觐见。朱厚照在华盖殿等候杨一清到来，刘瑾也在场。当杨一清大步迈向华盖殿时，朱厚照突然想起另一位姓杨的老臣来，对刘瑾说："朕一直没有杨廷和的消息。"刘瑾躬身道："禀皇上，杨廷和在南京任职哩。"好像对杨廷和的去向没了印象，朱厚照接着问刘瑾，他怎么跑到南京去了？刘瑾解释说早些时候，南京户部空缺了主职，是皇上答应擢升他去任职的。朱厚照这才想起来，说朕好久没见到杨先生了，叫他回来任户部尚书吧。

刚刚说完杨廷和。杨一清迈进殿来，直朝朱厚照走去，奏报道："臣归朝觐见，向皇上禀报三边事务。"

朱厚照打量杨一清比过去瘦了黑了，还散发出一股泥土气味，活像个耕作的农夫。他伸出手拍了拍杨一清的肩膀说："杨爱卿总制边防，辛苦了。"

杨一清笑道："臣为国效劳，再苦再累，也是应该的。"

朝廷防患蒙古瓦剌部和鞑靼部的侵扰，于正德元年初派遣文武兼备的杨一清赴陕西任总制三边军务，兴筑边墙。这三边之地是延绥、甘肃和宁夏。

没等杨一清开始汇报，朱厚照忙问道："朝廷约定你的三边筑防工程，快要到期了，工程是否能按时完成？"

杨一清回答道："臣禀报皇上，三边工程已经全部完工。"

朱厚照吃一惊，又问道："都验收过了没有？"

杨一清回道："修筑边墙是国家安危工程，臣不敢有丝毫马虎，都验收过关了，请皇上不必牵挂。"

朱厚照一阵高兴，抓住杨一清一条胳膊，欣然一笑道："看你进殿来的样子，一介农夫，朕就知道你在三边之地多勤奋，看来朕不嘉奖你，说不过去了。"

得到皇上表彰，杨一清非常开心，玩笑道："臣一直候着皇上的嘉奖，不知皇上奖个啥子给臣。"说罢哈哈大笑起来。

朱厚照笑个不停说："今日朕替你接风，首先奖你一桌丰盛的酒宴，你该满意了吧？"

杨一清不再笑了，恭敬道："臣谢皇恩。"

从入殿到退下，杨一清只顾跟朱厚照汇报三边军务，忘了跟刘瑾聊上几句，这使刘瑾对杨一清耿耿于怀。

外地官员赴京师奏事或者述职，先进宫朝见皇上，告退后，再去刘瑾府上拜见，离开京师时，必须到刘瑾家作一番告辞，几乎成为惯例。去刘瑾家的人，都不会空着手去。这事儿说穿了，就是刘瑾有意向地方官员索取。杨一清进宫告退后既没上刘瑾家作一番拜见，离去时也没登刘瑾家门槛作一番告别，所以刘瑾对杨一清耿耿于怀。

杨一清压根儿都没意识到他得罪了刘瑾。就在杨一清离开京师之后，耿耿于怀的刘瑾召见阁臣焦芳和吏部尚书刘宇，两人相约来到刘瑾府上。

刘瑾开口就说："杨一清不过是个总制三边军务，此人过度骄满，不把皇上看在眼里。"

焦芳和刘宇不知何故，看着了刘瑾。

然后焦芳问刘瑾："杨一清如何骄满？"

刘瑾沉着脸说："他此次来京城觐见，居功自傲得很，竟然向皇上索取赏赐，这种人还能为朝廷做得了大事吗？"

刘宇问："他向皇上索取什么？"

刘瑾回避刘宇提问，说："杨一清把持三边筑防工程，这个工程的确不小，我就不信他做得干干净净，更不信他的屁股里没夹着屎。"

这话有听头，焦芳连忙说了个"查"字。

这"查"字正是刘瑾要说的。他一转身，对刘宇说："你带人去三边之地查一查吧，一旦查出问题，立即上报。"

刘宇点了点头。数天后他带人前往陕西、甘肃、宁夏。三个月后，刘宇从三边筑防之地回来，直接去了刘瑾府上。他虽没查出杨一清修筑边墙的贪腐劣迹，但他查出整个工程有浪费现象。刘瑾抓住筑边的浪费现象，下令逮捕杨一清。

杨一清还没弄清是怎么回事，被抓到京师入了大狱。他入狱，惊动朝中百官，好一个筑边工程"浪费"二字，逮杨一清入狱实在冤枉，众朝臣纷纷奏请皇上释放杨一清。人是刘瑾派刘宇抓的，若放人，说明办了杨一清的冤案。刘瑾和刘宇当廷抗衡，直斥杨一清筑边的靡费之罪不可赦。两人一唱一和打定主意置杨一清牢狱之灾，激怒阁臣王鏊和李东阳。

王鏊走出来，横眉竖眼说："一清高才重望，为国修边，吃尽苦头，罪从何来？"

刘瑾回答道："他修边浪费国家资金，就是罪。"

王鏊皱起脸，苦笑道："一个浪费就定罪，将来有谁还敢去修边？"

刘宇道："我亲自去三边查过了，浪费是事实，若不治罪警示，将来人人都可浪费国家资金。"

李东阳大步走出来，对抗刘宇道："三边筑防工程浩大，距离拉得长远，单靠一清一个人监督浪费几乎不可能。再说损失一块砖也是浪费，一清没有神本事保证不损失一块砖一片瓦。若吹毛求疵治罪一清，下次修边筑防，我建议谁也不派，就派吏部尚书刘宇去做总制好了，看他经不经得起查实。"

李东阳一番话，如同一把钳子，钳制住刘宇。

高坐龙椅上的朱厚照一直没作声，宛若旁观者，看了半天，觉得该收场了。既不得罪左边，也不得罪右边，打个呵欠说："一清是朕派去修边的，没有功劳有苦劳，查他没过错，关押他的确有点冤，那就放他出来赋闲吧。"

皇帝一锤定音，数只嘴巴停止争吵。杨一清从监牢里放出来，如同妇人赋闲在了家里。

就因杨一清马虎了一回，来京师奏事没登刘瑾府上阿谀奉承，才落个丢官的下场。

就在杨一清落职赋闲的当儿，南京右都御史张泰来京师奏事。张泰知晓地方官员赴京师，免不了要登刘瑾府上，但不能空手登门。张泰为官，是挂了号的清官；官做得太清，家底子必薄。张泰只好带了土特产送刘瑾，登门时，刘瑾见张泰提着一大袋东西，问是啥？

张泰汗颜道："一点儿土葛，送给刘公公，不成敬意。"

刘瑾的脸立马拉长，心想来他家登门的地方官员，未曾有谁送他一文不值的土特产。他夺过张泰手中的土葛，使出吃奶的劲儿扔出老远，瞪眼咒骂张泰不识相，骂得张泰哭笑不得，好似一条狗被逐出了门。就因送了不值钱的土葛，刘瑾觉得张泰拿他不当人，罢了张泰的官。

紧接着御史涂祯奉旨巡长芦盐课，这差是个肥差。刘瑾打起涂祯的主意，要涂祯割送当年余盐银两给他，派了刘宇来传话。涂祯不是那种爱巴结权贵的人，对刘宇说："余盐银两是国家的，能随便送给私人吗？"刘宇说："司礼监的刘太监既然开了口，你就看着办吧。"话里明显有强迫的意思。涂祯的性子又是格外地硬，不买刘瑾的账，一口回绝了。过了些日子，涂祯赴京师复命盐课，在奉天门相遇刘瑾，这种时刻按照惯例涂祯必须主动迎上去施礼招呼，可涂祯就是不肯对刘瑾屈膝俯首，竟然漠视而过，激怒刘瑾，老账新账一起算，下令逮涂祯下锦衣卫狱，处以廷杖，贬至肃州。涂祯受不了酷刑，死在了狱中。但刘瑾仍不罢休，拿涂祯的儿子出气，遣使涂祯的儿子充军边塞。

张泰和涂祯，一个送不起，一个不愿送；送不起的丢了官，不愿送的丢了命。这两件事在朝廷引起不小的震动。此时朱厚照小住在西苑太液池边的新宅豹房里。刘瑾授意钱宁搜罗一群妖媚女子投进了豹房。朱厚照沉醉在豹房的淫乐中，奏刘瑾迫害张泰和涂祯的奏章送入豹房，他懒得搭理，在奏章上朱批"闻知"二字，不再有下文。

在豹房小住一段日子，朱厚照起驾回宫。御辇刚入宫城御道，不知是谁将一只包袱扔在了御道上。一个侍卫拾起包袱打开一看，里边裹着一份没有署名的书函，字字句句揭露刘瑾擅权敛财迫害忠良。侍卫立马将拾到的匿名书函交给刘瑾，刘瑾顿起大怒。待御辇安顿，皇帝回到大内之后，刘瑾来到奉天门，传百官赶赴奉天门，追查扔在御道上的匿名书函出自谁人之手。百官陆续到来，刘瑾下令他们一排接一排地跪在奉天门外。

不用刘瑾开口查问，就看刘瑾的脸色，百官自动开口了。

跪在最前边的是翰林学士，众口齐声道："内官优厚我等，我等感恩不尽，岂敢背地里做出那种阴事，攻讦刘公公？"

刘瑾默着脸静观众翰林，一个个勾着头，如老鼠见了猫，吓得没了骨头。猜想他们没那个毛胆干出那种事来，伸出一只手往上一招，叫他们起来。

众翰林双手搂着官袍站起来，不知刘瑾接下来如何发落，都不敢抬头正视刘瑾。

刘瑾扫视弯腰垂首的众翰林，沉默片刻说："你们先去吧。"

待众翰林离开后，跪在后边第二排的御史等官，依照前排翰林的样子，齐声说道："我等身为台官，深知朝廷法度，岂敢凭空捏造事实，诬陷刘公公？"

御史显然没有翰林幸运。刘瑾沉着脸，狡黠一笑道："诸位中有谁视我奸佞小人，尽可公开告发，何必匿名攻讦？"

众御史吓得发抖，申辩没有捏造事实攻讦刘公公。跪在御史后边黑压压的一群人，都跟着御史申辩，没有攻讦刘公公。刘瑾恼羞成怒走来走去，突然站住，厉声说道："都不承认，那就都留下，直到有谁承认了，才可离开。"

说罢，刘瑾拂袖而去。官员们只好继续跪在奉天门外。

正是红日当顶的六月天，跪在奉天门外的官员共有三百余人，他们都穿着不透风的朝服，跪了不到半个时辰，被如火的烈日烤得大汗淋漓，朝服的里里外外全湿透了。刘瑾拂袖而去后，仍不见回来。官员们跪在火辣辣的太阳底下，没人敢站起来伸个懒腰舒展一下腿子。

司礼监太监李荣和黄伟奉刘瑾之命站在奉天门东侧监视着一大片低矮了半截身子的官员，如同在油锅里煎炸。李荣生出同情，趁刘瑾不在的当儿，打发几个小太监拿出冰窖里的西瓜给下跪的官员解暑。随后李荣打个手势说："刘公公走了，诸位不必再跪了，快起来舒展一下腰腿筋骨，吃瓜解渴吧。"官员们听了李荣的话，都站起来啃着西瓜，只啃了一半，刘瑾来了。李荣慌急报信道："刘公公来了，来了。"官员们吓了一跳，赶紧丢了西瓜，又跪下了。

刘瑾怕热，他不会陪着下跪的官员站在太阳底下烤晒，跑到阴凉地方歇着了。虽说他的人离开了奉天门，但他时刻都在窥视着奉天门外的动静，当吃瓜的官员全都站起时，惊动他从阴凉地方走了出来，那凶恶的样子就像要活吃生吞站起来啃西瓜的官员。

其实李荣让官员们站起来吃西瓜，被刘瑾看了个一清二楚。刘瑾觉得李荣充当好人跟他对着干，非常生气。

这年近八旬的李荣早刘瑾进宫许多年。他曾在乾清宫里伺候代宗皇帝。到了成化十四年，李荣为宪宗皇帝所重，做了司礼监掌印太监，参与朝政。

后来到了弘治朝，李荣又受到弘治皇帝的器重。尤其是当朝天子朱厚照幼小的时候，李荣便侍奉在了他身边。因此李荣尽管跟刘瑾对着干，刘瑾也不便把怒气发泄在李荣身上。

刘瑾只是瞪了李荣一眼，然后开口大骂吃瓜的官员。

这般无休止地惩罚数百官员，站在李荣身边的太监黄伟觉得过分，转弯抹角说道："匿名书中所言，皆是为国为民，好汉做事敢自担，究竟是何人所写，快点坦白，何必连累他人受罪？"

听到"为国为民"四个字，刘瑾怒视黄伟道："什么为国为民，这匿名阴事，好汉决不会做出来。"

官员们从中午跪到天黑，又饥又渴，差不多有大半的人中暑了，趴在了地上。刘瑾还没惩罚够他们，连夜将他们投进了锦衣卫大狱。

第二天一大早，来上朝的人寥寥无几，奉天殿里几乎空荡荡。皇帝也不在大殿高位。李东阳听到有人罚跪在奉天门前中暑后，死在锦衣卫大狱的消息，异常愤慨，来到乾清宫。一个内侍见来人是首辅，婉言道："昨夜里皇上睡得晚，不便打扰，请李阁老稍候。"李东阳等不得，连忙说："我有急事要见皇上。"内侍说："皇上睡得正香，还没醒哩。"李东阳说："我等着，你快去叫醒皇上。"内侍拗不过李东阳，快步进了寝殿，躬身站在龙床边叫嚷："皇上，首辅大人来了，有急事求见。"朱厚照哼哧一声，没有睁开眼。内侍又叫嚷，朱厚照睡眼惺忪问谁来了，内侍忙说："是首辅李东阳，有急事禀告皇上。"朱厚照不耐烦说："叫他去吧，朕随后进殿视朝。"内侍说："首辅大人急得很，不肯走哩。"朱厚照赖不住地起了床，洗漱完毕出得寝殿。李东阳正候在乾清宫的正殿里。朱厚照对不肯离开的李东阳露出不满，问道："为何不在奉天殿里待着？"李东阳回答说："禀皇上，今日里没人来上朝了。"朱厚照吃一惊："人呢，都上哪儿去了？"李东阳说："昨天发生了一件事，难道皇上不知晓？"朱厚照瞪眼问："什么事？"李东阳奏道："就因一份匿名书的查实，太监刘瑾下令罚三百余号大臣跪在奉天门外，到天黑仍不罢休，将他们视作罪人投进了锦衣卫监牢，此事不仅冤及甚广，而且凌驾在了我朝法度之上。臣请皇上赶快降旨，给那三百余号朝臣人身自由。"朱厚照疑惑问道："三百余号朝臣都跪在奉天门外，然后又下了锦衣卫狱，真有此事吗？"李东阳十分不满，愤然奏道："太监刘瑾都罚死人了，皇上还蒙在鼓里？"听到死人，朱厚照惊了个正色："谁死了？"李东阳道："刑部主事何钺、顺天推官周臣、礼部进士陆伸因中暑过度，死在了狱中；若继续囚他们在狱中，还会死更多人的。"朱厚照觉得刘瑾做得过分，话到嘴边，咽了下去。李东阳又奏道："这么热的天，三百来号朝臣在奉天门外从早跪到晚，要说惩罚，早就惩罚够了，何况他们中的绝大多数人毫无过失。此刻他们正在狱中，全都成了内官刘瑾的阶下囚……"朱厚照这才说道："朕知道了，会放他们出来的，你先退下。"李东阳并没退下，严正奏道："奉天门是天子召见大臣议政听政的地方，岂可让太监刘瑾惩罚百官长跪御门前？又囚于大狱？这分明是凌驾皇权之上！"

第五章　拆房掘坟起斗殴

一

西苑太液池边的豹房始建于正德二年八月。能工巧匠要在豹房内建造二百多幢房子，那宫殿、寺院以及亭台楼阁的不同构造，使得整个豹房如同一座精巧的迷宫。

没等豹房完全竣工，朱厚照就住进来了。刘瑾指使钱宁从民间召选美人投进豹房，供朱厚照淫乐。在紫禁城里，皇帝召妃侍寝都要受到限制，那侍寝的妃子在龙床上陪皇帝睡到半夜，就被敬事房当班太监叫走了，下半夜的时候，只有皇帝独自躺在龙床上寂寞得翻来覆去。这豹房就不一样，一大群美人排着长队在一旁候着，只要朱厚照看中了谁，一个两个都可叫到龙榻上来，搂着抱着一觉睡到天亮，没有敬事房的太监候在一边打盹儿。

可以说豹房是刘瑾和钱宁替朱厚照建造的淫乐窝，朱厚照待在这个淫乐窝里再也不想回到紫禁城。只要朱厚照沉迷在豹房，刘瑾用事天马行空更加方便。

昔日东宫八虎太监的其他七人指望刘瑾擅权后，能给他们带来好处，没料刘瑾地位高升，受到皇帝特别宠幸，开始疏远他们，不愿跟他们抱成一团。八人就这样分崩离析。东厂和西厂仍由谷大用、张永、魏彬等人把持着。刘瑾因跟谷大用、张永等人有了距离，用事的时候，感觉东厂和西厂靠不住。他另设内厂，为己所用，不再受制于东厂和西厂。

设立内厂，说白了，是刘瑾敛财的工具。他常派内厂手下巧取豪夺民田，修理田庄，没人敢问津。京城朝阳门外有片地叫猫竹厂，原是朝廷堆放毛竹和木材的地方，后来那片地上有官民陆续盖起房子，葬下先人。刘瑾看上猫竹厂那片地，派亲信刘宇和钱宁去猫竹厂暗访、查实。

刘宇和钱宁从猫竹厂回来，刘瑾迫切问道："住在猫竹厂的都是什么人？"

刘宇回答道："那片地上虽说是官民混居，为官最大的不过是郎中。"

刘瑾再问："郎中有多少？"

钱宁答道："十来人。"

刘瑾抬起一只手，摸了摸下巴："猫竹厂住了多少户人家？"

刘宇说："具体有多少户，还没查个准。"

钱宁说："估计有几千户。"

刘瑾不再往下问。他明白派人去猫竹厂强行拆除几千户民宅，会闹出动静，最终惊动皇上，如果皇上维护京城的稳定，就会阻止拆迁。这事儿做起来，首先要作个铺垫，让皇上知道，得个默许，再去拆迁，方可大事化小，小事化无。

这当儿，正德皇帝朱厚照正沉醉在西苑太液池边豹房的酒色里。刘瑾来到豹房朝见。朱厚照单衣坐在龙榻上，一位赤裸身子的美人正斜卧在他大腿上，他的手指当作梳子，梳理那美人的长发。刘瑾贸然闯入，知道来得不是时候，正要告退。朱厚照立马叫住刘瑾。刘瑾转身回来。那女子披上衣裳遮羞，去了一边。刘瑾正要拿了猫竹厂作一番请示，见贪色过度的朱厚照面容憔悴，看上去萎靡不振，没有开口。

整天待在美人堆里，朱厚照越来越喜新厌旧，对刘瑾说："绝色女子就是一道上好御膳，这豹房里的御膳，朕都一一品尝过了，朕再品尝，没了胃口。"

刘瑾明白召进豹房的美人不能满足朱厚照，百般奉承说："皇上别急，又有一批上好御膳马上就要送进豹房来。"

朱厚照会心一笑说："那就快点送进来吧。"

豹房里云集的美人形形色色，有高丽美女、扬州少女、京城佳丽，甚至还有妓女和寡妇，这些女人正是刘瑾和钱宁削尖脑袋搜罗来进献的。刘瑾刚才说又有一批上好御膳送入豹房，其实是在哄朱厚照，他和钱宁几乎使尽手段，该搜罗的美人都在豹房了，即便再去搜罗，恐怕比不过身处豹房的女子。刘瑾既然说出了口，不兑现，交不了差，只好向钱宁施压。

钱宁办事，精明到了头，知晓只要哄好刘瑾，想得到好处全能得到，他对刘瑾有求必应。他出去几天，找到一个叫于永的回民。于永是西域人，善房中术，专门给京城王公贵族拉皮条，就是从西域带来美女献给王公贵族。钱宁回到豹房，一副眉开眼笑的样子；刘瑾明白皇帝需要的上好御膳有了着落，又担心钱宁召选的美人不是那回事，到最后好事办成坏事。

眉开眼笑的钱宁凑近刘瑾，悄悄耳语道："刘公公不用担心皇上没有新鲜御膳了。"

刘瑾谨慎问道："那御膳在哪里？"

钱宁嬉笑道："全是色目女子，润如凝脂，姿色大胜中土，皇上见了，肯定彻夜销魂。"

刘瑾突然兴奋起来："那色目女子在何处？"

钱宁回答道："在京城几位王公贵族家里偷偷私养着。"

刘瑾赶紧下令道："大胆王公贵族偷偷私养色目美人，近日若不交出来献给皇上，遣使全家戍边。"

随后那王公贵族们得到刘瑾的命令，吓得胆战心惊，赶紧交出色目女子。

这色目女子正是于永从遥远的波斯带到大明的。钱宁一口气找来十二位波斯美人先给刘瑾过目，都把刘瑾看傻了，女子个子高挑，肤色白如羊脂。刘瑾看动了心，打着验身的幌子，叫十二位波斯美人脱净衣裳。十二位波斯美人听说要把她们献给大明的皇帝，不是件坏事，都脱了个一丝不挂。

然后刘瑾吩咐波斯美人在一处空阔的大殿里跳西域舞蹈，他去请朱厚照来观赏。等见到朱厚照，他并没直言相告，只想给朱厚照一个意外的惊喜，十分诡秘地凑近朱厚照说："臣特地安排了一场出色的歌舞，请皇上一睹为快。"

豹房里天天都有歌舞戏班子演唱，朱厚照看得腻了，似乎没了兴趣。

刘瑾缠住朱厚照，大卖关子说："那歌舞不是一般的歌舞，皇上不看会后悔的。"

朱厚照经不住诱惑，随刘瑾去看歌舞。等见到跳西域舞蹈的波斯美人，一个个的长相不同于大明国土上的美女，朱厚照大惊大喜，大加赞赏道："简直是一群天宫尤物，这尤物从何而来？"

刘瑾讨好说："臣进献给皇上的尤物，来自西域的波斯国。"

朱厚照提振精神，满心欢喜哈哈笑道："来者不拒啊，朕统统收下这波斯尤物。"

说罢，朱厚照跟跳舞的波斯美人搅和在了一块儿。他瞟眼刘瑾说："没你的事了，退下吧。"

刘瑾仍站着，不肯离开，勾下头说："臣有一事请求皇上恩准。"

朱厚照问道："你有何事？"

刘瑾说："就是朝阳门外的猫竹厂，臣想得到那片土地，请皇上恩准。"

朱厚照只顾欣赏波斯美人的姿色，不耐烦地朝刘瑾挥手说："去去去，快去收拾那片地吧。"

刘瑾一阵欢心，拱手告退道："臣谢皇恩。"

二

进献给正德皇帝朱厚照十二个波斯美人，刘瑾换来占有朝阳门外猫竹厂的特权。那片土地上不仅住着三千九百余户人家，而且有着百姓家坟茔二千七百多座。强拆队盲目开进猫竹厂，没个说法，会引发一场官民间的生死大战。刘瑾琢磨了一下，一家按三五口计算，近四千户就有一万多人，一旦跑去拆除房子，就跟一万多人为敌，万一打起来招架不住，局面就会失控，闹得不好收场。他不敢轻举妄动。

一时想不出个稳妥拆迁办法，刘瑾召来心腹刘宇、张彩和钱宁，让他们出主意。

刘宇说："刘公公占用猫竹厂那片地要盖房，也盖不了那么多的房。"

刘瑾说："不盖房，另有用途。"

钱宁说："猫竹厂不仅有众多民宅，还有众多百姓家的坟茔，拆了房子，那坟茔咋办，要知掘人家祖坟，是要拼命的。"

张彩说："这事闹起来，一定会闹得很大，皇上知道不知道？"

刘瑾说："经过皇上准许了，万一闹起来也不怕，就怕没个理由说服猫竹厂的官民。"

张彩说："背后只要有皇上撑腰，有什么可怕的，至于拆迁的理由吗，多得是。"

刘宇说："你说说，何种理由最能压得住人？"

张彩想了想说："就说国家需要猫竹厂地供香火，祭拜天地神灵。"

刘宇点头说："这个理由不错。"

张彩接着又说："这个理由一旦摆在台面上，就是国家工程，有谁违抗国家利益就有罪，就可定罪论处。"

张彩说出的理由令众人一拍即合。

接下来，钱宁和张彩带一伙内厂的人前往猫竹厂。猫竹厂的房子大多是棚房，拆除起来非常简单，最简单的办法就是放一把火。当钱宁和张彩带领一群内厂的人到来时，猫竹厂的居民不知他们马上要腾出地方搬迁了。房屋和房屋之间，显出一片宁静。大人们都在忙活儿，孩子们三五成群奔跑着，嘻嘻哈哈做着游戏。那鸡们，狗们，有的懒散地闲步，有的蜷缩在地上打盹儿。内厂的人进了猫竹厂的胡同，挨家挨户通报朝廷旨意，然后在胡同里张贴搬迁通告，本是宁静的猫竹厂，好似一锅开水沸腾起来。

"朝廷收走这片土地，咱们到哪里去住呢？"

"拆了房子，咱们无家可归了。"

"谁拆房子，咱们去见皇上……"

……

猫竹厂的居民，都不愿离开猫竹厂。想到朝廷派内厂的人来拆除房子，占用他们的宅基地，等于把他们逼到无处安身立命的地步，都涌出门，围住钱宁和张彩一伙人讨说法。

张彩说："猫竹厂这片地，从前是朝廷堆放竹子和木材的地方，被居民非法占去盖房，现在朝廷要收回去，还需要个说法吗？"

钱宁说："朝廷收回自己的土地，天经地义。谁抗旨，拿谁问罪。通告上讲得很清楚了，限期半月搬迁，违者，没收房屋，论罪惩办。"

在猫竹厂下了通告之后，张彩和钱宁带着人离开了。半月一晃过去了，到了收取土地的时候，只有数十户人家迁出猫竹厂，其他人家没有搬迁的动静。

没有搬迁的动静，钱宁和张彩就觉得棘手。

张彩说："搬迁通告限期已过，猫竹厂上的房屋依是林立一片，看来民众不愿亲自动手拆除自家房屋了。"

钱宁说："那就只有咱们帮他们拆除了。"

张彩说："我原以为朝廷要地供奉香火是皇家大事，能镇得住小百姓，这一招好像不太管用。"

钱宁说："咱们动起手来，定会跟数千户居民发生冲突，这冲突一旦闹大了，朝廷言官必然会对弱者产生同情，交章弹劾，事情就穿帮了，民众获知真相，就有一千个理由赖着不走了。"

占有土地毕竟不是朝廷所为，是刘瑾获取私利的事。藏在背后的刘瑾一直没露面。张彩和钱宁明白他俩让刘瑾当了枪使，就怕带人来强拆，闹出死人的大事，朝廷问责，他俩做了替罪羊。两人相约来登刘瑾府上，作一番请示。刘瑾默默地踱步，半晌不作声，突然间转过身来，慢吞吞地说道："派禁军去猫竹厂，摆出高压态势，枪打出头鸟！"张彩和钱宁得到刘瑾授意，告退而去。

两人奉刘瑾之意率了三千全副武装的禁军冷不丁儿包围了猫竹厂，骑着高头大马的禁军全都冷漠着面孔。住在猫竹厂的民众做梦也没想到朝廷派来这么多的禁军围困了猫竹厂，他们的第一反应是不知所措。

禁军并没直接开进猫竹厂，只是摆出令人生恐的姿态。众多马匹如同征战，跳动蹄子仰头嘶叫，显得格外兴奋。没多会儿，住在猫竹厂的大人和孩子全都跑了出来，跟三千禁军对峙着。

张彩和钱宁随之朝猫竹厂的居民走过来。

张彩冷着脸说："朝廷在猫竹厂颁布的通告日期已过，不见搬迁，显然是抗旨，抗旨意味着什么呢？不用我解释。今天朝廷出动禁军，是来强行收回猫竹厂的，现在有谁不愿拆除房屋，那就请禁军拆除了。"

张彩话音一落，一个老头儿开口说道："朝廷收走猫竹厂这片地，也得给咱们宅基地，不然，咱们没地方去了。"

钱宁说："你们从哪里来，就回哪里去。"

另一位年轻男子说："我在猫竹厂出生的，我爹和我爷爷也在猫竹厂出生的，我们离开猫竹厂，真的没地方去了。"

张彩和钱宁没有商量的余地，带着数十位禁军开进猫竹厂，挑了三幢房屋拆起来，爬上屋顶叮叮当当砸碎瓦片，捣毁墙壁。被拆房屋的人家疯了似的奔跑过来，阻止禁军拆房，他们哪是禁军的对手，眨眼间全给禁军制伏住。

张彩下令说："谁阻拦拆房，就抓谁！"

禁军有备而来，一方面组成列队给猫竹厂的居民形成强大的压力，另一方面先拆除若干房屋杀鸡给猴看。众禁军合力推搡，三幢房屋的四面墙壁在摇摇晃晃中轰然倒塌，扬起的灰尘如青烟翻滚在半空，屋子里的坛坛罐罐和其他家什，在墙壁倒塌的瞬间，全砸碎了。

三千禁军一起动手，不用吹灰之力就可荡平猫竹厂的所有房屋，他们下手迅速毫不留情地拆除三幢，停下来。被拆掉房子的人们趴在自家残垣断壁上失声哭泣，那没被拆除房屋的人家，这时候都给虎视眈眈的禁军镇住了，没人敢吭声。

禁军离开猫竹厂时，张彩留下一句话："谁家不愿拆迁，等禁军下次来，就会放火烧屋了。"

对抗不了朝廷禁军，猫竹厂的居民只好各找出路搬迁。又过了半月，整个猫竹厂拆得好似发过大洪水，全都变成废墟。剩下来的便是那如山丘耸立的乱坟岗。刘瑾来察看，对身边的随从说："这片墓地刺眼……"

刘宇附和说："那就派人来掘坟。"

张彩眺望坟地说："掘一两座坟不打紧，掘数千座坟似乎有点不太妥当。"

刘瑾转过脸来对张彩说："掘一座坟是掘，掘一千座坟也是掘。"

张彩有点毛骨悚然，提醒说："一座坟就是一个鬼魂，数千座坟就有数千个鬼魂，让鬼魂不得安宁，得罪不起啊。"

此话一出口，仿佛有股浓稠的阴气笼罩着猫竹厂。

刘瑾主意已定，镇定说道："既然得罪了活人，还在乎得罪死人吗？"

张彩干巴巴一笑，劝道："这坟十有五六座是祖坟，要知掘百姓家祖坟是最犯忌的，请刘公公三思而行。"

刘瑾听不进张彩劝告，一挥手说："我就犯这个忌，看谁敢动我一根汗毛？掘吧，一座不留，统统掘平。"

三

入住豹房的朱厚照回紫禁城视朝的时间少得可怜。偌大一座奉天殿空荡荡的，变成麻雀们飞来飞去叽叽喳喳嬉闹玩耍的天堂，就连皇帝批览奏疏的御案上，也落下斑驳的雀屎。

最受不了的是夏皇后。记不清有多少日子，皇帝不再跟皇后同居一室。皇后仍没怀上皇帝的骨肉，这可是皇家一桩比天还大的事儿。尤其是皇后吃不消皇帝离开皇宫到西苑太液池边的豹房跟那没有名分的女子厮混，跑到仁寿宫来，哭哭泣泣找太后诉苦。皇帝自小受太后百般娇宠，太后想不出办法劝说皇帝回宫来住。

其实太后要比皇后更急，安慰皇后说："皇上年少，不太懂事，等他在豹房玩腻了，会回宫来住的。"

皇后觉得太后仍在娇宠皇帝，不开心地说："皇上不住皇宫住豹房，整天跟一群没有名分的女人混在一起，这事儿传至天下，皇上何来至尊龙颜？天下百姓定会上行下效。请太后尽快敦促皇上回宫。"

皇后一番诉说，触动太后。等皇后离开仁寿宫，太后急召阁臣李东阳和王鏊。

李东阳和王鏊得到太后召令，快步赶赴到了仁寿宫，见太后一动不动坐在一把太师椅上，脸上的表情格外凝重，不知发生什么事，倏地一怔，连忙跪下请安。

太后伸出一只手，轻轻一扬说："二位站起来吧。"

李东阳和王鏊搂着官袍站立起来。

太后正色问道："东阳是否忘了先帝遗诏？"

李东阳立刻明白太后召见他的意图，赶紧垂下头，回答道："弘治帝的嘱托臣时刻挂在心上，只是皇上的娃娃心太重了。"

太后依是正色道："你奉先帝遗诏辅佐皇上，位高首辅，责重如山。皇上跑到宫外去了，这事儿要多邪乎就有多邪乎，可你为何视而不见？"

李东阳欠了下身子，深吸口气，吐出来，明知自己冤枉，却不敢喊冤，委婉说道："皇上不住皇宫住豹房的确邪乎，可这邪乎全是太监刘瑾所为。若太后问罪，刘瑾首当其冲脱不了干系。"

太后恼了起来，咒骂道："刘瑾真不是个好东西……"

李东阳趁机奏道："刘瑾的确不是个好东西，可是皇上偏偏宠信这个东西，臣虽身为首辅，无力啊……"

太后紧锁眉头问："你身为首辅，为何使不出力气来？"

李东阳回答道："朝廷众臣请诛刘瑾之徒，请诛到最后，都致仕而归了，有的还下了大狱，这些个事儿，太后应该知道。若臣再去自不量力，等于搬起石头砸自己的脚。"

李东阳把话说到尽头，太后理解李东阳的苦衷，就把目光转向王鏊："皇上不上殿视朝，整天待在豹房里花天酒地，坏了皇家风气，王阁老不能做个老好先生。"

王鏊半天没开口，听太后斥他圆滑，一本正经地说道："前些天，臣特地去过一趟西苑太液池，劝请皇上回宫来住，皇上不理会，臣实在没办法。"

太后眼里滚出泪珠，无奈地叹道："皇上大婚数年，仍没子嗣，我心急如焚，夜不能寐……"

李东阳和王鏊本想乘太后召见之机，奏刘瑾、钱宁建豹房，建的是个淫乐窝，唆使皇上不理朝政，待在那个淫乐窝里不可自拔，眼看太后落下忧愁的泪水，不敢刺激太后，话到嘴边咽了下去。

太后拭去泪水道："二位听旨，速去一趟西苑太液池，请皇上回宫来住。"

王鏊和李东阳领太后懿旨告退。两人坐上一辆马车前往西苑的豹房，又没十足的把握请回朱厚照，心情都很沉闷。

一路上，两人在摇摇晃晃中交谈着。

王鏊说："我真想不通皇上贪色，竟然贪得抛弃了紫禁城。要说女色，紫禁城里应有尽有，可皇上为何屈尊天颜跑到豹房住下来，这一住，都不想回宫了，这是为什么？"

李东阳不吭声，过了会儿，才开口："杀了刘瑾，兴许皇上会收敛淫荡之心，可是皇上正宠信着刘瑾，所以谁也杀不了刘瑾。"

王鏊说："咱俩受太后之托，就怕请不回皇上，无颜去仁寿宫作一番交代。"

李东阳说："听说刘瑾差人弄到一群色目美人投进了豹房，供皇上日夜淫乐，咱俩去豹房请皇上回宫，分明是大扫皇上之兴。"

王鏊说："那色目美人，不过是皇上的尤物。咱们请皇上回宫，一同把那色目尤物请进宫不就得了。"

李东阳闭上眼说："去了豹房再说吧。"

两人不紧不慢地聊着，摇摇晃晃来到西苑。这地方的湖光山色的确迷人，若用两个字形容，就是静美。所谓静，是那绿叶成荫的景致里静得只剩下百鸟欢快悦耳的天籁之音；所谓美，是那精巧的建筑与自然环境融合，构成赏心悦目的情趣。因这地方住着皇帝，方圆数里不见百姓。李东阳和王鏊坐的马车刚刚驶入西苑，就被守备森严的侍卫盯梢上，侍卫们忙不迭地迎上来盘问，见车上坐的来人是两位内阁大臣，不得不放行。

这时候朱厚照正和一群体态丰硕的色目美人疯疯癫癫地做着游戏，他头上戴着的金冠，被疯癫的色目美人摘下来丢弃在了一边。一个太监进来禀报，说阁臣李东阳和王鏊来了。朱厚照只顾跟色目美人乐着玩儿，感觉不到禀报太监的存在。太监急了，提高嗓子叫道："皇上别逗了！"朱厚照这才回过头，看着了叫嚷的太监，不高兴地骂道："你有什么好叫的？"太监挨了骂，也不离开，躬身说道："禀皇上，阁臣李东阳和王鏊来朝见，车辆都停在了门口，看是有要紧事儿。"朱厚照忙问："他们跑来做什么？"太监回答道："臣不知道。"朱厚照不便拒绝李东阳和王鏊，这才发现自己的样子失态，赶紧吩咐近侍快点给他整理衣冠。那顶丢在地上的金冠不知被谁的脚踩上。近侍捡起踩瘪的金冠，一看留着鞋印，不敢往朱厚照头上戴。一时找不到另外的金冠，朱厚照顾不了太多，从近侍手中夺过踩瘪的金冠，往衮服上拍了拍，又方方正正地扯了扯，戴在了头上。

整理好衣冠，朱厚照来到大殿。李东阳和王鏊早已候在了大殿里。等朱厚照坐上龙椅，两人霍地跪下。

王鏊叩拜道："臣等是奉太后懿旨，前来西苑请皇上回宫的。"

得知王鏊和李东阳的来意，朱厚照浅浅一笑说："朕在太液池边住得好好的，何须迁回宫去？"

李东阳叩拜道："恕臣直言，这太液池边毕竟不是帝王家的龙蟠之宅，陛下长居此地，有失体面……"

朱厚照不高兴道："整个京师都可称作龙盘虎踞之地，朕住在太液池边，有何不体面？"

李东阳道："自永乐帝迁都北平修建紫禁城，历经我朝八位天子，视朝问政都没离开过紫禁城。陛下不住皇宫住豹房，开这个先例恐怕说不过去。"

朱厚照沉着表情说："朕不喜欢紫禁城，你们不能逼迫朕去喜欢。"

王鏊说："皇上自从入住豹房，一直没去奉天殿视朝了，文武百官不因皇上不来视朝而罢朝，他们每天坚持早起入殿，等皇上来视朝问政，一等一个空。"

朱厚照一时没法驳斥王鏊，就说："有关上朝的事，从明天开始，通知文武百官来豹房上朝。"

朱厚照越说越离谱。

李东阳摇头说："叫文武百官来豹房上朝，让奉天殿闲置着，臣觉得荒唐。"

王鏊接着说道："皇上入住豹房，沉溺于酒色，老臣不敢苟同。"

朱厚照勃然动怒，霍地站起来说："天子拥有三千粉黛，可这豹房里才几个，远远不足三千，有何过分的？"

王鏊勾下头说："臣等是奉太后懿旨来请皇上回宫的，皇上答应回宫，可将豹房的美人带进宫去。皇上在宫里拥有三千粉黛，是大礼所同。可这太液池边的豹房，是王公贵族们休闲玩物的场所，皇上身为天子，高贵无比，岂可屈尊长居于此？"

朱厚照失去耐性，起身离开时，一挥手说："两位阁臣别再费口舌了，都退下吧。"

王鏊和李东阳瞅着朱厚照离去的背影，既失落又沮丧。

从豹房回来，王鏊的情绪一直低落，想到内阁三位阁臣，首辅李东阳一直受刘瑾打压，焦芳和刘瑾穿一条裤子串通一气独断专行，内阁形同虚设。这顶层官场一派乌烟瘴气。王鏊处在夹缝里做官，不可图谋大志，时常受些窝囊气，也没个出气的地方，憋得心灰意懒，干脆请辞，没过多久，他辞去官职离开了朝廷。

四

刘瑾擅权后，另植党羽，彻底抛弃了昔日八虎太监中的谷大用、张永、丘聚、马永成、罗祥、高凤和魏彬。这背信弃义之举引起了八虎太监中的其他七人不满，他们怨恨刘瑾，嫉妒刘瑾，却对刘瑾无可奈何，只好背地里嘀咕。他们的嘀咕声不断飘入刘瑾耳中，刘瑾开始提防，施些手段打压他们，经常在朱厚照面前讲他们的坏话。张永忍不住了，想修理一下刘瑾，他终于等来一个觐见的机会，奏完公务仍不肯离开。朱厚照问张永："你怎么不退下？"张永回答说："臣还有另外的事启奏。"朱厚照问："什么事？"张永豁出去了，奏刘瑾贪赃枉法。朱厚照听了会儿，问张永，刘瑾果真是你说的这么坏吗？

张永说："官员升迁任免，本由陛下做主，刘瑾冒犯皇权，几乎揽尽任免的肥水。"

朱厚照又问："刘瑾如何揽尽肥水？"

张永回答说："刘瑾卖官有目共睹，一文钱一份货，从他手中买个尚书，要花几十万两银子。"

朱厚照瞪大眼说："他干吗要那么多的钱财？"

张永说："皇上去问他吧。"

朱厚照说："从明天开始，朕不让他买卖官职了。"

张永说："刘瑾打着朝廷征地的幌子，强占朝阳门外的猫竹厂，拆迁数千幢民宅，掘毁数千座坟墓，闹得活人不得安身，死人不得安宁，难道皇上没听说过？"

朱厚照点头说："朕倒是听说过，这个刘瑾真的是太不像话了，待会儿等他陪朕用膳，朕要拿酒狠狠地罚死他，罚他喝个大醉不醒。"

一听要拿酒惩罚刘瑾，分明是袒护刘瑾。张永凉了半截，闭了嘴，退下了。

不久之后张永奏刘瑾枉法事，原原本本传入刘瑾耳里。刘瑾大怒，怒过后安静下来，决定快刀斩乱麻除掉张永。他找个机会凑近朱厚照说："臣有个想法，不知皇上是否赞同？"朱厚照问道："什么想法？"刘瑾咳嗽一声说："臣想调张永去南京，不知皇上意下如何？"朱厚照突然想起张永奏刘瑾那些事儿，就说："你跟他有过节，这个人的确很直，说了你一些不好听的话。"刘瑾笑了笑说："有话当面对人讲，才是君子风度，可是张永做不到，十足小人也。就说猫竹厂那片地，臣是经过皇上准许的，不然，臣不敢私自吞下。"朱厚照沉默片刻，慢吞吞说道："那就调张永去南京吧。"刘瑾一阵暗喜，催促说："请皇上下旨。"朱厚照并没当即手谕，说过之后，就把话题转到朝政上来。刘瑾不便强迫朱厚照手敕谕旨调张永去南京。在以往，只要刘瑾矫旨，张永就要走人，就因张永在皇帝面前告了他卖官的状，告了他私自占有朝阳门外猫竹厂的事儿，才使他有所收敛，不敢针对张永矫旨，也就说张永去南京任职，要等皇帝亲自下道任命书。

皇帝的任命书迟迟未下。张永照常待在京城，该上朝时上朝，该下朝时下朝。刘瑾急了，担心皇帝仅仅是说说而已，或者变卦，在皇旨没下达之前，通知张永赴南京。去南京任职，张永明白全是刘瑾的主意，本是委屈，心里正窝着火，干脆不应刘瑾。这天张永进宫来，走到承天门时被刘瑾拦住，不许入内。没等刘瑾说出理由，张永暴躁了性子，冲刘瑾问道："刘公公家的大门我可从此不登，紫禁城的大门是皇上家的，刘公公为何不让我进？"刘瑾回答说："皇上差你去南京任职，你赖着不走，不让你进承天门是对你的惩罚。"张永听到"惩罚"二字，立马大怒："皇上都没禁止我出入紫禁城。你跟我一样，是皇上家的奴才，一个奴才不许另一个奴才进出宫城，真是天大的笑话！"刘瑾涨红脸，伸开胳膊做出阻拦的姿态。张永硬碰硬地推开刘瑾，直往宫里走，边走边回头说："皇上没下旨调我去南京，你管得着吗？"刘瑾气得直翻白眼说："好，你等着瞧吧。"

一大早儿，正是文武百官成群结队走承天门进宫入朝的时候，刘瑾选在这时候拦住张永进宫，分明拦不住，可他就是要当了众人面羞辱张永，让张永难堪。他的目的达到了，拦得张永失尽颜面，恨不得一头钻进地里去。事后谷大用、魏彬替张永鸣不平，怂恿张永跟刘瑾闹个天翻地覆。备受羞辱的张永还没缓过神来，缺乏底气跟刘瑾大干到底。谷大用和魏彬给他打气，说咱们原是八兄弟，刘瑾背信弃义，欺人太甚，咱们还有七兄弟，抱成一团给你撑腰。听这话，张永的底气渐渐上来，他迫切想要讨个说法，让谷大用和魏彬陪着来到内阁府，遇到首辅李东阳。不久之前，李东阳正好闻知今早刘瑾在紫禁城的大门口拦着张永不让进宫，他窃笑，心想早些时候朝中正臣联手跟那八个乌烟瘴气的太监作斗，都给斗败了，没料那八个东西开始内斗了，真是个好势头，巴不得他们斗个人仰马翻，伏地呕血。

张永、谷大用和魏彬一进内阁府，都很激昂，有说不尽的话。李东阳不知他们的来意，紧开口慢开言，只是拿耳听，听了会儿才知他们来内阁评个公道。这公道怎么评法，李东阳不会当机立断。

李东阳挑拨说："在京城的文武百官，不让进入紫禁城，皇上从没下过禁令啊。张公公身为朝廷大臣，刘公公凭什么不让张公公进宫？"

李东阳这么一问，等于往火里扔了把干柴。张永、谷大用和魏彬立刻怒了起来。

张永气哼哼说："刘瑾仗势欺我，请首辅李阁老给我论个公道。"

李东阳即使有公道，也不会轻易给出来，想到这帮乌七八糟的家伙终于内斗了，就让他们斗个你死我活。又不动声色往火里添了把干柴，笑了笑说："内阁也不是评理的地方。这个公道吗，还得请皇上来论，因为紫禁城的大门是皇家的大门，刘瑾不让张公公进皇家大门，这失礼的事要问皇上怎么看了。皇上在西苑的豹房待着，诸位最好去找找皇上。"

李东阳最终一脚把张永、谷大用和魏彬踢出了内阁府。三人一想李东阳说得对，马不停蹄来到西苑的豹房。这时张永心里憋着口气快要堵住喉咙，哽咽着说要见皇上。太监李荣过来，招呼了几句，转身往里边去了。朱厚照坐在里边大殿一张宽大的八仙桌旁，逗两只蟋蟀打架，两只蟋蟀在透明的箱笼里敏捷地上蹦下跳打得热火朝天。朱厚照正看得聚精会神，李荣进殿来，垂首道："禀皇上，张永、魏彬和谷大用来了。"朱厚照没作声，也没转过脸来看一眼李荣。李荣以为朱厚照拒绝朝见，正要走时，朱厚照开了口，说叫他们进来看蟋蟀打架吧。三人才被李荣领着进了里边的大殿。

张永来到朱厚照跟前，腿子发软跪下了，呜咽诉道："臣无罪，刘瑾加罪要陷害臣……"

朱厚照一边逗着箱笼里的蟋蟀，一边问张永："他如何加罪陷害你了？"

张永叩拜道："皇上迄今没下旨吩咐臣赴南京任职，刘瑾凌驾皇旨之上，要逐臣出京城去南京，这明分是加罪陷害。"

朱厚照耸了耸肩膀说："前些天里，朕的确说过要调你去南京任职，只是忘了下道旨。刘瑾差遣你提前赴南京，有点操之过急，但不至于是他要加罪害你。"

张永哭泣道："今早，臣按部就班进宫，刚走到承天门口，刘瑾守在承天门口拦着不让臣进宫；随臣进宫的有十多人，他不拦别人，偏偏拦住臣，不让臣进宫，这是为什么呢？"

"刘瑾拦着你不让进宫？"朱厚照吃一惊，"他不会这么做吧？"

"他都做了，皇上为何不相信？"张永边哭边说，"紫禁城的大门是皇上家的，是给大臣进出的，皇上都没禁止大臣出入那道门，刘瑾为何守在门口不让臣进？请皇上给臣个公道。"

朱厚照瞅着张永，以为张永在说谎，摇了摇头说："他凭什么不让你进宫？你要是骗朕，朕决不饶你！"

一直沉默的谷大用和魏彬终于张开了嘴巴。

谷大用说："禀皇上，一大早刘瑾在承天门拦住张永不让进宫，有十多人可以作证。"

魏彬说："皇上不相信，可传刘瑾来对质。"

朱厚照说了声好，然后又说："召刘瑾。"

随侍太监应了声，跑去召刘瑾。没多会儿，刘瑾被李荣带进来。一看张永、谷大用和魏彬在皇上跟前，刘瑾心里有数，猜想张永在皇上面前都说过了什么，竟然装得相当正经。

朱厚照此刻的表情要比刘瑾更正经，慢声慢气问刘瑾："今早你在承天门为何拦着张永不许进宫？"

刘瑾明知朱厚照会这么问他，想回避又不能，撒个谎说："是张永先使眼恶狠狠地瞪臣，把臣瞪烦，才跟他拉扯起来。"

张永被刘瑾的谎言激怒，冲过来指着刘瑾的鼻子喝道："你敢在皇上面前撒谎？我从没使眼瞪你，当时你拦着不许我进宫，有好多人都看着，都听到你对我说过无理的话，你敢当皇上的面不承认？"

三言两语不对劲儿。正在气头上的张永失去理智动了粗口，骂刘瑾的娘。刘瑾也动了粗手，挥来一巴掌掴在张永脸上，两人挥拳舞腿打起来，打得不可开交。刘瑾身材高大，年轻时候就是个打架的好手，三两个汉子跟他交手，不见得打得过他。张永虽没刘瑾长得高大，但他比刘瑾年轻，比刘瑾壮实，两人一交手，就像乡间两头发情的牯牛在博斗。架是突然打起来的，谷大用和魏彬害怕两人打架激怒皇上，赶紧劝和。朱厚照本该摆出皇帝威严大喝一声，制止刘瑾和张永斗殴，他没有，觉得刘瑾和张永好似两只巨大无比的蟋蟀在搏击。他逗蟋蟀的兴致陡然转过来，朝劝架的谷大用和魏彬喝道："别劝了，让他们打吧！"这声大喝，竟然喝住刘瑾和张永，两人住了拳脚令朱厚照格外扫兴。

"朕就想看看谁比谁狠！"朱厚照厉声说道，"你们接着打呀！"

谷大用和魏彬不敢再劝架。

刘瑾和张永树桩似的立着。两人脸上青一块紫一块。这才意识到一时失态，惹皇上生气动怒，哪里还敢继续伸展拳脚。

朱厚照随手从八仙桌上捡起一把象牙骨子的折扇，晃了晃，指向透明箱笼里的两只好斗的蟋蟀说："瞧它们打死不告饶，打断腿子打得精疲力竭也不休战；你俩精力充沛着，刚打了几下就息鼓停战，都不如两只小虫虫有斗志。"

此语一出，谷大用和魏彬也罢，打架的刘瑾和张永也罢，都犯糊涂了，不知朱厚照在说真话，还是在讽刺。

第六章　檄文引发诛奸贪

一

安化王朱寘鐇是明靖王第四子，弘治五年嗣位，封国在宁夏。早在正德三年（1508）秋天，朱寘鐇出游，遇一相士，那相士看罢朱寘鐇的面相，出语不凡，称朱寘鐇额顶上有股不散的紫气，将来必登天庭。紫气为大运之兆，天庭乃天子之宅，这还得了。朱寘鐇喜不自禁，一想自己不过是个边远地区的王爷，这辈子哪有做天子的命，也就罢了。但那相士按命理推算，称朱寘鐇将来有十八年的天子运。随后有位叫王九的巫师降鹦鹉神，言说朱寘鐇有天子运，还称呼朱寘鐇老天子。有相士和鹦鹉神泄露天机，把朱寘鐇折腾得将信将疑，他身边的谋士孙景文却是深信不疑。

孙景文说："臣深信殿下有登大宝位的那天。"

朱寘鐇轻轻一笑，问孙景文："何以见得？"

孙景文说："早年的燕王朱棣，封国在北平。孝慈高皇后病逝后，道衍和尚姚广孝应召入燕王府诵经，识得燕王。不久姚广孝引荐相士袁珙做客燕王府，袁珙称燕王龙行虎步，日角插天，眉骨间染有天子气，将来必会龙行天下。后来燕王果真做了大明的天子。"

朱寘鐇不禁大惊。有关燕王如何登大宝位他早就知晓，经孙景文这般提醒，他便意识到自己跟早年的燕王有着殊途同归之运，不由得萌发野心，对孙景文说："燕王反，是打着'清君侧'的幌子反的，我何故反？"

孙景文指点道："朝无正臣，必举兵清君侧，乃太祖祖训。当年的建文朝里被燕王斥作奸臣的是黄子澄和齐泰等人。眼下朝中奸臣，莫不是刘瑾等人吗？"

朱寘鐇又是一阵大惊，他问孙景文如何起事。孙景文告诉他，当年燕王举兵起事没有急着行事。殿下自然急不得，要等个好时机。

这一等，就等到了正德五年（1510），刘瑾派出大理寺少卿周东到宁夏丈量屯田。宁夏号称大明的塞北江南，水草肥美，格外富庶，大有天下屯田积谷宁夏之称。周东来宁夏后，秉承刘瑾之意以五十亩为一顷，大肆横征暴敛，按田亩纳银贿赂刘瑾。加上周东跟地方官吏勾结，层层盘剥，屯戍军民辛苦劳作，入不敷出。尤其是巡抚安惟学配合周东征收田税，竟然指使手下杖打屯田将士和家人，更加激起民怨。

孙景文目睹周东丈量屯田加码苛政激起民怨，对朱寘鐇说："殿下起事的时机终于到了。"

朱寘鐇问孙景文："时机何以到来？"

孙景文笑道："刘瑾派周东来宁夏敛财，民怨正沸腾着哩。"

朱寘鐇一怔，这才缓过神，镇定地说道："这沸腾的民怨，的确是个契机，不过呢……"

没等朱寘鐇说完，孙景文打岔道："有什么不过的呢，机不可失，时不再来。"

朱寘鐇琢磨手中兵力，不足起事，犯起愁来，说时机虽到，但条件尚未成熟。孙景文打气说燕王当年起事才八百号人。朱寘鐇说燕王的八百号人全都是不要命的死士，我手下找不出个死士来。孙景文说那就借兵吧。朱寘鐇说借兵起事，谁肯借？孙景文说当年燕王起事缺乏兵力，跑到大宁找宁王朱权借兵八万，成全了大事，殿下何不效仿？孙景文再而三地鼓动，朱寘鐇不再摇摆，打定主意起事，立马想起宁夏都指挥周昂、何锦和丁广，这三个武将经常在他手中拿走银子，很少归还，可想他们欠他的太多，时下约他们助一臂之力，不知他们是否响应。朱寘鐇吩咐孙景文备酒宴，约周昂、何锦、丁广畅饮，试探他们。刚开始众人相聚宴席，碰杯闲谈。朱寘鐇和孙景文时不时地挑逗，痛骂刘瑾派周东来宁夏丈量屯田大肆敛财，周昂、何锦和丁广附和着痛骂刘瑾。酒过数巡，孙景文使出激将法，说刘瑾派周东来宁夏打着丈量屯田的幌子敛财，屯垦军民怨声载道，真的逼人造反了，若是反，诸位愿不愿反？周昂、何锦和丁广大眼瞪小眼，不知说啥才好。随后周昂问，反谁？孙景文把住火候说，反朝廷。丁广大惊，说朝廷反得了吗？孙景文说怎么反不得，当年的燕王不是反了吗？安化王便是当年的燕王，诸位肯随安化王举兵起来，一旦成功，待安化王登上大宝位，诸位定会富极天下。周昂、何锦和丁广趁着酒兴被孙景文鼓动得热血沸腾起来。孙景文接着鼓动说，大前年里，有个相士给安化王看相，称安化王有十八年的天子运；后来又有王九降鹦鹉神，也是称安化王有天子大运。咱们何不趁了当今刘瑾派周东来宁夏敛财惹众怒之机，跟随安化王起事呢？这话一出口，众人愣住。孙景文又激将说刘瑾表里为奸左右天子，咱们跟随安化王打着"清君侧"的旗号举兵起事，定会一呼百应。周昂、何锦和丁广不再犹豫，联盟发誓，即便起事失败，死而无憾。

就在这节骨眼上，边关报警，游击将军仇钺和副总兵官杨英率军出塞防御。总兵官姜汉挑了精锐士卒六十人，令周昂统领，警卫镇城。周昂一看机会来了，与何锦一道为朱寘鐇定计，设个圈套宴请巡抚、总兵官等文武官员，乘机刺杀。

正德五年四月五日，朱寘鐇在王府里设宴，请巡抚安惟学、总兵官姜汉、少卿周东、镇守太监李增、少监邓广等宁夏军政要员来赴宴。密派仪宾韩延璋率王府亲兵埋伏在王府大殿两侧。周东和安惟学似有不祥预感，推辞没来赴宴。酒饮得正酣时，周昂、何锦率卫队赶到安化王府，与王府伏兵里应外合一起动手，杀了总兵官姜汉及太监李增、邓广等人；随即又派丁广率兵赶赴巡抚公署杀了安惟学、周东和都指挥杨忠。叛军接下来释放监狱囚犯，夺取官印，抢掠银库，自造印章旗牌，把持黄河渡口，扣押渡船，正式举起反叛朝廷的大旗。

开弓没有回头箭。朱寘镭令孙景文起草檄文，斥奸逆刘瑾多条罪状。又搬出太祖祖训："朝无正臣，内有奸逆，必举兵诛讨，以清君侧。"的训诫。这檄文连同太祖祖训同时传布边镇，号召同心同德者立即响应。叛军以何锦为讨贼大将军，以周昂、丁广为左右副将军，以孙景文为军师，一时闹得关中大震。

安化王朱寘镭举兵谋反的消息很快传入京师，震怒朝野。陕西镇守太监随之将朱寘镭讨伐刘瑾的檄文快马封奏朝廷。这檄文首先送到内阁，落入焦芳手中，焦芳本该立刻上报皇帝，可他带着陕西封奏迈进了刘瑾府上，将那封奏交给了刘瑾。刘瑾做梦也没想到朱寘镭谋反的借口直接冲他来，顿时大惊，吓出一身冷汗，私自藏下檄文，不敢呈报御前。

正因刘瑾藏匿檄文，朱厚照只知朱寘镭起事谋反，却不知朱寘镭为何谋反，他心急如焚。首辅李东阳获悉宁夏造反，周东等人被叛军杀害，急匆匆前往华盖殿朝见朱厚照。这时的朱厚照被朱寘镭的谋反折腾得晕头转向，见了首辅入殿，言激气昂道："安化王那个乱臣贼子背叛朝廷，大杀良臣，朕想近日御驾亲征，亲自砍下他的人头。"

李东阳冷静道："宁夏一带发生叛乱，可不是陛下御驾亲征砍下一颗人头那么简单。"

朱厚照一惊道："还有什么更复杂的因素，请李阁老启奏。"

李东阳奏道："周东是朝廷派往宁夏办差的，他跟安化王毫无过节，安化王为何要杀他，臣就觉得蹊跷，定然事出有因，兴许是周东高抬苛政，激起民怨。"

朱厚照点头道："起因兴许在周东。"

李东阳接着奏道："星星之火可以形成燎原之势，老臣进谏陛下尽快下诏施恩惠民，先安定民心，尽早派武将率兵前往宁夏一带镇压叛乱。"

朱厚照当即采纳李东阳的建议。

然刘瑾担心朝廷派出与他不和的武将前往宁夏，最终令朱寘鐇谋反的檄文穿帮，惹火烧身。他抢先一步矫诏，调户部侍郎陈震任兵部侍郎兼佥都御史，看上去是平调，可这陈震正是刘瑾的心腹。

朱厚照下旨宽免宁夏屯田税银之后，急召朝廷重臣入武英殿商讨安化王谋反的对策。早有准备的刘瑾首先提议陈震为大将军率兵出征讨伐朱寘鐇。在殿的众臣觉得陈震从没带兵打过仗，担心陈震是赵括似的人物，只会纸上谈兵。刚从户部调入内阁的杨廷和断然否决说："陈震不如杨一清，杨一清文武兼备，曾任宁夏提督军务，对宁夏了如指掌。"刘瑾坚持己见说："杨一清早已辞官，一个赋闲之人岂可率兵？"杨廷和抗争道："一清曾为朝廷重臣，他虽赋闲，只要皇上下道旨，重新起用，有何不妥呢？"杨廷和力荐杨一清，李东阳觉得有道理，随之说道："一清的确文武兼备，他比谁都熟悉宁夏，派他挂帅出征讨伐安化王，是最佳人选。"在座的其他朝臣听罢杨廷和和李东阳的建议，都纷纷赞同。刘瑾一己之见没获得支持，他拗不过，闭了嘴。朱厚照这才下旨召杨一清进宫，任杨一清为领兵总督；任太监张永为总督军务，率兵赴宁夏征伐朱寘鐇。

二

杨一清和张永率兵还在路上。宁夏叛乱寿终正寝。虽说朱寘鐇在关中一带闹了个天翻地覆，毕竟是一群乌合之众。镇压叛乱的是游击将军仇钺。朱寘鐇起事后，邀仇钺入伙。没料仇钺使出一计，装病不出征，只等机会上手。这一日朱寘鐇准备出城祭祀，约仇钺一同前往，仇钺仍旧装病卧床不起。朱寘鐇派周昂来登门，请仇钺出城祭祀。仇钺获悉叛军首领这会儿全聚集在安化王府，且王府内没有重兵把守，他为之一振，抓住这个大好时机先杀掉来登门的周昂，然后披甲持剑，一跃骑上马背，带领一百多名手下赶赴安化王府。朱寘鐇做梦也没想到仇钺会使这一招，他在自家王府被擒后，大骂仇钺不仁不义。仇钺的手下恼怒得很，正要拔剑杀掉朱寘鐇，被仇钺拦住。仇钺说："将安化王交给朝廷处置吧。"但仇钺的剑，还是见了血，杀了怂恿朱寘鐇谋反的军师孙景文，这才控制住局势。

朱寘鐇之所以敢冒天下之大不韪，是因为他太相信那个相士和鹦鹉神暗示他有十八年的天子运。算起日子来，他从正德五年四月初五开始起事，到正德五年四月二十三日仇钺将他擒获为止，刚好十八天，这十八天和十八年的数字相同，但朱寘鐇起事的十八天不可与十八年的天子运同日而语。

待杨一清和张永赶到宁夏，没动一刀一剑，便收获了朱寘鐇一伙叛军首领。

令杨一清最惊喜、最兴奋的是他获取到了朱寘鐇发布的檄文、告示，第一感觉告诉他有了报复刘瑾的机会，有了置刘瑾于死地的证据，但他并没喜形于色。杨一清同时想起他总制三边筑防，遭刘瑾迫害入狱又被革职赋闲，便觉这个仇不报，令他死不瞑目。接着杨一清想起刘瑾是个弄权高手，朝中众臣都没斗过他，于是杨一清高涨的斗志冷却下来。然而杨一清又不肯罢休，琢磨来琢磨去，突然琢磨到了同他一道领兵西征的张永，便觉这是天助。刘瑾排斥张永，贬张永赴南京，张永跟刘瑾翻脸，居然当了皇上的面和刘瑾打架，可想他们之间结下不解的仇怨。于是杨一清就想利用张永对刘瑾的怨恨，除掉刘瑾。

此时的张永正陶醉在手里持有朱寘鐇等叛贼的喜悦中，想的是押解朱寘鐇等叛贼回到京城后，皇上如何庆功赏赐的美事，哪里顾得上什么檄文、告示。杨一清有意识地挑唆张永。

杨一清叹息道："这次安化王谋反，还没形成气候，就被灭掉，咱俩赶来，只是凑了个热闹。"

张永一时不明杨一清的用心，得意地笑道："祸乱已除，咱俩班师回京城献俘，功不可没呀。"

杨一清又叹道："藩宗易除，就是国家发生内乱不可测。"

张永一头雾水，问杨一清："宁夏叛乱已剿灭，天下太平了，这内乱从何而起？"

老谋深算的杨一清不露声色地将张永引入他设定的套子，慢声细语地说道："陕西官员早将朱寘鐇发布的檄文、告示封奏朝廷了，为何皇上不知道？"杨一清随手拿起一份搜缴来的檄文，呈现在了张永面前。"这檄文，张公公是来宁夏才见到的，我也是才见到的。"

张永接过檄文说："我的确是来宁夏后才见到的。"

杨一清说："怪就怪在了陕西官员将这檄文封奏朝廷，首先要尽快呈报御前，皇上为何迟迟不见报？"

张永略有所悟说："这桩事比天还大，难道有谁吃下豹子胆扣压了？"

杨一清浅浅一笑，抹了抹下巴上的胡须说："肯定有人私自扣压了封奏，我猜内阁那边没人敢扣压，至于是谁吃下豹子胆，就猜不着了。"踱着步，杨一清突然转过身来。"请张公公接着猜吧。"

张永倏忽缓过神来说："这还用猜吗？"

杨一清故意一惊，问道："张公公知道是何人？"

张永说："这檄文里头分明奏的是司礼监掌印太监刘瑾，肯定是刘瑾害怕了，私自扣压了封奏。"

既然把话讲明，杨一清不再绕弯子，直接说道："安化王打着'清君侧'谋反放在一边暂且不论。檄文斥刘瑾一共有十七条罪状，窃以为没一条冤屈刘瑾，然刘瑾扣压陕西呈报朝廷封奏，再加一罪，欺君也！"

张永为之一震，看着杨一清。

杨一清笑道："张公公立大功的时候到了，机不可失，不知张公公愿立不愿立？"

张永沉稳着表情，脱口说道："凭我一人之力，难以扳倒刘瑾，就怕偷鸡不成，反蚀一把米。"

杨一清道："我是个赋闲之人，皇上此次起用我西征讨伐安化王，兴许是暂用罢了，待班师回到京城后，我有可能再赋闲。张公公则不然，乃天子幸臣，就说此次西征，天子讨贼不用他人，用张公公，可知皇上之意。"

张永摇头笑道："树大根深，还是扳不倒，扳不倒啊！"

杨一清打气道："张公公未曾扳过，怎么先知扳不倒呢？"

张永又看着杨一清。

杨一清正色道："此次朱家的寘鐇图谋不轨，皇上都敢大义灭亲；一个外姓的刘瑾心怀不轨，皇上岂能容忍他？"

张永点着头，仍旧对刘瑾萌生畏惧："皇上不仅再而三地容忍刘瑾，而且刘瑾日夜依附在皇上身边，可以说皇上一日不见刘瑾，则不快乐。刘瑾羽翼丰满，耳目甚广，且奈何？"

杨一清没了耐性，愤然点拨道："安化王因刘瑾举兵谋反，刘瑾扣压陕西封奏是心虚，皇上知道后必追究。再说安化王发布的檄文、告示，十七条罪状啊，只要张公公班师回到京城后，在皇上面前启奏，定然是刘瑾的刀屠之日。"

张永不吭声，琢磨着。

杨一清抑制不住激愤："朝廷派出咱俩西征讨伐安化王，待班师回到京城庆功，咱俩的功绩何在？不过是押回了几个叛贼，真正的功绩应该算在游击将军仇钺头上，是仇钺拿下的叛乱。张公公要想效忠皇上立大功，危言奏宁夏事，皇上必追问，张公公就可掏出宁夏叛乱檄文、告示，刘瑾即便有三头六臂，浑身长出嘴巴，无可抗辩，必倒无疑！"

杨一清接着又说道："万一皇上犹豫，张公公伏地不起，以死相奏，皇上必感动！"

这时张永不禁想起刘瑾排斥他的情景，怒从心起，咬牙切齿道："那家伙不倒天不平，地不平，的确该要倒了。"

宁夏叛乱虽是平息，就怕余烬未灭，死灰复燃。杨一清和张永一边清扫余烬，一边派人快马赶赴京师，奏报平乱大捷。朝廷获悉平乱大捷后，皆大欢喜。

大学士刘宇闻知指挥徐鲲传宁夏檄文，被刘瑾逮捕下狱，又杀徐鲲灭活口。这事对刘宇来说，是个不祥之兆，便觉宁夏安化王谋反，最终会真相大白。刘宇深知他跟刘瑾搅和得太深，若刘瑾出事，必殃及他。在满朝文武百官庆贺平息宁夏叛乱之际，刘宇却请辞官职，离开了京城。他的离开，完全是避祸之举。

一晃到了七月，皇帝有旨传来，为安定边关，令杨一清官复原职任总制陕西三边军务。杨一清不能随张永押解叛寇回京师，他跟张永话别时，打气说："张公公若能扳倒那棵大树，为国除害，定会名垂青史。"张永会意地笑了下说："我会尽力而为的，请杨先生留在三边多保重。"担心路途遥远，半途杀出劫持来，跑了到手的乌龟交不了皇差，张永给朱寘鐇、何锦和丁广等人戴上大枷，分别囚在特制的笼子里，让人抬着走，即便遇上劫持，也不容易得手。

正是大热天，一大溜子人长途跋涉回京城，就为献上几个蔫头耷脑的乱臣贼子。这乱臣贼子戴着大枷囚在笼子里，头顶烈日曝晒，不好受，想到去京城等于去地狱，就恐惧，时不时地叫嚷杀了他们。骑在马背上的张永逗他们玩儿，说我的刀生锈了，钝得很，杀不了人；还是皇上的刀锋利，一刀下去，一颗人头掉落在地上，再一刀下去，另一颗人头又掉落在地上。张永说这话时，囚在笼子里的朱寘鐇等人就能想象出皇上杀他们的情景，越发想快点死，免得到了京城，皇上下旨作凌迟斩，斩期三天，一刀刀地割，一小块地割，要割数千刀，那个苦啊，那个痛啊要多深重就有多深重。一路上，囚犯们死不了，痛声地哭，哭得抬他们走的人不耐烦，请示张永，说他们到京城是死，不如他们现在想死成全了他们。张永笑罢，说你们不想抬人，就想图个轻松，我不答应，继续抬吧。抬囚笼的人，清一色虎背熊腰，尽管是轮换地抬，越往前走，越觉路漫漫其修远兮，抬垮一拨又一拨。

过了大同，离京城近了。朱寘鐇反而有了发泄的欲望，嘶声大骂刘瑾威劫大臣，陷害忠良，权倾万乘，卖官鬻爵，横征暴敛，饱其私囊，为朝中奸佞首恶，不除这首恶奸佞，他死不瞑目！显摆一介忠臣的朱寘鐇骂出震耳发聩的话来，押解他的士兵正要拿了东西堵塞他的嘴。张永却觉得痛快，希望朱寘鐇就这样骂下去，一直骂到皇上面前。他制止堵嘴的士兵说："让他骂吧，看刘瑾怎么收拾他。"

三

到了八月中旬，立秋了，北方的气候渐渐凉爽。张永带队押解朱寘鐇、何锦和丁广等人终于回到京城，一张张脸晒得黑不溜秋。朱厚照领着一群朝臣和禁军早早候在东华门前，迎接张永归来，举行盛大的献俘仪式。一伙叛寇狗一样蜷缩在囚笼里，让千人万众瞪眼咒骂。朱厚照见到囚笼里的叛寇，心里踏实了，懒得审理，先将他们投进了大狱，等到来日问罪行斩。

正如杨一清所言，平叛的头等功劳记在了游击将军仇钺头上。张永不服也得服。令张永不服的是此次平息宁夏叛乱，司礼监掌印太监刘瑾居然厚颜无耻给家兄刘景祥记了功劳，因功擢升刘景祥为都督。张永为此而激愤。

朱厚照要比以往任何一天都要开心。下午，他设晚宴慰劳张永。刘瑾、谷大用和马永成等人也被邀请来赴宴。张永跟刘瑾打过架，过节太深，两人虽是见了面，都没招呼，只是用目光对视了一下。刘瑾当然不悦张永有此日的献俘风光；而张永相遇刘瑾，目光里自然闪射出怨恨。脾胃不和，刘瑾吃罢一半晚宴，离席走掉了。

晚宴继续进行着，好像没有离散的时候。席间张永大谈如何剿灭宁夏叛乱，又如何一路押解叛贼返回京师，里边就有跌宕起伏的惊险。众人一边饮酒，一边恭听，兴致特别好。临近午夜，大多喝了个昏昏沉沉，就连高兴过头的朱厚照也喝得舌头打卷，看人的面目模糊起来，仍不罢休畅饮，御酒御膳源源不断送上桌来。

唯有张永偷偷收敛酒力，别人饮一口，他用舌头往杯盏里舔一口，他的酒自然比别人饮的少，头脑也清醒得多。

是时候了，张永提醒自己该要出手了。他话题一转，严正说道："无功不受禄，司礼监掌印太监刘瑾之兄刘景祥并没参与赴宁夏镇压叛乱，刘瑾为何授勋其兄？为何擢其兄刘景祥任都督？"

此语冷不丁儿一出，席间在座的众人大眼瞪小眼，你看我我看你，都不吭声。

朱厚照装糊涂："果真有此事吗？"

张永端起杯子独自饮了口酒说："都功绩在册了，难道有谁瞒过了陛下？"

随之张永从怀里掏出朱寘鐇谋反时颁发的檄文，呈交给朱厚照。

"安化王举兵谋反，因司礼监掌印太监刘瑾不法而起，有这檄文为证。"张永慷慨陈词。"请皇上阅览。"

"檄文，谁的檄文？"朱厚照一脸的惊色，"你从何处弄来？"

谷大用和马永成等人这时也惊了个正色。

张永既然捅开一个大娄子，没了收场的余地，趁着酒兴不知什么叫畏惧："这檄文正是安化王谋反时发布的，奏刘瑾罪状十七条。早些时候，陕西官员搜缴这檄文快马封奏朝廷，不知皇上见过没有？"

朱厚照可谓始料不及，放下酒杯，摇了摇头说："朕未曾见过这檄文。"

张永说："一定有人私自扣压了。"

席间众人按捺不住，异口同声说："是谁胆大包天私藏封奏，查出来严惩不贷。"

朱厚照不再作声，埋头看檄文。看罢檄文，朱厚照感觉脑袋让飞来的一块砖头砸住，嗡的一响，脑门子像要裂开。觉得张永给他出了个大难题，犹豫了一下说："今儿个别谈正事了，喝酒吧。"他带头举起杯盏，众人随他举起杯盏。但张永来了倔强脾气，厉声说："臣听从皇上遣使，冒死西征宁夏镇压叛乱，没打算活着回来，就是要以身相投报效国家。恕臣直言，那个私自扣压陕西封奏的不是别人，正是司礼监掌印太监刘瑾，因檄文奏刘瑾十七条罪状，他害怕了，害怕皇上治罪，又犯欺君之罪藏下陕西封奏不报。试想封奏与朝廷其他官员无关，谁敢吃下豹子胆，私藏不报？分明是惹火烧身找死哩。只会是刘瑾所为，他面对十七条罪状，心虚了，才做了手脚。"

张永话毕，众人都愣住，就连朱厚照一时都不知该如何回答。

僵持片刻，朱厚照琢磨檄文奏刘瑾十七条罪状，找不出言过其实之处，问张永："刘瑾之意何在？"

张永恳切答道："有反意，试图取天下。"

朱厚照一脸醉态又问："刘瑾果真负我？"

谷大用和马永成想起刘瑾负义抛弃旧交，只顾自个儿大权独揽，早有不满，趁此时机奏言。

谷大用说："传说刘瑾富可敌国，他的财富早就超过了从前的沈万三。"

朱厚照一惊说："他没经商做买卖，哪来那么多的钱财？"

谷大用说："卖官所获，勒索地方官民所获。"

朱厚照说："他又没妻子儿女需要养活，干吗积蓄那么多的财富？"

马永成说："人称陛下坐皇帝，称刘瑾立皇帝，可想他富可敌国，不图别的，定会是图谋不轨。"

仿佛受到惊吓，朱厚照的醉意醒了一半，握着酒杯猛地往桌上一磕，站起身来郑重说道："传旨禁军，逮刘瑾！"

张永这才松口气，又怕夜长梦多。

时辰已过子时，回府的刘瑾早已卧床入睡。禁军领旨后，连夜赶赴刘瑾府上。张永既担心朱厚照在说酒话，又担心狡兔三窟的刘瑾对禁军耍花招，劝谏朱厚照一同前往刘瑾府上压住阵脚。

朱厚照说："你们先去，朕在后边跟着来。"

禁军领旨赶到了刘瑾府邸。没等敲开门，几个年轻气盛的禁军合力撞开大门，涌了进去。静夜里突起喧嚣，惊醒熟睡的刘瑾，他披衣起床，问是谁在闹。家佣和卫士慌乱地跑进他的房间，禀报说，来了一伙禁军，不知他们要干什么。来不及穿好衣裳的刘瑾吃一惊，走出房间打探，见院子里都是禁军，丝毫没想到这伙人是来捉拿他的，只是意识到今夜里出了大事，忙问："皇上安在何处？"一个禁军回答道："在豹房。"刘瑾立马起疑，又问："皇上既然安在豹房，这深更半夜里，你们为何跑来打扰？"刘瑾毕竟有着显赫身份，前来逮捕他的禁军给了他面子，没有对他动粗。一位领头的禁军对刘瑾说："皇上有旨，请刘太监随我们走一趟。"刘瑾不禁打了个寒战。这时一个禁军疾步跑进刘瑾府邸，大声叫喊皇上驾到。这一喊，且把所有人喊蒙了。刘瑾顿时笑起来，说："夜这么深了，皇上会来吗？"那报信的禁军喝道："皇上就在门口，刘太监还不快去迎驾。"刘瑾不知所措，说皇上既然驾到，我这样子有失体统，待我更衣后再去迎驾。他转身进了房间，披上一件青蟒衣，体面地走出来，刚迈出大门，黑暗里一个声音铿锵有力飘过来："拿下！"这声音对刘瑾来说，熟得不能再熟了，他的腿一阵发软，被禁军捆绑带走了。

这一夜，可谓京城一个不眠之夜，不知有多少人未合眼。

刘瑾被禁军抓走后，投进监牢，成为阶下囚，他心里的落差，如同突然从山顶摔落下来，跌进万丈深渊。

最不安宁的是张永，大娄子是他捅的，捅过之后他便招架不住了，因了局势的演变不由他控制，就怕朱厚照变卦，倒过来让他成为阶下囚。夜，比以往任何一夜都要漫长。朱厚照是趁了醉意下令禁军逮捕刘瑾的，酒醒后，回忆刘瑾在过去的岁月里随侍他的情景，便觉下旨逮捕刘瑾有点操之过急。张永、谷大用和马永成一直陪侍着朱厚照，明了这一夜正是他们跟刘瑾彻底翻脸的时刻，若把握不住，让刘瑾翻盘，等于自掘坟墓。

朱厚照彻夜难眠，在寝宫里来回踱步，时不时地问天何时亮起来。

马永成觉察到了朱厚照优柔寡断，凑过去，垂首道："君无戏言，陛下既然下旨逮刘瑾，臣觉得丝毫没冤枉刘瑾。"

谷大用道："安化王身为陛下本家，图谋不轨，陛下都当机立断了；刘瑾乃外姓，又权倾万乘，若他起事，定会来不及……"

张永道："安化王谋反，有檄文为证，起因在刘瑾，就怕来日又有藩王借刘瑾不法之故，再起反心……"

朱厚照叹了口气，说道："刘瑾的确权倾万乘，今夜里朕既然跟他撕破了脸皮，若再给他脸，朕就没了脸相见天下。"

张永、谷大用和马永成好像吃了颗定心丸，松了口气。

随之朱厚照提振精神道："传朕旨意，谪刘瑾居凤阳，永不得回京城。"

四

天将擦亮，身居京城的文武百官纷纷入了朝殿，才知昨夜皇帝下旨逮捕刘瑾，大惊失色。朱厚照一夜没合眼，脑袋有点昏沉，却没心思卧入龙床，吩咐随侍李荣召内阁首辅李东阳。李东阳自从入得朝殿，就有人看戏不怕台子筑得高，凑过来，将刘瑾落马的事说了个仔细。李东阳并没显露出惊诧，样子倒很沉稳，然后直起腰身仰天笑道："平日食尽山珍海味的刘太监，终于吃上牢饭，可想那牢饭喂养猪狗，都嫌太糙了。"这时太监李荣疾步走来，唤李东阳去朝见。李东阳随了李荣来到皇帝寝宫。朱厚照正坐在一把龙椅上。

李东阳撩起官袍跪下，叩拜着请安。

朱厚照说了声平身，李东阳站了起来。

然后朱厚照开门见山说："昨夜朕下旨，逮刘瑾下狱，如何处置，朕想听听李阁老的高见。"

李东阳有一箩筐高见，但他不会贸然吐出来。自正德元年至今，请诛刘瑾的朝士奏一拨倒一拨，再奏一拨再倒一拨，明摆着朱厚照宠幸刘瑾，反而让刘瑾成了个不倒翁。这一回，朱厚照囚刘瑾，是真拿刘瑾下油锅还是暂且教训一顿刘瑾，让刘瑾知道深浅，局势还不明朗。李东阳见朱厚照把球一脚踢给他，就想知道朱厚照葫芦里究竟装的什么药，琢磨片刻，试探地说道："这次陛下逮刘瑾下狱，肯定是他有什么把柄让陛下捏住。"

朱厚照毫不掩饰地说道："昨晚朕宴请张永，请出节外生枝来。张永、谷大用和马永成奏刘瑾图谋不轨，还奏刘瑾富可敌国，朕才下了决心，逮刘瑾。"

听罢刘瑾富可敌国，李东阳趁机说道："既然有朝臣检举刘瑾富可敌国，绝非空穴来风，陛下为何不去刘瑾家抄一抄呢？若抄出敌国之财，想他要给谁发军饷，图谋不轨成了铁证。"

李东阳的提醒，使得朱厚照再也坐不住，霍地站起来说："起驾吧，李阁老随朕上刘瑾家看看。"

一群内侍和禁军簇拥朱厚照前往刘瑾府邸。刘瑾家的宅子占地三十多亩，大四合院里套小四合院，甬说房屋用尽上等楠木、紫檀之类雕梁画栋，里里外外的装潢都彰显得格外富气，看上去不一般地奢华。朱厚照是第一次来刘瑾家查看，见这宅子的奢华程度，不是他们朱家的王爷可攀比的。

想起谷大用说刘瑾富可敌国，朱厚照就想目睹这奢华宅子里到底藏下啥财宝，下令说："开始查抄吧。"

禁军和侍卫奉命踢开一幢幢房屋的门，见了贵重物品就往外搬运，堆放在宽阔的庭院里。他们查抄了会儿，没找到价值连城的东西。李东阳就觉奇怪，凑近朱厚照，悄悄耳语。然后朱厚照叫来刘瑾的管家，瞪着眼问："刘瑾的财宝到底藏在何处？"管家发呆说："奴才不知道。"朱厚照大声喝道："不知道，拖去斩了吧。"管家听到皇帝喊出一个"斩"字，吓得快要尿裤子，连忙改口说："都藏在地下。"朱厚照厉声说道："带朕去看看。"一群人在管家带领下来到后院，打开一扇门，发现一道夹墙里有个地下暗道。朱厚照派随侍李荣端着油灯钻进暗道查看。待李荣从暗道爬出来，格外惊诧地说道："禀皇上，里边的地洞里不得了，藏了堆积如山的黄金白银。"听这话，朱厚照异常兴奋，差人钻进地洞里搬运黄金白银，这一搬不打紧儿，似乎越搬越多。最后搬运出来一合计，抄出黄金二十四万锭，又五万七千八百两；元宝五百万锭，又一百五十八万三千六百两。众人见了堆积如山的黄金白银闪烁诱人的光芒，除了震惊还是震惊。

"刘瑾富可敌国果不虚传。"朱厚照转过身问李东阳，"平日里朕并没薄待这阉竖，这阉竖为何如此贪赃？"

李东阳震惊之余，格外兴奋朱厚照终于抓住刘瑾的把柄，郑重说道："户部的库藏，从没藏下这么多的黄金白银。刘瑾不仅仅是富可敌国，他是心比天高啊，试想这黄金白银拿去换兵器，不知换回多少。"

李东阳这般提醒，朱厚照脸色阴沉下来："没想这阉竖是条虎，朕宠他，终归有天他会对朕张开血盆大口的。"

这时一位禁军不知从哪里抄到一把精巧的冬月饰貂皮团扇，这把团扇朱厚照眼熟，想起刘瑾曾带进宫让他见过。他不经意拿过团扇看几眼，没料扇中暗藏两把锋利的短刀。若让这两把锋利短刀藏入扇中继续被刘瑾带进宫，分明有劫驾弑君之嫌，不用多想，朱厚照惊出冷汗。

侍卫和禁军不停地查抄，查出私刻玉玺一枚，宝石二斗，金甲二，金钩三千，玉带四千一百六十二束，狮蛮带二束，金汤盒五百，蟒衣四百七十袭，牙牌二匮，穿宫牌五百，金牌三，衮袍八，金爪龙四，玉琴一，玉瑶印一，盔甲三千，衣甲千余，弓弩五百。尤其是这玉玺、衮袍、金爪龙、弓弩和盔甲，样样都是禁物。

目睹这禁物，朱厚照异常震怒："刘瑾果真要反了！"

皇帝亲自带人来抄家，刘瑾并不知晓。他想他遭囚禁，准是献俘的张永春风得意时，在晚宴上奏过他什么。他跟张永恩怨太深。但他相信这样的囚禁用不了几天，朱厚照会放他出去，因为朱厚照一天不见到他，就不开心，所以他即便被囚，并不显得惊恐。

被囚禁的刘瑾可谓豆腐泼了架子还在，更可谓瘦死的骆驼比马大。皇帝一时没有明确旨意处置刘瑾，法司锦衣卫没人敢对刘瑾动刑，就怕刘瑾哪天出去，依附在皇帝身边，来个秋后算账。这是有前车之鉴的，自从正德元年开始，上疏弹劾刘瑾几乎牵动内阁至九卿，没一人有个好结果。看守刘瑾的狱卒和官员，都不敢得罪刘瑾，都得看皇帝的脸色行事。

自从刘瑾家被查抄，朝廷众臣都在翘首观望这台戏如何收场。张永一直担心夜长梦多，来豹房朝见。朱厚照摆出心情不好的样子，张永谨慎地叩拜，激将说："刘瑾被囚多日，外廷官员都在猜测陛下不忍惩处刘瑾，听说要放人。"朱厚照冷着脸说："朕先前要谪刘瑾去凤阳闲住，没想他犯下惊天大罪。"张永又叩首道："臣以为谪刘瑾去凤阳，如同放虎归山。"朱厚照点了点头。张永退了下去。随后朱厚照召随侍太监李荣到跟前，吩咐道："传旨刑部，审刘瑾！"刑部尚书刘璟领旨后，令法司锦衣卫带刘瑾到午门。刘瑾终将走出暗无天日的监牢，可他依旧坚信朱厚照会放他一马，满不在乎。当他获悉给事中李宪上疏弹劾他时，便觉可恶，因李宪经常出入他家府邸，巴结奉承他。李宪反目，对他落井下石，他怒骂道："李宪曾是我门下一条狗，到如今跑出来咬我，乘人之危，十足小人也！"刘瑾显露余威，刑部尚书刘璟暗自打个寒噤，正要张开的嘴又合上。骂过李宪，见没人言声，刘瑾越发地目中无人，大言道："满朝公卿，皆出我门，谁敢问我个不字？"驸马都尉蔡震也在场，见刘瑾如此嚣张，上前说道："我国戚也，不出你门，问你个不字，奈我如何？"随之蔡震问道："公卿为朝廷所用，何故投你门下？你藏盔甲、弓弩，用意何在？"刘瑾答道："以备卫戍天子。"蔡震又问道："这盔甲、弓弩乃兵器，为何私藏府邸？"刘瑾语塞。蔡震接着追问："那玉玺、衮服、金爪龙为天子独有，你为何也有？"刘瑾这才知道他家被查抄，暗自大惊，叹息一声垂下头来。

刘瑾在午门大肆嚣张，激怒六科及十三道御史。言官们列举刘瑾三十多条罪状上疏弹劾；内阁大臣焦芳、吏部尚书张彩、致仕的大学士刘宇、兵部侍郎陈震等人因与刘瑾勾肩搭背，结党营私，也被联疏入案。朱厚照批览众言官联疏，下诏革除刘瑾同僚官职，送焦芳、张彩、刘宇、陈震等人下西厂锦衣卫狱。张彩下狱不服，大喊冤屈，将首辅李东阳平日里阿谀刘瑾的事喊了出来，分明要将李东阳列入同党，一并受罪。统领西厂太监谷大用看出张彩用心，指使狱卒挥舞乱棍打死张彩，碎尸于街市。又将焦芳、刘宇和陈震削籍为民。

剩下一个刘瑾仍没结案。朱厚照脑海里不知冒出多少个"杀"字，嘴里始终喊不出来。张永和谷大用看出朱厚照对刘瑾下不了狠手，两人深感不安，前往内阁寻求支持。

阁臣李东阳和杨廷和这时候也在密切关注着刘瑾的案子，见皇上态度暧昧，李东阳和杨廷和有力使不出。张永和谷大用一进内阁，李东阳和杨廷和连忙迎了上来。

张永说："刘瑾翻手为云，覆手为雨，现在不诛，将来没有机会了。"

谷大用说："我俩前来内阁没别的，请李阁老和杨阁老一同觐见皇上。"

李东阳皱起眉头，叹道："皇上迟迟没有动静，肯定是舍不得诛杀刘瑾。皇上一旦赦免刘瑾，就会出现灾难性的后果。"

听到首辅发出这样的声音，杨廷和似乎没有退路，扫了众人一眼说："那就去见皇上吧。"

四个人为了一个目的前往豹房。

杀不杀刘瑾，朱厚照仍没下最后的决心。他正焦头烂额愁眉不展，太监李荣跑来禀报，说李东阳、杨廷和、张永和谷大用来了。朱厚照懒声懒气问道："他们跑来干什么的？"一听这话，李荣明白朱厚照没有心情见大臣，正要退下，李东阳、杨廷和、张永和谷大用已经走到内殿来了。朱厚照不想见也得见。

李东阳直言不讳奏道："太祖在世时，最恨的是贪官，制定律令：赃一贯以下杖刑八十，至四十贯斩，官吏贪得六十两银子以上枭首示众，并处以剥皮之刑。我朝的刘瑾，不知贪得多少倍的六十两，若按太祖律令，枭首无数，剥皮无数，可他至今毫发无损，皇上为何让他的头颅活摇活摆地留着？何况他图谋不轨，十恶不赦！"

杀刘瑾的念头一直在朱厚照心里摇摆不定，李东阳的此番话语似乎扭正朱厚照的念头。他叹口长气，忧愤道："这几天，朕老在想，短短的三五年里，刘瑾搜刮官民，相当于太仓银库十年入库的银子，朕不灭他，天也要灭他。"

杨廷和愤然道："皇上小看了，何止十年！"

朱厚照侧过脸，目光发直瞅着了杨廷和。

杨廷和接着说道："记得臣任户部尚书时，每年入户部太仓库的银子，不过二百来万两。皇上从刘瑾家抄出来的黄金白银臣初步估算了一下，黄金就有二百五十万两，白银超过了五千万两。"

谷大用说："刘瑾贪得如此惊天，即便做鬼，阎王也要再杀他一次。"

张永说："不会是一次，是千次万次。"

朱厚照说："这千次万次既不能交给天，也不能交给阎王，还是让朕来办理吧。"

随后朱厚照召来李荣，传旨凌迟斩刘瑾，斩期定在八月二十五日。

大后天就是八月二十五日，转眼就到了；这天阳光灿烂，秋高气爽。刘瑾从大狱里拖出来，在都察院门前行刑。因是公开行刑，轰动京城，刑场上看热闹的人挤得水泄不通。刘瑾擅权时，不知得罪过多少人，跑来看热闹的人中就有许多他的仇家，仇家决不放过这天的时机，要看刘瑾如何死法。

太阳升起一竿子多高，刘瑾只穿了条短裤，四肢伸开被捆绑在木架子上，他白净的肌肤沐浴在阳光里，唯有胸腔那里跳动得厉害。三位行刑手在众目睽睽之下掏出刀子，在石头上来回磨得沙沙响，他们磨一阵子，跷起大拇指在刀刃上轻轻地刮动，然后又沙沙地磨，又跷起大拇指在刀刃上刮动，直到锋利无比才停下来。

按照大明律法，凌迟斩期共三天，要在犯人身体上割下 3357 刀，规定第一天割下 357 刀，第二天再割下 357 刀，余下来的刀数要在第三天割完。

三位行刑手轮流上场，不得一刀下去伤到要害让刘瑾毙命。等行刑官喊出一声"开斩"后，第一位行刑手上场了，首先掏出一颗鹅卵石塞进刘瑾嘴里，不让他胡说八道。行刑手挑了刘瑾的胸膛开刀，先用铁钩钩起要割下的皮肉，再下刀，以便增加刘瑾的痛苦。从肌体里渗透出来的热血如流水往外泄，这样无止境地泄露，不到一两个时辰，血就流尽，受刑斩的刘瑾自然断气了。行刑手割下 10 片肉后，停下刀子，往伤口上涂抹止血散，堵住喷血。这时的刘瑾疼痛难耐，闭上了眼睛。行刑手担心刘瑾痛得昏死过去，朝他大喊一声，将他喊醒过来。第二位行刑手接替第一位行刑手上场，挑了不伤命的地方再割 10 刀，涂抹止血散，猛地喊一声刘瑾，歇下来，让第三位行刑手接替。

割一会儿停下来，再割一会儿再停下来，357 刀如数割完；到了太阳快要落土时分，第一天的行刑才结束。刘瑾虽是血肉模糊，仍没死，被人搀扶着送进了都察院狱，人没躺下，就喊肚子饿。一个狱卒问他想吃啥，他奄奄一息说来一碗稀饭。狱卒尽量满足他的要求，端来一碗稀饭递给他，没想他胃口特别好，呼呼响地吃下，又叫一声再来一碗。狱卒惊讶不已，再端一碗稀饭给他吃下。他放下空碗，抹了下嘴巴说："到明日我就要入黄泉了，我不想做个饿死鬼。"送稀饭的狱卒开着玩笑说："刘太监明日去了黄泉，留在人间堆积如山的黄金白银给谁花呢？"刘瑾尴尬一笑说："那玩意儿乃身外之物，我管不着了。"狱卒说："就是那玩意儿要了刘太监的命，刘太监恨不恨那玩意儿？"刘瑾不再作声。

第一天夜晚，刘瑾躺在监牢地铺上，生不如死地疼痛，想死想得快要发疯，没人帮他，也找不到结束自己的器物。整夜里他一直在哼哼，想到富贵地生与痛苦地死如同白天与黑夜那般均衡，就不再想从前富贵地生，不再想眼下痛苦地死，只等天亮看最后一个日出。

第二天一大早，狱卒搀扶刘瑾回到都察院门前的刑场，捆绑了四肢继续开斩。这天来看凌迟的人特别多，几乎全是刘瑾的仇家，他们起哄、欢笑，鼓掌。刘瑾面对仇家开心地笑到最后，比刀割他身子还要刺痛，又无奈于仇家看他这般死去。看凌迟的刘瑾仇家仍不解恨，掏钱买走从刘瑾身上割下的肉片，一小片一文钱，买回家下油锅炸着吃。有人带头买下，其他人纷纷买下刘瑾的肉片。刘瑾在仇家争抢着购买他的肉片时，熬不住气绝身亡。行刑手并没因他死而停下刀子，直到第三天割下最后一刀，刘瑾只剩一具骨架了。

第七章　义子相争主子昏

一

刘瑾伏诛，连带倒了一批官员，唯有锦衣卫百户钱宁躲过一劫。钱宁最初依附刘瑾，是想利用刘瑾走近朱厚照。精明过人的钱宁看出咄咄逼人的刘瑾处处树敌，总有一天会出事，他从不参与刘瑾在官场上的勾心斗角把玩权术。得到朱厚照赏识后，钱宁和刘瑾若即若离。刘瑾落马时，钱宁因没树敌，才相安无事。

朝廷没了刘瑾一掌遮天，沾沾自喜的要数钱宁；在以往的日子里，刘瑾受皇帝的宠信几乎无人可以代替，现在由他代替刘瑾的位置，他才自喜。然刘瑾最终的教训，对钱宁是前车之鉴，那便是不得树敌太多，就这样依附在皇帝身边，揣摩皇帝的需求，投其所好服侍皇帝。

钱宁深知自己没有任何背景，能依附皇帝身边就是人天福报。他从不开口要官职，皇帝吩咐他做什么他就做什么，皇帝贪酒贪色，他就陪皇帝饮酒，不断搜罗美女供皇帝淫乐。这样一来，皇帝自然离不开他，需要他侍奉酒色。皇帝的心也是肉长的，谁对他好，他的心会偏向谁，给谁一些好处；在刘瑾伏诛后不久，钱宁时来运转步步高升，官至左都督，掌领锦衣卫，主管诏狱。

朱厚照一时心血来潮，赐钱宁朱姓，收为义子。这下可好，钱宁越发有了特殊身份，几乎日夜服侍在了朱厚照身边。

自从永乐皇帝迁都北京，帝王们视朝从没离开过紫禁城。朱厚照住进豹房后，就把视朝的地点改在了豹房。他夜里睡得晚，早晨视朝的时候起不来，渐渐学会了懒朝。大臣们不因皇帝懒朝，也跟着懒朝，仍是天不亮赶到豹房候朝，有时从一大早开始候起，候到日头当顶，仍不见朱厚照从寝殿走出来。

朱厚照大婚过去几年了，正是生育的大好年华，可他阅女无数，仍旧没有子嗣，没有子嗣意味着皇帝后继无人。太后急，太监急，大臣们都跟着急，唯有朱厚照不急，觉得将来的日子长得很，不信他拥有天下最多女人却生不出皇子来。

盼生皇子的女人自然是皇后夏氏，只有夏氏生出皇子最有名分册立太子，但夏氏住在紫禁城，朱厚照住在豹房，夫妻俩一直分居，夏氏生不出皇子来也就不足为奇了。夏氏总担心圈养在豹房的某个女人替皇上生个儿子，这个不为她所生的儿子一旦册立为太子，她的皇后地位就处在了风雨飘摇中。

夏氏时常愁眉不展。太监李荣非常同情夏氏，总想劝谏朱厚照搬回宫里去，却不敢开口。这天李荣从豹房回宫办差，在暖阁见到夏氏，给夏氏出了个主意。

李荣说："能劝皇上搬回宫来的人是阁臣杨廷和。"

夏氏忧伤地叹道："先前有首辅李东阳去豹房劝皇上回宫，都给推回来，就怕派杨廷和去了豹房，皇上不肯给面子。"

李荣说："杨廷和毕竟是皇上的老师，至于皇上肯不肯给杨廷和面子，皇后娘娘可以试一试。"

听罢李荣的话，夏氏召来杨廷和，交代了一番。

杨廷和想到皇帝迄今无子事关重大，不便推辞，垂首说："老臣遵旨，这就前往豹房，但愿皇上能给老臣一个面子。"

杨廷和正要转身离去，夏氏叫住他，朝前走了几步说："杨阁老去了豹房，别提是我吩咐来的。"

杨廷和点头道："老臣知道了。"

杨廷和没带随从，一个人亲自驾辆马车来到豹房。朱厚照躺在龙榻上，几个穿得露骨的年轻女子正在给他揉搓肌肤。

一个近侍疾步进来，禀报说："阁臣杨廷和来朝见皇上了。"

朱厚照躺在龙榻上说："叫他进来。"

没多会儿，近侍领着杨廷和来到寝宫。朱厚照赤着身子披上一件龙袍，盘腿坐在龙榻上，问杨先生有何事启奏。

杨廷和立在龙榻边，言简意赅道："陛下在豹房住过数年了，该要搬回宫里去了。"

朱厚照的脸一绷，不高兴道："杨先生除了劝朕回宫，不再有别的事了？"

杨廷和回道："豹房是王公贵族们的娱乐场所，紫禁城才是陛下的家。老臣前来请陛下回家，是奉天之命，请陛下给老臣赏个脸。"

朱厚照脸色难看道："天下是朕的，朕想住在哪里，是朕的选择，用不着杨先生吩咐。"

杨廷和意识到白来一趟，未尽皇后之托，很沮丧，硬着头皮说："恕老臣直言，陛下大婚都过去好几个年头了，仍没怀抱子，是我大明之国忧啊……"

没等杨廷和说完，朱厚照不耐烦，皱起眉头道："杨先生别再往下说了，朕还年轻，不愁众嫔妃生不出朕的儿子。"

杨廷和被封住嘴，觉得往下说只能讨个没趣，只好告退走了。

过了些日子，皇后夏氏仍不死心，差使李东阳去豹房劝请朱厚照回宫。李东阳曾去豹房吃过闭门羹，丢过一回老脸，便觉皇后差他再去，给他出了道难题；可他发现皇后的眼里流露出祈求，又想皇后孤零零待在宫里如同守活寡，不想去也得去了，他来到了豹房。

正逢朱厚照让钱宁侍酒，一群绝色女子乐在其中。李东阳就在这时走了过来。朱厚照邀请李东阳助个酒兴。

李东阳扫视酒桌边的众女子争相显露媚态，一个"骚"字不禁冒出脑海，摇了摇头说："老臣不是来侍酒的。"

朱厚照说起酒话："李阁老不想侍酒，想要朕赏个美人？朕在豹房里养着用不完的美人，李阁老看上谁，随便挑吧，一个两个、三个五个都可带回家。"众女子信以为真，绷着脸看着了年迈的李东阳。朱厚照随手抓住一个女子，嘻嘻一笑说："你随李阁老去吧。"

李东阳正色道："陛下的女人老臣一个都不想要。"

朱厚照哈哈笑道："李阁老不贪色，好榜样！"

李东阳想笑，笑不出来，叹道："臣老了，这色贪不动了。"

随之李东阳扫了眼钱宁道："你酒量过人，可不要拿了皇上当酒桶，无休止地往里灌，皇上一旦喝多伤了龙体，要拿你问罪的。"

钱宁不敢冒犯李东阳，点头哈腰说："谢李阁老赐教。"

朱厚照仍是满嘴酒话。他身边的女人们又不知深浅。李东阳时不时地扫视侍酒的女人，有说不出的厌恶。他干巴巴地站着，显得有点不自在。钱宁琢磨李东阳刚才的话，赶紧奉承李东阳，拿起杯子斟酒，请李东阳入座。李东阳是带着使命来的，想起他从前奉太后旨意来豹房劝请皇上回宫，无果而告退；这回他奉皇后旨意来劝皇上回宫，若再遇无果而告退，只能往地下挖个窟窿，钻进地里去。钱宁劝酒的劲头一点儿不减，毫无酒兴的李东阳念头一转，心想喝就喝吧，喝出醉意之后，什么话都可和盘托出。

这时的钱宁和朱厚照都喝得差不多了，再喝也喝不出个海量来。李东阳是个新鲜人，举起杯子碰了碰说："我要一杯干了。"钱宁还算清醒，以为李东阳要赌酒，畏惧地说："我跟皇上都喝得不少了，一杯下去，多半要醉，还是慢慢喝吧。"朱厚照逞英雄，横瞪一眼钱宁说："一醉方休有什么了不起的，干！"李东阳仰起脖子，端着杯子喝了个底朝天。钱宁讨好地拍着巴掌说："李阁老好酒量！"李东阳不在乎夸奖，就想舍命喝酒感动朱厚照，连喝了三杯，到第四杯时，脸泛红，醉意渐渐上来。有了醉意，李东阳的嘴巴不再拘谨，直接问道："皇上在豹房住了这么久，为何不愿搬回宫里住？"总算说到正题上，李东阳瞅着朱厚照，等个回答。

朱厚照没啥好介意，回答道："朕平日喜爱的是美酒和美人。"

李东阳说："宫里既不缺美酒，也不缺美人。"

朱厚照说："宫里臭规矩太多。豹房里什么规矩都没有，多自在。"

李东阳说："没有规矩不能成方圆。此地绝非天子归处，陛下身为天子，久住此地，有失身份，还是回宫为妥。"

朱厚照脸色突然一变说："谁差你来的？"

李东阳笑了笑说："是老臣自个儿来的。"

"前些天，杨廷和跑来劝朕，被朕轰走；你再劝朕回宫，赶紧走吧。"朱厚照一翻脸，李东阳还有话，卡在了喉咙里，尴尬地笑。钱宁打破尴尬说："别的都不说了，喝酒吧。"李东阳刚喝下一口就想吐，打个酒嗝说："老臣不胜酒力，再喝就要出丑了。"

二

山东、河北、河南、江西、湖广、山西、四川、陕西、两广等地陆续出现盗贼。这盗贼泛滥，起因与刘瑾有关，刘瑾擅权时，狮子大开口搜刮地方官吏，形成一条盘剥链，便是小官送大官，一级级往上送，反过来讲，便是大官刮小官，一级级往下刮。刘瑾是大海，地方官员是河流，最终是千条江河归大海。无论哪一级官员，获取钱财的对象都是百姓，他们频繁搜刮，百姓被搜刮穷了，盗心自然起了。

正德五年十月，河北霸州刘六、刘七兄弟纠集一伙盗贼流窜作案，闹出声势，惊动朝廷。随之河南贼、江西贼和湖广贼浮出水面。

尤其是霸州贼刘六和刘七聚众打家劫舍谋财害命，等于在京城大门口示威。朱厚照下旨京军前去剿灭，但这霸州贼大多武艺高强，被人称作响马盗，他们打劫在哪里，沿途就有食不果腹的人入伙。等京军开往霸州，响马盗的势力越来越壮大，就连山东、河南等地都出现了他们的身影。朱厚照坐等捷报，等来的却是败绩，大为光火，破口大骂京军无能，试图披甲亲征讨贼。皇帝亲征风险太大，阁臣杨廷和立马劝阻道："刘六、刘七等人爱的是钱财，才聚众打家劫舍，是一伙目光短浅的乌合之众，陛下没必要大动干戈亲征了。"朱厚照说："朕登大宝位，未曾披甲历练，就想杀几个毛贼，鼓一鼓京军士气。"杨廷和道："杀毛贼，用不着陛下使出御剑。"

到了正德六年（1511），京军仍没灭掉响马盗。朱厚照隐约感到不安，召总制陕西三边军务杨一清回朝，任吏部尚书。杨一清刚刚回到京师任职，盗匪刘六、刘七兄弟自以为翅膀硬了，由盗演变成反朝廷，扯起一面旗帜发动农民起义。朝廷京军控制不了局势，导致义军的暴乱愈演愈烈。朱厚照担心义军形成燎原之势，召杨一清问计。杨一清是疾步来到奉天殿的，还没喘口气，朱厚照站起身朝杨一清走过来。

"朕派京军灭毛贼，灭到今天，那伙毛贼居然反了。朕忧心，就怕拖久了日子，让那伙毛贼士强马壮。"朱厚照沉着脸叹道。

"养兵千日，用兵一时，京军出征，怎么拖到今天还没拿下那伙毛贼？"杨一清愤愤不平。

"全是一群腐败无能的东西！"朱厚照恼怒道，"朕花去那么多的银子喂养他们，比喂养一群猪狗还不划算！"

杨一清觉得京军该骂。

骂过之后，朱厚照转过脸来说："京军窝囊废，无法指望他们灭掉盗寇。杨爱卿文武兼备，有何高见？"

杨一清也不保留，直言奏道："既然京军靠不住，那就请边军来吧，依臣之见，边军要比京军勇猛善战。"

朱厚照绷着脸，抬起一只手托住下巴，点了点头说："边军的确胜过京军。"

杨一清急着性子说："事不宜迟，陛下这就可以下诏了。"

朱厚照当即下了道谕旨，召宣府、延绥二镇官兵讨贼，命兵部侍郎陆完任总制边军，边将许泰、冯祯等人悉听调遣，师出涿州。

宣府和延绥二镇边军领旨后，开出了涿州。

随之有报传至朝廷，义军蜂拥至固安，直朝京师奔来。朱厚照闻讯，惶恐起来，亲驾左顺门，召兵部尚书何鉴，阁臣李东阳、杨廷和，吏部尚书杨一清商议对策。待众臣到齐后，朱厚照愁眉不展道："毛贼朝东奔来，显然是来犯京师。边军西出，背道而去。然京师空虚，情形可危，诸爱卿有何妙策，尽快使出来。"李东阳忙问道："边军出师了多久？"何鉴回答道："刚出涿州。"杨一清道："还来得及，赶紧派人追回边军，阻截贼寇。"听罢众臣言说，朱厚照遣使兵部尚书何鉴策马追回西去的边军。

何鉴带了数位随从马不停蹄追上总制边军陆完，令陆完率兵赶赴固安。陆完掉头急行军直趋固安后，冷不丁堵截住了朝京师奔来的盗寇。边将许泰、冯祯率军至霸州，前后夹击，连破贼寨。陆完获胜后又领兵至大同，调大同总兵张俊、游击将军江彬出征。

有数路边军出师迎战刘六、刘七等人，战局很快扭转过来；边军打到哪里，义军大败逃散。

驻守大同的江彬，原是蔚州卫指挥佥事，此人勇猛异常，善骑射，几乎是亡命作战，他骑在马背上身负三箭，仍不落马，其中一箭从他脸颊边穿过，刺穿一只耳朵，他咬着牙，拔出箭来继续指挥战斗。江彬身负三箭本是立下战功，可他仍不满足，还想接二连三获取战功。部队过蓟州时，江彬打起一家大户的主意，找个借口称这家大户捐赠银子给义军，杀光这家大户二十几口人，没收家产，然后跑去报功。

因有边军出击，谋反义军大势已去。京军和边军，箭上弦不再绷得太紧，出兵不过是剿灭残余盗寇。江彬领兵路过北京，就想凭他立下的两大战功觐见皇上，他身份太低，不可能如愿以偿。他在京城托人找关系，找到一个太监，由那太监引荐，结识了钱宁。因钱宁是皇帝身边的红人，江彬抓住钱宁不放，约钱宁出来吃酒，悄悄递给钱宁一张银票。钱宁一看银票上的数额不小，一愣说："足下为何这般厚我？"江彬笑道："与钱大人初交，一点见面礼，不成敬意。"钱宁暗喜，表面装客套："无功不受禄，这馈赠不薄，我岂能随便收下？"江彬又笑了，道："相识就是朋友了，何必分个彼此呢？"钱宁收下贿赠，知道江彬有事求他，就问："足下此次路过京城，有什么事要办理，请直说。"江彬不再避讳，对钱宁说："我想觐见皇上，请钱大人引路，是否方便？"钱宁笑了，故意卖着关子说："皇上不是谁想觐见就可如愿的，足下要想觐见皇上，必须有个理由。"一听这话，江彬连忙说："灭义军我立下两大战功，凭这两大战功，请钱大人在皇上面前多多美言。"钱宁想着衣包里的银票，不再卖关子，就说："待我回豹房试试看，如果皇上愿接受觐见，便是足下的福气。"江彬霍地蹲下身子，给了钱宁一个跪拜："拜托钱大人了。"钱宁赶紧拉起江彬："别这样别这样。"江彬站起来后，钱宁不便久留，告辞道："请足下候着，听我的消息。"

回到豹房后，钱宁寻找机会在朱厚照面前夸江彬镇压义军如何勇猛，挑逗朱厚照的兴趣。他反复夸江彬，朱厚照对江彬有了印象，好奇地说："这个江彬何许人也，带他来见朕吧。"钱宁要的就是这句话，赶紧带江彬来豹房。

小人物第一次被人带进宫朝见皇帝，大多畏畏缩缩。江彬则不然，能有这个难得的机会，他很兴奋，就想在皇帝面前显露长处，得到皇帝赏识。他随钱宁进了大殿，金碧辉煌的大殿令江彬大开眼界，可他并没好奇地东张西望，样子显得格外沉稳。

坐在龙椅上的朱厚照老远看到钱宁带着个陌生人走进殿来，他并没离开龙椅。

钱宁走到朱厚照面前，禀报道："皇上想见的江彬，被臣带来了。"

朱厚照打量身材高大而又壮实的江彬，不紧不慢地说道："听说你剿灭义军时身中三箭，仍没倒下来。"

江彬"咚"地跪下，叩拜道："奴才大难不死，有幸觐见皇上，是万福。"

朱厚照立马注意到了江彬脸部的伤痕，问道："你脸上的伤是箭伤吧？"

江彬回答道："义军射出一箭呼啸而来，正中奴才面部，奴才拔出箭，不服输地朝着义军奔杀过去……"

朱厚照紧盯着江彬，想起京军镇压义军大多贪生怕死，骁勇善战的边军里竟有如此不怕死的勇士，禁不住地赞叹道："英雄啊，难得的英雄！"

江彬没因朱厚照的赞扬而显露出得意，依旧是沉稳地叩首道："奴才投身报国效忠朝廷，即便是万箭穿心，死而无憾。"朱厚照备受感动，叫江彬站起来入座。江彬谈吐不凡，朱厚照跟他越谈越有兴趣，两人谈起兵法，江彬谈得口若悬河。朱厚照被江彬的口才折服，一时兴起，留下江彬随侍身边。江彬求之不得，连忙大谢皇恩。

高兴的朱厚照就在这时收下江彬做义子，赐朱姓。江彬再次大谢皇恩。又多了个义子，朱厚照吩咐御膳房设宴招待江彬，令江彬受宠若惊。

御宴上，江彬抖出好酒量，喝了一杯又一杯，毫无醉意。朱厚照和钱宁自以为酒量过人，但在江彬面前，可谓小巫见大巫。三个人一边喝，一边海阔天空地聊，从天刚黑开始，一直到午夜才结束。朱厚照已喝得红光满面摇摇晃晃。钱宁也喝得脚踩浮云。江彬喝下酒后，两只脚湿淋淋地直冒热气，酒往下行从脚底渗透出去，所以他跟人喝酒，天生喝不醉。他搀扶朱厚照进入寝宫。朱厚照耍着酒兴说："钱宁和江彬都是朕的义子，今晚侍寝了。"钱宁侍寝，不知在龙床上睡过多少回。江彬是第一次走进皇帝寝宫，想到自己卑微的身份，哪有福分睡龙床，以为朱厚照在说酒话，等进了寝宫之后，朱厚照不让他走，真的要他侍寝。龙床宽敞得很，三个人像三根树棍躺倒下来。天刚亮时江彬醒了，朱厚照和钱宁仍在打呼噜，江彬不敢吵醒他们，只好陪他们睡着。

自从钱宁侍寝，朱厚照从没视过早朝。大臣们照常一大早儿赶赴朝殿，耐心地候朝。时辰过了正午，钱宁终于从寝宫出来，候朝的大臣看见钱宁，不再懒散地走动说闲话，都肃然起来，按队列站得毕恭毕敬。没多会儿，朱厚照出来了，他身后跟着江彬。候朝的大臣不知江彬是何人，居然侍寝皇上身边，顿感震惊，就想知道这个神秘的侍寝人是谁。朱厚照发现文武百官惊诧的目光一边倒地投向江彬，也不隐瞒，拉上江彬介绍说："他叫江彬，是位边军，作战相当勇猛。朕昨晚收他为义子，随侍在了身边。"

候朝的吏部尚书杨一清候出怨气，开口斥责道："皇上睡懒觉不是一天两天了，还要义子侍寝，一块儿懒在龙床上，不像话，太不像话。"

朱厚照赖着脸笑了笑说："昨晚朕让义子侍酒，多喝了几杯，才昏昏沉沉睡过了头。"

首辅李东阳这时候也生出怨气，直谏道："百官候朝，天天浪费半日光阴，然皇上只顾昏昏入睡，不理朝政，怠政不可取！"

大臣们的提醒，不是一次两次了。朱厚照也不介意，认错罢了。还是我行我素。

三

朱厚照用人全凭喜好，他遇上江彬就喜欢上了。大臣们觉得朱厚照随便拉上一位边军做近侍，要多荒唐就有多荒唐。

然而江彬做梦都没想到他大谈兵法能够得到朱厚照欣赏，他不会放弃这个机会。伴君如伴虎，他深明自己毫无任何背景，对朱厚照百依百顺。

后来朱厚照怀疑江彬有可能是赵括似的人物，只会纸上谈兵，想目睹江彬的箭法，约江彬来到豹房校场。骑马射箭正是江彬的拿手好戏。他被朱厚照带到校场时，意识到了朱厚照要考验他，决定露一手，一跃跨上马背，策马飞奔，摆弄出各种高难度的骑术拔箭射击，几乎是百发百中。钱宁目睹江彬骑射，自愧不如，却没底气跟江彬一比高低。

豹房校场是朱厚照经常要来的地方。把玩骑射往往是江彬独领风骚。钱宁意识到他在江彬面前失色，譬如饮酒他饮不过江彬，比骑射他更加比不过江彬，心里不是个滋味。当初他荐江彬入豹房是举手之劳，以为江彬觐见过了朱厚照，不会发生什么奇迹，没料朱厚照收下江彬做义子，随侍在了身边。

毫无朝廷背景的江彬总是抢先侍奉朱厚照，以此换来他在豹房的立足，只要朱厚照有什么需求，他会应声去做。钱宁就觉得江彬跟他争宠，内心里格外不满。

江彬百般顺从朱厚照，钱宁感觉到了威胁。等江彬离开时，钱宁挨近朱厚照，挑拨说："江彬太张扬，皇上放得了心吗？"朱厚照扭过头来，对钱宁说："江彬的确有点张扬，可他侍奉朕，还是蛮听话、蛮勤快的。"听到朱厚照夸江彬，钱宁心里不舒服，又说："大凡性情张扬的人，都不可靠，就怕他哪天生出野心，防不胜防。"钱宁的提醒，朱厚照并不觉得多余，但他并没发现江彬的可疑之处。想起江彬对他的侍奉有时要比钱宁做得更周到更细致，他对钱宁的提醒，没当回事儿。

过了些日子，钱宁仍不罢休，背着江彬继续在朱厚照面前使招儿。怕朱厚照起疑心，钱宁改变了方式，竟然大加赞赏江彬满腹兵法，骑马射箭堪称一流，真的了不起。

朱厚照深有同感说："此人的确是个良才，朕才留他在了身边。"

钱宁随之改变口气说："皇上留江彬在身边，是浪费良才，实在浪费得太可惜了。"

朱厚照忙问道："怎么会是浪费良才呢？"

钱宁回答道："皇上身边从没缺过良才，只是边镇需要良才抵御外敌来犯。江彬身为边将，如果皇上让他回边镇抵御外敌，他一定大有作为。"

朱厚照"嗯"了声说："过些日子，朕考虑吩咐江彬。"

一有机会，钱宁就会巧使心机在朱厚照面前挑拨离间。朱厚照动过几次念头，想到江彬一旦离开他，少了个侍酒的，也少了个把玩骑射的，他便打住了念头。

看出朱厚照舍不得撵走江彬，钱宁后悔当初引荐江彬进宫。他跟江彬之间的矛盾，多由鸡零狗碎的小事构成。

尽管钱宁和江彬有着不能公开的矛盾，但朱厚照从不介入，总是让他俩相侍左右。

豹房里不仅养着美人，而且养了虎豹。这天朱厚照趁着酒兴带着钱宁、江彬和几位称心的美人来到喂养虎豹的地方，寻个刺激。虎和豹关在笼子里豢养着，隔着笼子观赏不过瘾。朱厚照喜欢跟虎豹近距离接触，吩咐饲养虎豹的太监打开笼门放出一只老虎来。

饲养老虎的太监挑了只老虎放出笼子，是一只体型硕大的东北虎。朱厚照曾多次跟这只老虎亲密接触过，他还骑在这只老虎背上，让宫廷画师画过像。他对这只老虎特别有感情。

当太监打开笼门时，俯卧的老虎站起身，慢慢腾腾地走了出来，看上去像猫一样的温驯。因是一只接触过的虎，朱厚照并不害怕，伸开两条胳膊朝虎走了过去。

冷不丁儿，老虎张开血盆大口，猛地向前一扑，跟朱厚照相距一丈多远对峙着了，摆弄出随时准备再扑的架势，面目狰狞得令人魂飞魄散。

老虎发威，就连驯养它的人也会成为攻击对象，何况这只老虎毫无任何征兆陡然大发兽性，众人始料不及，惊恐得不知所措。朱厚照吓得不敢动弹，像被钉子牢牢钉在了地上，浑身抖得像筛糠。

江彬还算冷静，意识到皇上一旦遭遇虎口，他见死不救，免不了要问罪。他想凭他魁伟高大的身材跟虎赌一把，看能不能震慑住虎，毛着胆子往前迈出数步，虚张声势朝虎大吼大叫，就是要把虎的注意力从朱厚照身上转移到他这边来，果然奏效，老虎迅速转过身，冲他张牙舞爪。朱厚照轻轻地挪动脚步往后退，才有机会从虎口逃生。

江彬代替朱厚照成为老虎攻击的对象，幸好饲养老虎的太监递给江彬一根木棍。老虎见到江彬手中的木棍，变得胆小起来，夹着尾巴逃进了笼子。

这时的江彬仿佛从棺材里钻出来，脸色惨白，浑身大汗淋漓。

惊魂未定的朱厚照依旧狼狈不堪，可他并不觉得他的狼狈是如此的可笑。他在这种时刻居然不失万人之上的风采，对江彬说："朕自有办法制伏老虎，又没叫你做帮手，你为何跑过来添乱？"江彬明白朱厚照在给自己找个台阶下，笑了笑说："臣知道皇上有办法降服老虎，可是老虎毕竟是吃人的野兽，它刚才张开血盆大口朝皇上扑来，臣就怕它伤了皇上龙体，所以臣才出手了。"

朱厚照不再作声。

这只老虎平日里十分温驯，突然间一反常态对人发动攻击，一定有原因。饲养老虎的太监猜想老虎一定嗅到血腥气味，才发兽性，果不其然，来观老虎的美人中正好有人来了月经，散发出的血腥气味被老虎嗅到，刺激着了老虎。

此后的日子里，朱厚照想起那只老虎朝他扑来时，正是江彬救了他的性命，他对袖手旁观的钱宁渐渐淡漠起来。

四

转眼到了正德七年（1512），朱厚照离开紫禁城入住豹房差不多有五个年头了。他在这年里大收义子，将一百多个义子改朱姓。这些义子几乎没一人善理朝政，倒是善于陪侍朱厚照吃喝玩乐；义子多了，如同妃子多了似的，相互争宠，但钱宁和江彬的首宠地位牢不可破。

首辅李东阳一直期盼朱厚照回到紫禁城来，他默默地盼了五年，数次入豹房劝请朱厚照回宫视朝，主持朝政，未能如愿。又见朱厚照大收义子，整天跟一群乌合之众混在一块儿花天酒地，心灰意冷，请辞回家。朱厚照见到李东阳的请辞书，百般挽留。李东阳说他年纪大了，身体不好又有病，不能胜任官职。其实李东阳想辞职已有很久的日子，他一直没有付诸行动，这回他是下了决心，无论朱厚照怎么挽留，他要走人。朱厚照只好批准他告老回家。

李东阳走后，杨廷和接任内阁首辅。这首辅一职不知有多少人梦寐以求，轮到杨廷和名下他不乐意，却又推辞不掉。因为李东阳辞去首辅回家赋闲的原因，杨廷和太清楚了，他不想步李东阳的后尘，让自己时时刻刻焦头烂额，便觉无官一身轻的李东阳临走时，丢给了他一只烫手的山芋。

杨廷和任内阁首辅之所以开心不起来，是因为年轻的天子无论怎么辅佐，都辅不上架，都不朝正道上来，即便使出九牛二虎之力，也是白搭。上任内阁首辅之后不久，杨廷和不得不跟朱厚照摊牌，委婉说道："皇上在豹房住了这么久，该要回宫了。"真是哪壶不开提哪壶，朱厚照支吾道："朕会回宫去的。"到底何日回宫，杨廷和不知道，他耐不住性子又说道："紫禁城才是天子的正宫，天子住正宫视朝问政，名正言顺，这豹房岂能视为正宫？皇上别再儿戏了。"朱厚照又支吾道："过些天，朕就搬回宫去。"杨廷和明白朱厚照在拖延在回避，他接着往下再劝谏，只能讨得个厌恶，也就闭了嘴。

虽说杨廷和权在高位，但还不如朱厚照身边的义子江彬和钱宁。可以说他是无可奈何接替李东阳担任首辅的，他也想学李东阳找个有病的借口辞官，但哄不住朱厚照，再找别的借口更加哄不住朱厚照，只能耐着性子罢了。

朱厚照下旨紧挨豹房西边的鸣玉、积庆二坊内的居民搬迁，腾出空地大肆建造义子府，供给钱宁和江彬等人居住。营造豹房花掉几十万两银子，建这义子府不知又要花掉多少银子，大臣们没一个赞成。太监张永费了九牛二虎之力扳倒一个百般受宠的刘瑾，没料半路上杀出钱宁和江彬。张永看不顺眼，就有诉说不平的冲动，找到谷大用，两人背地里嘀咕起来。

张永说："虽然皇上无子，但也不得收下太多的义子。"

谷大用明白张永话里意思，叹道："这些义子即便改了朱姓，将来也不得成为储君。"

张永不满地说："江彬进宫才几天，皇上给他营造义子府，凭什么呢？"

谷大用看了眼张永说："国库里幸好有刘瑾的贪赃做了填充，不然亏空得很，现在皇上花刘瑾的贪赃给义子营造安乐窝，朝中大臣没一人看得顺心。"

张永愤然道："钱宁和江彬，不过是两个投机的小人罢了，皇上这么宠信他们，将来不知会有什么结果？"

两人嘀咕着不满，就想上道奏疏，担心力量不够，一合计，直奔内阁府。首辅杨廷和正在埋头伏案，两人入了内阁府，要找的人就是杨廷和。

"杨阁老忙啊！"张永招呼道。

"两位前来内阁，有何贵干？"杨廷和抬起了头。

"皇上下旨，拆除鸣玉、积庆二坊大片民房，要给义子们营造安乐窝，杨阁老早该听说过了吧。"谷大用说，"营造义子府甭说亏空国库，自太祖开国以来，从没有过先例。"

杨廷和知晓张永和谷大用的来意后，笑了笑说："造这义子府，有明一代的确没有先例，可是皇上执意要建造，有什么办法呢？"

张永性急，忙说："咱俩想上道奏章劝皇上，希望得到杨阁老支持。"

杨廷和瞅着张永半晌不吭声。

张永也瞅着杨廷和，说："有杨阁老出面进谏，皇上多少会在意的。"

杨廷和又笑了，这才开口，泼瓢冷水说："上奏章劝说皇上停建义子府，只能讨个没趣。"

五

江彬发现钱宁排挤他，他装傻。他越装傻，钱宁越发排挤他，不断在朱厚照面前进言挑拨。朱厚照觉察到钱宁的动机，按捺不住说："你老在朕的面前提江彬，是想朕撵走江彬？"既然被朱厚照一语道破，钱宁不再遮掩，直言道："如果皇上调江彬回边镇任职，那是人尽其能，物尽其用。"朱厚照看着钱宁，哈哈笑道："那天的老虎朝朕扑来，得亏江彬救了朕一命，倘若朕再遇上老虎，没了江彬，又有谁救得了朕呢？"这话明显是在羞辱钱宁，同时暗示钱宁别耍小心眼儿。话不投机，钱宁只好闭住嘴。

过了几天，朱厚照竟然把钱宁的话传给了江彬。

江彬一时摸不准朱厚照的心思，勾下头顺从地说："皇上要臣离开，臣这就卷了铺盖回边镇。"

朱厚照连忙说："钱宁的建议，不等于朕会采纳。"

江彬立马跪下来叩拜道："臣护侍皇上，万死不辞！"

朱厚照说了声别跪了，快起吧。江彬的手往地上一撑，站了起来。

朱厚照接着说道："朕不会差你回边镇的，你别多虑了。"

江彬谢了皇恩，退下来，仍旧惴惴不安。想到钱宁比他入宫早，比他根基深，尤其是钱宁掌控着锦衣卫和京兵大权，锦衣卫和京兵就是钱宁的后盾。他跟钱宁斗，心知不是钱宁的对手。

装傻的江彬一直没有使阴招，是他不便过早地显露锋芒。但钱宁步步紧逼，江彬不得不出手了，他瞅了个机会陪朱厚照聊天，聊着聊着聊起兵法来。兵法是朱厚照最感兴趣的话题。江彬侃侃而谈道："自古兵法无论使用什么计策，最终取的是个'胜'字。但排兵布阵至关重要，若按排兵法，眼下边军和京军的布局极不合理。"

朱厚照为之一振，问道："何以见得？"

江彬不紧不慢回答道："边军强，京军弱，是不争的事实；譬如河北群盗叛乱，全仗边军荡平，若凭京军镇压，恐怕今日还没肃清。"

朱厚照点头抱怨道："京军腐败才无能，指望他们护卫京师，的确令人担忧。"

江彬故意叹道："京师乃国都。防患于未然，就怕庸碌无为的京军抵挡不住突发事件。"

想起京军讨伐河北盗寇时，好似盲人瞎马，朱厚照似乎对京军失去信心，问江彬："你有没有办法让京军变得强大起来？"

这话正中江彬下怀，他立刻启奏道："京军懒散成性，似朽木不可雕也。依臣之见，唯一的办法就是将京军和边军互调，让强盛的边军护卫京师，方可无忧大吉。"

好像刺激了某处神经，朱厚照霍地站起来，道："这互调的主意妙是妙，仍有不妥之处。"

江彬怔了下，道："何处不妥，请皇上指正。"

朱厚照郑重说道："若内域爆发事件，朕相信边军可保京师；但边关来犯怎么办，调去戍边的京军能抵挡得住吗？"

江彬会心一笑道："自从皇上登基以来，内域发生过了安化王谋反、刘瑾暗藏兵器图谋不轨、河北盗寇造反事件；还有发生在湖广、江西、四川、两广等地的群盗事件迄今仍没彻底肃清。这内忧频发一旦失控，必然导致京师之危。至于外犯，唯有北漠，不过是一群苟延残喘之徒，除了骚扰一下边关之外，绝对闹不出惊天动地的事来。他们胆敢来犯，派京军和边军联合作战共同对敌，定会战无不胜。因此臣以为内忧不可小视，如同溃堤之蚁，所以京军必用强兵。"

朱厚照连连点头，就把内忧和京师的安全放在了首位。他立即下诏，调宣府、大同、辽东、延绥四镇边军赴京师，调京军赴四镇。

这诏一宣，震撼朝野，百官没一个赞成，纷纷上疏反对。朱厚照主意已定，任凭千匹马也拉他不回。

首辅杨廷和和吏部尚书杨一清见百官上疏反对京军跟边军互调，没让朱厚照回心转意，相约前往豹房。一路上，两位元老不知这馊主意是江彬出的，以为朱厚照走火入魔。

两人来到豹房，见到朱厚照。

杨廷和直接谏阻道："皇上下诏边军和京军互调，是极大的失策之举，现在还来得及收回诏书。"

朱厚照竖起眉头问道："朕下诏边军和京军互调，失策在哪里？"

杨一清急忙奏道："自从太祖开国以来，我朝最大的敌人来自北漠。皇上调京军去边镇看守边关，北漠三股势力一旦攻打边关直趋内域，调去的京军绝对不是他们的对手。"

朱厚照被逼急，来回走动说："京军连一伙毛贼都收拾不了，留他们在京师有什么用？"

杨廷和说："他们没用，可以操练他们。"

朱厚照反驳说："京军驻守京师，只晓得贪图享受逛窑子寻快活，是朕调他们去边镇的原因，让他们在艰苦的边镇操练吧。"

没有商量的余地，杨廷和和杨一清不罢休，拼了老命劝谏朱厚照收回诏书。

朱厚照拿了京军的无能不放，言激气昂说："湖广、江西、福建、广东、四川等地的毛贼至今仍没肃清。倘若毛贼再次形成气候直趋京师，指望京军应对不测，甭说保卫京师，恐怕连朕的性命也难保。"

杨一清和杨廷和仍不肯退下，跪求朱厚照收回诏书。

杨廷和老泪纵横说："皇上啊，外患才是大忧，强盛的边军如同筑在边关一堵坚固的城墙；若调孱弱的京军镇守边关，不过是一堵泥巴墙，不牢固啊！"

朱厚照懒得听了，摇头连说罢罢罢。

杨一清不肯罢了，急着性子嘶声奏道："军队移动互调，犯了兵家大忌，必然导致军心不稳，同时会引发众多猜疑，关乎社稷。臣请皇上三思，千万不可轻率移军。"

朱厚照没了耐心，脸上挂起怒色道："朕已成年，不再是小孩儿。两位老臣别再指点江山了。朕这辈子只崇拜两个人，一位是太祖高皇帝，另一位是永乐皇帝，朕但愿此生能像他们文韬武略。蒙古轻骑胆敢来犯，朕定然披甲亲征决不退缩。至于朕调京军驻守边镇理由很简单，只因京军全是饭桶，朕多看一眼他们就反胃。"说罢朱厚照反剪双手，愤然离去。杨一清和杨廷和无可奈何，只好沮丧地退下。

宣府、大同、辽东和延绥四边镇驻军接到皇旨拔营来北京，京军奉旨赴往边镇。这赴往边镇的许多官兵正好是钱宁的党羽。移驻京师的许多官兵正好是江彬的同僚。边军和京军互调换防，如同釜底抽薪架空钱宁，加上朱厚照对钱宁的态度渐渐冷淡，使钱宁排挤江彬的手段有所收敛。

移驻京师的四镇边军被称四家军，各有将领指挥，现在合成一支军队，需要一位总兵统帅，朱厚照命江彬掌领这支军队。江彬的权势在一夜之间大了起来，被架空的钱宁即使有三头六臂，也扳不倒江彬。

新组建的京军要接受皇帝检阅，豹房校场容不下太多的官兵，就把检阅地点设在了紫禁城。

这天一大早，新组建的京军开进了紫禁城。朱厚照身穿一件崭新龙袍乘坐御辇从豹房起驾，回到了紫禁城。他从御辇里钻出来，检阅新组建的京军，发现人人精神抖擞，列阵齐整而又威武，号令齐发不乱，倍加赞赏。

这支部队清剿河北盗寇时，好似猛虎下山，立下显赫战功。朱厚照特别欣赏这支部队，要将这支部队打造成精兵。他换上戎装，与江彬一道日以继夜检阅操练部队，那号令声、呼喊声、马嘶声、弓弩声不绝于耳，波及九门，吵得宫廷内外不得安宁。

　　尽管吏部尚书杨一清百般反对调边军入驻京师，朱厚照一直充耳不闻，反而让杨一清跟江彬结了怨。杨一清想起朱厚照竟是如此的昏庸无道，朝中正臣一个接一个离朱厚照而去，顿觉心灰意冷，请辞归乡。朱厚照批准杨一清辞官，连句挽留的话都没有。等杨一清离开京城，朱厚照有意问江彬："你说杨一清像个什么？"江彬说不出杨一清像个什么，好奇问道："杨一清都告老还乡了，皇上怎么突然想起他来？"见江彬答非所问，朱厚照告诉江彬说："这个杨一清就像一只讨厌的知了，总在朕的耳边嗡嗡叫着，他飞走了，噪声没了，朕的耳朵也清静了。"江彬笑起来，附和说："皇上打的比喻好形象。"

第八章　大火焚毁乾清宫

一

正德八年（1513）腊月二十六日，京城里过年的气氛愈加浓了。皇帝要在这天封笔封玺，准备过年。从正德二年底到正德八年底，皇帝料理朝政以及生活起居几乎都在豹房。皇帝封笔封玺后，乘坐御辇浩浩荡荡回到紫禁城。

回到紫禁城后，朱厚照首先要去看望太皇太后，这太皇太后王氏并非朱厚照的亲祖母，是宪宗皇帝册封的第二个皇后。太皇太后住在永寿宫。前往永寿宫，朱厚照只差了御用监太监张永和礼部尚书蒋冕一路随从。进了永寿宫，朱厚照迎上去请安，给太皇太后拜早年。太皇太后一把捏住朱厚照的手，好像有块心病，不说憋得难受，脱口而出道："皇孙儿身为大明的天子，怎可久居豹房不归？"朱厚照笑了笑说："您的皇孙儿不是离开豹房回到宫里来了吗？"太皇太后掏出绢帕擦了下泪水说："过年了，皇孙儿回来好，回来真好。"朱厚照随之吩咐张永奉上些珍奇珠宝给太皇太后，太皇太后一摆手说："我年岁高了，也活不了几年了，这玩意儿留在我手中，是多余的。我就有个心愿，只要皇孙儿回宫了，到明年不再去豹房，我比得到啥玩意儿都要开心。"朱厚照本想陪太皇太后多待会儿，见太皇太后净说些他不爱听的话，懒得待下去，告辞道："到了除夕，皇祖母一定要去乾清宫吃团年大宴哟。"太皇太后好开心，点头说："好，我去，一定去。"

三个人接着要去看望太后。太后早就搬进仁寿宫住着了，知道这天做皇帝的儿子要来看望她，心里高兴，却在高兴之余生出愁苦。张永和蒋冕陪同朱厚照迈进了仁寿宫，一群侍女赶紧禀报万岁爷驾到。太后听到侍女们的叫嚷声，不出来迎驾，好像要给皇帝来个下马威，端坐在一把太师椅上。朱厚照一进门，朝太后叫了声母后。太后"嗯"了声，没像太皇太后那样动容。一看太后的表情淡然而又庄重，朱厚照怔了下。

太后有话要讲，只是平日里没有机会，就想趁了朱厚照来仁寿宫的机会把心里话讲出来。

"你终于回到宫里来了，"太后既严肃又认真地说道，"娘盼你回宫，如同盼星星盼月亮，其间不知差了多少有脸面的大臣去豹房请你回来，你既不给娘面子，也不给大臣面子，娘盼你回宫的心，都快盼死了。"

朱厚照的心口猛地一沉说："豹房离宫里不远，赶着车走个来回，只需花半个时辰工夫，母后有什么好盼的？"

"先帝一生勤政克俭，终老归天时把皇位传给你，可你当作儿戏，想视朝就视朝，不想视朝就懒在龙床上呼呼大睡，成何体统？"太后的言辞越来越重，不给一丝颜面。"自从永乐帝迁都北京，建了这座紫禁城，此后的大明天子料理朝政，未曾有哪位天子离开过，可你离开紫禁城，跑到豹房住下来，并且是久住不归。你身为天子久住那地方，对得起列祖列宗吗？"

太后讲出这番话，朱厚照早就听过多遍，敷衍着应付太后。蒋冕担心太后继续说下去，惹火皇上跟太后闹个不欢而散，嘻嘻一笑，打岔说："皇上回宫过年，特来仁寿宫，还没给太后请安哩。"

这个岔打得及时，朱厚照灵机一动跪在了太后面前，请了安，气氛才开始缓和。但太后刚才说出的一番严厉话语，在朱厚照心里投下阴影，一时抹不掉。离开仁寿宫后，朱厚照不禁生出伤感，怏怏说道："别看朕身为一国之主，拥有天下万民，论亲情，朕是个命苦之人。"

张永看出朱厚照受罢太后训斥后，心里窝着郁闷，开导说："陛下苦从何来？再说太后之言，兴许是用心良苦，陛下即便听罢，不必过多计较。"

朱厚照长叹一声道："在这世上，谁都有个亲生兄弟。朕没有，哥是朕，弟也是朕，朕的亲人便是太皇太后和太后，再往下看，空空如也。哪天等太皇太后和太后乘鹤仙去，朕在这世上就成了个孤家寡人。"

张永宽慰道："陛下的亲人还有皇后哩，还有众嫔妃哩。"

朱厚照苦笑着摇头。

然后朱厚照又是一声长叹："朕每次从豹房回到宫里来，就想像儿时那样，蹲在太皇太后或者太后膝下，说一些家长里短的亲情，但总不能如愿以偿。朕总是听到那些不好听的话，可是太皇太后和太后总是不厌其烦地说，说得朕的两只耳朵都听出茧子来，所以朕不想回紫禁城。"

蒋冕很少听到朱厚照讲出这种话来，但朱厚照不住紫禁城住豹房，此举异乎寻常，于是蒋冕趁此问道："陛下为何不喜欢紫禁城？"

朱厚照斜视一眼张永说："张永还记得吧，朕大概在八九岁的时候，先帝差使文华殿的先生和礼部侍郎教导朕学习宫里礼仪，那繁琐的礼仪堆积如山数也数不清，朕还算聪明，只花了几个月的工夫，全学会了。"

张永点头道："臣记得，记得上至弘治帝，下至文武百官都夸陛下聪明，学礼仪一学就会。"

朱厚照接着说道："自那时起，朕开始厌恶着了宫里的礼仪，无论皇上还是臣工，见了面都不自在，都活在拘束里。譬如大臣和太监遇上主子，都要下跪，一天不知要跪下多少次，你看人一跪下，再高大的身材在矮子面前都矮了半截；再譬如臣工遇到皇上，呼叫万岁万岁万万岁，帝王也是血肉之躯的人，活一百岁比登天还难，岂可活一万岁？分明是假话。只有豹房里没有拘束，也见不着紫禁城里立下的数不清的规矩，朕才喜欢豹房。"

三个人交谈着，脚步朝着乾清宫迈去。蒋冕突然站住了，提醒说："皇上该要去趟坤宁宫了。"

皇后夏氏住在坤宁宫。

朱厚照不太想去坤宁宫。

蒋冕劝和说："皇上一年四季住在豹房，留下皇后住在坤宁宫。可皇后毕竟是正宫娘娘，皇上回宫了，不去看看正宫娘娘，岂不是违小礼而失名节吗？"

朱厚照笑道："言之有理。"

坤宁宫的主人在后宫具有绝对权威。皇后从没缺过权威，她缺的是情感。在许多的日子里，权威虽是给皇后带来令别的嫔妃羡慕不已的富贵，可皇后在权威的光环里获取的只有孤独、忧伤和怨恨。她希望拿了权威来换取抹掉她内心的孤独、忧伤和怨恨；但这世上没人能帮得了她，所以她的痛苦永远处在沉默中，永远无法浮出水面。

在蒋冕和张永的陪同下，朱厚照的身影出现在了坤宁宫。皇后夏氏听到皇上驾到的禀报声，不得不在几位近侍陪伴下走了出来，她的眼眶泛红。蒋冕和张永连忙对夏氏请安，夏氏朝他俩点了点头。

然后夏氏招呼说："皇上回宫过年了。"

朱厚照瞅着夏氏的红眼圈问道："爱妃哭过了？"

夏氏浅浅地笑了下。

朱厚照好奇又问："干吗要哭呢？"

夏氏回答说："要过年了，民间的百姓都往家里赶赴，为的是与家人团聚。臣妾独居坤宁宫，不知家人在何方，想哭，就哭了。"

夏氏说出这话，是对她平日里独居坤宁宫好似守活寡的不满。朱厚照听罢不高兴，绷起脸说："朕回宫了，难道朕不是你的家人吗？"

夏氏耸了下鼻子，垂首道："就怕皇上回宫了，不把臣妾放在眼里。"

蒋冕和张永想到皇上和皇后难得有这样相逢时刻，知趣地告退了。

朱厚照和夏氏的感情多年不和，两人即便见了面，很难说到一块儿，没多会儿，朱厚照就离开了坤宁宫。

接下来的一段日子，朝廷百官放了年假，朱厚照无须视朝问政，待在宫里，准备过年。过年的气氛本是令皇家皆大欢喜，可是太后禁不住地生出焦虑，差了个近侍叫皇上到她跟前来。那近侍在宫里找了大半个时辰，才找到朱厚照，说太后要见皇上。朱厚照也没问什么，随那近侍来到仁寿宫。

"母后有何吩咐？"朱厚照朝端坐着的太后问道。

太后没有急着回答，打了个手势，左右的太监、宫女全都退下了。

"平日里，娘跟你没个机会见面，不知有多少个夜里，娘睡不踏实，总在愁你，一头青丝都愁出了白发。"太后沉着脸，细声慢语道，"要过年了，你回宫了，娘才有机会见到你，见到你后，娘的愁绪越发浓了……"

朱厚照惊了个正色："儿臣好生生的，母后为何替儿臣发愁？"

太后郑重说道："不孝有三，无后为大。你大婚多年了，娘盼孙子，见不到孙子的影子，难道不愁吗？"

朱厚照这才明白太后叫他来的原因，嘻嘻一笑说："儿臣岁不足三十，正年轻，会让母后怀抱孙子的。"

太后笑不出来，叹气道："不知哪地方做过头了，才得此报应。"

随后太后吩咐太监备轿，要带朱厚照去趟奉先殿。这奉先殿是大明皇家祖庙，里头供奉着朱家列祖列宗的神位。母子俩坐着轿子进了奉先殿，跪在列祖列宗神位前忏悔、祷告，祈求子嗣。

二

皇家过年，过得一点儿也不轻松。住在京城的文武百官要在正月初一赶个大早进宫朝贺。除夕这天，尚宝司为第二天的朝贺忙碌起来，在奉天殿里布置御座，将宝案设在御座东边，香案设在丹陛南边。

正月初一天没亮，亲军和仪仗队步入丹陛和丹墀的位置；教坊司的乐队进入丹陛位置准备演奏韶乐。天刚亮，朝贺的仪式开始，教坊司的一位鼓手击响奉先殿旁的大鼓，起初鼓声由慢变快，再由快变慢；接着由另一位教坊的乐手敲响奉先殿旁的大钟。听到初鼓声，穿着崭新朝服的官员列队于午门外，等候第二次鼓声传来，待第二次鼓声响起之后，官员们从左右掖门进入，来到丹墀的东边和西边，一律朝北站立。

这时候皇帝在华盖殿里待着。到第三次鼓声敲响时，执事官来到华盖殿。头戴金冠身着衮服的皇帝已经端坐在了大殿之上的龙椅上。执事官朝皇帝行五叩礼，叩首完毕，请皇帝驾临奉天殿。皇帝起驾，教坊司的乐队开始演奏中和乐。尚宝司官员手捧玉玺走到皇帝面前，由导驾官作前导，引领皇帝来到奉天殿，明扇打开，珠帘卷起，尚宝司官员手捧玉玺置于御座之东的宝案。至此，教坊司的乐队停止演奏。

待第四次鼓声响起时，皇帝步入殿堂之上，入宝座。鼓声戛然而止。文武百官行礼叩拜，由赞礼官领头，百官齐声朝贺："三阳开泰，万物咸新，恭惟皇帝陛下，膺乾纳祜，奉天永昌。"皇帝随之回应道："履瑞之庆，与卿等同之。"赞礼官接着双手高举朝笏，带头鞠躬山呼万岁，百官跟着山呼万岁，连呼三次，其声震耳欲聋。这时中和韶乐奏起，皇帝离开正殿还宫，百官退出，朝贺礼毕。

一大清早文武百官才到宫里，忙乎得晕头转向，就为这一刻。百官朝贺的都是老话，好似孩童背书，在一年的头一天背诵一次；皇帝回应的两句也是老话。这年年如此的朝贺毫无新意。朱厚照厌倦，就想取消，可这大年里朝贺的规矩是老祖宗钦定的，不由他取消。

紧随大年之后就是元宵节，这元宵节过起来，一点不比大年过得逊色。从正月初八开始，京城里弥漫着了元宵节的气氛，就有喜好热闹的人家提前在房前屋后张灯结彩，到了夜里，那五花八门的灯笼亮起来，耀眼得很。皇家也要过元宵节，并且是带头过，一年里皇帝最喜欢过的节日要数元宵节了，这年的元宵节，朱厚照打算过个痛快。

临近元宵，早知皇帝喜欢过元宵节的江西宁王朱宸濠往宫里进献了大批的灯笼和黄白蜡烛。进献灯笼，宁王朱宸濠颇费心机，雇请民间巧匠扎出形态各异的灯笼，就想讨得皇帝欢心。到了正月十五元宵节，京城里最好看最热闹的地方便是午门，朝廷在午门外摆设的看点就是鳌灯。所谓鳌灯，就是将千百盏彩灯堆叠成山状，宛如传说中的巨鳌，谓之鳌山灯火。平日里戒备森严的午门，因摆设了好看的鳌山灯火，就得向民众开放，来看鳌山灯火的民众人山人海，挤得水泄不通。这天里皇帝还要赐百官宴，在宫里大摆御宴招待百官。到天黑时，皇帝邀了宠臣登上午门城楼观灯赏月，与民同乐。宠臣们附庸风雅，纷纷进献应景诗文，大助皇帝佳节之兴。

闹罢正月十五的鳌山灯会，朱厚照还嫌闹得不够。正月十六，他差使张永、钱宁和谷大用等人购置烟花炮仗，准备当日夜晚在宫里燃放。太监们驾了马车出宫，往宫里拖了不知多少趟的烟花炮仗，堆放在乾清宫旁的暖阁里，堆了好几屋子。

吃罢晚宴，天就黑了，宫里点燃的彩灯灿若繁星，将紫禁城照得亮如白昼。几个小太监打着灯笼引路，朱厚照走在灯笼照射的光芒里出了乾清宫。他问钱宁："买了多少烟花炮仗？"钱宁边走边回答："够燃放数日的。"听这个数，朱厚照兴致倍增，说今夜里放个通宵达旦，谁也别想睡。于是众太监忙着从暖阁里取出烟花炮仗布置在前殿后宫。初更时辰一到，开始点火，爆炸声连成一片，响彻云霄，宫里到处弥漫着火花和烟雾。

快到二更时辰，烟花炮仗放到了高潮，整个京城都能听到来自皇宫的爆炸声，都能看到一团又一团五彩缤纷的焰火在紫禁城的上空闪现。谁也没有料到堆放在暖阁里的烟花炮仗被引燃，爆炸声如惊雷震天，顷刻间掀开了屋顶上的琉璃瓦，火光四射。这时暖阁里空无一人，都跑去看焰火了。幸好几个小太监回暖阁取烟花炮仗，这才发现暖阁爆炸起火，都吓傻了，赶紧转身离开。小太监在看热闹的人群中寻找朱厚照，等找到朱厚照后，惊恐万状地禀告说："皇上不好了，暖阁爆炸起火了！"听到这个消息，朱厚照随了小太监赶赴暖阁，见暖阁里火焰冲天，吓得束手无策。

暖阁爆炸起火首先殃及皇帝寝殿乾清宫。紫禁城里一片大乱，人们纷纷跑向火灾现场，吓得六神无主，呼天抢地。

张永赶到乾清宫时，看到火焰笼罩了乾清宫。火浪袭人，担水灭火的人都不敢靠得太近，泼进火里的水很快被火吞没。

钱宁和谷大用在纷乱的人群中奔跑着，遇人就问皇上呢，看见皇上没有。众人只顾灭火，谁也没有注意到皇上在哪里。钱宁和谷大用跑到乾清宫，遇上张永，问皇上在哪里。张永摇头，说他没见到皇上。三人慌了神，到处寻找皇上。

没人指挥灭火，乾清宫的火越烧越旺，人也越聚越多，场面混乱不堪。朱厚照挤在人群里，干瞪眼地看着大火吞灭他的寝宫。他听到张永、钱宁和谷大用的叫喊声，回应着走过来，三人见到皇上好生生的，这才松了口气。

谷大用惊恐万状说："臣担心皇上进了乾清宫，快要吓死了。"

朱厚照说："乾清宫里到处是火，朕往里钻，是找死。"

张永吓得发抖说："今夜里陪皇上燃放烟花炮仗，闯下大祸，这可怎么办？"

朱厚照说："祸是朕闯的，与你们无关。"

钱宁说："皇上没事，大家都没事了，快去灭火吧。"

朱厚照说："火都烧到屋檐上了，灭不了了。"

张永着急地说："不能看着烧啊。"

朱厚照叹息地说："寝宫没救了。今夜里朕若留在宫里，只能躺在露天下，诸位爱卿干脆陪朕回豹房。"

张永吃惊地说："皇上走了，谁来指挥灭火？"

朱厚照说："火烧得太大，灭不了了，只能让它烧了。"

谷大用惶恐不安地说："就怕大火席卷整个后宫。"

朱厚照摇了下头说："不会的。朕要回豹房，快起驾。"

乾清宫是后廷三宫之首，象征着皇权和尊贵的地位，就这样毁于大火，祸闯得比天还大。张永、谷大用和钱宁吓得魂不附体跪在地上，请求朱厚照留步。

朱厚照急着要走，厉声道："起驾！"

胳膊肘拗不过大腿，张永、谷大用和钱宁只好顺从，忙着备车，仓皇离开了紫禁城。

回到豹房，惊魂未定的钱宁、张永和谷大用只字不敢提及乾清宫失火的事。朱厚照也不提及，好像没那回事儿。他仓皇回到豹房，是给自己压惊。在豹房过年的人，这时候还不知道乾清宫失火，见皇上大黑夜的从紫禁城里赶回来，喜出望外地簇拥过来，叩拜朝贺。朱厚照的情绪这时候放松多了，跟周围的一群美人嘻嘻哈哈谈笑风生，把失火的事抛到了九霄云外。不经意间，他转过身子，面对着了窗口，窗口外的黑暗深处，正好可见乾清宫腾起的火焰在遥远的黑暗深处如红绸舞动，他对身边的美人说："看啦，好一棚大烟火啊！"美人们涌向窗口，果然看到远处好一棚大烟火，惊愕不已。

看了会儿腾空而起的大烟火，朱厚照挽着一位色目美人离开了窗口，去了寝殿。他们在寝殿里香汤沐浴，然后双双上了龙床。

第二天一大早，朱厚照还没起床，紫禁城那边派了个太监来禀报，那太监先把话传给近侍太监魏彬。魏彬大惊，快步跑进寝殿，脚步迈得太急，摔了一跤，都没蹲一下，连忙爬起来往里跑，跑到龙床前的垂帘边止步了，躬着身子急奏道："出大事了皇上。"龙床上没有动静。魏彬提高了嗓门："皇上醒醒，臣有急事禀报。"朱厚照这才醒过来，睡眼惺忪问道："啥急事，讲吧。"魏彬说："昨夜里紫禁城那边起火，乾清宫化为了灰烬。"因夜里行房事辛苦，朱厚照打不起精神，闭着眼说："朕知道了。"魏彬觉得奇怪，忙问："昨夜里皇上在豹房，是怎么知道的？"朱厚照没精打采地说："附近的坤宁宫和交泰殿烧了没有？"魏彬回答道："紫禁城那边只报了乾清宫被焚毁。"朱厚照说："只烧了乾清宫，朕放心了，那就重建吧。"朱厚照不再有话，魏彬退出了寝宫。

三

宁王朱宸濠不满正德皇帝朱厚照宠信佞臣，沉溺于酒色，时常对身边心腹叹息，他的叹息逐渐演变出反意，可就是找不到反的由头。这天傍晚日落时分，一轮满月从东边冉冉升起。朱宸濠赏月兴起，带了心腹李士实和刘养正在王府的后花苑里散步。满月悄然升高，后花苑里的奇花异草散发出阵阵馨香。

朱宸濠仰天叹道："正德乃昏君，身居豹房花天酒地，他天生命好。"

李士实早就觉察到了朱宸濠心藏反意，怂恿道："朝中正臣一个接一个致仕，离开了朝廷，起因正是天子宠信佞臣。试想朝中没了正臣，这朝纲岂有不乱之理？"

刘养正附和道："若按太祖祖训：'朝无正臣，必举兵清君侧。'宁王有着雄才大略，不可熟视无睹啊。"

朱宸濠趁此时机试探道："哪天我想做个正臣，二位愿随我去'清君侧'吗？"

李士实和刘养正当即发誓，愿肝脑涂地万死不辞。这个愿发得朱宸濠心口发热。三人在后花苑里越谈越投机，样子看上去只欠东风。

前有安化王朱寘鐇起兵失败的教训。宁王朱宸濠即便想反，也不能轻举妄动。不多日，李士实请相士李自然入宁王府。李自然暗地里收下朱宸濠的佣金，第一眼见到朱宸濠，故意大吃一惊跪拜道："宁王龙行虎步，可不是一般的凡人。"朱宸濠为之一震，问李自然："你这话是什么意思？"

李自然又叩了个头，回答道："在下看宁王的气色不凡，隐隐可见日角插天，必当大业，在不久的将来，定会成为一代新天子。"李自然这么一跪拜，妄称朱宸濠有天子命相，乍一看毫无破绽，在场的众人都惊了个正色，看着朱宸濠。朱宸濠担心李自然的一番话语引起他人猜疑，竟然跟李自然唱起双簧。

朱宸濠一声冷笑道："我本一介王爷，毫无惊天之处，哪来的天子运？李先生是在嘲讽本王吧？"

李自然决不含糊道："命数乃天定，可不是在下说了算，殿下之相不同凡响，天定也。"

朱宸濠一阵开心，稳不住神，连说几声好，然后又说："本王到底有没有天子运，李先生能拿什么跟本王赌一注呢？"

李自然狡黠一笑道："在下一介草民，浑身没有值钱的，唯有两只眼珠子最金贵，倘若推算得不灵验，愿给殿下抠出两只眼珠子。"

此言一出，在场的众人信以为真，百般地恭贺。朱宸濠不再说啥，抿嘴笑着。

做这一局之前，朱宸濠曾让术士李日芳做过另一局，这李日芳有别于李自然，他善识风水。那是正德六年冬十月，朱宸濠母亲病逝，李日芳忙着踏穴地，相中西山青岚；这西山青岚位于南昌城西门外五十里处，古称散原山，道家第十二洞天就在此地，其山石层峦叠嶂，势如蟠龙，为莲花天子地，传说先人葬此莲花宝穴，后人必出天子。鉴于此，前朝对西山青岚莲花宝穴特地作过明令禁葬。李日芳唆使朱宸濠背着朝廷，将母亲葬在了龙脉所在的西山青岚。

等李自然给朱宸濠观其相造其天子声威之后，李日芳入了宁王府，称南昌城东南一隅有天子气，建书院可接天子气。朱宸濠听罢李日芳之言，建起阳春书院，又称离宫。离宫本是帝王巡视在外时居住的宫殿，朱宸濠拿了阳春书院当作离宫，有犯上之嫌，他的心腹劝他避嫌。但他太相信李日芳接天子气的说法，仍旧拿了阳春书院当作离宫。

虽说反心日日加重，但朱宸濠依旧不敢轻举妄动，就怕重蹈安化王朱寘鐇的覆辙，落下起事数日全军覆灭的下场。这天朱宸濠召刘养正入王府。刘养正善兵法，深得朱宸濠器重。他一来王府，大谈宋太祖陈桥兵变，然后夸赞朱宸濠大有拨乱之才。等刘养正高谈阔论一番离开后，朱宸濠想起承奉刘吉，差人召来刘吉，想听听刘吉的高见。刘吉还没坐定，朱宸濠就告诉刘吉说："你来之前，养正来过了，他热血，力劝北伐。"刘吉笑道："养正乃一举人，除了一身武骨头，找不出几条慧根来。"

"看你是瞧不起养正？"朱宸濠一愣，瞅着了刘吉。

"殿下现在听养正的话起事，等于送死！"刘吉朝朱宸濠当头泼了瓢凉水。

"何以见得？"朱宸濠一本正经问道。

"殿下手里没几个兵，一旦起事，岂不是送死吗？"刘吉直言道，"不过我有一计，不用起事就可达到目的。"

朱宸濠一阵兴奋，催促道："什么妙计？"

刘吉道："皇上大婚已过去许多年，迄今膝下无子，意味着东宫未立，要知国有储君，方可安天下。殿下何必去冒天下之大不韪呢？应抢先一步去游说皇上近臣，立殿下长子为皇储，到那时，殿下长子即位，要比殿下抢得皇位高明。"

朱宸濠呵着气，然后摇头道："此事甚好，难得成全。"

刘吉指点道："当年的宋仁宗赵祯无子，濮王将自己的儿子赵曙过继给了宋仁宗领进宫里抚养，直到宋仁宗归天，濮王过继的儿子赵曙即皇帝位，成为宋英宗。宁王为何不愿效仿呢？为何还要坚持去冒天下之大不韪呢？"

听罢刘吉说起宋朝濮王将儿子过继给宋仁宗的往事，朱宸濠心里一阵发热，又感觉希望渺茫，对刘吉说："咱朱家的皇子皇孙多如牛毛，此等天大的美事兴许难得降临到我儿子头上。"

刘吉打气说："天下美事都是争取得来的。既然有宋英宗过继给宋仁宗的先例，宁王应该抢在前头争取，把儿子过继给当朝的天子；不然，就有其他亲王会把儿子过继给当朝天子。到那时，宁王悔之晚矣。"

"真是绝佳主意！"朱宸濠连连点头，不得不佩服刘吉要比刘养正高明许多。

可就是找不出人来促成这天大的美事儿，刘吉和朱宸濠仅仅是说说而已。这时，一个利好消息传入宁王府，陆完被任命兵部尚书，这对朱宸濠来说妙不可言。

早在正德二年，朱宸濠花去两万两银子打点太监刘瑾，恢复宁王府护卫。哪知好景不长，到了正德五年秋八月，刘瑾伏诛，朱宸濠恢复护卫与刘瑾有关的事败露，朝廷言官奏请皇帝革除宁王府护卫，仍旧为南昌右卫，这令朱宸濠枉费心机，百般沮丧。

陆完为朱宸濠所重，是正德元年陆完任江西按察司的时候，那时的陆完没有擢升的背景，一心想巴结宁王，经常来宁王府走动，他跟朱宸濠的私交日见深厚。现在陆完任兵部尚书，朱宸濠再次看到恢复护卫的希望，动了心，性子一急，带着李士实和刘养正赶赴京城。

到了京城之后，朱宸濠并没进宫朝见，而是直接登陆完府上。

见到朱宸濠，陆完大吃一惊，招呼道："宁王稀客，真是稀客！"

朱宸濠拉近关系笑道："就怕陆尚书不在府上，白跑一趟哩。"

陆完爽朗地赔着笑脸，赶紧迎客，边走边问："殿下来京城，有何贵干？"

朱宸濠阿谀迎奉道："听说陆大人升迁入掌兵部，特来府上恭贺。"

陆完谦恭笑道："殿下是一方贵人，奔行千里远道而来，盛情难却！盛情难却！"

刘养正和李士实跟随朱宸濠迈进了陆完府上。

陆完吩咐家佣："来了贵客，快去设宴招待。"

朱宸濠连忙摆手说："都用罢膳了，陆尚书别客气。"

陆完又吩咐家佣："快去沏茶。"

宾主入座，一边饮茶，一边叙旧。朱宸濠哪来心思叙旧，应付着，话题一转，说到了正事上。

"今特来府上，有事相求，不知陆尚书是否方便？"朱宸濠看着陆完。

"什么事？只要能顺手办理，我尽力而为。"陆完也看着朱宸濠。

朱宸濠说："我想恢复王府护卫。"

陆完怔了下，想起宁王府护卫一起一落，成也刘瑾，败也刘瑾，便觉敏感，郑重地说："殿下想恢复护卫，的确不是顺手可办的事。"

朱宸濠说："办起来免不了有难度，恳请陆尚书疏通关节。"

陆完轻轻一笑说："难度不在兵部，在皇上那里，兵部即使答应，最终还得要皇上点头。"

朱宸濠朝陆完拱手道："请陆尚书说服皇上，我将重谢。"

陆完立马摇头道："由我代表兵部找皇上替殿下说情，留下的痕迹太深，最终有可能好事办成坏事。"

陆完说出这话，朱宸濠始料不及，顷刻间凉了半截。

但是陆完看在与朱宸濠旧日的交情上，并没完全推卸，给朱宸濠出了个主意。叫朱宸濠打通皇上近臣，由近臣说服皇上；至于兵部这边，他陆完鼎力相助。

朱宸濠这才明白过来，起身告辞。

李士实和刘养正在陆完家里没有插嘴的份儿。出了陆完家的大门后，李士实才开口，说看样子陆完不想帮忙。刘养正说人在高处忘了旧交，这种人不值得往来。两位随从的不满，朱宸濠并没放在心上。

刚才陆完提到的近臣，就是钱宁和江彬。朱宸濠最想见的是钱宁，他相信钱宁可以替他办事，眼下缺的便是引荐之人。他想到了戏子藏贤，此人曾在南昌做过卫军，跟他有过几次谋面。现在藏贤在教坊司唱戏很走红，深得朱厚照宠爱。就因藏贤近在皇帝身边，自然近在了钱宁身边。朱宸濠想通过戏子藏贤牵线搭桥结识钱宁，他托人找到藏贤，给了藏贤两千两银子。随后藏贤让朱宸濠跟钱宁见了面，两人找了个僻静地方交谈了会儿。分手之后，朱宸濠朝刘养正和李士实走过来。

李士实见了朱宸濠脸上的笑容，猜想恢复护卫有了希望。

李士实悄悄问："谈妥了？"

朱宸濠点头说："这里不是说话的地方，我们走吧。"

三个人走了一段路，朱宸濠才开口说道："钱宁的胃口真大……"

刘养正忙问："他要了多少？"

朱宸濠边走边说："二位猜猜。"

李士实猜了个一万两。

刘养正猜了个两万两。

朱宸濠摇头说："那年恢复护卫，我求刘瑾办事，花了个两万两，这次钱宁的胃口大过了刘瑾……"

刘养正惊了个正色："难道殿下没跟他讨价还价？"

朱宸濠说："有什么好讨价还价的，只要他敢要，事必成，就怕他不要，或者不敢要。"

四

乾清宫的火灾过去多天，这场人为的火灾引发百官对皇帝怠政的不满，先是御史们发难，几乎是一边倒地交章问责。与火灾脱不了干系的钱宁等人面对问责，内心里深藏惶恐。朱厚照摆出好汉做事好汉担当的架势，口谕乾清宫发生火灾是个意外，后果由他承担。这口谕不仅给钱宁等人解围，而且是第二次灭火。之后朱厚照又放出话，乾清宫不过是一幢旧寝宫，入住过了好几代天子，烧毁没啥值得可惜，旧的不去新的不来。

可以说乾清宫遭遇焚毁帮了朱厚照的忙。年关期间，来自太皇太后和太后的压力，他答应从豹房搬迁回宫，正因一场大火毁掉乾清宫，他即使回宫也没了入住的地方，就有理由继续住在豹房。

自从回到豹房后，朱厚照吃饭没有胃口，昏昏沉沉好像有睡不完的觉，并且出现腰酸腿软、四肢乏力的症状。钱宁去了趟太医院，叫来一位太医。

太医给朱厚照把脉诊断后，郑重说道："皇上是脾肾阳虚。"

朱厚照问道："朕该要吃些什么滋补方子？"

太医回答说："此时用药大补，会损皇上龙体。"

钱宁说："皇上的龙体既然虚弱，为何大补不得？"

太医解释道："皇上脾肾阳虚，起因是房事过度，要知恣情纵欲频繁，会导致体内精气过多外泄，才有腰酸耳鸣、四肢乏力的症状，所以皇上近期要节制房事，其食补要胜过药补。"

太医接着开出三道膳食，第一道是山药枸杞子汤，第二道是海蛤墨鱼汤，第三道是木瓜海带乌鸡汤。朱厚照看了太医开的三道食疗方子，全都是极普通的食材，怀疑地说："朕要补肾虚，你要朕吃这三道膳食，到底能起多大作用？"太医回答说："这三道食疗正是补虚，待皇上食用一个疗程后，臣再施药，方可治愈皇上的脾肾阳虚症。"

钱宁拿着太医开出的食疗方子送到了御膳房，特地安排一个厨子备膳。朱厚照食用了一段日子，果然见效，不再腰酸腿软、四肢乏力。但他并没遵循太医劝告，稍稍有了精神就想召幸美人，可就是有点力不从心。钱宁凑近朱厚照说："禀皇上，宁王宸濠从南昌来到了京城。"

朱厚照忙问道："他来京城干什么的？"

钱宁悄声说道："他送来一批春药。"

朱厚照一听春药眼睛一亮："他给谁送来的？"

钱宁回答说："听说是给某位老臣送来的。"

朱厚照没少吃过春药，以前需要时太医院里给他送来。现在太医们知道他房事过度需要节制，他即使想那玩意儿，爱惜皇上的龙体要紧，太医不会轻易给，再说他的脾肾阳虚症还没完全治愈，急着找太医要春药，不便开口。钱宁此刻提到春药，朱厚照来了兴趣，问钱宁："宸濠带来的货被人用过没有？"

钱宁说："用过了。"

朱厚照又问："效果如何？"

钱宁挑逗说："自从用罢宁王宸濠给他的货，摇身一变，老当益壮，久战不休，折腾那小妾死去活来，连连告饶。"

听钱宁这般描述，朱厚照催促道："你快去找下宸濠，给朕要点货来。"

钱宁说了声遵旨，离开了豹房。

其实朱宸濠根本没有春药。

钱宁出了豹房后，找到那个进献波斯美人入宫的回民于永。善房中术的于永最拿手的绝活儿就是配制春药。钱宁从于永那里弄到一种最厉害的春药，叫还春散；回到豹房，谎称是从朱宸濠手里拿的货。

"你去了一趟，怎么拿回一丁点儿？"朱厚照问。

"宁王宸濠不肯多给。"钱宁说。

"他为何不肯多给？"朱厚照有点不高兴。

"他说这玩意儿生猛，是否适应皇上，用了再说。"钱宁分明在吊朱厚照的胃口。

朱厚照吞服下还春散，小半个时辰后，顿觉身子发热，脸颊泛红，肚脐之下仿佛有股热浪袭扰，召了位美人侍寝，两人在龙床上足足翻腾了一个时辰。结束时，朱厚照大汗淋漓。待那美人前脚离开寝宫，钱宁后脚进了寝宫，站在龙床边，躬身笑道："皇上服下宁王宸濠的还春散，效果如何？"朱厚照躺在龙床上说："还行。"眼看朱厚照心情欢愉，钱宁趁机说道："宁王宸濠有件事托臣转告，请求皇上恩准。"朱厚照问："他有什么事？"钱宁回答道："他想恢复王府的护卫。"朱厚照脸一沉说："朕即位的第二年，宸濠贿赂刘瑾恢复护卫，被兵部查办了，革去护卫改为南昌右卫。这件事怎么又提起来了？"钱宁说："宁王宸濠觉得冤。"朱厚照说："他冤在了哪里？"钱宁意识到说快了嘴，不知咋回答，片刻后，他替朱宸濠找出一个理由："江西贼匪猖獗，鄱阳湖贼尤为令人担忧，听说贼首杨子乔、杨清、李甫和王儒等人肆行劫掠，闹得民不聊生。宁王府自从革去护卫后，没几个门客看守，因此宁王宸濠唯恐贼匪攻打王府，毫无反击之力。所以宁王宸濠请求皇上恢复护卫，一方面可以震慑江西贼匪，另一方面可以防患于未然。"朱厚照似乎有点揪心起来，叹息道："江西闹贼，的确闹得最凶，不可小视。至于宁王要求恢复护卫，待朕权衡后再作决定。"话到此，钱宁不便再说。房事过后，朱厚照有些疲倦，等钱宁退下后，他躺在龙床上大睡。

借助春药召幸美人侍寝后，朱厚照的脑子里时不时地闪现美人和春药，仍旧不便召太医送春药到寝宫来，只好差使钱宁再去找朱宸濠。钱宁又从回民于永那里弄到还春散，去见朱宸濠。等钱宁的消息，朱宸濠在城京待了许多天。见到朱宸濠后，钱宁把春药还春散递给朱宸濠。

朱宸濠显然有点不愉快，发牢骚说："我来京城，不是来玩女人的，钱大人给这春药，是什么意思？"

钱宁笑了笑，解释说："殿下的事，我在皇上面前说得差不多了。近期皇上行房事有点困难，是我设了一计，请殿下带着还春散随我进宫，进献给皇上，皇上得此春药定会高兴，殿下再请求，皇上肯定会答应。"

朱宸濠这才明白，接过还春散跟随钱宁进了豹房。

见到朱厚照后，朱宸濠施礼叩拜，然后从怀里掏出还春散，进献给朱厚照。朱厚照如获至宝，果然高兴起来，吩咐近侍沏茶，两人边品茶边叙旧。

到了午宴时分，朱厚照留下朱宸濠侍酒。酒过数巡，钱宁暗自对朱宸濠丢了个眼色，朱宸濠心领神会，站起来给朱厚照敬酒，他先将杯中酒喝去一半，然后开口请求道："臣想恢复护卫，请皇上恩准。"先有钱宁作过铺垫，朱宸濠在酒宴上提起恢复护卫的事，朱厚照并不觉得突然，趁着酒兴说道："这件事早前被兵部革除了的，现在还得要兵部认可，就得有个理由说服兵部。"朱厚照往兵部推，朱宸濠想起兵部尚书陆完给他出的点子，喝了口酒说："宁王府护卫最初是太祖钦定敕封的，乃祖制，祖制不可违。"这话一出口，朱厚照没吭声。过了会儿，朱厚照伸出筷子夹了块墨鱼片塞进嘴里，咀嚼着说："说起来，倒还是个理由，那就恢复吧。"朱宸濠待在京城多日，备受煎熬，苦苦期盼，盼的就是皇帝开金口，说出这句话。

第九章　且将人妻当宠妃

一

延绥总兵马昂因奸贪骄横，被人告了，罢了官职。马昂总想东山再起有个出头之日。这天马昂突然想起江彬来，他跟江彬同是宣府老乡，两人曾经有过交往。现在江彬做了皇帝近侍，正得宠，对马昂来说江彬就是一根救命稻草。马昂想到江彬似乎看到一线希望，骑着马直奔京城求见江彬。

江彬一直没有马昂的消息，不知马昂罢了官。两人见面后，产生久违的感觉。

混得有模有样的江彬在马昂面前并没摆出盛气凌人的架势，但他透过马昂的表情，感觉马昂遇到逆境，忙问："多年不见足下，过得还好吗？"

马昂不再遮掩，摇头说："都赋闲了，不顺啊。"

江彬吃惊地问："为何不顺呢？"

马昂苦笑着，显露出难言之隐的样子。

江彬不便多打听。

随后马昂说了一番来意，拱手道："恳求身居高位的江大人伸出援手，扶持一把，此大恩，我会当涌泉相报。"

江彬这才明白马昂大老远跑来相见的意思，这个忙他倒是能帮，就不知帮得值不值。善于投机钻营的马昂不会轻易放过江彬，低三下四拍着马屁说："江大人得到皇帝赏识，堪称一代翘楚，我能投入门下，三生有幸！"

马昂称江彬翘楚之才，满足了江彬的虚荣心。但眼下的江彬跟眼下的马昂拉开了地位上的距离，尽管马昂拉下颜面拜托，江彬似乎不为所动。江彬正要委婉拒绝时，突然想起马昂的妹子来，他曾见过马昂的妹子，长得如沉鱼落雁，更如羞花闭月。时隔数年，江彬常会想起马昂的妹子，恨自己没有能耐弄到手。于是江彬重又燃起埋压心里的欲望，对马昂说："有件事足下能办到，定会得到荣华富贵。"马昂为之一振说："什么事，请江大人告知。"

"足下那位长相非凡的妹子现在如何了？"江彬直接问道。

"嫁人了。"马昂回答说。

"嫁给了何人？"江彬获悉马昂的妹子嫁人的消息，心倏地凉了半截。

"嫁给了一位姓毕的指挥。"马昂觉察到江彬的心思，"早知江大人对我妹子有好感，我妹子不会嫁给姓毕的指挥了。"

江彬被马昂戳穿心思，笑起来，转移目标说："皇上若能相见足下的妹子，定会喜欢的。"

马昂吃惊说："我妹子都嫁人了，还能讨得皇上欢心？"

江彬说："皇上最喜欢成熟的美人，足下若肯带妹子入宫，荣华富贵就会立马送上门来。"

这"荣华富贵"四个字，对马昂来说宛如饥肠辘辘时突然嗅到美味佳肴的气味，一个劲儿往上扑。他说："只要皇上不嫌弃，我这就回宣府带妹子进宫。"

江彬说："皇上喜欢美人，你妹子长得美如天仙，皇上肯定喜欢。"

马昂返回了宣府，差家人唤回妹子。

马氏回到了娘家。

马昂问道："妹妹愿不愿进宫享受大富大贵？"

这话问得突然，马氏不知所云，瞪眼看着马昂："哥在说啥？我都嫁人了，还能入宫？"

马昂说："哥没跟你开玩笑。"

马氏不相信，绷着脸说："看哥都赋闲了，都没个富贵好求了，我这嫁人的妇道人家，从没想过有朝一日成为皇上的妃子。"说罢，马氏笑起来。

马昂不笑，就把他去京城的事儿对马氏说了一番。马氏这才明白是怎么回事，她说："哥你别胡思乱想了，人家皇帝贵为天子，他的皇妃是千挑万选的，我已身为人妇，皇帝肯定看不上的。"

马昂说："进宫对你来说是个难得的机会，你若答应随我去京城试试，这就可以随我上路。"

马氏终于被马昂说动了心。

兄妹俩坐着马车，来到了京城。

马昂不能直接送妹妹马氏进宫，他得把人交给江彬，由江彬带人进宫，只要人进宫后不被退回来，就算大功告成。他马昂从此后就是皇亲国戚了。

马昂带妹妹马氏先住进京城一家客店，然后找来江彬领人进宫。

江彬见到马氏美艳依旧，恨不得一把搂住马氏，来一番云雨销魂。因有马昂在场，他克制住了冲动，对马昂说："足下的事，包在我身上了，请放心回家，等候好消息。"马昂喜得屁颠屁颠道了谢，跟江彬告辞。

江彬领着马氏走了，他并没带马氏进宫。近水楼台先得月，他要趁此机会，释放他对马氏尘封已久的欲望。江彬带马氏住进一处没人打扰的房子里，马氏这才发现真正需要她肉体得到快乐的不是皇上，而是江彬，立马警觉起来，问江彬："我哥带我来京城，不是说好进宫的吗？怎么到这旮旯角落来了？"

江彬露出一脸淫笑，搂住马氏说："我想你，想了多年，快要想得发疯了。"

马氏冲了选妃来的，还没迈进宫廷的大门，就遇上江彬这个色鬼，感觉自己受到欺骗，心里窝火，一把推开江彬，板着脸说："你想疯了与我无关，我是个有夫之妇，你想我是白想，我要回家！"

江彬不让马氏走人，又搂住马氏，脸挨脸哄道："我是皇上的近侍，是专门替皇上选妃的，你进宫见皇上，全凭我一句话，我说成，就成了。"

听这话，马氏的挣扎缓了下来。

江彬一阵欲火攻心，紧搂马氏亲着，说道："待你陪我玩个销魂，我就带你去见皇上，你就是皇上的人了，我再也不敢动你一根指头。"

马氏还是不情愿，噘着嘴说："我给你玩个销魂，怎能见皇上？若被皇上发现，犯下欺君之罪，咱俩要杀头的，难道你不怕死吗？"

江彬笑了，宽慰马氏说："我早跟皇上讲了，皇上知道你嫁过人了，我现在偷偷地睡你，跟你男人睡你没二样，是天知地知你知我知的事。再说皇上喜欢你的姿色，又没嫌弃你曾经睡过男人。"

马氏仍旧不情愿，江彬自有办法让马氏就范。马氏半推半就与江彬一住就是好几天。

二

豹房里到底闲养了多少女子，无人知道。没有机会侍寝的女子送进德胜门外的浣衣局寄养。在浣衣局里，不被皇帝召幸的女子大多生活得很苦，一日三餐无法保障。

朱厚照日复一日年复一年浸泡在美人堆里，跟他侍寝的美人多如牛毛，就是没有美人开怀生子。大臣们眼看皇帝大婚多年仍无后，预备皇储迫在眉睫。这时内阁首辅杨廷和的父亲病故，他回家服丧去了。华盖殿大学士梁储接替杨廷和任内阁首辅。梁储新官上任比谁都急，带头上疏请求皇帝在近亲藩王中挑选二三人放在宫里抚养，以备皇储人选，如果皇帝有了子嗣，将其送回。梁储的主张得到其他大臣认同。朱厚照便觉梁储的主张令他尴尬，召梁储入殿。

梁储入殿后，朱厚照故意转过身子不屑一见。

梁储眼看朱厚照转过身，把背对着他，明白他的上疏惹朱厚照不悦，叩拜着直言道："皇上至今没得子，臣考虑预备储君，社稷无忧矣。"

朱厚照倏地转过身来，瞪眼说："朕年岁不足三十，你怎么断定朕这辈子无子嗣呢？"

梁储叩首道："皇上得子，是国家最大的福祉。但社稷为大，眼下国无储君后患于社稷，臣请求皇上召选近亲藩王之子入宫预备皇储，以防万一，待皇上得子后，送回近亲藩王之子，再立储君无妨于社稷。"

朱厚照沉默了。

梁储继续劝道："皇上如能采纳臣的建议，既可稳定人心，又可保障皇权顺利平稳地传承。"

"不可取。"朱厚照摇头，斩钉截铁说，"你退下吧。"

梁储不再进言，退了下去。

身为首辅，梁储的言行在朝廷具有影响力和号召性，他主张预备皇储，后边的大臣就会接二连三地附和。朱厚照召见梁储没别的，就是要先堵住梁储。他之所以没有答应梁储的请求，是因为召选亲王之子进宫预备皇储，等于向天下宣告他不能生育的事实。这个事实对他不利，他才不肯立储。

其实朱厚照也在期盼被他召幸的女人能给他生出儿子，他期盼得比任何一位朝臣还急，就是没法说出口。尽管豹房里美女如云，母以子贵依然是大内颠扑不破的现实；既然没人生出皇子，就没人获得宠幸，女人们在喜新厌旧的皇帝面前，如同行云流水。江彬总想找到一位信得过的美人安插在皇帝身边，没想同乡马昂找上门来，又由马昂牵出马氏，这马氏曾是江彬暗恋中人，当江彬见到马氏时，如烈火遇上干柴，禁不住色胆包天，抢先占用了马氏的肉体。

一连数日的云雨销魂，马氏和江彬在偷欢中达成默契；也就是说，马氏是奔了皇妃来的，能留在宫里，全仗了江彬，江彬就想如果马氏得宠于皇帝腋下，他就有了挟持天子的帮手。两人的交欢，如同吃饱喝足似的打住。这时候马氏迫切想进宫。江彬说："你莫急，待我去趟宫里，回来再接你。"马氏叮嘱说："你快去快回。"

江彬回到了豹房，直接去见朱厚照。朱厚照看着江彬朝他走来，开口问道："朕几天不见你，你到哪里去了？"

江彬回答说："臣去给皇上办喜事了，因走得急，没来得及跟皇上招呼一声。"

朱厚照吃一惊："什么喜事？"

江彬凑近朱厚照，悄悄说道："延绥总兵马昂有个妹子长得天姿国色，不知皇上是否喜欢？"

听到这话，朱厚照立马兴奋起来："马昂的妹子在哪里？"

江彬回答说："在宣府。"

朱厚照说："怎么不召进宫来？"

江彬狡黠一笑说："这几天臣跑了趟腿，和马昂一块儿送马氏来到了京城，就怕皇上不喜欢，所以臣没直接把人带来。"

朱厚照皱起眉头说："朕何曾不喜欢美人，只要是天下美人，朕统统喜欢。"

江彬说："遗憾的是臣发现这个美人晚了点儿。"

朱厚照不解地问道："有什么值得遗憾的？"

江彬左顾右盼周围的太监、近侍，欲言又止。朱厚照打了个手势，太监、近侍全都退下了。

江彬这才开口说："臣不敢瞒皇上，她刚嫁人了。"

朱厚照说："朕不介意她嫁人了，你去带她来吧。"

江彬说："不过呢……"

朱厚照又问："不过什么？"

江彬回答说："马昂因犯了点小事被革职了，还得请皇上开个皇恩。"

朱厚照一扬手说："等朕见到马氏再说吧。"

江彬告退说："臣这就去请马氏入宫。"

有了皇帝的准许，江彬接马氏进宫的心情非同寻常。马氏在这天的心情也是非同寻常，她虽从没进过皇宫，但她从书里略知宫廷，就按书上描述的那般，尽量把自己打扮出高贵气质来，为的是让皇帝第一眼看她不俗。

江彬回来了。马氏端庄地坐着，活生生像个皇妃样子。

江彬面带喜色说："皇上非常迫切地想召幸马娘娘，快随我进宫吧。"

马氏这才透露出一个秘密，说她刚怀了身孕。

江彬大吃一惊说："我们偷欢是近日的事，你不会这么快就怀上孩子吧？"

马氏说："孩子不是你的，是毕家的。"

江彬上下打量马氏，肚子平坦，一点儿也看不出怀有身孕的迹象；但马氏说她怀了身孕，江彬不得不相信。人一定要在今天带进宫里去，否则江彬无法交代。这种时刻马氏便觉肚子里的孩子是她进宫的障碍，这个障碍她早就想到了，只是难以启齿。她原本嫁在毕家生活得平静，是她娘家哥哥马昂要将她献给皇帝，她才离开了毕家。江彬想起依附在皇帝身边的女人里有寡妇、娼妓之类的下等货色，她们曾经怀过不属于皇家的骨肉，可是皇帝照样召她们侍寝，安慰马氏说："皇上知道你嫁过人了，皇上不介意，至于你肚子里的孩子，还不见踪影，那就瞒天过海吧，待你进宫侍寝后，这毕家的骨肉吗，自然成了皇上的骨肉。"马氏说："我入宫侍寝，怀的不是皇帝的骨肉，事情一旦败露，岂不犯下欺君之罪？"江彬怔了下，计上心来说："皇上大婚多年，可能没有生育能力，迄今无子嗣，盼子心切，只要你得宠，兴许皇上认了你肚子里的孩子。"马氏低垂眼帘叹息说："宫里遍地是美人，皇上见得多了，我进宫，不知如何讨得皇上欢心。"江彬告诉马氏说："皇上贪色，别无他求。我带你进宫后，皇上会召你侍寝的，你要尽显媚态，百般挑逗，让皇上腾云驾雾，如坠梦境，只要你反复使出招数，皇上定会宠幸你的。"

两人初遇时，只顾交欢贪图快活。这会儿临时抱佛脚，江彬才将皇帝的喜好和忌讳讲给马氏听，教导马氏如何把握皇帝的性情，得到皇帝宠幸。

带马氏入宫，江彬不想张扬。他叫来两辆带篷的马车，他坐在前边，让马氏坐在后边，相当低调前往豹房。两辆马车穿过一道又一道戒备森严的关卡，终于进了豹房。

每次选召女子进豹房，朱厚照免不了好奇、兴奋，如果满意，他便立刻召入寝宫侍寝；不满意，就冷落一旁，或者送到浣衣局去。

进入豹房的马氏随了江彬来到一座华丽非凡的大殿。江彬留下马氏，跟随一位太监往大殿里走去。见到朱厚照后，江彬跪下来，叩拜道："禀皇上，臣带宣府美人进宫来了。"朱厚照立马从龙椅上站起身道："带朕去看看。"数人匆匆来到大殿。马氏看到身披龙袍的朱厚照，飞出媚眼，嫣然一笑道："奴家拜见皇上。"她正要跪下，朱厚照疾步过来，一把扶起她，仔细打量，禁不住赞叹道："好美艳，堪称绝色！"马氏听到夸赞，害羞地垂下头道："奴家侍奉皇上，愿肝脑涂地。"朱厚照开心笑道："从此后，你就是朕的爱妃了，再也不得自称奴家。"马氏点头道："臣妾遵旨，谢皇上。"

三

吃罢晚宴，朱厚照召马氏侍寝。香汤沐浴后的马氏从浴缸里出来，好似一朵水灵灵的芙蓉。

这朵水灵灵的芙蓉被敬事房的太监送进了寝宫。第一次进入皇帝寝宫赤裸着身子躺在龙床上，马氏如坠梦境，她兴奋而又羞涩。这一晚对马氏来说至关重要，她的侍寝如能勾住皇帝，兴许皇帝夜夜叫她侍寝，方可获得宠爱。先有江彬的灌输，马氏对龙床上的皇帝并不陌生。

一丝不挂的马氏宛若一潭温暖芳香的春水，让朱厚照荡漾其中，她嫩如凝脂的肌肤和曲线张扬的身体不断地显露柔媚，给了朱厚照一个难忘的销魂之夜。夜晚的过度淫乐，折腾得朱厚照四肢无力，疲倦不堪，到了视朝的时辰，他懒得起床。文武百官一清早赶到大殿候朝，候到日头正当顶时，肚子饿得咕咕叫，也不见朱厚照走出寝宫。首辅梁储耐不住性子，约了刚入内阁的文渊阁大学士蒋冕来到寝宫，两人正要叫醒朱厚照，却见朱厚照赤身裸体搂着马氏昏昏大睡，这极为不雅的情景令两人无可奈何地退出了寝宫。

蒋冕叹气说："看样子皇上今日不会视朝了。"

梁储摇头说："皇上爱美人，爱得实在是过分了。"

蒋冕说："皇上总不得整天搂着女人不视朝，得想个办法制约一下。"

梁储也是这么想的，他突然站住，然后又迈开了步子："首先要制约的是钱宁和江彬，但皇上太宠他俩，制约起来太难了。"

两人回到了大殿，候朝的大臣们迎上来问皇上起床没有。

梁储仰起脸说："候吧，继续候吧，一直候到天黑为止。"

众人的心凉了半截，走也不是，不走也不是。直到日落时分，也不见朱厚照从寝宫出来。

得到马氏，朱厚照可谓欲仙欲死，哪里还顾得上视朝，他心里只有马氏，至于候朝的百官，他早忘得一干二净。在此后的日子里，离不开美人的朱厚照再也离不开马氏。

大为受宠的马氏令娘家时来运转，首先是马昂免罪，擢升右都督，随后马家人不论老少都得到皇帝赏赐的蟒衣，皇帝又将京城太平仓东的一座府邸赐给了马家，马家从宣府迁到了京城，成为皇亲国戚。马昂几乎在一夜之间权势熏灼，就连宫里太监见到马昂，都叫他舅。

日子一天天往后挪动，数月后马氏的肚子明显地现出弧形，她怀孕的消息不胫而走。大内的太监和外廷的大臣获悉这个消息纷纷上表朝贺。朱厚照这时候万分惊喜，差使太监魏彬去了趟太医院，叫来太医施钦。

马氏从寝宫走出来，端坐在一把椅子上。

施钦迎上去叩拜道："恭贺马娘娘有喜了。"

朱厚照道："听说你给孕妇号脉，男胎女胎一号就准，马娘娘怀的什么胎，你快号吧。"

施钦站起身走近马氏，坐下来。马氏伸出一条胳膊，施钦的两根指头按抚在了马氏手腕上，侧过脸，静静感受脉动，片刻后，喜笑颜开道："恭喜皇上，马娘娘怀孕四个来月了，脉象所现，多半是个男胎。"

这个男胎意味着皇位传承后继有人，朱厚照一阵欣喜，吩咐魏彬赏给施钦一些银子。

得到赏赐的施钦谢罢皇恩后离开了。朱厚照想起马氏进宫侍寝才三个来月，施钦号脉时，称马氏怀孕四个来月，这多出一月从何而来？便觉施钦号脉大意，兴许号错胎儿的性别。过了数天，朱厚照不放心地又传太医施钦给马氏号脉。这一回，施钦不敢马虎，把住脉络号得格外认真，得出的结论跟上次一样。朱厚照在乎马氏怀的是男胎，不再计较马氏怀孕的月份。

按宫里制度，皇帝召皇后、嫔妃侍寝，敬事房的总管太监要严格地作记录，注明年月日备案，以便查证皇后、嫔妃怀孕生产的日期。马氏一直隐瞒着，敬事房的记录只有侍寝的日子，却没有怀孕的日期。她侍寝的日期跟太医施钦号脉时推算怀孕的日期不合，这不合的日期不得不令人产生疑惑。纸是包不住火的，马氏纠结得心里发虚，就怕继续隐瞒下去，哪天败露，分明犯下欺君之罪。

马氏不由得生出惶恐，朱厚照以为马氏的惶恐是妊娠反应，越发宠爱马氏。得到加倍的宠爱后，马氏更为惶恐。这天晚上，马氏支撑不住了，藏在寝宫掩面哭泣。朱厚照不知是怎么回事，走近马氏，吃惊地问道："爱妃为何哭泣？"

马氏跪在朱厚照面前，呜咽道："臣妾有罪，罪该万死！"

朱厚照好生奇怪，又问："爱妃有何罪？"

马氏泣不成声。

朱厚照弯腰拉起马氏，搂在怀里哄道："朕是一国之主，天下有谁敢问罪爱妃，朕要诛他九族。"

马氏泪流满面道："臣妾进宫时，不知自己怀孕了，现在才知道自己怀的不是皇上的孩儿，臣妾该死，臣妾的命好苦啊。"

朱厚照一时大惊，好像一个巨大的希望在顷刻间彻底破灭，唉声叹气道："朕阅女无数，直到今日仍没子嗣，兴许是上天的惩罚，朕受报啊！爱妃肚子里的孩子不问出处了，朕就此认了。"

马氏挣脱搂抱，身子往下一蹲，要跪下谢恩。朱厚照拉起马氏，又搂在了怀中，两个人就这样紧紧地搂着，泪水止不住地流淌。

既然不再隐瞒，马氏担心她没怀上皇家血脉，在宫中受宠的地位会一落千丈，贴在朱厚照怀里，哀求道："臣妾有罪，孩儿无罪，请皇上善待孩儿；臣妾既然开怀生子了，将来会给皇上生子的。"

四

早些时候梁储上疏进谏，请求皇帝召选近亲藩王之子入宫，以备皇储。这事儿不仅给朱厚照带来巨大压力，而且从某种意义上证实朱厚照没有生育能力。事实也是如此，多年来，朱厚照没少服下太医给他开的方子，既有医治不育的，也有壮阳的，服下医治不育的方子没有哪服方子显灵，倒是壮阳的方子显灵，催生阳气旺盛，就想跟女人行房。这房事频繁地行到迄今，不育的现实就是这般残酷，朱厚照只能默默承受无子的痛苦。身为天子，哪天驾崩归天之后皇位旁落他处，是无法容忍的，朱厚照这才拒绝了梁储的请求。

马氏怀的不是龙脉，朱厚照之所以认账，是因为他相信太医施钦把脉时称马氏怀的男胎，只要瞒天过海让这男胎降生，他就有了子嗣，有了子嗣意味着皇位后继有人，将来子承父业，天衣无缝。

以前是马氏百般隐瞒怀孕却又六神无主。现在好了，轮到盼子心切的朱厚照帮她隐瞒，只要两人齐心协力瞒天过海，待孩儿降生后，一锅生米煮成熟饭，再诏告天下，天下会自然认同皇帝得了皇子。

仍旧有几位近侍太监发现马氏怀的不是龙胎，见皇帝不吭声，他们不敢作出反应，更不敢透出风声。钱宁知道马氏怀的不是龙胎的秘密之后，有点按捺不住；因为马氏是江彬召进宫的，钱宁就想背地里给江彬使出一闷棍，悄悄将马氏怀的不是龙胎的秘密透了出去。一伙御史给事中闻此消息，大惊之后便觉荒唐，联表上疏。朱厚照担心这个秘密张扬开，一阵心虚搁置不报。言官们继续上疏，朱厚照不再沉默，下旨追查谁在造谣惑众。这追查的旨意只是做个吓唬的样子，言官们没有确凿证据，被一阵追查之风打压下去。

阁臣蒋冕虽没参与众言官的交章论谏，但从大内传出的风声令他困惑，禁不住地问首辅梁储："皇上近日辟谣，梁先生怎么看待？"

梁储也困惑，抬起一只手捻着下巴上的胡须说："前些日子，我上道奏章请求皇上选召近亲藩王之子入宫预备皇储，皇上一个劲儿拒绝。如果马娘娘怀的不是皇上的骨肉，孩子即便生下来，不是皇家血脉，岂能继承皇位？"

蒋冕说："如果马娘娘怀的是皇上骨肉，这谣言从何而起？"

梁储说："怪就怪在这里。"

蒋冕说："这个谣不是一般的谣，造得太大，按说追查到底，可是皇上只是象征性地追查了一下，实在令人费解。"

梁储说："谣言止于智者。联表上疏的御史给事中，一个个都是满腹经纶的智者，他们为何相信谣言？"

蒋冕和梁储私下里议论了半天，有关大内传出的风声，真真假假无从认定。

众言官的交章论谏，最终闹了个鸦雀无声。马氏依旧得宠。江彬依旧是朱厚照身边最可信赖的宠臣。

这天晚上，喜欢夜游的朱厚照带上江彬溜出豹房，在京城里游来逛去。江彬想起同乡马昂来，对朱厚照说："马昂一直期盼皇上驾临他家府上，不知皇上有没有兴趣？"夜游没有目的，只是放松心情。马昂家正是爱妃马氏的娘家，朱厚照想起马氏娘家自从迁入京城，他未曾去过。江彬这会儿提及，他来了兴趣，问江彬："去马昂家怎么走？"江彬回答说："臣知道怎么走，皇上随臣去好了。"两人坐上马车，朝太平仓东奔去。

马昂免罪升职，从宣府迁入京城成为皇亲国戚，迫切希望皇上到他家来走动，以示门庭显赫，可皇上的出行不由他做主，他只好托付江彬。江彬想起马昂的托付，这才邀请朱厚照。

马车穿越一条又一条曲里拐弯的胡同，行在夜路上的人们不知车上坐的是皇帝和他的侍从。到了太平仓东，马车停在了马昂府邸前。江彬先下了车，顷刻间惊动马府。马昂惊喜不已领着众家人出来接驾，乐不可支道："臣不知皇上驾临，有失远迎！有失远迎！"朱厚照下了车，说了声免礼，被马昂和家人迎进大门，恭请到正堂入座。

马府不再平静，众人奔前跑后忙碌起来，备了上好宴席，请朱厚照和江彬把酒用膳；两人也不客套，被请到上座入席。马昂受宠若惊不断敬酒，家佣、侍女、小妾在厨房与宴席间往来如梭。真可谓醉翁之意不在酒，朱厚照把酒言谈时，发现侍奉酒宴的马家女人个个长得秀色可餐，一点不比那召选进宫的美人逊色，他没了心思饮酒，目光时不时地游离酒桌上的美味佳肴，飘向马家女人。

天天品尝宫廷御宴的朱厚照并不在意马昂的宴请，他在意的是马昂家藏下的美人，恨不得搂住一位美人入住马昂家不再返回豹房。江彬看出朱厚照对侍酒的美人产生好感，有意朝马昂使了个眼色，马昂领会这个眼色，叫来一位姿色出众的侍女陪坐在了朱厚照身边。

趁着酒兴，朱厚照的性情逐渐放纵，乐呵呵地问马昂："你家美女如云，从何而来？"

马昂回答说："她们来自宣府。"

朱厚照大吃一惊说："朕拥有天下，却不知天下事。"

马昂嘻嘻一笑说："皇上谦虚，太谦虚了。"

朱厚照摇了下头说："朕没必要装谦虚。朕一直以为江南的扬州盛产美女，没料离京城不远的北方宣府也盛产美女，诸位仔细看看这侍酒的宣府美女，就知道什么才叫真正的美女了。"

被马昂叫过来侍酒的女子的确来自宣府，听到朱厚照这般赞美，高兴地站起来说："奴家敬皇上喝一杯。"朱厚照顾及不了龙颜究竟有多高贵，站了起来，跟侍酒的女子碰了下杯。女子端着酒杯一饮而尽。朱厚照低头看了下杯里的酒说："朕分两次饮下。"侍酒的女子明白马昂差她陪皇上喝酒，就是要陪皇上喝个痛快，紧贴着朱厚照眉来眼去撒娇说："不行，奴家小女子都一口一杯喝完了，皇上身为天子，在万人之上，一定有个大的海量。"朱厚照本想分两次喝下一杯酒，经不住小美人挑逗，摆出万人之上的样子豪放起来，将一杯酒倒进了嘴里，喝得鼻子眉毛和眼睛都挤在了一块儿。然后，众人鼓掌，欢呼皇上海量胜天。

酒喝到子时才罢休。朱厚照起驾回豹房。这时夜路上不见人影，只有不间断的风穿透黑暗，在树叶和草丛里拍打，那声音听起来有点儿恐怖，这对习惯了夜游的朱厚照和江彬来说，风声的响起犹似相随的侍卫。

第一次来马昂家走动，朱厚照夜不能寐，牵挂起了马昂家的美人。之后的几天，即便是悄悄溜出豹房夜游，朱厚照哪儿也不想去，单单想去的地方便是马昂家。他对江彬一声长叹道："宣府出美人，堪称北方一绝啊。"

这样的叹息江彬心领神会，对朱厚照说："皇上看上马昂家的哪位美人，臣这就去找马昂，叫马昂进献出来。"朱厚照摇头说："除非马昂亲自献美，你跑去找马昂献美，朕岂不落下个夺人之美的名声吗？"江彬说："咱们这就去马昂家，说不准马昂开窍了，主动献美。"朱厚照点头说："去看看再说。"

皇帝御驾经常出入太平仓东的马府，象征皇权的光环频频照耀马府。这回朱厚照是冲马昂的小妾杜氏来的，这杜氏芳龄十八，她在马府众多美人中，美色出类拔萃。朱厚照对杜氏情有独钟，马昂早有觉察。可马昂什么都舍得，就是舍不得杜氏。待家佣通报皇上驾到时，马昂首先想到了杜氏，连忙吩咐杜氏到后院回避，他才出来迎驾。

马昂又备了酒宴，请朱厚照入座畅饮。不见杜氏身影，朱厚照饮得格外乏味，问马昂："你家小妾杜氏呢？"马昂立马怔住，不知如何回答。朱厚照催促说："快叫杜氏出来陪朕喝酒吧。"马昂不便回绝，撒个谎说："皇上来得不巧，小妾杜氏昨晚生病了，正躺在床上，看似滴酒沾不得，待来日病愈，再陪皇上喝几杯。"朱厚照看出马昂在骗他，顿生气恼，"哐"的一声搁下酒杯，然后霍地站起来，冲江彬厉声说道："回驾。"这一声"回驾"喊出口，马昂吓得浑身发软，赶紧离席挽留，说臣这就去叫杜氏来陪皇上喝酒。朱厚照本想留步，又想是他争来的杜氏，不香甜，也没个面子，打定回驾，吓得马昂无论如何也留不住他。

气恼不休的朱厚照只顾匆匆离开马昂家。江彬并没尾随朱厚照，他拉马昂到一边，悄声劝道："你舍得胞妹，难道舍不得个小女子杜氏？这小女子杜氏算个啥，不过是件衣裳罢了。"急得没辙的马昂连连点头说："我明白了，谢江大人指点。"

得罪皇帝如同闯下大祸。马昂叫来杜氏，沉着脸说："到明天，爱妾就是皇上的人了。"杜氏一惊，看着马昂说："奴家分明是老爷的人，怎么变成皇上的人了？"马昂转过身去，仰起脸说："皇上喜欢的人，我不得拥有。"杜氏不再作声,不由得想起皇上多次朝她飞来动情的眼神,她都躲闪不及。马昂轻轻咳嗽一声说:"怪只怪爱妾长得太美,令皇上动心……"美是女人最大的资本,杜氏总算明白是怎么回事,进宫为妃对她来说并非是件坏事,她心里倒有些暖融融的。整个夜晚杜氏躺在床上辗转反侧。马昂躺在床上也是辗转反侧。第二天一大早,马昂起床了,等杜氏起床梳妆完毕后,马昂急着送杜氏进了豹房。朱厚照得到美艳袭人的杜氏顿生欢喜,随兴提拔马昂的两个弟弟做官,这样一来,马家的权势在京城更为熏灼。马昂喜不自禁,又送了四个美人谢恩。

马昂接二连三进献美人进宫,换取升官晋爵,招来众朝臣不满。这不满不是现在才有的,早在马昂进献妹子马氏进宫之初就有了,谁也没忘记马氏初入豹房引发那阵风波被皇上称作谣言打压下去的情景。有好事的朝臣不服皇上的打压,背地里顺藤摸瓜,打听到马氏在宣府的前夫叫毕春,是个小军官。又获悉敬事房的记录从没记载过马氏受孕的日期,这就说明马氏有意隐瞒,加上太医施钦两次进宫把脉探胎,探出马氏怀孕的月份跟她侍寝有案可查的日期不相吻合,得出马氏是怀孕进宫的结论。现在马昂又献杜氏等美人进宫讨得好处,超授右都督一职,无疑成为马氏进宫之前怀有身孕遭遇爆发的导火索。

皇帝纵欲是不争的事实。马昂接二连三进献美人诱惑皇帝加重淫欲,众朝臣从此打开缺口,上疏进谏皇帝纵欲过度有伤龙体。朱厚照览毕这类奏章,便觉可笑,称历代帝王没有几人不纵欲的,纵欲乃天子之天性。刚刚打开的缺口,被皇帝堵住。这一堵,且把梁储和蒋冕堵急了,两人宁愿丢掉官职,也要直谏一搏,相约来到朱厚照面前,直斥江彬和马昂祸害社稷。

朱厚照冷笑一声问道:"两位阁臣有何证据斥责江彬和马昂祸害社稷?"既然把话讲开,没了回避的余地。

梁储道:"皇上宠幸马娘娘,是皇上的喜好之举,臣没异议。但马娘娘进宫之前，在宣府嫁人了，怀孕之初，正是江彬和马昂携带马娘娘进宫的。"

朱厚照的脸色一下子煞白："大胆梁储，你听何人妖言？"

梁储回答道："臣没听谁的妖言，臣是凭了证据说话，臣刚才之言有证可查，譬如敬事房里的备案，从来没有记载过马娘娘受孕的日期，马娘娘最初不报，分明是隐瞒。"

好像给人揭了短，朱厚照的表情里显露出慌张："简直是一派胡言！"

蒋冕憋不住，开口说道："臣给皇上讲个典故，当年的吕不韦结识了秦庄襄王子楚，吕不韦在邯郸和一位能歌善舞的美人同居，等那美人怀孕后，吕不韦带那美人去见子楚，两人把盏畅饮时，吕不韦将那美人进献给了子楚。那美人隐瞒身孕，子楚以为那美人怀上自己的骨肉，后来那美人生下儿子政，这个叫政的儿子就是后来的秦始皇。可悲的是当年的秦室就这样稀里糊涂把江山转移给了他人之子，这前车之鉴明摆着，皇上怎么可以干出这种荒唐事来呢？"

梁储借助蒋冕讲的典故，侃侃说道："马娘娘等同吕不韦进献给子楚的美人，让她生出儿子继承皇位，这朱家的大明江山岂不是易主了吗？"

听罢这个典故，朱厚照不禁冒出冷汗，好像暗地里给人揍了一闷棍，快快说道："朕会明断是非的，两位阁臣退下吧。"

第十章　花言天子玩失踪

一

朱厚照渐渐疏远了马氏，但马氏的惊艳之美令他刻骨铭心。这当儿，江彬和钱宁相互争宠使尽招数，两人虽没撕破脸皮，但内心的嫉恨日渐加深。江彬总想自己专宠，却想不出办法隔离钱宁，让钱宁没有机会接近朱厚照。朱厚照对马氏割舍不下，却又不得宠幸。这使江彬看出朱厚照对马氏释放出的痛苦，他豁然洞开，对朱厚照说："皇上愁眉不展，是不是为情所困？"

朱厚照倏地一惊，忙问道："你怎么看出朕的心思来？"

江彬笑了笑说："臣没猜错，皇上在想马娘娘。"

朱厚照也笑了，笑得苦涩："自从马妃去了浣衣局，朕做梦都在想她，遗憾的是她没能怀上朕的骨肉。她去浣衣局，朕再也没法召幸她，所以朕一旦想起她，心里不是个滋味。"

江彬说："虽说马娘娘出自臣的老家宣府，像马娘娘这样的美人在宣府多如牛毛。"

朱厚照好奇问道："宣府为何多美人？"

江彬回答道："宣府多乐户，才有美人似遍地鲜花，皇上有兴趣，可随臣去游玩一趟。"

朱厚照叹息道："朕在朝位，身不由己。"

江彬说："眼下正逢仲秋，正是出游的好时节，皇上可以借故狩猎，或者借此时机巡视边防。"

朱厚照说："朕去宣府，就想看看你说的美妇到底有多多，到底有多美。可是朕一旦起驾，必然惊动众朝臣一路随行，所以朕即便去了宣府，也没多少自由。"

江彬说："这时节的宣府是人美景色美，草原连天连地，皇上可以策马飞奔，纵横千里，何必郁闷地居于宫中，为廷臣所制？"

这般说着，朱厚照为之动心，沉吟片刻说："朕即便去，只能微服出行。"

宣府在京师西北，距京师三百多里，是明朝阻隔蒙古来犯的军事重镇。朱厚照受江彬怂恿，于八月甲辰日和江彬换上布衣，带了几个随从悄悄离开豹房，雇了车马潜出德胜门。这个晚上月明星稀，夜风习习，车驾融入柔美的月色里，一路洒下马蹄和车轮溅起的声响。长夜的宁静以及旷野深处隐约可现的景象，不断刺激着年轻天子的目光，他欢愉得不知疲倦。当车驾离京城越来越远时，毫无牵挂的年轻天子似乎淡忘他的国都，朝着盛产美人的边塞小镇宣府奔行。

第二天天刚亮，身居京城的大臣们出了家门赶赴朝殿。司礼监掌印太监魏彬神色慌张跑到大殿来，拉上梁储来到一处僻静地方。

魏彬慌急说道："皇上不见了。"

梁储一惊，问道："豹房里有重兵把守，皇上怎么会不见呢？"

魏彬急得嗓子冒烟说："昨夜里皇上没在寝宫，直到此时下落不明。"

梁储顿时惊出汗来，说："皇上会不会回了紫禁城？"

魏彬说不会的。

皇上失踪顷刻间惊动候朝的众臣，大殿里的气氛骤然紧张起来。没多会儿，有人发现江彬也不见了踪影，猜想江彬一定跟皇上在一块儿，他们去了何处，没人知晓。这时一位宫女朝梁储走了过来，告诉他说："大前天的时候，我听皇上说过要去宣府的。"宫女话音一落，梁储顿时明白，江彬正是宣府人，他回老家宣府了，肯定是他带走了皇上，咱们快去追回皇上。于是梁储不再犹豫，邀了阁臣蒋冕和文渊阁大学士毛纪骑上快马奔出德胜门。

赶了一夜的路，到第二天上午，朱厚照和江彬抵达昌平。往前行走数十里就是居庸关，过了居庸关，通往宣府的路途不再有关口。

梁储、蒋冕和毛纪策马追到昌平，朱厚照和江彬已经离开昌平，三人追至沙河，终于追上朱厚照和江彬。三人没来得及喘口气，跪在车驾前横挡住去路。朱厚照以为他跟江彬神不知鬼不觉地趁着夜色离开京城前往宣府，不会被人发现，没料刚走了小半的路，梁储、毛纪和蒋冕这么快就追过来拦阻车驾，大扫游兴。皇上是江彬带出来的，面对三位大学士，江彬目光躲闪，不知如何应对。

朱厚照赌气不肯下车，使唤车夫往前赶路。蒋冕、梁储和毛纪赶紧站起来又跪拦在车驾前。

三个人朝坐在车里的朱厚照跪求道："请皇上回銮。"

朱厚照不搭理，执意要往前赶路。

梁储叩首道："朝廷既无亲王监国，又无太子临朝。皇上随意远行边关，恐怕国事有变，因此臣等匆匆追来，恭请皇上回銮。"

蒋冕伏地叩首道："想当年英宗皇帝不听大臣谏阻，率六军远驾亲征，出现土木堡之变的严重后果。皇上不带随军，竟是单枪匹马独闯边塞，若重蹈土木堡之覆辙，国将大乱。臣愿以死相谏，恳请皇上回銮。"

见追来的三位大学士拦驾长跪不起，朱厚照这才开口道："朕着装布衣不带护卫巡视边塞，朕是微服，只要朕不暴露天子身份，谁能认出朕是大明的天子？再说天子微服私访，早有先例，朕为何微服不得？"

毛纪回答道："皇上去的地方不是中原内域，而是变化莫测的边关。皇上不肯回銮，臣宁愿跪死在车驾前。"

毛纪、蒋冕和梁储下了满力苦口劝谏，朱厚照像匹倔强到底的牛，硬是不肯回返。车夫发现雇他车去宣府的是当朝的万岁爷，吓得不知所措，又见穿着官服的毛纪、梁储和蒋冕跪求万岁爷回銮，他进也不是退也不是。朱厚照从车夫手中夺过马缰和鞭子，要亲自驾车前行，车夫奈何不了，只好弃车而去。朱厚照抖动缰绳，朝马的脊背抽上一鞭，马儿抽搐一下，迈开了蹄子。毛纪、蒋冕和梁储躲闪不及，差点让马车撞上。三个人不得已随行护驾。

居庸关就在不远的前边，传报出关甚急。巡关御史张钦获悉皇上微服宣府要过居庸关，追来的三位重臣劝他不回，便觉事态严峻。这时正遇蒙古鞑靼部小王子有挑衅之举，骚扰大明。张钦心想他放走皇上出关，闹出不测，他难逃死罪。在皇上车驾还没赶到之前，张钦命守关指挥孙玺赶紧闭关，将关门的钥匙藏起来。分守中官刘嵩闻知皇上微服，急着要去迎驾，被张钦拦住。

张钦十分紧张地说："皇上的车驾马上就要出关了，是你我的生死之际。"

刘嵩吓得瞪眼问道："皇上微服出关，咱俩又没违犯什么，为何是生死之际？"

张钦郑重说道："你我二人掌管这关门钥匙，如果锁上关门，车驾出不去，违天子命，当死；若遵旨开启这道关门，放车驾出关，要知皇上去的是边塞，天有不测风云，万一出现英宗皇帝土木堡之变的后果，朝廷追究祸源，咱俩罪该万死。"

刘嵩这才明白，不安地问道："这可咋办呢？"

张钦道："闭关是死，开关也是死，同是一死，咱们宁可闭关抗旨去死，死得不背负骂名。"

这时一位随从太监提前赶到居庸关，传报圣上车驾出关。

守关指挥孙玺迎上来道："奉巡关御史之命紧闭关门，不敢私自开启。"

那太监厉声说道："谁是巡关御史，快叫他来。"

刘嵩走了过来。

那太监冲刘嵩问道："你就是巡关御史？"

刘嵩摇头。

那太监道："皇上要微服出关，快拿钥匙开门。"

刘嵩道："我是主上家奴，不敢冒犯主上。"

刘嵩称的主上，便是巡关御史张钦。

这时巡关御史张钦负了敕印，持剑坐在关门下，朝刘嵩和孙玺叫喊道："谁要开启关门，斩！"

那太监听到张钦口出狂言，大惊问道："你是何人？"

张钦回答道："我就是巡关御史张钦。"

那太监朝张钦走过来，怒喝道："要开启关门过关的正是皇上，你岂敢违旨？违旨，斩的正是你！"

张钦豁出去了，使出一计道："闻天子将有亲征之事，必先期下诏廷臣集议，方可御驾出宫，便有六军翼卫，百官随从，而后有车马之音，羽旄之美。今寂然不闻御驾浩荡之声势，仅仅凭你一人之言报请开关，迎圣上车驾过关，真是可笑，分明是有人假冒天子之名，出关勾结贼匪。"

那太监气得涨红脸道："天子是微服，御驾出宫，自然没配六军翼卫，百官扈从。"

张钦回言道："若天子果真出关，等我见了两宫用宝之后，开启关门不迟。不然，万死不奉诏。"

这时又赶来一位随从太监，报皇上车驾快到，开启关门迎驾。

张钦拔剑喝道："此诈也。"

两位随从说服不了张钦，又见张钦怒颜拔剑的样子，吓得退转回去。

一位退转回去的随从站在车驾前禀报："巡关御史张钦不肯开启关门，还说有诈，放言要杀臣。"

听这话，朱厚照大怒道："御史张钦放肆！"

车驾到达居庸关，那高大厚实的关门果然如城墙封闭着。朱厚照余怒未消地问道："为何紧闭关门？"张钦迎上来道："禀皇上，近期边关不太平，臣才封闭了关门。"朱厚照脸色铁青道："朕要微服出关，快点开门。"张钦道："禀皇上，此门的钥匙不在臣手上。"朱厚照催促道："钥匙在谁手上，快拿来打开关门。"梁储、毛纪和蒋冕背着朱厚照直朝张钦摆手摇头使眼色。有朝廷三位阁臣这般暗示，张钦来了底气，拒绝说："禀皇上，蒙古鞑靼部起骚乱，边塞告急，防患于未然，居庸关已经关闭了。"一听这话，朱厚照恼怒起来，朝张钦吼道："你想抗旨？"张钦立马跪下道："臣不敢抗旨。"朱厚照不耐烦道："那就快点开门。"张钦垂首道："没有钥匙。"朱厚照一瞪眼道："那就快点砸锁。"张钦不吭声，一个劲儿拖延。

张钦坚持不肯打开关门，朱厚照出不了居庸关，怒不可遏。梁储、蒋冕和毛纪加紧劝阻。时间一拖再拖，拖到黄昏，从来路的方向传来急骤的马蹄声，司礼监掌印太监魏彬带着一群大臣骑马飞奔而来。朱厚照知道他们的来意后，绷着脸不高兴地说："都跑来凑什么热闹？"魏彬下了马，回答说："臣等不是来凑热闹的，是来护驾的……"朱厚照恼怒地问道："你一个文职太监，手无缚鸡之力，跑来护什么驾？"魏彬从马背上卸下一只箱子，抱在朱厚照面前。朱厚照瞅着箱子问："你干吗带只箱子来？这箱子里装着啥金银财宝？"魏彬蹲下来，气喘吁吁回答道："箱子里没装金银财宝，全是奏疏，是朝廷大臣们托付臣带给皇上的，请皇上阅览。"朱厚照皱起眉头道："朕懒得看。"魏彬打开箱子笑道："这满满一箱子奏疏，全是一个内容，请皇上回朝。"这时随了魏彬追来的大臣全都跪下，发出一个声音："请皇上随臣等回朝。"朱厚照大耍性子，急赤白脸道："你们逼朕，看朕怎么收拾你们。"魏彬道："皇上离京远游，国无监国，朝无临朝，一旦生变，怎么得了？"局面僵持不下。江彬担心事闹大了，追责到他头上，改变主意劝谏朱厚照回銮。朱厚照扫视众臣，没一个支持他，只好妥协，不得已返回京城。

二

回到京城后，朱厚照大为不悦，赌气不视朝。梁储和蒋冕反复上疏劝谏，恢复经筵日讲，督促朱厚照勤政。朱厚照总是充耳不闻。各衙门的官员因皇帝赌气不上朝，他们朝见不到皇帝，拿了奏章送往内阁，再由内阁呈上御前，那送往御前的奏章堆了一人多高，仍不见朱厚照览批。

其实朱厚照的兴趣早就不在了朝政上。自从出游宣府受阻后，他日思夜想宣府，尤其是出居庸关时被巡关御史张钦堵住令他耿耿于怀。他下了道旨，调张钦出巡白羊口，调太监谷大用出巡居庸关，以便下次出居庸关不再受阻。

一晃到了八月底，朱厚照出游的兴致无法遏制，和江彬身着布衣再次混出德胜门。两人扬鞭催马前往宣府。这次过居庸关，因巡关的换成了谷大用，朱厚照不用担心过不了关，他倒是担心后边追来朝臣，只跟谷大用打了个照面，急着要出关。谷大用果然不是张钦，他大开关门迎驾。朱厚照特地下了道旨，不许任何朝臣在此出关。谷大用唯唯诺诺说了声臣遵旨。

出了居庸关，两人一路走走玩玩，开心得很。走出数十里，道路两旁的树林越来越阴森，冷不丁儿，从林子里钻出五个莽汉，拦住了去路。

江彬勒住马，对朱厚照使个眼色说："遇上一伙毛贼了，让臣来收拾。"

朱厚照也勒住马说："这伙毛贼不过要几个银子，给点他们。"

江彬说："看样子他们不会要几个，而是全要光。"

朱厚照说："他们全要光，不能答应。"

江彬本是个武夫，杀人的事遇得多了，没把这伙拦路莽汉放在眼里，怒喝道："大胆毛贼是否知晓拦了谁的去路？还不快点滚开，当心满门抄斩！"

五个拦路莽汉在他们的地盘上就是天王老子，谁也不认，江彬刚才一声怒喝，反而激怒他们，操起刀剑扑了过来。江彬拔出剑，催马迎了过去。在马背上玩弄刀剑是江彬的拿手好戏，他策马挥出一剑，刺中一位毛贼。朱厚照目睹毛贼倒地，兴奋地叫出一声好剑法。江彬听到鼓励声，快手挥剑叫喊皇上快离开。剩下的四个毛贼一听江彬叫喊皇上，怔了下，觉得皇上不可能只带一个侍卫出得京城，以为江彬施计诈唬。

朱厚照并没离开，眼看江彬跟毛贼拼杀得够呛，他手心发痒，拔出剑来，策马奔了过去。江彬担心奔来的朱厚照有什么闪失，大叫道："皇上别过来，让臣来诛杀他们！"朱厚照根本不听，回应道："从前杀人，朕老是差遣行刑官，朕想亲自杀个毛贼。"话音刚落，一个毛贼刺出一剑，穿透朱厚照的衣袖。这一剑刺得江彬大惊失色，火急过来护驾，没等那毛贼刺出第二剑，江彬快手出剑，刺穿那毛贼的脊背，只见一股热血，喷了江彬一脸。其余三个毛贼见江彬武功过人，不是江彬的对手，胆怯起来，转身逃进了林子。

朱厚照正要追杀进林子，被江彬叫了回来。

江彬惊魂未定说："刚才劫匪刺来一剑，真的好险！"

朱厚照摸了摸被剑刺中的胳膊，煞有介事说："没事儿，只破了点皮。"

江彬这才安定，催促说："这里不是久留之地，皇上快走吧。"

朱厚照说："朕想杀个毛贼，却没杀成。"

江彬说："兴许路边的林子里藏有更多的毛贼，咱们快走吧。"

两匹马朝前飞奔起来。到天黑时，终于到达宣府。江彬早知朱厚照打定主意要来宣府，提前捎信给宣府的家人建造一座豪华府邸，府邸刚落成，就迎来天子。这府邸里边的设施跟宫里差不多奢华，朱厚照入住下来甚是满意。

接下来，朱厚照要亲自感受宣府的女子到底有多美，江彬导驾他逛在宣府城里，所见妇人果真不同于京城，她们个子高挑，体态丰盈，肤色白皙，容貌犹如遮月羞花。最令朱厚照赏心的是宣府的乐户四处可见。所谓乐户，就是青楼妓院，里边的女子大胜京城的八大胡同。以前在京城，朱厚照有着帝王身份，逛八大胡同的青楼，多少要避嫌，只能趁着夜色掩护，做贼似的偷偷去逛。现在好了，他在宣府不穿衮服龙袍只着装布衣，谁也认不出他是天子。

三

朱厚照不视朝已有许多日子，他在豹房的行踪变得神秘。他离开豹房数日后，才被太监魏彬发现。魏彬坐立不安跑到内阁府，见到首辅梁储，迫不及待诉说了一番。梁储先是一惊，然后无奈地苦笑道："皇上早已成年，仍旧不失孩童本性，出宫游玩，也不给谁打个招呼。"魏彬犯愁道："皇上出游不归，事关社稷，就怕突起变乱，主不在位，不可收拾。"梁储吸口气，摇头道："真是无计可施。"魏彬敦促道："梁先生身为首辅，责重如山，奏请皇上回朝事不宜迟。"

魏彬告辞后，梁储的确无计可施，只好求助兵部。

兵部尚书陆完早些时候调动了位置，由户部尚书王琼接任兵部尚书。梁储徒步来到兵部，王琼正好在值房，被梁储逮了个正着。

王琼笑迎道："梁阁老来了，稀客，稀客，快请坐。"

梁储木着脸，没看一眼王琼说："我不是闲着没事，跑到你这里坐板凳喝茶的。"

王琼仍旧笑问道："梁阁老来兵部有何贵干？"

梁储嗤的一声笑道："皇上带着江彬又出游了。"

王琼倏地一惊，愣在了半空："皇上上次出游，得亏了梁阁老亲自带人到居庸关请回的。"

梁储直摇头说："我没那个本事，是巡关御史张钦不怕杀头，硬是不肯开启关门，皇上没法出关，才回来。"

听这话，王琼急起来，连连叹息道："这可咋办？"

梁储说："我来兵部，是来跟你商量这件事的。"

王琼说："皇上出游往哪里去了？"

梁储想都没想说："上回皇上要去宣府，没去成，这回一定去成了，肯定在宣府。"

王琼说："赶快派人去护驾，请皇上回朝。"

梁储仰起脸，叹道："皇上在边塞有个三长两短，引发太皇太后、太后和皇后问罪，谁也担当不起。"

王琼皱起眉头道："也是的。朝中廷臣，唯有梁阁老最适宜去趟宣府。"

梁储摇了摇头道："我不是不想去，是我去了宣府，皇上不认我这张老脸。还是请王尚书带兵去一趟，一方面护驾以防不测，另一方面奏请皇上回銮。"

梁储这样说着，王琼推脱不掉，火速带了兵马赶赴宣府。过居庸关时，关门紧闭，王琼和部下过不了关。将士们叫嚷着开启关门。谷大用来到关门下，跟王琼招呼。

王琼急着问谷大用："皇上和江彬出关了没有？"

谷大用也不回避，回答道："前些天皇上和江彬已经出关去了宣府。"

王琼生出不满，竖起眉头道："我奉首辅梁储之命，前往宣府护驾，请皇上回返京师，谷公公为何不肯开启关门，让我和部下出关？"

谷大用笑了，拱手道："皇上有旨，不许朝臣出关。"

王琼吃一惊说："不会吧。"

谷大用掏出皇旨，亮在了王琼面前："皇旨不可违，请王大人率领麾下回返吧。"

王琼急了性子，好话歹话讲了几箩筐，谷大用不听，一个劲儿说皇旨不可违。

王琼哪有心情在乎皇旨，越发的急，恨不得要跟谷大用翻脸："是谷公公手头的皇旨要紧，还是皇上的龙体安危要紧？"

谷大用说："不是我不答应王大人和部下过关，是皇上不答应，有皇旨在啊；若让王大人和部下出了关，有违皇旨的是我，皇上追究下来，领罪的是我。"

没法说通谷大用，过不了居庸关。王琼带着部下扫兴而归。

梁储闻知王琼从居庸关返回，破口大骂谷大用，可是谷大用离得远，半句骂声都听不到。随后梁储、蒋冕和毛纪商议对策，尽快劝谏皇上回銮。

蒋冕满肚子愤恨，咒骂道："这个江彬，胜过了奸佞刘瑾，导帝戏游不问朝政，居然远游至边塞，若出了不测大事，真是叫天天不应，叫地地不灵！"

毛纪也是愤恨于胸，涨红脸道："主不在位，朝廷人心惶惑，我等即便有九牛二虎之力，也无法使啊！"

见毛纪和蒋冕满腔怨气，梁储顿觉心灰意懒，怏怏叹道："皇上丢下国事出游，也不托付谁来监国，如同一匹难驯的野马。我这首辅，已经做到头了。"

毛纪一怔道："梁首辅千万不可卸肩。"

梁储苦着脸道："皇上不在朝位，又无人监国，若出大事，我这首辅得千古骂名。"

担心自己驾驭不住朝政，梁储想起回家服丧的杨廷和。因杨廷和替父守孝期未满，梁储曾数次请杨廷和回朝廷理政，被拒绝。无奈之际，梁储又厚着脸登杨廷和府上。见到杨廷和，诉苦道："皇上巡游去了边镇宣府，不知归期，朝中事务一盘子散沙。今特来府上，恭请杨先生回朝廷坐镇，打理朝政。"杨廷和沉默了，本想拿了守孝期未满来搪塞，见梁储来过多次，再回绝，似乎有点目中无人，开口说道："皇上去了边塞，也没托付谁来监国？"梁储直摇头，看着杨廷和。杨廷和思忖片刻，深感主不在位，事态严峻，不便推脱，答应回朝廷上班。梁储总算松了口气。

梁储高兴说："我来之前，心里犯嘀咕，就怕请不动杨先生。"

杨廷和笑笑说："前几次梁先生来府上，只是守孝期离得远，多有不便；这次梁先生亲自来府上，我再不搭理，梁先生定会看扁我了。"

梁储附和笑道："哪里哪里，杨先生在我眼里有棱有角，方正得很，从没扁过。"

杨廷和早就听说了皇帝离开京城远游宣府不归，全是江彬怂恿，脸色一变，痛骂江彬不是个东西。骂归骂，劝谏皇帝回朝比什么都重要。

但是梁储显露出无能为力。

梁储说："朝中唯有杨先生德高望重，其实我一直盼着杨先生快点回内阁……"

没等梁储说完，杨廷和正色道："我离职守孝都快三年了，回朝任职，当什么差，还得请皇上下旨。"

梁储说："杨先生回家守孝，是经皇上准许的，回朝后，官复原职天经地义啊。"

杨廷和连忙摆手说："我任内阁首辅是过去的事了，现在复职首辅，不可以，不可以。"

杨廷和要等皇旨重新任命。梁储只好差了个太监去宣府请示，差去的太监回来时，通报皇上口谕，杨廷和仍留内阁。梁储这才放心，又登杨廷和府上，欢欣说道："皇上有旨，请杨先生回内阁执事。"

杨廷和这才答应回内阁上班。

上班的头一天，杨廷和还不习惯，又不便以往日的首辅身份问询事务。

梁储按捺不住走到杨廷和面前说道："杨先生居首辅，理当天职！"

杨廷和一下子愣住，不知说什么才好。

梁储解释道："杨先生回家服丧守孝，我不过是代劳，现在杨先生回朝，我该退居后位，请杨先生复任首辅。"

杨廷和道："梁先生任首辅是皇上钦命的，我不敢担当，不敢担当。"

梁储坚持礼让道："皇上远游不归，又无太子监国，就怕群小窃权，浊乱朝政，因此我请杨先生回返朝廷，就是要让杨先生担当首辅，以便匡正压邪。"

杨廷和毫无准备，立马推辞："梁先生任首辅，任得好好的，我不必喧宾夺主添乱了。"

梁储再三恳请道："效忠国家，其职没有高下之分，杨先生作为能者，上居首辅为国效劳，有什么理由推辞呢？"

见梁储毫无私利之心，竟是如此大度，杨廷和不便再推辞，生发感慨道："梁先生高风亮节啊！可我一人之力有限，还得恭请梁先生事无巨细，同心协力，共谋朝政。"

梁储开心地笑道："有杨先生担任首辅，我心里踏实，觉也睡得安稳。"

杨廷和也笑了，说："梁先生过奖，太过奖了。"

四

在江彬陪同下，朱厚照骑马巡游塞外，乐不思蜀。当他获悉服丧守孝的杨廷和提前回返朝廷时，格外高兴，派人赐予杨廷和羊、美酒、银两和丝绸。皇帝单独赏赐大臣，是一种特别关怀，得到赏赐的大臣没有不受宠若惊的。可是杨廷和居然说他无功不受禄，将那赏赐退了回去。他只是上疏请求皇上回銮。

杨廷和不接受赏赐，暗示他对朱厚照放荡不羁只顾游乐的不满。他上疏请回銮的奏章，最终没有等来朱厚照的回复，只好约了蒋冕出塞。蒋冕没有信心，对杨廷和说："前些日子兵部尚书王琼走到居庸关时，被人拦了回来。"杨廷和不屑一顾地说："谁吃下豹子胆，敢拦阻兵部尚书过关？"蒋冕说："是太监谷大用。"杨廷和说："你随我去，看那阉竖敢拦不敢拦。"蒋冕说："皇上有旨在居庸关，不许任何廷臣过关。要是谷大用阻拦，咱们只有插翅飞过高耸的城墙。"杨廷和说："皇上在塞外待了这么久，总得要回朝啊，咱俩亲自去请，没有请不动的道理。"

二人带着若干随从骑马出发，走到昌平小憩了会儿又继续上路，到达居庸关，关门紧闭。杨廷和彰显首辅声威，大喊开门出关。一个守关的睡眼惺忪跑出来，都没细看来人是谁，打着呵欠不耐烦地说："要想过关，自个儿越过城墙吧。"杨廷和想起出发之前蒋冕说起兵部尚书王琼在此受阻的事，怒从心起，挥出巴掌掴了守关的一耳光，打得守关的抖动身子张口问道："你为何打人？"杨廷和说："看你还在瞌睡，打你清醒过来。"守关的果然清醒，瞪眼看穿着官服的杨廷和颇有来头，摸着脸怔住了。蒋冕对守关的说："抽你耳光的正是朝廷杨阁老，你不服？"守关的明白后，点头哈腰说："卑职有眼无珠，我这就请来谷公公。"守关的趁机溜了。没多会儿，谷大用来了。

"杨阁老和蒋阁老，多有得罪。"谷大用这回圆滑多了。

"你这话是什么意思？"见到谷大用，杨廷和来了气。

"皇上有旨，不许过关。"谷大用把话说了个明白。

杨廷和拉起蒋冕说："皇上不在朝位，又无太子监国，我俩身为朝廷重臣，出塞请皇上回朝，难道你死搬硬套拿了皇旨对付我们？"

谷大用弯腰笑道："请杨阁老和蒋阁老别为难我了。"

谷大用既不买账也不给面子。蒋冕怒道："都到冬天了，塞外的凛冽寒风好似刀子穿透筋骨，皇上的龙体受得了吗？"

谷大用除了赔笑脸，就拿皇旨抵挡，毫无商量的余地，气得杨廷和恨不得吐血。杨廷和不便拉下架子求情，大怒道："好你个谷大用，你记住，皇上在边塞若遭遇不测，这个账彻头彻尾算在你身上，看你长了几个脑袋？"

谷大用哈腰笑道："我也是没办法，请杨阁老海涵。"

杨廷和不再啰唆，骑上马，猛地抖动缰绳，马儿跳腾前腿掉转身子。杨廷和挥起巴掌，拍了下马的屁股，厉声叫道："回去！"

马队一溜烟儿离开居庸关，直朝回路奔跑。

事后谷大用心里反而有点不踏实，想起杨廷和回返时说的那番话，觉得该给自己找个退路，以免皇上真的遭遇不测，祸临他头上。他带了数位随从前往宣府，获悉朱厚照离开宣府去了山西，住在阳和卫。谷大用日夜兼程赶赴阳和卫，好不容易见到朱厚照。这时正遇边关出了大事，蒙古鞑靼部小王子率军来犯大明疆域。朱厚照哪有心思待见，朝谷大用一瞪眼说："你不好好看守居庸关，跑来凑什么热闹？"见朱厚照脸色不对劲，谷大用躬身垂首说："臣不是来凑热闹的，臣有事禀报皇上。"朱厚照厉声说："什么事，快讲。"谷大用说："阁臣杨廷和和蒋冕要出居庸关，臣领旨在身，不敢违旨，没让他们过关，臣特来禀报皇上。"朱厚照忙问道："他们来干什么的？"谷大用说："请皇上回朝。"一听这话，朱厚照皱起眉头说："眼下蒙古大军压境，朕要亲征，哪有工夫回朝。"谷大用大吃一惊，顺便提醒说："边关局势这么严峻，臣劝谏皇上回朝为安！"朱厚照不耐烦地说："这里没你的事，你快回去严守居庸关！"

谷大用走后，有报传来，蒙古鞑靼部小王子率军五万，逼近大同。得此军情，阳和卫的气氛立马紧张起来。江彬力劝朱厚照离开阳和卫，说大同离阳和卫太近，万一两军交恶，阳和卫免不了成为战区，皇上安危难以保全。朱厚照倒是异常兴奋，对左右说："朕亲征，千载难逢！"

江彬提醒道："英宗帝当年率军五十万亲征，在土木堡被瓦剌部的也先俘获，大明国无主君，其教训惨痛。皇上此次亲征，万万不可当作游戏，还是退避为妥。"

朱厚照顿时涨红脸道："也先俘获英宗帝，是大明的国耻，这国耻迄今未能洗刷掉。朕要亲自洗掉这国耻，你为何拿了朕来比作英宗帝呢？朕是朕，朕从来不是英宗帝。朕自小崇拜太祖高皇帝和永乐皇帝，他们戎马一生，身经百战，尤其是永乐皇帝五次亲征北漠，被称马上天子。朕要做个马上天子！"

江彬连忙跪地，叩首道："臣决没有拿皇上比作英宗帝。臣只是觉得大同一带的边军加起来不过数万，两军对峙交战，人马差不多相等。然蒙古来犯全是精锐轻骑，明显占强势；若皇上领兵亲征，风险极高，所以臣才劝谏皇上暂且退避。"

朱厚照理解江彬的好意，说了声别跪了。

江彬呵了口气，搂着衣袍站了起来。

朱厚照激昂道："蒙古鞑靼部小王子算个啥，他率军来犯，朕若退避脱逃，是不战而降，龙颜失尽！朕要替英宗帝雪耻！正如永乐帝第五次亲征北漠，即便绝世在了蒙古榆木川，也不失一代天子雄风威震。"

几乎没人能说服盛气十足的朱厚照退避。他决定坐镇阳和卫指挥作战。阳和卫一带的军镇有大同、天城、应州、平房和威远等地。主要重兵不在阳和卫。朱厚照驾临阳和卫，一旦暴露，蒙古兵必然会使出"擒贼先擒王"这一招，这是朱厚照不得不要提防的。

于是朱厚照对江彬说："鞑靼部小王子知道朕在阳和卫，朕就成了众矢之的，所以朕不得以天子身份临阵指挥。"

江彬说："临阵指挥作战是总兵官的事，皇上没必要亲驾战场。"

朱厚照笑道："难道朕不配做总兵官？"

江彬说："皇上是国家的最高统帅，总兵官永远不可凌驾于最高统帅之上。"

朱厚照又笑道："朕就想当一回总兵官指挥战斗。"

江彬附和笑道："皇上贵为天子，怎可自降身份开这种玩笑？"

朱厚照说："君无戏言，朕没开玩笑。"

第十一章　御驾亲征除国耻

一

皇帝御驾亲征。为避免类似英宗皇帝朱祁镇当年在土木堡之变的悲剧重演，朱厚照改名朱寿，任命自己为"总督军务威武大将军总兵官"，这一职位，相当于征虏大将军，为前线最高统帅。

朝廷授衔武将，有总督军务和总兵官，从没有"威武大将军"这一职位。不少边军最初获悉朝廷派来威武大将军朱寿当统帅，不知朱寿何许人也。但军令如山，将士们只能听从朱寿调遣、指挥。

朱厚照抢在蒙古骑兵还没发动进攻之前进行战略部署，令总兵官王勋、副总兵官张輗、游击将军孙镇镇守大同城；令辽东左参将萧滓镇守聚落堡；令宣府游击将军时春镇守天城卫；令副总兵官陶羔、参将杨玉、延绥参将杭雄镇守阳和卫；令副总兵官朱銮镇守平虏堡；令游击将军周政镇守威远堡。

蒙古鞑靼部小王子率领五万骑兵扎营在孙天堡。他派出探子在明朝边塞侦察了一圈。探子回去禀报，说明军指挥作战的威武大将军是朱寿。小王子对朱寿毫无印象，问身边的谋士，朱寿是谁，谋士们都说不知道。小王子率兵出征之前，反复研究过了明军将领惯用的兵法，谁谁爱使什么招儿，他了然于胸。现在突然冒出一个朱寿来，这朱寿性情如何，常用什么战术，小王子无从知晓。随后探子又禀报："朱寿已经排好兵阵，各要塞都有重兵把守。"小王子原本计划先攻打明军弱点，出奇制胜。听探子汇报明军早有防备，他一时找不到从何处下手的机会，只好分道南下，在玉林稍作停留。谋士们建议先攻打大同。小王子说大同乃明朝军事重镇，城墙高耸坚固，必有重兵把守，首先攻打大同，风险极大。谋士们说，先冒险拿下大同，可重创明军士气，再攻打其他弱小边镇自然溃不成军。小王子只好采纳谋士们的建议，决定首攻大同。

大同总兵官王勋得到蒙古骑兵从玉林出发朝大同奔来的消息，心知不可固守城中受困，于是约了参将杨玉、游击将军孙镇领兵出城在半路阻击。朱厚照也获悉到了小王子首攻大同的消息，担心王勋支撑不住，急速调兵。命宣府游击将军时春、辽东左参将萧滓援助王勋；命副总兵官朱銮、平房游击将军周政、参将高时及大同右卫参将麻循从侧面包抄后路，配合王勋、杨玉、孙镇对小王子形成前后夹击之势；又急调宣府总兵官朱振、参将庞隆、游击将军靳英屯兵阳和；调参将江桓、张昶为后应。

十月甲辰日，王勋、杨玉、孙镇在绣女村与小王子相遇，两军展开搏杀。小王子发现后路被明军斩断，处于被动，便放弃攻打大同，从侧面突围，直朝应州进发，试图攻克应州城。

第二天，明军将领张輗、孙镇、杨玉配合王勋在应州城北五里寨与小王子再次相遇，两军在应州大摆阵势。老天不作美，一大早起了雾，雾里交战是兵家大忌，两军不得不有所克制，虽交战数十回合，无法甩开膀子拼杀。雾气越来越大，小王子改变战术，指挥骑兵围困明军，等大雾收散后，再开杀戒。可是大雾直到傍晚，仍没散尽，小王子只好依东山而退。

开战的第三天，王勋率军奔赴涧子村，萧滓、时春、周政、麻循等将领率军与王勋会合，准备和小王子决一死战。明军求胜心切，出阵过猛，反而乱了阵脚。小王子抓住这个机会大发神威，将明军各个击破，不能合围。朱厚照获此军情，再也坐不住，叫了提督太监张永、魏彬、张忠，都督朱彬等人领兵奔出阳和卫。皇帝亲征主战场的消息不胫而走，士气大振，明军重又会合。蒙古骑兵失去击破明军之后大开杀戒的时机，打得很胶着。直到暮色渐浓时分，两军才休战。

这些天连续起雾，看不到收散的时候。仗打到第四天，雾气在充满血腥味道的天地间温柔地游荡着。蒙古小王子原以为大溃明军是举手之劳，不料对手朱寿不按兵家章法来，由朱寿统帅的明军竟是一块咬在嘴里的硬骨头，咽也不是吐也不是。跟朱寿交手到今天，甭说小王子半个城池也没攻克下来，就连大明边塞的一扇城门也没触摸到，且是处处受阻，举步维艰，便觉战事拖得久了，粮草补给困难，大伤元气。于是小王子对接下来的战事感到茫然。然而朱厚照且将亲征视为游戏，领兵从辰时奔赴战场，跟小王子时攻时退兜圈子。两军在这天里兜了数十回合的圈子，兜得蒙古骑兵捡了芝麻丢了西瓜。

明军众将领从没见过这种时攻时退兜圈子的战术。他们求胜心切，朝朱厚照围了过来，请求改变战术。

王勋说："皇上亲征主战场，虽是鼓舞了士气，为何不下令一鼓作气，勇往直前杀敌？"

张永说："这样打下去，不知打到何日为止。"

魏彬说："我军和蒙古骑兵玩猫捉老鼠，恐怕玩久了，玩得僵持不下。"

朱厚照这才开口说道，"有时猫捉老鼠，并不马上吃掉老鼠，只是不停地玩老鼠，玩得老鼠惊恐不安，最后给吓死，才吃掉。小王子这只老鼠，朕就要像猫一样玩他，耗他，他一定玩不起，耗不起。朕即使灭不了他，让他生恐逃回北漠，再也不敢来犯。"

张永说："战争是你死我活，绝非游戏。"

朱厚照淡然一笑说："诸位尽管跟随朕玩吧，不信玩不死小王子这只来犯的老鼠。"

下午雾气稍有收散，天地间没了遮蔽，两军全都亮在阳光下，战事推进得十分激烈。朱厚照本该待在后方指挥作战，可他耐不住寂寞，想要目睹两军厮杀的场面，按捺不住地跃上马背直朝前沿阵地奔了过去。明军众将领眼看朱厚照披挂上阵，一个个吓出一身冷汗，急忙围过来护驾劝阻。

朱厚照朝众将领说道："朕惧死临阵脱逃，跟蒙古骑兵交战的千万将士怎么想，怎么看朕？何况他们为朕的江山而战！"

张永拦在朱厚照的坐骑前边，劝道："敌我交战正酣，敌方乱箭如飞蝗扑来，乱箭没长眼，请皇上退避。"

朱厚照道："朕退一里，蒙古人会进一里，朕退百里，蒙古人会进百里，朕退千里，蒙古人会进千里，朕不是拱手把大明江山送给了蒙古人吗？"

张永接着劝道："小王子率军不过五万，这五万人岂可占据我大明万里江山？陛下身为国主，高贵无比，用不着亲自出征，跟那小王子一比高低。"

既然亲征，不亲斩一敌，朱厚照觉得遗憾，恼怒道："太祖身经百战，获江山；永乐皇帝五次亲征蒙古，稳江山。朕第一次亲征，何况是蒙古铁蹄踏入我大明国土，朕退避，是不战而降！"

众将领就怕乱箭伤了朱厚照的龙体，死死堵住朱厚照的坐骑。无奈之下，朱厚照只好退回到了后方。

两军交战依然看不到谁胜谁负。

江彬和太监张永急得满头大汗，相约来见朱厚照。

江彬道："久战不休，我军将士疲累，累而再战，胜不可获。"

朱厚照道："才打了四天，怎会是久战不休？至于疲累，累于两军。"

张永道："臣请皇上下令速斩小王子，以告大捷！"

朱厚照道："朕何曾不想速斩小王子以告大捷？只是蒙古骑兵个个士强马壮，我军将士跟他们交战，急不得，就这样打一会儿，耗一会儿，耗得他们精疲力竭，无心恋战。"

江彬摇头道："这样耗下去，会耗很久的。"

朱厚照道："咱们耗在自己国土上，供给无忧。他们则不然，等他们耗得粮草断尽的时候，自然溃败。"

仗打到酉时，蒙古骑兵鸣金休战回营，明军也鸣金休战回营。

回到营帐，朱厚照饥肠辘辘，两腿蹲在地上和将士们同饮粗茶淡饭，大口吞咽毫无斯文可言，天子龙颜一扫而尽。他吃下一碗又一碗，不断夸赞火头军好厨艺。那火头军听罢赞扬，心里高兴，逗乐道："皇上在京城的宫里，吃的是御膳房的厨子做的山珍海味；这朝天架起炉灶做出来的饭菜既无油水又无荤腥，好吃在哪里？"朱厚照吃得抹了下嘴巴说："朕在宫里从没吃过两碗饭，这顿饭朕吃下三碗，甚是好吃！"

吃罢晚餐，朱厚照召众将领入营帐，合谋明日开战如何打法。太监魏彬见天地间又起了大雾，计上心来，提议断其小王子饷道，让蒙古骑兵处于绝地。众人为之一振，便觉妙计。等到五更过后，王勋派遣数十位骑兵悄悄进入蒙古骑兵营地。这当儿，疲惫不堪的蒙古骑兵躺在营帐里睡得如同死人。王勋派出的人找到堆放粮草的地方，操起火箭射了过去，点燃了粮草。等蒙古骑兵发现时，王勋的手下跑得无影无踪；粮草库的大火烧得不可收拾，没等天亮，那粮草差不多烧了个精光。

天亮之后，大雾越发浓稠。小王子心知被明军烧掉粮草，意味着人马断饮，饿着肚子开战，必败无疑，他显得无比沮丧。朱厚照领兵朝前打一阵子，往后撤一阵子，再朝前打一阵子，再往后撤一阵子，继续耗损蒙古骑兵的体力。这一追一退的战术果然有效，打得小王子无心恋战，拔营往回逃去。朱厚照领兵追到平虏朔州，下令总攻。这时大雾浓得伸手不见五指，好似黑夜一般。小王子被追急了，怒不可遏杀了个回马枪，在榆河跟明军展开恶战。此时的朱厚照离蒙古骑兵只有数十步之遥，那飞刀乱箭随时有可能伤及他的龙体，引发明军一阵惊慌大乱，忙不迭地簇拥过来护驾。蒙古骑兵抓住这个时机朝护驾的明军奔杀过来，杀得明军纷纷跌落下马。朱厚照挥出一剑，瞎猫撞着死老鼠，将一位蒙古骑兵刺落下马。

前来护驾的将士前仆后继。蒙古骑兵招架不住，只好掉头往后撤退，逃回蒙古。

张永、王勋、萧滓和孙镇等人不肯罢休，要乘胜追击杀了过去。

朱厚照连忙阻拦道："穷寇勿追，让他们回吧。"

二

应州之战，仅仅打了五天。蒙古军队阵亡十六人，伤不详；明军阵亡五十二人，重伤五百六十三人。两军的伤亡虽称不上惨重，却以蒙古人溃败逃离而告终。这一战非同寻常，打出了明朝的威风和尊严。早在正统十四年，英宗朱祁镇不顾大臣反对，率五十万大军亲征，在土木堡被蒙古瓦剌部俘获，成为明朝不可抹去的耻辱。自朱祁镇被蒙古瓦剌部俘获至今，整整过去六十八年，明朝针对蒙古的一口恶气，一直没有吐出来。正德朱厚照御驾亲征，率师不过数万，打得来犯的蒙古骑兵落荒而逃，一口恶气总算吐了个痛快淋漓。明军回师时，朱厚照兴奋不已，对众将士大声说道："朕替英宗皇帝雪耻！振我大明国威！"众将士激情澎湃，欢呼吾皇英明，吾皇万岁。朱厚照簇拥在欢呼声中，无比欣喜，随即令太监魏彬赶赴京师传递大捷。魏彬说了声臣领旨，然后瞅着朱厚照说道："皇上该要回銮，接受百官朝贺了。"朱厚照一扬手说："你先回京师告捷，朕晚些时候回銮。"

魏彬快马加鞭赶回到了京城，入得朝殿传递捷报。内阁及九卿大臣听旨闻捷，这才知道皇帝在边塞并非是恣情纵欲，寻花问柳，而是做了件雪耻大明旧仇的惊天之事，无不震惊、盛赞。

杨廷和急着性子问魏彬："皇上为何没有凯旋归銮？"

魏彬回答道："班师后，皇上去了大同，听说在大同小住几日，前往宣府。"

提起宣府，杨廷和想起江彬，脸一沉，欲言又止。

兵部尚书王琼格外兴奋说："皇上亲征打败蒙古人，是举国盛事，该要大大地朝贺庆功。"

杨廷和的情绪还没调整过来，一扭头冲王琼说："皇上都不回朝，咱们对谁朝贺？"

毛纪发着牢骚说："也是的，皇上本该要凯旋回銮，接受百官朝贺，诏告天下，却不归。"

内阁及九卿大臣这时候似乎不太在意魏彬送来的捷报，反而在意朱厚照何时归来。他们联名上书，力请朱厚照回銮，派人将联疏送往大同，呈献御前。这时朱厚照还没起驾前往宣府，他得到朝廷大臣们送来的联疏，马虎看了几眼，丢在了一边，也没作个回复。

在大同待了十多天，朱厚照带着江彬还驾宣府，住进了江彬家替他建造的行宫。他非常喜欢这座行宫，称这行宫为家里，准备在宣府的家里长住下来。但这宣府的家里在朱厚照眼里美中不足的是少了配套建筑，还需扩建。

过了数天，朱厚照召宣府游击将军时春。时春以为他在应州大捷中有功，皇帝要赏他功禄，喜滋滋地跑来朝觐，二话没说跪在了朱厚照面前。朱厚照说："朕召你，不是召你来下跪的，快起来。"时春连忙站起。朱厚照说："朕需要银子，差你去趟户部。"听这话，时春凉了半截，说道："臣何日上路？"朱厚照说："现在就可上路。"时春说了声臣遵旨，正要退下。朱厚照叫住了他，说你空着手去户部，仅凭一张嘴传朕的口谕，银子是拿不回来的，朕还是手谕一道旨，让你带上，有个凭证。

时春带着谕旨来到京城后，直接去了户部，将谕旨交给户部尚书石玠。石玠一看谕旨，先是一惊，随后哭笑不得地说："皇上要一百万两库银调拨宣府，这可不是个区区小数。"时春说："这笔银子，皇上急需，差我速办速回。"石玠不便对时春吐苦水，面对墙壁沉默片刻，转过身来说："你先回去吧，待我筹集到了银子，迅速调拨宣府。"时春只好空手而归。

一百万两库银拨往宣府建行宫，石玠的嘴扎不住，说了出去。这下惊动不少廷臣，大多在背地里嘀咕。倒是阁臣梁储动了性子，发出不满的声音。可以说自从朱厚照迁居豹房，奢靡之风越演越烈，先是重修乾清宫和坤宁宫；之后又建造太素殿、天鹅房、船坞，花去不少银子。现在又要花去一百万两扩建宣府的行宫。梁储憋不住，动了性子，挥笔上了道《请停工疏》，直斥皇帝大兴土木，不体恤民苦，恣意挥霍，提醒皇帝节民力，固国本。

梁储费了番心血上《请停工疏》，当然包括宣府的行宫不要再扩建。朱厚照收到梁储的《请停工疏》，揉成一团丢在了一边，怒骂道："这个梁储，真的是太有毛病了！"江彬不知奏疏上写了什么惹恼朱厚照，吓了一跳："梁储怎么了？"朱厚照说："梁储上了道奏章，劝朕停建太素殿、天鹅房、船坞；甚至连朕想扩建这宣府的家里，他都要干涉。"江彬明白是怎么回事后，顺遂朱厚照说："梁储管得太宽。"朱厚照接着说："国家是朕的，库银也是朕的，朕又没花梁储的，他的确管得太宽！"

梁储上罢《请停工疏》后，可以说是掏心掏肺。没料户部尚书石玠迅速筹集到一百万两银子拨去了宣府。石玠等于往梁储的《请停工疏》上泼了瓢凉水，加上朱厚照收到《请停工疏》后一直没给个回复，梁储深感自己的分量不如一片鸿毛。他不服，又不能直接拿了皇帝出气，只好拿了石玠平衡心理，他气冲冲来到户部，逮住石玠不放。

"一个小小宣府游击时春跑到户部要一百万两银子，石尚书也不掂量一下轻重，就给出去了？"梁储劈头盖脸地质问。

"梁先生也不问个仔细，为何发这么大的火呢？"石玠吃不消梁储的脾气。"一百万两不是时春要去的，是皇上要去的，我岂能不给？"

梁储一时无语，片刻后涨红脸说："朝廷银库空亏有目共睹，一百万两不是个小数目，仅凭小小时春来一趟，你就急着拨出去了，也不紧缩银根。"

石玠理直气壮说："时春的职位虽小，可他带来要钱的皇旨，我能违旨不拨款吗？再说谁的银根都能紧，紧皇上的银根，紧得了吗？"

梁储又无语，下意识地扬起手做了个谁也看不懂的怪动作，然后对石玠连说了几声好好好，掉头走了。走到一个僻静地方，梁储突然站住，自言自语说："梁储啊梁储，你管皇上恣意挥霍，是荷叶包钉子想冒尖，即使皇上不烦你，石玠都要烦死你……"

三

住在宣府，朱厚照并没失去对朝政的掌控，他和朝廷的渠道是畅通的。京城各衙门的官员每日该做什么就做什么。大臣们的奏疏，一个不少地集中到内阁，再由内阁派人送往宣府。

这一年，江西、福建、广东三地交界的山区发生民变，山民饱受官府盘剥，在蛮荒山野筑寨子，建军队，大有造反的势头。地方官府腐败成性，无力讨伐，奏请朝廷出兵镇压。兵部尚书王琼获此消息，上了道奏章送往宣府，力荐右佥都御史王守仁赴江西镇压民变。

览毕王琼的奏疏，朱厚照想起王琼曾数次进言称王守仁素有奇才，却一直没有重用王守仁。是否调王守仁去江西朱厚照犹豫不决，又琢磨不出比王守仁更合适的人来，最后他还是决定调王守仁赴江西任巡抚南赣都御史。

王守仁领旨赴江西。朱厚照没等到王守仁大显奇才平定江西、福建、广东民变的消息，却等来江西按察司副使胡世宁奏宁王朱宸濠自从恢复护卫后，勾结贼匪、擅杀地方官员、强占民田民女、掠夺民财等诸多罪状。奏疏上详细列举了正德十二年春二月，宁王府宝典阎顺、内官陈宣、刘良上奏宁王朱宸濠不法事，朝廷没问罪；又上奏宁王朱宸濠遣使心腹刘吉贿赂钱宁，朝廷仍没问罪，反而发配上奏揭发宁王朱宸濠不法事的阎顺、陈宣和刘良到孝陵卫充军。更为狷獗的是朱宸濠怀疑承奉周仪是阎顺、陈宣和刘良等人的幕后指使者，对周仪大开杀戒，杀死周仪家六十余口人。

春三月，朱宸濠令手下王春、余钦等人招募贼匪凌十一等五百余众劫掠官军民财商货。又勾结南赣、福建、广东等地洞蛮，欲图为应。胡世宁奏宁王朱宸濠之罪非同小可，朱厚照大吃一惊，又将信将疑。这时江彬举着一只猎鹰走过来，邀约朱厚照去草原放鹰逐兔。朱厚照眼睛一亮，看是一只苍鹰，心生欢喜。江彬抖了抖高举的手臂，刺激猎鹰张开翅膀足有三尺多宽，样子格外雄健。朱厚照不禁赞叹道："是一只好鹰，从何处得到的？"江彬回答说："友人家的，送给皇上的。"朱厚照连说几声好，随后转身从案头上拿起奏疏递给江彬："江西的胡世宁奏宁王不法事，你看看，到底有多大可信度？"江彬看罢奏疏，正要说查处宁王，事实真相就可一清二楚，想到自己曾接受过宁王的贿赂，话到嘴边咽了下去。

见江彬半天不开口，朱厚照说朕就想听听你的看法，你为何不言声？江彬含糊其辞地说："勾结贼匪、擅杀官员的事儿，宁王敢做吗？"朱厚照看着了江彬，绷着脸说："强占民田民女，掠夺民财，这样的劣迹在别的亲王身上也可找到，至于勾结贼匪、擅杀官员，宁王若犯下此罪，甭说坐穿牢底，定会杀头！"江彬说："勾结贼匪、擅杀官员，其罪十恶不赦。宁王身为皇亲，其富贵世袭子嗣，为何要冒天下之大不韪，做出如此糊涂的事来呢？至于胡世宁弹劾宁王，兴许是他跟宁王之间有什么恩怨，奏其言，可为一面之词。"朱厚照连连点头说："你说得有道理。"

胡世宁上的奏疏被朱厚照搁置在了一边，不报。朱宸濠松了口气，庆幸自己避过一劫。不久之后，钱宁派了个心腹来到南昌，进了宁王府。那心腹对朱宸濠说："钱大人捎来口信，请宁王尽快奏胡世宁一本。"朱宸濠缺乏底气地笑了，说："这不是倒打一耙？"那心腹说："倒打一耙又何妨？"朱宸濠灵机一想，明白过来，赶紧上书奏胡世宁妖言诽谤，离间皇亲之间的关系。疏入宣府，朱厚照居然相信了，一阵恼怒，下令锦衣卫拿胡世宁试问。就在这节骨眼上，朝廷吏部急调胡世宁任福建按察使。锦衣卫赶赴江西时，胡世宁已经离开江西。朱宸濠明知胡世宁去福建任职，谎报胡世宁畏罪潜逃。

胡世宁是在赴福建途中顺便回老家浙江省亲时被锦衣卫抓获的。朱宸濠皆大欢喜，连忙赴京城谢钱宁，等他来到京城时，胡世宁的案子了结了，获刑一年。这胡世宁的性子真倔强，弹劾朱宸濠落下牢狱之灾，仍不肯放过朱宸濠，又上了三次奏疏。

朱宸濠来登钱宁府上，一个卫士领着他进了大门。闲着无事的钱宁这会儿在院落里逗一只鹦鹉取乐。那鹦鹉看见朱宸濠进了院落，左右移动身子叫嚷来客了，上茶。钱宁背对着朱宸濠，冲鹦鹉问道："哪来的客？"朱宸濠忍俊不禁招呼道："钱大人好悠然。"听到招呼声，钱宁立马回过头来，吃惊道："真的来客了，宁王稀客！"朱宸濠夸赞道："钱大人家的鹦鹉会迎客，真的好神奇。"钱宁笑道："这鹦鹉就是太神奇，有什么见不得人的事，还要提防它。"随后钱宁丢下鹦鹉请朱宸濠进了正堂。两人坐定后，钱宁唤了声上茶，一位十多岁的家奴忙不迭地送来茶水。

"宁王是为胡世宁的案子来的吧？"没等朱宸濠开口，钱宁说道，"前些日子，胡世宁的案子已经作了宣判。"

"听说只获刑一年，"朱宸濠的身子往钱宁那边倾了倾，"一年眨眼就过去了，怎可让他得到教训？"

听这话，钱宁笑了笑说："胡世宁毕竟犯的不是重罪，若重判，说不过去。"

"钱大人掌领锦衣卫，如何判决胡世宁，办法一定会有许多。"朱宸濠朝钱宁会意地笑了，"只获刑一年，轻了，太轻了。"

"依宁王之见，胡世宁该获刑多少年呢？"钱宁也笑了。

朱宸濠不再吭声，伸出一只手往怀里掏，掏出来的竟是一张银票，轻轻放在了茶几上，随后往钱宁那边推了过去。钱宁倏地一愣，扫了眼银票，并没随手捡起来。

朱宸濠说："一点小意思，请钱大人收下。"

银票上有三万两的数，钱宁并不惊诧，浅浅一笑说："宁王想拿这张银票买下一颗人头？"

朱宸濠不由得激愤道："杀胡世宁，以绝后患！"

钱宁不动声色地拿起银票塞进怀里，然后端起茶杯，揭开盖子，抿着嘴呷了口茶，对朱宸濠说："看来胡世宁的案子只能改判了。"

两人私下里作了交易，胡世宁诬告亲王罪的案子又打回到了原点。锦衣卫放出话来，胡世宁有可能改判死刑，这个消息立马震惊朝野。

阁臣梁储愤然不平，对正在值房忙于公务的杨廷和说："胡世宁因言获刑一年，本来就有点冤屈，现在又要改判，处以极刑，可谓冤上加冤。"

杨廷和随口说道："听说宁王坐镇京师，敦促刑官加罪处斩胡世宁。"

毛纪听到梁储跟杨廷和议论胡世宁的案子，走进值房，愤慨道："宁王哪是敦促，分明是胁迫，胡世宁全然死定了。"

杨廷和仰起脸，叹道："皇上不在朝位，让群小窃权，草菅人命，乱套了，全乱套了。"

没多会儿，一伙言官涌进内阁府，七嘴八舌请求内阁做主替胡世宁申冤。杨廷和、毛纪和梁储的情绪顿时发热膨胀起来。毛纪说："胡世宁获刑一年，案子本是尘埃落定，现在又要改判处以极刑，分明是要胡世宁快点死。"毛纪说得急。杨廷和跟着急，一挥手说："诸位随我去趟都察院，问问胡世宁改判极刑的道理何在？"

三位阁臣领着一群言官来到都察院，堂官及九房一库主事的官员都不在值房，只有礼房和工房里待着几个跑腿的，一问三不知。众人扑了个空，有人建议去锦衣卫。杨廷和说："咱们去刑部。"于是众人来到刑部，在值房堵住刑部尚书张子麟，如同堵住一只大老虎，拿了胡世宁的案子说开了。

杨廷和当头问张子麟："宁王劣迹斑斑早有传闻。江西按察司副使胡世宁奏宁王不法事，绝非空穴来风。他因言获罪判刑一年，本是冤屈，据说案子要改判，处胡世宁极刑，是轻罪重判，何以服天下？"

张子麟没料三位阁臣带着一群言官来刑部替胡世宁讨说法，一时不知咋回答，张口结舌说："胡世宁的案子是锦衣卫那边督办的……"

张子麟推诿。

梁储郑重道："因言获罪处以极刑，将来有谁还敢尽忠上疏？"

毛纪道："宁王坐镇京师，胁迫刑官处斩胡世宁，分明是往死里报复胡世宁，若刑部顺遂制造冤案，天下何以服？"

三位阁臣连连炮轰，加上一伙言官助阵质询，张子麟招架不住，不得不在乎。之后张子麟约见钱宁。

张子麟说："杨廷和和梁储等人带着一群御史给事中来过刑部了。"

钱宁问："他们来刑部干什么？"

张子麟绷着脸说："还用问吗？胡世宁因言而获罪，等于敲山震虎给众言官看；说白了，胡世宁的今天，兴许是众言官的明天，他们岂能沉默？就来刑部打码头，这众怒惹不起啊。"

钱宁说："抓捕胡世宁，是皇上下的旨。"

张子麟冷笑一声说："当年皇上说好抓捕刘瑾的，到第二天就变了卦，这样的例子也不少见。"

钱宁心想胡世宁的案子一旦和了稀泥，不好对朱宸濠交代，忙说："宁王跟皇上毕竟是自家人，咱们得罪不起。"

张子麟说："杀胡世宁，岂能让宁王说了算？"

眼看张子麟直打退堂鼓，钱宁没办法。

到末了张子麟不想管这闲事，往钱宁面前一推说："人是锦衣卫抓来的，又是锦衣卫主办的案子，最后怎么处置胡世宁，请钱大人当机立断。"

钱宁权衡了一下，斩不斩胡世宁，都是敲山震虎。得罪一两个文人不打紧儿，得罪一大群嘴笔两全的士大夫，怎么也得罪不起，对张子麟说：

"那就发配胡世宁去辽东吧。"

<h2 style="text-align:center">四</h2>

应州大战之后，朱厚照几乎没了帝王味儿。他封自己总督军务威武大将军总兵官，战后仍旧舍不得撤除。凡往来公文，他一律以威武大将军朱寿钧贴行之。不久之后，他又加封自己为镇国公，将他在宣府的行宫尊号为镇国府。

在宣府的镇国府，宫廷繁琐的礼仪荡然无存；威武大将军镇国公朱寿，毫无任何约束。宣府的美人，自然成了镇国府的抢手货。

朱厚照早已养成夜里溜出宫四处游荡的习性，他改不了这个习性。天一黑，他在镇国府里待不住，江彬随他的性子，带他出去游玩。遇上富裕人家就拍门，见了好看的妇女就带走。部分年轻女子带入镇国府侍寝后，被送回来，这样的女子有的嫁不出门，有的想嫁户好人家比登天还难。听到敲门声，百姓们吓得人心惶惶，赶紧藏下自家女子。也有殷实人家，干脆掏钱塞给江彬，请求不要驾临他们家。

但是朱厚照嗜好夜里敲门寻求刺激，闹得市井萧然，白昼闭户，不敢开启大门。镇国府的镇国公朱寿，在宣府民众眼里成为一颗灾星。

一晃到了正德十二年（1517）腊月，要过年了。朝廷文武百官仍不见皇帝回銮。新年的正月初一，皇帝要登奉天殿，接受文武百官的新年朝贺，这盛大的礼仪自太祖朱元璋于洪武元年钦定后，从没间断过。首辅杨廷和抓住新年大臣朝贺天子的理由，亲率三百多号廷臣骑马冒着刺骨的寒风前往宣府请皇帝回銮过年。

兵部尚书王琼贴近杨廷和，突然想起早些时候中官谷大用不让他过居庸关的情形，咒骂道："前边的居庸关，可谓鬼门关。"

杨廷和道："来了这么多的廷臣请皇上回朝过年，谷大用有何理由不让过关？"

蒋冕被一阵风吹得缩了脖子看天色，云层低矮，对左右的人说："今儿个咱们就在昌平城里歇脚吧。"

梁储说："肯定了，就怕落雪。"

杨廷和说："天色看上去好像不会落雪，今晚就在昌平城里住一宿。"

第二天，三百多号朝廷官员在昌平起了个大早接着赶路，来到居庸关时，做梦也没想到皇旨早已降至居庸关，不许任何朝臣出关。三百多号人顿时心灰意冷。就连杨廷和也显得无比沮丧，问守关的谷大用，这道谕旨降了多少天？谷大用说降了半月有余。杨廷和明知问的是废话，他不这样问谷大用，好像再也找不出别的话来问。

凉了半截的官员们都看着杨廷和和谷大用，好像只有他俩最有办法开启眼前的关门。

兵部尚书王琼想起早些时候他带禁军前往宣府护驾被谷大用阻拦在居庸关的情景，一口怒气冲上来，大耍性子喝道："不让出关，砸了关门！"

王琼的叫嚷如同下了道军令，有人正要响应砸锁开关门。杨廷和还算冷静，朝众人摆手，压制住即将爆发的情绪。

然后杨廷和厚着脸皮对谷大用说："这么寒冷的天，众朝臣一路走来，冻得要死，为的是请皇上回銮过年。你打开关门，让我们出关，皇上追究，要杀要剐我全担当。"

谷大用苦笑道："我跟诸位的心情一样，巴不得皇上早日回銮，可是皇上降旨居庸关，打定主意不回銮。我违旨开启关门，放诸位出关，皇上必怒，惹不起啊！"

杨廷和心存疑惑说："皇上果真要在宣府过年？"

谷大用说："肯定了。请杨阁老带人快些回吧。"

杨廷和无计可施，只好领着一群人怏怏回返。

其实朱厚照早就算计到了一帮朝臣会在腊月里盼他回去，定会来一群人请他离开宣府，他才抢在前头降旨居庸关。那谕旨句句都是吓人的狠话，谷大用哪里受得了吓唬，不怪他不肯打开关门。

进了腊月后，年说来就来了。

万岁爷朱厚照压根儿都不想改变主意，这个年，他在宣府过定了。他是八月里来到宣府的，过了些日子，也经历了大事，早该回返京城。江彬眼看年关一天天挨近，皇帝不回京城过年，惹太皇太后、太后和皇后不高兴，他担当不起，于是劝请朱厚照回銮过年。朱厚照总是不应。

朱厚照不应，江彬急得慌："大年初一，群臣要到奉天殿朝贺，皇上不回銮，群臣如何朝贺？"

朱厚照说："每年的正月初一庆典、朝贺，提前忙几天，就为那一刻，君臣之间共贺的言辞也就那么几句，一点也不新鲜，朕不喜欢。再说百官忙碌了一年，很辛苦，新年的第一天叫他们迈步拖进宫来，嘴里说不出，心里不是太情愿，就让他们待在家中过年好了。"

江彬劝不动，只好罢了。

朱厚照从没在民间过年，很想知道民间的年怎么过，图个新奇，所以他才不肯回京城。除夕这天，民间的年味陡然浓起来，家家户户贴春联、挂灯笼，妇人们忙着做年夜饭，除旧迎新的鞭炮噼噼啪啪炸得满天响。朱厚照是在镇国府里吃的年夜饭，虽是丰盛，比起宫里的年夜饭来，要逊色许多。他吃罢年夜饭，坐不住了，要江彬陪他出去走走，看百姓家如何过年。这时候的街市显得格外冷清，人们都在家里守年夜，只有少许的孩童奔跑在街市上玩鞭炮。

第二天就是大年初一。宣府的官员和驻军将领起了个大早涌进镇国府给皇帝拜年，全都跪在了大殿上。朱厚照迟迟不出寝宫露面。江彬亲自步入寝宫，朱厚照还躺在龙床上。江彬站在龙床边禀报说："来了一群宣府的官员和驻军将领，要给皇上拜年，都跪在大殿里恭候着。"朱厚照说："今年朕没打算接受朝贺，真是躲都躲不脱，叫他们回吧。"江彬说："过大年的，大礼不可失，请皇上快点戴好金冠穿好龙袍出寝宫。"朱厚照这才起床，可他既没戴金冠，也没穿衮服，居然穿着一身布衣出了寝宫，端坐在大殿龙椅上，和颜悦色道："诸位新年好！"宣府的官员和驻军将领从没参加过大年初一的宫廷朝贺，不太懂得如何给皇帝行宫廷大年礼，只是一个劲地朝着皇帝叩首，一个劲地欢呼吾皇万寿无疆，样子就像一群啄食的鸡。朱厚照见他们叩头要比朝廷官员叩得诚恳，就说："诸位免礼了，快点站起来喘口气。"众人这才站立起来，毕恭毕敬等候朱厚照讲一番贺岁的话，等了半天，朱厚照开口说道："朕在宣府过年，就想图个清静，没料还是惊动诸位来镇国府朝贺。接下来没什么事了，请诸位回去与家人团聚吧。"众人秩序井然地退出了镇国府。

镇国府里一下子安静下来。

江彬瞅着朱厚照问道："过大年的，皇上为何不戴金冠着龙袍？"

朱厚照回答说："头戴金冠身着龙袍衮服，朕身累心也累。"

江彬笑道："金冠和龙袍衮服代表帝王的身份，皇上大过年的穿布衣，未免不妥当。"

朱厚照也笑了，说："有何不妥呢，帝王也是人，穿百姓的布衣过年，走出门去逛大街，民间啥都可看个一清二楚。"

江彬点头说："也是的。"

百姓家的年要比帝王家的年过得有情趣，家家户户的大人牵起穿着新衣裳的孩子走亲戚拜年，无论走进哪一家，都成了贵客。朱厚照融入这和美的气氛里，真想走进百姓家拜年，体验一下百姓被当作贵客的感受。

过了大年，民间的年味还没散去，接着迎来二十四节气里的立春，立春预示着冬去春来，新一年的耕作播种即将开始。所以立春一直受到帝王和百姓重视，全国上下都得要举行迎春仪式。

正德十三年（1518）立春日，宣府的迎春仪式拉开序幕。以往的这一天，朝廷大臣们会用竹片和树木扎成架子，在架子上放置一些福禄寿之类的吉祥饰物，或者放置一些代表五谷丰登的象征物，抬着进献给皇帝，谓之进春。可这宣府民间的迎春仪式在朱厚照眼里大大胜过宫廷的迎春仪式，满街都是闹社火扭秧歌的，到处可见大头娃娃、舞龙耍狮、游旱船、蹦鼓子的场景，热闹非凡。朱厚照按捺不住要凑个热闹，闹出个别出心裁，派人准备了数十辆马车，将事先召来的妇人与和尚载上马车，行进在迎春的队伍里。和尚显然全都是光头，妇女手中举着彩球，这彩球跟和尚的光头挤在一块儿，相互发生碰撞，十分地吸引眼球。数十辆迎春马车无论出现在哪里，会逗得人们捧腹大笑。朱厚照乐在其中，格外欣赏他亲自安排的迎春仪式。

第十二章　阅女无数无子嗣

一

正德十三年的正月还未过完，太后要动驾来宣府，亲自请皇帝回銮。朱厚照再也没了推辞的余地，他起驾回銮的消息很快传入京城，百官赶紧准备迎驾。在何处迎驾，朱厚照有旨传来，令群臣相聚德胜门外，搭扎彩帐、树立旌旗、备上美酒佳肴列队迎候。迎驾本是一件既庄严又盛大的仪式，其中包含了皇帝御驾亲征击败蒙古小王子的凯旋，君臣之间必有颂词敬贺。好笑又好玩的是朱厚照本该以皇帝身份回朝，可他就是舍不得放弃威武大将军的名头，特地在谕旨上说明迎驾仪式所属颂词和文本，不得用上皇帝尊号，只能使用威武大将军朱寿。百官不得以臣奉上，只可署上官职。这份来自宣府的谕旨最先落在了司礼监太监魏彬手上，魏彬看罢谕旨，哭笑不得。随后魏彬带着谕旨送往内阁。蒋冕领旨看罢，大惊不已，喊梁储过来看旨，梁储看完后，摇头直说荒唐，真是荒唐透顶！谕旨既然降到内阁，只能奉旨而行。

迎驾的当天，杨廷和、梁储、蒋冕和毛纪四位阁臣一大早领着百官来到德胜门外。快到中午时候，从远处路途上出现一群人影。守在最前边的司礼监太监魏彬边跑边相告："回来了，回来了，赶快列队迎驾。"候在德胜门外的百官起初列队整齐，不知皇上何时到达，候得没了耐心，松散了队列自由活动着，听魏彬急着嗓子呼喊，慌得手忙脚乱寻找自己的位置。

人影近了，只见朱厚照身披铠甲、佩挂宝剑骑在一匹枣红色高头大马上，好一副威武大将军的派头。左右列队的百官山呼万岁。朱厚照频频颔首微笑，下了马，被百官迎进彩帐，升登临时御座。

在临时御座上刚刚坐定，朱厚照按捺不住地拿了亲征说事，拿应州大捷表功。百官随即上表朝贺。在朝贺声中，朱厚照思绪起伏，沉浸在了应州之战的回忆中，他神采飞扬地问道："朕在榆河挥剑亲斩一敌首级，列位爱卿听说过了没有？"百官顿时惊讶不已，发出一片赞颂。在这赞颂声里，朱厚照乐得合不拢嘴巴。杨廷和、蒋冕、毛纪和梁储四阁臣本想趁此时机进谏朱厚照不再出宫远游，却被朱厚照的表功和百官的赞颂声堵住嘴巴。

迎驾仪式结束后，须再择吉日封赏应州大捷的有功之臣。这时候朱厚照乘坐御辇回紫禁城，让太监张永随侍进宫。御辇进了紫禁城的大门，来到奉天殿前时，朱厚照突然喊停，驾车的太监立马停下来，朱厚照下了御辇。张永以为朱厚照要去奉天殿，提醒说："皇上许久没回到正殿来了，臣扶皇上登正殿。"朱厚照朝着奉天殿仰望了会儿，并没登上御阶，转过身子对张永说："走吧，给太后请安去。"张永躬身打个手势说："请皇上乘坐御辇。"朱厚照说："这几天朕一直骑在马背上，屁股颠簸得不舒服，想走走。"前往仁寿宫的路上，想到太后盼归的心情，去仁寿宫难免会听到责备之词，朱厚照凑近张永道："朕不孝，记不清有多少日子没去仁寿宫看望太后了，就怕太后不给面子生朕的气。"张永笑了笑道："皇上尽管去吧，太后不会不给皇上面子的。"朱厚照对张永说："倘若太后不给面子，还得要你打个圆场。"张永说："太后一直盼着皇上从宣府回来，皇上已经回来了，太后一定会很高兴的。"

进了仁寿宫，一伙宫女、太监赶紧欢天喜地叫嚷皇上回来了，皇上回来了！太后听到叫嚷声，心里高兴，朝宫门走出几步，却转身退了回去，坐在了一把椅子上。朱厚照走近太后，连连请安。

"你舍得回来？"太后脸上果然没有好颜色。

"儿臣不孝，请母后赐教。"朱厚照有些尴尬。

"你身为大明的天子，边镇宣府是你长住的地方吗？"太后的脸绷得更紧了。"自从永乐帝迁都北京，建紫禁城为帝王之宅，此后的数位先帝未曾有谁敢违祖制，做出迁宫的事来。你看你，跑到宣府建行宫，住在那里连过年都不肯回来，像话吗？"

太后提到永乐皇帝，站在一旁的张永灵机一动，替朱厚照找个理由回答太后说："禀太后，去年的晚秋时节，蒙古小王子率五万大军来犯我大明疆域，正是皇上学习永乐皇帝亲征，率师讨伐，赢得应州大捷，皇上真骁勇，还亲斩一敌首级。大臣们迎驾时，获悉此事，都盛赞不已。"

听到张永说出这话，太后倏地僵持住。好像再也找不到斥责的言辞，表情立马变得柔和起来，对朱厚照说："算你功绩得来不容易。可你亲征过后，该要回銮打理朝政，为何久住宣府不归？"

得到张永的启发，朱厚照随机应变回答说："儿臣住在紫禁城，每日只能看见巴掌大的一片天地；儿臣住在宣府是体察民情，了解民疾民苦，学到不少治国方略。"跟张永一唱一和，太后的脑筋被折腾糊涂，不吭声了。

离开仁寿宫，朱厚照这才松了口气，伸展四肢，对张永说："记得小时候，朕从没怕过太后，倒是太后怕朕，总是对朕百依百顺；到如今，倒过来了，太后不再像从前那样对朕百依百顺了，朕呢，反而有几分害怕太后了。"

张永笑着，想趁此时机来一番进谏，暗自一想，说了等于没说，随即打消进谏的念头。他岔开话题说道："这几天皇上赶路，龙体疲惫，到哪儿休息？臣侍奉。"

朱厚照说："去豹房。"

在塞外，朱厚照不必上朝，回到京城后，懒得上朝了。百官候朝也是空候，一大早出得家门，只好直去衙门。这怠政之风似乎愈演愈烈。首辅杨廷和看不下去，却又无可奈何。

这天杨廷和终于忍不住，对梁储说："皇帝不上朝，大臣们跟着不上朝，成何体统？梁先生陪我去趟豹房。"

梁储二话没讲，跟随杨廷和来到豹房。

朱厚照不知梁储和杨廷和的来意，问他俩有何事奏报。杨廷和是憋着一肚子不满来的，开门见山地说："自从皇上回銮，一直没视朝了，臣等来给皇上提个醒。"朱厚照不爱听这话，但杨廷和的提醒毫无过错，他说道："过几天，朕恢复上朝就是了。"梁储接着说道："经筵日讲都中断多年，臣劝谏皇上该要恢复了。"一听恢复经筵日讲，朱厚照就反感，皱起眉头说："都过去了的事，现在要朕坐在先生面前听讲经史，的确没那个耐性。"梁储继续说道："经筵日讲是天子必修的功课，臣提醒皇上不得废弃。"杨廷和曾给朱厚照讲过经史，笑笑说："天子习研经史，了然治国的经验和教训，有什么不好呢？譬如《四书五经》里开篇就讲'君为臣纲'，这个'纲'就是榜样，所以天子一定要做大臣的榜样。"朱厚照也笑了，说："朕的确没做好大臣的榜样……"

二

梁储和杨廷和来过豹房之后，朱厚照既没恢复上朝，也没恢复经筵日讲。他在京城有说不出的郁闷。

江彬吃透朱厚照的郁闷，怂恿朱厚照出游，正合朱厚照的心意。两人说定后，带了些衣裳，各自骑匹马出了京城撒欢儿。策马狂奔，走到哪里游玩到哪里。

司礼监掌印太监魏彬搂着一摞从内阁票拟后送来的奏疏请朱厚照批朱，到处找不到人，这才发现朱厚照跟江彬离开了京城。魏彬慌了，跟周围的人诉说没用，急匆匆上了内阁府。杨廷和、梁储、蒋冕和毛纪正好都在内阁府。

魏彬一进门，急着性子说："皇上又跑了。"

四位阁臣一时没反应过来，听魏彬口吐一个"跑"字，不恭不雅，看着魏彬哈哈笑起来，笑得魏彬莫名其妙。

毛纪笑过后问道："魏公公刚才说皇上跑了，跑是什么意思？"

魏彬只顾急，也没琢磨毛纪的提问，又说："皇上真的跑了，不知往哪儿跑了。"

这时四位阁臣明白过来。

梁储首先想到江彬，问魏彬："江彬呢？"

魏彬回答说："江彬也跑了，肯定领着皇上又去了宣府。"

四位阁臣不再作声。魏彬急匆匆来内阁府，就是来请四位阁臣想办法追回皇上，没料四位阁臣听到这个消息，显露出无可奈何的样了。他也跟着无可奈何。

五个人大眼瞪小眼，你看我我看你。

蒋冕突然开了口，大为不满说："皇上不给谁一个托付，丢下摊子走人，也不怕冒出个抢摊子的，真是放得了心。"

梁储愤然道："正不压邪，我朝必衰；然江彬之邪，邪过刘瑾之邪！"

毛纪随之叹道："天子不务朝政，随奸佞再而三地远游不归，少见，实在是少见。我等干脆撒手不管，告老还乡罢了。"

其实杨廷和的怨气要比梁储、蒋冕和毛纪的大，此刻他发泄，定然不可收拾，忍着了，赶紧劝和说："诸先生大发怨气可以理解，怪只怪皇上童心未泯，爱贪玩。记得弘治皇帝驾崩之前，召大学士刘健、谢迁、李东阳于龙榻边托孤，授顾命，称东宫好逸乐。可想皇上自小习染逸乐，望诸先生多宽容。再说诸先生早年随侍弘治皇帝，受弘治皇帝恩惠不浅，到如今，别忘了报恩。"

魏彬眼看内阁府的四位阁臣除了发怨气，再也想不出办法追回朱厚照，他心里凉了半截。

朱厚照和江彬出了居庸关，并没前往宣府，而是朝着大同方向去了。这趟巡幸是博采美人。朱厚照下旨沿途官府配置数十辆马车，每到一个地方，敲门闯入民宅，相遇姿色颇佳的美女就拉上马车，准备运往宣府的镇国府。

江彬怂恿皇帝出宫召选美人，再次引发朝臣不满。典膳李恭眼见朱厚照荒淫无度，奋笔草疏，疏中直斥江彬诱导天子淫乐，荒芜朝政。李恭不过是管理皇家吃喝的，论官职不足挂齿，他抢在别人前头公开地奏上一疏，也不顾及后果。没等他的奏疏送抵皇帝手中，报信的人飞快地告知给了江彬。江彬心想一个小小典膳，敢在他头上动土，真是不想多活了。于是江彬先下手为强，矫旨逮捕李恭入狱，又差手下挥舞乱棍，将李恭打死在狱中。

选美的车驾游游荡荡来到大同，刚落脚两天，杨廷和派钱宁追来。朱厚照以为钱宁来请他回驾，正要大发雷霆，没料钱宁"咚"的一声跪在他面前，报丧说："禀皇上，太皇太后因病崩逝，臣特来请皇上回宫发丧。"朱厚照一怔，怀疑钱宁编造谎言哄他回驾，紧盯钱宁说："朕离开京城之前，没听说太皇太后犯什么重病，好好的身子怎么会突然因病崩逝？"钱宁说："太皇太后的确在永寿宫崩逝，臣奉首辅之命前来请皇上回宫发丧。"钱宁说得恳切，朱厚照只好回驾。

待朱厚照回驾还宫后，才知太皇太后王氏果真崩逝在了永寿宫。发布国丧，接着安葬太皇太后入茂陵。丧葬礼毕，还要守孝。明朝把守孝称作丁忧，立下制度，凡亲眷长辈死后，官民要守孝三年，丁忧期间夫妻不得同房生子。朱厚照要替太皇太后守孝，按丁忧制度要禁女色，可他仅仅丁忧半月，就坚持不住了。

耐不住寂寞的朱厚照再一次约江彬出宫巡幸美女。

江彬提醒说："皇上正处丁忧期间，咋能走得脱身？"

朱厚照说："你随我去就是了。"

江彬以为朱厚照要去宣府或者大同，担心地说："臣随皇上走远了，三天五日不能回返。"

朱厚照说："咱俩不走太远，就在京城周边逛逛，遇上好角色的美人，顺手牵羊带回来。"

想起丁忧期间禁女色，江彬说："臣跟随皇上巡幸美人，被爱管闲事的大臣发现后，上奏章问罪，怎么办？"

朱厚照说："有朕给你扛着，你怕什么？"

其实江彬巴不得随着朱厚照巡幸美人，顺便钻个空子尝几口荤腥，何乐而不为呢。既然朱厚照答应替他扛着，他就没了后顾之忧。

两人溜出宫后，第一站去了密云。

没有不透风的墙。丁忧的朱厚照带着江彬偷偷溜出宫，很快被朝廷官员发现，九卿六部颇有微词，不敢公开言表，就看内阁有何动静。然内阁的四位阁臣已是情绪疲劳，再派人请驾回銮，便觉枉费心机。

梁储和蒋冕闻知朱厚照大丧期间携江彬出宫游幸，其怨其愤消耗殆尽，表情麻木地瞅着首辅杨廷和，看杨廷和如何表态。

杨廷和长叹道："丁忧守孝男禁女色，天下皆知，难道身居万人之上的天子不知吗？他知也！我等逼他回驾，只能逼其身，却不能逼其心，枉然也。"说罢，杨廷和拂袖而去。见杨廷和无可奈何，梁储和蒋冕只当什么都没发生过。

在密云，朱厚照并没揽到意中美人。天子丁忧不禁女色，在密云引起义愤。朱厚照只好带着江彬离开密云，游幸到了河西务。河西务指挥黄勋见朱厚照驾临，以进献为名，大肆搜刮苛敛，百姓怨声四起。

巡按御史刘士元看在眼里怒在心中，草疏弹劾黄勋借皇帝游幸河西务大敛民财。黄勋知道后，很是惶恐，想捏造个罪名趁朱厚照驾临河西务之机当面奏上，又怕诉状不实反遭殃祸。咽不下一口气的黄勋琢磨来琢磨去，想到朱厚照驾临河西务是来寻找美人的；他早先闻知朱厚照爱美人爱过头了，连娼妓也爱；接着黄勋想起宣府总兵官马昂大祸临头时，领着嫁人的妹子马氏进献入宫化险为夷，后来又进献小妾杜氏得到升官晋爵。黄勋想到这里，打起自家小妾的主意。小妾叫金枝，十八岁，长得天生丽质。黄勋叫来金枝，问她是否愿意进宫做皇妃。金枝蒙了，说奴家是老爷的人，岂能进宫为妃？黄勋说："皇上驾临河西务了，正在召选美人。"金枝笑笑说："奴家是老爷的人。"黄勋说："我这老爷在皇上面前是狗、是奴才。你愿见皇上，我带你去见，若让皇上看中，你男人不再是老爷，而是天子，你要晓得天下只有一个天子，老爷遍地都是。"小妾金枝被黄勋说动心，疑惑地问黄勋："老爷果真舍得送奴家进宫吗？"黄勋说："我不舍得，不会跟你讲这事。"金枝没话了，随了黄勋出门。

他们找来找去，在一条野路上与皇帝车驾相遇。黄勋赶紧拉上小妾金枝跪在车驾前，禀告道："微臣黄勋，乃河西务指挥……"坐在车上的朱厚照没兴趣听黄勋禀告，他看到金枝眼睛一亮，问黄勋，这小女子是何人？黄勋撅起屁股叩首说："小女子是微臣的小妾，特来进献给皇上，若皇上喜欢，这就可带走。"朱厚照倏地一惊，想起他在密云游幸美人扑了个空，还遭当地百姓指斥，心里正郁闷。没料刚来河西务，居然有人主动给他进献美人，心生欢喜道："既然你愿进献，朕也不客套，接纳了。"黄勋趁了朱厚照开心之机，接着叩首道："微臣另有一事想当面启奏。"朱厚照爽朗说道："什么事，你直言。"黄勋组织好言辞，不紧不慢奏道："巡按御史刘士元对皇上大为不恭，大为不敬……"听这刺耳之言，朱厚照立马瞪眼问道："他如何了？"黄勋接着奏道："皇上驾临河西务，本是与民同乐。可是刘士元别有用心，诬蔑皇上来河西务强占民女，还通知百姓赶快把闺女嫁出去，把妇人藏起来。"黄勋壮着胆子说出这番话，令朱厚照龙颜扫尽，大怒道："快去绑了刘士元来见朕。"侍从们不敢怠慢去抓刘士元。

这时江彬催促起驾。

朱厚照怒气未消，迫不及待要惩处刘士元："朕要亲自审讯刘士元，就在这里等他来。"

江彬说："这里没有公堂，怎么审案？"

朱厚照坚持说："就在这里审案。"

黄勋拿小妾换取对刘士元的报复，求得平安。他没料到朱厚照的性子竟是如此的急，刻不容缓差人绑来刘士元。可黄勋毕竟是恶人先告状，就怕朱厚照差去的人抓来刘士元，与他当面对质，不便久留，拔腿走人溜掉了。

当刘士元被绑到朱厚照面前时，仍蒙在鼓里。朱厚照怒目圆瞪审问刘士元。刘士元这才知道黄勋诬告了他，一个劲地喊冤，喊得朱厚照越发恼怒。于是朱厚照大声喝道："杖四十，下诏狱！"在旷野地里杖刘士元四十下，到处找不到刑具。幸好路边生长着树木。江彬灵机一动攀到一棵树上，折断一根树干充当刑具，朝刘士元杖打四十棍，打得刘士元皮开肉绽，死去活来。

受完杖刑后，刘士元被塞进一辆囚车拖去了京城。

小女人金枝一直站在旁边看着刘士元受杖刑，吓得直捂脸，就想喊出一声别打了，害怕喊出来之后，那棍棒转而挥舞在她身上。待刘士元被囚车载走后，金枝仍旧有些惊恐万状。

江彬正要赶马驾车。朱厚照的情绪恢复了平静，说等会儿，朕还有事要做。他看着金枝，越看越好看。这段日子他待在宫里替太皇太后守孝，敬事房的太监一直不敢端出那只装着众嫔妃名牌的银盘子给他碰一下。他熬得难受，想偷偷召个宫女侍寝，或者悄悄跑到豹房那边临幸一下，又怕被人发现，背负不孝之名，才约了江彬出来游幸。此时此刻，他多想这野地上冒出一幢房屋或者冒出一张床铺，可是野地上只有庄稼和杂草。他牵起金枝的手，对众侍从说："朕要去一个地方，诸位在路上看好车驾等朕回来。"说罢，领着金枝钻进一片青绿茂密的高粱地里，正是盛夏时节，一棵棵朝天挺拔的高粱秆子长得比人还高，两人手牵手钻进高粱林子之后，不见了踪影。

三

朱厚照带着江彬回到了京城，不是劝回的也不是请回的，是自己回的。朝廷百官习惯了没有皇帝的日子，反而觉得没有皇帝的日子要比有皇帝的日子自在，因为有皇帝天天都要起个大早进宫候朝，没有皇帝就不用候朝了，可在床上多睡会儿懒觉。

就在朱厚照返回京城的数天之后，宁夏有警传报朝廷，报蒙古人又在边关挑起事端。朱厚照召内阁和兵部大臣入武英殿，商议出兵征伐。没等赴会的大臣们开口，朱厚照首先提出亲征；考虑到皇帝御驾亲征风险太大，大臣们都不赞成皇帝亲征。

兵部尚书王琼当即请战道："蒙古人只是小股势力骚扰我大明边塞，派臣前往讨伐足矣，陛下没必要动驾亲征了。"

王琼请战，得到其他大臣赞同。朱厚照不同意，自称"威武大将军太师镇国公朱寿"巡边，擢升江彬为"威武副将军"随行，令内阁草敕。阁臣杨廷和、梁储、蒋冕和毛纪觉得荒唐，顿时惊了个正色。

杨廷和说："皇上改名不打紧儿，抹掉皇帝御制甘愿为臣，自古没有先例。"

朱厚照不听。

蒋冕劝阻说："杨先生讲得对，这威武大将军也罢，太师也罢，镇国公也罢，统统都是为臣的头衔，倘若我朝的皇帝甘愿为臣，那么皇帝呢，岂不是没了皇帝？"

朱厚照仍旧不听。

四阁臣哭笑不得，齐声奏道："臣等不敢废黜祖宗立下的皇帝御制，不敢草敕改封天子大将军、太师、国公等头衔。"

君臣僵持不下，最终闹得不欢而散。

之后朱厚照还是坚持自称"威武大将军太师镇国公朱寿"去巡边，再次下令内阁草敕。

杨廷和、梁储、毛纪和蒋冕觉得朱厚照荒唐透顶得没了底线。四个人代表内阁草敕不是，不草敕也不是。无奈之下只好共同起草一道奏疏继续劝谏，由杨廷和执笔，可是杨廷和刚刚起草了几个字，便心浮气躁地扔下了笔。毛纪不解，问道："杨先生咋不往下写了？"杨廷和说："皇上懒得看奏章的毛病诸位又不是不知道，不如当面对皇上讲。"

替太皇太后守孝的丁忧期未完，朱厚照耐不住寂寞，离开紫禁城住进了豹房。四阁臣分别乘坐两辆马车前往豹房。朱厚照正在饮酒，江彬和钱宁陪坐在左右侍酒。四阁臣来到豹房，饮酒的朱厚照一看这阵势，以为摊上大事，暗自一惊，又见四阁臣脸上的表情显得平静，不像是出了大事的样子。

钱宁和江彬连忙站起身招呼，请四阁臣入座。四阁臣平日见到江彬和钱宁就反感，没搭理。

有关草敕的事，内阁至今拒不执行，朱厚照耿耿于怀。此刻他显露出冷淡，没站起身，只是微微挪动一下身子说："四位爱卿难得凑一块儿来豹房，坐下来喝两杯吧。"

杨廷和不想入座也不想端杯，只想奏完事就走，回绝说："臣等相约不是来找皇上讨酒喝的。"

梁储扫了眼江彬和钱宁，笑笑说："皇上饮酒正酣，臣等来得不是时候。"

朱厚照明白梁储话里意思，对江彬和钱宁说："你俩回避一下。"

江彬和钱宁只好放下杯盏离席退下。

这时杨廷和懒得闲话，直言说道："臣等经过商议，劝谏皇上不该拿皇位开玩笑，自封什么威武大将军、太师、国公之类的头衔，那可是小孩儿玩的游戏。"

听到"游戏"二字，朱厚照脸色一变说："朕何曾玩过小孩儿的游戏？"

蒋冕解释说："不是内阁不肯替皇上草敕'威武大将军太师镇国公朱寿'，是因为这个玩笑开得太大，这个大玩笑一旦成真，无法诏告天下。"

朱厚照仍旧坚持内阁草敕。

毛纪干脆利落说道："如果皇上被封'威武大将军太师镇国公'成真，后果会是怎样呢，请皇上听好。其一，我朝将会出现国无主君，宗亲藩王便觉机会来了，就会钻空子抢登皇位，理由是皇上主动退位。到那时，皇上如何应对？其二，皇上不听劝谏，执意与江彬、钱宁等人为伍，弃下朝政巡幸美人不归，哪天宗亲藩王搬出太祖祖训，拿了'朝无正臣，内有奸逆，必举兵诛讨，以清君侧'的训示为理由，发动一场政变，皇上又该如何应对呢？"

毛纪的此番话语几乎说到绝处，朱厚照好像一点儿也不介意，只顾自饮，不再吭声。

话不投机，到此为止。

第二天，气得直哼哼的杨廷和请了病假。蒋冕跟着杨廷和请了病假。上朝的时候，朱厚照仍不忘宣诏内阁草敕。毛纪和梁储当廷跪谏，众廷臣也跟着跪下谏阻。朱厚照一意孤行，就是不听。毛纪愤然，请了病假。内阁主事的只剩下梁储。梁储也想请病假，又想他请了病假之后，内阁就要关门了。

然而朱厚照清楚杨廷和、蒋冕和毛纪在生他的气，托故生病罢朝，只好睁一只眼闭一只眼。因了明朝中央政府给官员擢任官职和爵位，由内阁草拟制书成文，以备存档有据。所以朱厚照几乎是逼着内阁草敕。这天朱厚照召梁储至左顺门，再次令梁储草敕他"威武大将军太师镇国公朱寿"，以便亲征北塞。

梁储跪泣，老泪纵横道："别的什么事，臣都可以顺从陛下，唯有此制臣不可以草敕。"

可以说坚持草敕，朱厚照一忍再忍。梁储半步都不肯退让，态度依旧是如此强硬。朱厚照不得不大怒道："梁先生到底奉不奉旨？"

梁储泣谏道："公虽贵，不过是臣下罢了。陛下继承祖宗大业，为天下君，岂能荒谬地贬损自己？如果陛下自封国公，赐年禄，子孙世袭，其子其孙只能享受国公待遇，与天子富有四海相去甚远；如果陛下自封国公，将要授予诰券，追封三代，祖宗在天之灵能答应陛下贬损自己吗？何况授予诰券，必有免死之文，然陛下万寿无疆，为何甘愿菲薄，蒙此不祥之辞？的确是名不正，言不顺。"

朱厚照大怒得拔出剑来，威胁道："不草敕，剑不认你！"

梁储被逼到墙角，豁出去了，举手摘下官帽，搁置在了一旁，伏地泣谏道："臣逆命有罪，愿就死。但草敕是臣为君任命，颠倒黑白，臣即死，不敢奉命封君之头衔。"

僵持良久。朱厚照气得丢下宝剑，拂袖而去。

四

钱宁很少来内阁，他突然来内阁登门，梁储感到惊诧。因性情不和，梁储不想搭理钱宁，正要回避，可是钱宁偏偏朝他走来。

梁储故意说道："是阵什么风把钱大人从皇上身边吹到内阁府来了？"

钱宁明知他来内阁不受欢迎，也没在意梁储的招呼里隐含嘲弄，说："我来时，以为见不到梁阁老。"

梁储呵呵一笑说："我都日落西山了，有什么好见的。"

钱宁抬举说："梁阁老正是皇上的一条臂膀。"

经历左顺门皇上拔剑发怒之后，梁储的心情一直很低落，的确想到了告老还乡。

钱宁也不是闲着没事来内阁说白话，他忽然正经起来，挨近梁储，骂了声江彬是个狗贼。这声叫骂竟然挑起梁储的兴趣，觉得钱宁跟江彬狗咬狗地争宠，兴许咬出有价值的秘密来，故意装出亲近钱宁的样子。这时钱宁朝四周看了看，拉上梁储说："我有事相告，这里不是说话的地方。"因好奇心勃发，梁储主动带钱宁进了值房，赶走了几个当差的。

梁储问钱宁："你跑到内阁来，到底有什么事相告？"

钱宁说："皇上逼内阁草敕，全是江彬在背后操纵。"

梁储看着了钱宁："他操纵了什么？"

钱宁说："他操纵皇上自称威武大将军，他好任威武副将军，国家最高军事统帅除了皇上就是他江彬了。"

梁储暗自一惊，想起他应召至左顺门被皇上拔剑威逼草敕的情景，点头说："我知道了。"

钱宁告辞说："这事就说到这里，我要去了，请梁阁老莫糊涂。"

梁储说："我要是糊涂，江彬早就多了个威武副将军的头衔。"

离开内阁府，钱宁心想梁储定然会把江彬操纵皇上的阴谋告知其他阁臣，只要四位阁臣齐心协力罢修草敕，江彬梦想得到威武副将军一职就会泡汤。他几分得意回了府邸，刚刚坐定，一个卫士从门外跑进来禀告，说南昌的宁王来府上拜见。钱宁好像得罪不起，随了卫士走出来，在大门口见到了朱宸濠，欢颜道："有失远迎，有失远迎。"朱宸濠赔笑道："不必客气，不必客气。"

朱宸濠被钱宁迎进府邸后，进了一间僻静的厢房。这之前，朱宸濠派心腹给钱宁捎来书信，请钱宁帮忙，游说皇上立储，立他的世子为储君。这事儿在几年前提及过，被太监张忠离间搅黄。事隔数年，皇上仍无子嗣，立储到了不可回避的时候。钱宁是这样想的，江彬争宠，几乎独霸皇上，也就是说皇上听江彬的话，不打折扣。他还能指望什么呢，巴不得立储立到朱宸濠世子头上，放长线钓大鱼嘛。他当然愿意帮朱宸濠游说皇上。此次朱宸濠来登钱宁府上，正是为立皇储来的；他跟钱宁密谈一番，匆匆离开了。

朱厚照要在近日出关巡边，钱宁瞅准这个时机，对朱厚照进言。

钱宁说："皇上此次出关巡边，打算何时回朝？"

朱厚照回答说："朕出外由外，没有确定回朝的日期。"

一个有心一个无意。钱宁接着说道："皇上一旦巡边，朝中无太子监国，若长此下去多有隐患。早些时候就有大臣上书立储，臣以为时下立储替皇上监国，不可怠慢。"

此语一出，虽不新鲜，的确给朱厚照提了个醒，可是朱厚照并没立马表态。

钱宁揣摩朱厚照犹豫不决，敦促说："国有储君，皇上无论驾临何处，无忧矣。"

朱厚照翕动嘴唇问钱宁："这皇储怎么立法？"

钱宁说："只要皇上下个诏即可。"

朱厚照又问："朕不是没想到立皇储，不知立谁最可靠。"

钱宁说："立宁王世子如何？"

朱厚照瞅着钱宁说："朕都没想到宁王世子，你怎么想到了？"

钱宁说："众藩王，臣最有印象的是南昌的宁王。每年过年的时候，他都要来趟京城，给皇上拜年，顺便花些银子购置灯笼、蜡烛进献给宫里过元宵节；他能年年如此亲近皇上，这是别的藩王做不到的，立宁王世子，臣觉得皇上无忧。"

想起过元宵节的情景，宫里挂满由宁王进献的灯笼，朱厚照点头说："那就廷议吧。"

皇帝开了金口，有关的大臣聚集在了豹房。大臣们对立皇储没有异议，只是朱厚照无子，确立皇储要在宗亲藩王中产生。朱厚照讲了个开场白，但他并没告知人选，立谁不立谁，就想听听大臣们的提议。钱宁事先在背地里跟朱厚照有过沟通，胸有成竹，担心有谁提出个比宁王世子更合适的人选，抢先提议立宁王世子。其他大臣并没马上表态，以为朱厚照提前授意了钱宁，召他们来，只是走过场，不约而同看着了朱厚照。朱厚照微微点头说："宁王世子到底如何，请诸爱卿打消顾忌畅所欲言。"梁储早有耳闻宁王每次来京城，往钱宁府上走得勤便；然宁王在江西的口碑不是太好，时不时地传来令人厌恶的不法事。于是梁储下意识地扬起手指捏住下巴上的胡须，郑重说道："立皇储不是闹儿戏，直接关乎国家的未来，刚才钱大人提议立宁王世子，理由何在？"钱宁高度赞扬了一番宁王对皇上的忠诚。梁储细细琢磨不对劲儿，此时此刻廷议的对象是宁王世子而不是宁王，钱宁大谈宁王对皇帝的效忠却少谈宁王世子，分明有悖主旨。梁储就觉纳闷。

梁储并不看好宁王世子，心想若按皇考祖训之规立皇储，怎么也立不到宁王世子名下。钱宁这般力挺宁王世子，动机明显。梁储急了性子，扯下面皮厉声说道："皇上正处春秋鼎盛期，立皇储不可轻言而定，就怕万一立错了人，居守朝中监国之时，而皇上在外巡视之日，唯恐监国有变，我等都成了千古罪人。"此番话语显然是针对钱宁的，同时给在场的其他大臣提了个醒。

梁储身为昔日的首辅，他的提醒不可小视。因为皇帝迟迟没有亲口说出意中人，大臣们想说的人选并不能代表皇帝喜欢，选个皇帝不喜欢的人立储君，将来出了差错，问起罪来那可是吃不了兜着走，所以廷议的气氛一下子冷却下来。这时梁储越琢磨越不对劲，悄悄给兵部尚书王琼使了个眼色。王琼心有灵犀，开口问道："除了宁王世子之外，皇上心里有没有喜欢的人选？"朱厚照回答说："宗亲藩王谁最可信赖，朕无从知晓。朕召诸爱卿廷议人选，就想获悉谁最可靠，朕才放得了心。"一听这话，王琼明白册立皇储朱厚照毫无准备，进言道："刚才梁先生说得对，册立皇储关乎国家的未来，不可操之过急，就怕一不小心立错了人，殃及社稷。"

梁储和王琼摆出忧患。朱厚照不得不谨慎起来，担心立错人，一旦发生变故不可逆转。他意识到了本次廷议的仓促，宣布说："廷议到此为止，以后再议吧。"

第十三章　北巡拥得美人归

一

廷议册立皇储搁浅之后，钱宁仍不死心，再度怂恿朱厚照，说皇上近日要去北巡，朝廷无人监国，立皇储迫在眉睫。朱厚照说朕虽在朝外，内阁票拟后的奏章一日不缺地呈报朕的手里，朝廷即使有什么异动，朕也了如指掌。但是钱宁依旧进言立储。朱厚照洞悉到了钱宁的用心，回过头说："你的意思还是希望朕立宁王世子？"钱宁点头，然后旧话重提。朱厚照说："宁王给朕拜年，是他的本分，顺便带些灯笼、蜡烛进献宫里，让他的世子换取储君位，太便宜他了吧？再说梁储和王琼在廷议上讲得有道理，令朕想起宁王做人不地道，早有奏章奏他在江西勾结贼匪、擅杀官员，这个罪可不轻，朕是看在宗亲份儿上，没动他的真格儿。"暗示钱宁收敛一些，要懂得分寸。于是钱宁立马垂下头说："臣的进言多有草率。"

请病假的毛纪和蒋冕回到内阁上班了。视朝的时候，朱厚照不见杨廷和，坐在龙椅上问道："杨先生呢？"

梁储回答道："杨先生还在家里养病。"

朱厚照竖起眉头，然后笑了笑说："他的病是装给朕看的，装到今天，还不肯罢休。"

毛纪说："禀皇上，这几天，杨先生真的犯上毛病。"

以为毛纪在给杨廷和打掩护，朱厚照说："毛先生是怎么知道杨先生犯上毛病的？"

毛纪说："大前天臣路过杨先生府上，顺便进了趟门，杨先生咳得厉害。"

朱厚照说："咳嗽不是大不了的病。内阁里该要派人去趟杨先生府上，看看杨先生，若无大碍，请杨先生回内阁主事。"

第二天，朱厚照破天荒地起了个大早，他来到朝殿的时候，几乎有一半的朝臣还在路上。迟到的朝臣一进大殿，眼看朱厚照高坐在龙椅上，没有不感到震惊的。杨廷和也在这个早晨入了朝殿，没等他开口问朱厚照早安，朱厚照盯着他先开口了，说总算盼来杨先生。一个"盼"字，透出皇帝的器重。杨廷和赶紧拜道："今早儿老臣迟到了。眼看皇上起大早儿视朝，老臣汗颜！"

等百官到齐后，朱厚照宣布要去北巡。百官们两眼一瞪，看着他。

蒋冕随即奏道："皇上北巡，大臣们出不了居庸关，想去朝见比登天还难。"

朱厚照笑道："居庸关不再关闭了，众爱卿出出进进不会受到阻挠。"

这时百官们以朝廷无人监国为由，纷纷奏请朱厚照不要去北巡。

朱厚照立马口谕杨廷和、梁储、蒋冕、毛纪等人临朝监国。

谕旨下得有点突然。四位阁臣心里不太情愿，嘴里不得不回应遵旨。

皇上要去北巡的风声早就吹出来，谁也改变不了他的主意。百官们只好随他，不再谏阻。

起驾的当儿，朱厚照居然有了牵挂，舍不得扔下豹房里的众妃妾，满载了数十车的妃子随他而行。到了宣府，妃子们住进了镇国府。朱厚照对她们说："这是朕的家里，也是你们的家里。"妃子们感到奇怪，问朱厚照，皇上的家分明在京城，这里怎会是皇上的家呢？朱厚照说："朕不喜欢京城的那个家，朕喜欢宣府的这个家，带你们来入住了。"然而妃子们喜欢京城的豹房，并不喜欢陌生的镇国府。

其实朱厚照早已厌倦了带入宣府的众妃妾，他对她们没有临幸的兴趣。他之所以带她们出来，就是为彰显他的帝王气派。等众妃妾在镇国府入住下来之后，他不再亲近她们，好像她们的存在与他无关。

宣府多美女，朱厚照一直想在宣府找到一位爱不释手的美女，却不知他要的美女藏在何处。他在光天化日之下驾临民宅博采美女有失天子风范，只好派江彬领着一伙人在大街小巷里游逛，遇到姿色颇佳的女子，带进镇国府来。

镇国府的女子越聚越多，日子过得并不富裕，有的女子甚至连饭都吃不饱。宣府的大户人家都不情愿把自家女子送往镇国府，背地里送钱给江彬，叫江彬不要到他们家去。出过银子的人家以为自家安全了，可他们躲不过喜欢夜游的朱厚照，每当夜幕降临，朱厚照就爱驾幸民宅寻找刺激。这个晚上朱厚照带着若干随从逛到一幢高门大宅前停下脚步，问江彬："这户人家咱们来过没有？"江彬回答说："宣府的人家，没有皇上不能进门的。"朱厚照说："那就进门看看吧。"江彬带头拍门，其他随从叫嚷开门。屋子里的人听到急促的拍门声和叫嚷声，知道是江彬带人来了，吓得惊慌失措不敢开门，吩咐年轻女子赶快从后院的侧门里逃走。

门拍不开，随从们合力用肩膀撞门，撞了十多下，撞断门闩，撞开了门。有位随从用力过猛，在撞断门闩的那一瞬间，身子随了惯性跌进门里，摔了个狗啃屎。

朱厚照带着随从闯进撞开的大门，只见院落里如树干一般立着一群人，面无表情。

江彬开口问道："都站在院落里，怎么不开门？"

一位上了年纪的当家男人回答说："半夜三更的，就怕遇上贼匪，才不敢开门。"

江彬笑笑说："多疑了，真是多疑了，你们仔细看看是谁大驾光临了。"

当家的男人打起笑脸说："天这么漆黑，又看不见门外的情形，哪里晓得是江大人带着大贵人来登门，多有得罪，请原谅。"随后当家男人吩咐家佣迎客。

朱厚照和他的随从不是来做客的，打量院落里的众人，妇人们全都人老珠黄，大倒胃口。

江彬随之问道："你们家还有其他人吗？"

当家男人回答说："咱家的人全在院落里。"

江彬正要进屋搜查，被朱厚照叫住。

朱厚照说："别打扰百姓了，咱们走吧。"

一行人又回到茫茫夜色里。

他们接连敲开几户民宅，没遇上美人。这一晚，朱厚照对找寻意中之美失去信心，可他的随从并没就此罢休，转而逛进一家青楼。他们不是第一次逛进这家青楼，可以说是常客。青楼里的粉头对他们相当熟了，宛如一群蝴蝶朝他们飞扑过来。只因这个夜晚寻找意中美人的失望，面对着装妖艳的青楼粉头，朱厚照提不起兴趣；而他的随从已是烈火遇上干柴，被粉头们架去了。刚开始，朱厚照拒绝粉头。但在这青楼里，男人的拒绝未免显得苍白，一位颇有经验的粉头缠住朱厚照不放，用穿得单薄的身子跟他调情，然后用她的樱桃小嘴亲吻他的耳朵，在他耳边悄悄说着既温柔又下流的情话，他终归身不由己，随那粉头上了阁楼。

二

塞外的绮丽风光令朱厚照游兴不减。他带着一列亲军离开宣府游至大同，在大同作了短暂停留又起驾前往偏头关。到达偏头关之后，朱厚照念念不忘对他的自封，回想起内阁不肯草敕，他亲自挥起御笔降敕："总督军务威武大将军总兵官朱寿统领六师，肃清边境，特加封镇国公，岁支禄米五千石。吏部如敕奉行。"降敕送往朝廷吏部，吏部不便轻率奉行，将降敕推给了内阁。杨廷和、梁储等人目睹降敕，想到自古帝王富有四海，谁愿加封国公？谁会在乎年禄五千石米？直斥降敕名不正，言不顺。随之杨廷和、梁储等人上书，奏请朱厚照收回降敕。朱厚照不听，反而封江彬为平虏伯，又追赏应州大捷一批有功将士。

过黄河，至榆林、绥德，朱厚照巡游到了太原。太原多乐户，有名的歌伎胜过宣府。朱厚照刚住下来，太原的官员闻知朱厚照贪恋美色，觐见时投其所好，召集姿色上乘的歌伎替朱厚照接风。歌伎轻歌曼舞，在朱厚照面前献艺献色，好似一片盛开的繁花，把朱厚照看得眼花缭乱。

眼花缭乱的朱厚照无心观赏歌舞，他的目光游弋在女人们的色相上。倏忽间儿，他为之一震，盯住一位歌伎，这位歌伎不施粉黛，她的天生丽质令他心跳发热。第一感觉告诉他，他北巡要找的美人终于出现了。

美人之所以美，是她的美渗透出一股震撼的力量，朱厚照显然被这突然发现的美人之美震撼住，他才为之一震，心跳发热。他仔细打量美人的容貌、肤色和身段，美得令他无法形容，不禁叹道："真是鬼斧神工，天造尤物！"

看中尤物，朱厚照并没急于召到身边，依是摆出一副观赏歌舞的样子，问身边的江彬："你仔细瞧瞧，这歌伎中有谁一枝独秀？"

美人扎堆，江彬也看得眼花缭乱，凭了男人的直觉，他眼中自然浮现出最美的一位，却不敢有非分之想。他便朝他眼中最美的一位指去，赞叹不已。

江彬眼中的美人，并非朱厚照一见倾心的那一位，这使朱厚照感觉自己的眼光独到。

歌伎们抚琴吟唱了一曲又一曲，朱厚照哪有心思聆听，连说几声罢了，罢了。歌伎们不得不停止了轻歌曼舞。朱厚照摆了下手说："够了，都退下。"

只有被朱厚照看中的那位歌伎留了下来，样子有些怯生生。朱厚照欢心地问江彬："这位歌伎长得如何？"江彬回答道："秀色可餐，好一个绝色。"听江彬这般评价，朱厚照满意地点头。歌伎站在一旁，毫没意识到她的命运正在发生改变，样子依旧怯生生。江彬笑着问她："你知道是谁看上你了吗？"歌伎看了眼朱厚照，害羞地垂下头。江彬接着说道："是皇上看上你了，你还不快点谢恩。"歌伎大吃一惊，不知如何应对。这时朱厚照上下打量歌伎，大加赞赏道："你歌美、舞美、人更美！朕召你侍酒，愿陪朕喝几杯吗？"歌伎听到赞赏声，嫣然一笑道："能陪皇上喝酒，是奴家的福气。"朱厚照直直盯着歌伎的容貌问道："朕怎么叫你呢？"歌伎回答道："奴家姓刘，人称刘良女。"朱厚照点头说："刘良女，朕记住了。"

刚喝下一两杯，朱厚照心猿意马牵起刘良女柔软滑润的手离席进了内室。刘良女看到一张宽大的床铺，明白朱厚照要在这间内室里受用她的身子，她没有拒绝的余地，但她很能克制自己，并没显露出轻佻。

朱厚照开口问道："朕若娶你为妃，愿随朕前往京城吗？"

刘良女眼里透出几许卑怯说："奴家愿侍奉皇上，就怕皇上嫌弃。"

朱厚照笑了下说："朕既然看上你了，怎么会嫌弃你呢。"

刘良女垂下头说："奴家不是黄花闺女，奴家已是人妇了。"

朱厚照一愣，又问道："夫君是谁？"

刘良女回答说："是晋王府的乐工杨腾。"

朱厚照伸出胳膊搂住刘良女说："朕不介意你嫁给谁，朕就是要娶你为妃……"

喜从天降的刘良女如同坠入梦境，不敢相信搂住她的男人就是当今的万岁爷。她兴奋而又激动，颤抖着身子连忙说："奴家愿以己身侍奉皇上。"

此时此刻，朱厚照正需要刘良女侍奉，他给刘良女解纽扣，脱罗裙。刘良女巴不得献出身子给朱厚照，可她并没来得爽快，故意半推半就。朱厚照哪里容得了她的半推半就……

阅女无数的朱厚照不过彰显了帝王的特殊权力，换来的只是处于麻木状态的本能发泄。刘良女上床侍寝，百般顺从，却不知道如何取悦，她柔媚、羞涩，任凭朱厚照摆布。但她征服朱厚照的是她超越其他妃子的容貌和身姿，正是她的容貌和身姿使朱厚照产生妙不可言的感觉，这种奇妙的感觉在她与朱厚照交欢时会层出不穷。

自从得到刘良女，朱厚照几乎夜夜召刘良女侍寝。江彬看出朱厚照宠爱刘良女，不敢冒犯，居然喊刘良女为刘娘娘。刘良女还没来得及进宫，就被皇帝近侍叫喊刘娘娘，她高兴，却又感到不安，不许江彬喊她刘娘娘。

江彬讨好地说："刘娘娘已是皇上的人了，怎么喊不得？"

刘良女说："住在宫里的才是娘娘，皇上还没带奴家进宫，怎会是娘娘呢？"

刘良女要的是名分，名分只有皇帝说了算。她虽是夜夜侍寝，仍旧自称奴家。朱厚照得知刘良女自称奴家，不许近侍叫她娘娘，当即口谕道："朕不再巡游了，带爱妃回宫做娘娘。"有了这句话，近侍们叫喊刘娘娘，刘良女不再拒绝。

巡游边塞，朱厚照最大的收获是得到刘良女。得到刘良女后，他无心巡游，下令亲军护驾回返京城。一路上，他跟刘良女坐在马车上，形影不离，依依偎偎，无话不谈，样子看上去恩爱得很。刘良女不知宫里深浅，担心进宫后，引起别的妃子嫉妒，就想知道朱厚照宠爱她的缘故。

"臣妾哪点值得皇上喜欢？"刘良女问朱厚照。

朱厚照说："人说英雄难过美人关。朕不是英雄，朕也会像英雄一样爱美，是爱妃的美，让朕喜欢。"

刘良女说："听说宫里美女如云，臣妾的美又算得了什么呢？"

这话触动朱厚照的内心，他叹道："宫里的确美女如云，其实朕的婚姻并不幸福。"

刘良女便觉奇怪："皇上不缺女人，婚姻为何不幸福呢？"

朱厚照说："朕自从大婚迎娶皇后夏氏，婚姻开始不幸福，是因朕从没喜欢过夏氏。至于别的嫔妃，朕希望通过侍寝，能喜欢上一位，可是侍寝如行云流水，终没一位能留在朕的身边。朕相遇爱妃，是上天给予缘分，但愿爱妃与朕昼随夜伴，相濡以沫，白头到老。"

三

神采飞扬的朱厚照携带刘良女回到了京城。来到京城后的刘良女身价大增，她被安置在了豹房的腾沼殿。朱厚照封她夫人，大臣们叫她刘娘娘。这刘娘娘深知自己在宫里根基浅，不敢起野心，也不敢得罪谁，总是使出温柔敦厚的性子待人。只要宫里有谁惹朱厚照不高兴，刘良女就是救星，情愿去说情，在朱厚照面前化解几句，朱厚照不再追究，所以刘良女讨了个好人缘，也讨了个好口碑。

但刘良女会撒娇，只要她一撒娇气，朱厚照就会对她百依百顺。有时候，女人颇有节制地撒娇，就是一种魅力；所以朱厚照宠爱刘良女没人代替，他就寝、进膳，身边缺少不了刘良女。

身为人妇的刘良女进宫后，大臣们见怪不怪，只因朱厚照纳娶有夫之妇早有先例。大臣们想到朱厚照北巡，只为采得美人归，现在得到刘良女，兴许朱厚照会收心，坐镇朝堂，料理朝政了。

就在朱厚照回返京城之后不久，巡抚南赣都御史王守仁从江西传来捷报，由他率师缚降了盘踞横水、左溪、桶冈等地贼首谢志山及浰头贼首池仲容，连破四十余贼寨，俘斩贼寇七千多人……这份捷报撩起朱厚照的兴致，他召江彬到跟前说："王守仁终于传来平贼捷报，朕无比开心。然江南腹地，仍不太平。朕想借这个机会巡视江南。"

江彬挑逗说："江南多美女。"

朱厚照兴致倍增说："江南的风光也不错。"

江彬厚着脸皮说："皇上去江南，别忘了带上臣。"

朱厚照说："朕巡视江南，恐怕言官们不会闭嘴。"

江彬打气说："皇上巡幸江南，体察民情，谁谏阻，问谁罪。"

转眼到了正德十四年（1519）的三月，江南大地春暖花开。朱厚照要去南巡的消息传了出来。

毛纪是在礼部听到朱厚照要去南巡的，回内阁时步子迈得疾。他一进门，喘着气说："皇上待不住了，又要去巡游了。"

蒋冕绷着脸说："皇上出游回来没几天，又要出游？"

毛纪说："皇上南巡的手敕都下到了礼部。"

杨廷和看着毛纪，欲言又止。

梁储睁大眼睛说："南巡，为何要去南巡？"

蒋冕不满地说："皇上简直是匹脱缰的野马。"

杨廷和说："多半是江彬的主意。"

毛纪说："上次皇上北巡，吩咐咱四人监国，幸好没出大事。"

蒋冕抱怨地说："平平安安咱们又没得个封赏，出了乱子，问罪免不了。"

四阁臣担心朱厚照去南巡，把监国的大事又甩给他们。皇帝不在朝位，万一出了大乱子，他们挑不起，也扛不起。

没等内阁公开带头谏阻，翰林修撰舒芬约了一群大臣上书奏请皇帝不要去南巡，这是朱厚照预料中的事。刘良女眼看御案上的奏疏越堆越高，几乎全是谏阻皇帝南巡的奏章，想进言，欲言又止。这一回，朱厚照似乎有点在乎群臣的劝谏，犹豫不决时，走近刘良女，说道："朕想带上爱妃南巡，顺途观赏江南风土美景，遇众言官谏阻，朕不知如何是好。"

刘良女说："众言官不断送来奏章，皇上不得充耳不闻。"

朱厚照说："南巡到底去还是不去？"

刘良女说："众言官的谏阻自有道理，请皇上暂缓南巡。"

朱厚照有点动摇了。

眼看皇帝南巡的事被一群多管闲事的大臣弄泡了汤，江彬恼恨得很。其中有的大臣直言上书，斥祖宗纪纲法度一坏于刘瑾，再坏于佞幸，天下知有佞幸权臣，而不知有皇上。此等奏言分明是冲着江彬来的，令江彬大为光火。于是江彬不服这口气，唯唯诺诺走近朱厚照，垂首问道："皇上取消了南巡？"

朱厚照一声长叹道："众言官发出一片反对声，朕不能心想事成。"

江彬奏道："皇上南巡，是天子体察民情，众言官有何理由反对？"

朱厚照尴尬地笑道："反对声一片，朕无奈。"

江彬挑拨道："皇上身为天子，难道还要看言官的脸色吗？他们阻止皇上南巡，是挟制天子，是凌驾皇权之上！"

此语一出，朱厚照冒出一股火气，便说："听你说的，言官们显然在打朕的码头。"

江彬火上浇油说："他们打过这次码头，下次还会接着打，皇上受得了吗？"

朱厚照看着了江彬，希望江彬出个主意。

江彬气愤说："码头决不能让他们打过去，一定要给他们教训！"

被江彬一阵怂恿，朱厚照大怒起来，立即下旨，罚以翰林修撰舒芬为首的一百四十七人跪于午门外，罚跪五日。这个惩罚可不轻。

这一百四十七人全都挨了杖刑，当场打死十五人；且是颜面扫尽，无人敢言声。然南巡的事，终因群臣反对，朱厚照没有去成。

四

王守仁在江西、福建、广东三省交界之地剿灭贼匪，屡出奇招，节节胜利。可是王守仁一直没受到朝廷重用。他早年反刘瑾，被谪贬至贵州龙场，后来又隐居福建武夷山，待刘瑾伏诛后，才出山，任庐陵知县，再后来入京师，累迁鸿胪寺卿。只是江西多盗匪，朝廷才调遣他任巡抚南赣都御史。

宁王府谋士李士实非常看好王守仁，对宁王朱宸濠说："王守仁到南昌来了，殿下听说过了没有？"

朱宸濠说："他来南昌，也不来我府上走走。"

李士实相当认真地说："王守仁难得，殿下应该亲自请他来府上做客。"

朱宸濠一时没意识到李士实的提醒，对王守仁没多在意。

李士实接着又说："王守仁大才也，殿下若想起事，何不早点召他于麾下？"

朱宸濠怔了下，问道："何以见得他有大才？"

李士实说："朝廷派他来江西任职剿灭贼匪，他未曾败过。江西贼匪一听说王守仁，都会闻风丧胆，可想此人的军事才能大有盖世之谋。"

朱宸濠动了心，点头说："此人的确有超人的军事才能。"

李士实敦促说："趁王守仁在南昌，殿下可以请他来府上坐坐。"

朱宸濠说："请他来后，能起什么作用呢？"

李士实说："王守仁之才，既可入六部做尚书，也可入内阁预机务。可他眼下的处境，一定怀才不遇。试想一个怀才不遇的人，决不会放过任何机会，殿下召他，就是给他机会，他何不动念起心呢？"

听取李士实的建议，朱宸濠备了酒宴，打着接风的名义，请王守仁来府上做客。王守仁识相，果然来登宁王府。他瘦骨如竹，一介儒生相，看不出半点武将的威猛之气。他被朱宸濠请到了上堂之位，作陪的便是李士实、刘养正等数位宁王府门客。把盏间，王守仁善健谈，谈道术，谈理学，又谈剿灭盗匪的奇闻趣事。酒过数巡，朱宸濠和心腹把话题转到他们事先设定的套子里。

李士实说："如今天下盗匪猖獗，劫掠百姓苦不堪言，是朝廷出了奸佞。"

刘养正说："朝廷奸佞不除，天下何以安宁？"

王守仁不知赴此宴是个陷阱。他曾吃过刘瑾的苦头被贬至贵州，刻骨铭心，对奸佞痛恨至极，附和说："早有刘瑾，现有钱宁和江彬，前后一路货色。"

话说到这份儿上，朱宸濠便觉来了神："朝廷近期发生了一件大事，不知王先生听说过了没有？"

王守仁正要端起杯盏，放下了，饶有兴趣问道："什么大事，宁王能可方便讲吗？"

朱宸濠说："江彬怂恿皇上南巡，上至内阁下至九卿普遍反对。江彬有意挑唆皇上，直指众言官挟制天子，激怒皇上下旨惩罚一百多位言官在午门外长跪五天，并处以杖刑，当场打死十五位言官。"

王守仁大惊道："此事当真吗？"

朱宸濠笑了下说："京城出了这么大的事，难道王先生还蒙在鼓里？"

王守仁不得不相信了，油然想起昔日的刘瑾擅权时，在大热天惩罚三百多位朝臣长跪于奉天门外；便觉江彬擅权，国无宁日，很是愤然。

朱宸濠徐徐道："如今的江彬相比过去的刘瑾，有过之而无不及，尤其是江彬诱导皇上离开朝位不理朝政，到处游乐，寻花问柳，大大地误国！此类奸佞不除，若长此以往下去，则朝纲大乱，国将不国，盗匪难灭，民不聊生。"

凭借酒兴，朱宸濠抒发忧国忧民之情，就是要引诱王守仁上钩。王守仁的酒也喝到了兴致上，口无遮拦跟着针砭时弊。

李士实抓住火候劝道："王先生饱读圣贤，难得一儒将。宁王不满朝廷奸佞当道误国，就想遵循太祖祖训'清君侧'，若王先生有志同道'清君侧'，除掉江彬之流如虎添翼。"

王守仁喝了个半醉，有点不由自主，顺遂道："君被奸佞左右，的确到了'清君侧'的时候。"

谈到投机时刻，李士实试探王守仁："只因奸佞擅权，朝纲不振，导致污吏大行其道大肆盘剥，百姓赋税超重，怨声载道，且是逼良为盗。看这世道都乱成这个样子了，可惜没有汤、武出现。"

王守仁道："即便有商汤和周武王出现，也得要有伊尹和吕尚辅佐，方可成就大业。"

朱宸濠道："有商汤和周武王出现，王先生好比伊尹和吕尚。"

王守仁倏地一怔，觉察到了朱宸濠和李士实在暗示他，冷冷地一笑说："过奖了，我既不是伊尹，也不是吕尚。"

……

酒毕散去。王守仁回到下榻的地方，想起在宁王府议论"清君侧"，提及伊尹辅商汤，吕尚佐周武王成就大业的事，全然明白了宁王要举兵谋反。宁王请他赴宴，不过是邀他入伙。他醉意全无，若入伙，他就成了个谋反的乱臣贼子，结果会是诛灭九族，这个险他冒不起。他接着琢磨，宁王朱宸濠使的谋反招数跟多年前安化王朱寘鐇使的招数如出一辙，毫无新意，注定会以失败告终。于是王守仁不再犹豫，赶早跟朱宸濠划清界限，速派心腹密奏朝廷。

转瞬间南昌在王守仁眼里变成是非之地。他的拒绝显然得罪了朱宸濠。他一边提防朱宸濠的阴害，一边觉得南昌不可久留。恰逢福建三卫军人作乱，警报传至京城，兵部尚书王琼传来敕书，遣使王守仁率兵前往福州平定乱军。王守仁正无理由离开南昌，获取王琼敕书，率师直奔福州。

准备起反的朱宸濠底气不是很足，总在担心朱厚照发现他的异动，指使心腹不断地上书，标榜他贤良忠孝，迷惑朱厚照。这天朱厚照收到一份来自江西的奏疏，捧着一看，又是赞扬朱宸濠贤孝备至，有点反感地说："宁王果真有这么贤良孝顺吗？朕与他相比，又置于何地？"太监张忠听到这话，趁机奏道："钱宁交宁王谋不轨，难道陛下不知晓？"张忠冷不丁冒出此言，朱厚照不禁大惊，问张忠："此话你从何处得来？"张忠回答道："江西巡抚孙燧多次上书，告发宁王谋逆事，被钱宁截获扣压。他们还称王孝，讥讽陛下不孝；称王早朝，讥讽陛下不上朝。"听这话，朱厚照气得脸涨红，故意装出大度的样子忍下来。没多日，御史萧淮上书，斥宁王不遵守祖训，包藏祸心，招纳亡命之徒，谋反之举箭在弦上。朱厚照便觉事关重大，立马警觉起来，遣使太监赖义、驸马都尉崔元、都御史颜颐寿赶赴南昌查实，收其宁王护卫，责令归还所夺官民田产。

令朱厚照百思不得其解的是钱宁一直得宠，享受皇恩到了极点，为何要背主离心助宁王图谋不轨？既然对钱宁起了疑心，朱厚照召钱宁试探。

"近些日子，朕收到多份奏宁王图谋不轨的密疏……"朱厚照紧盯着钱宁，看他有何反应，"宁王果真敢反吗？"

钱宁暗自一惊，竟是出奇的淡定："有关奏宁王图谋不轨的事，臣也听说过了，臣想不通宁王为何要反。"

朱厚照笑道："朕也是想不通，召你来，想听听你的判断。"

钱宁依旧很淡定："宁王性情暴烈是事实，他擅结江湖盗贼、擅夺官民田产也是事实，目的就是为了一个'财'字，所以宁王财心太重，所作所为都是为了财。他不择手段敛财惹众怒，才有人告发他图谋不轨，只有图谋不轨才是十恶不赦。"

来大殿之前，钱宁意识到了朱厚照召见他的意图。他要保护自己，拿了一个"财"字，遮掩宁王起反，同时为自己开脱。

朱厚照观察钱宁，被钱宁的淡定迷惑，心里七上八下，反而犯起糊涂来。

王守仁派出心腹，快马加鞭来到了京城，将密奏直接送到兵部尚书王琼手上，惊得王琼打了个寒战。随即王琼拿着王守仁的密奏直接送往御前。朱厚照沉默良久之后，问王琼："守仁的这份密奏到底有多大可信度？"王琼回答说："守仁乃忠臣，他不会跟宁王开这么大的玩笑，更不会犯欺君之罪。他奏宁王图谋不轨，不是第一人；既然如此，陛下千万不可大意。"朱厚照意味深长地叹道："安化王寘鐇打着'清君侧'的幌子举兵谋反，仅仅反了十八天，全军覆没。只要宁王静下来想一想安化王十八天谋反的短命之举，就是后悔莫及的前车之鉴，可是宁王为何要冒短命之险，重蹈安化王之覆辙呢？"王琼讥讽道："杀人抵命、做贼挨打自古以来就是前车之鉴，世人依旧要重蹈这个覆辙。宁王不甘寂寞，偏要拿了鸡蛋碰石头，便是命里注定的……"朱厚照反剪双手，慢腾腾地走来走去，突然站住说："王守仁还在江西吗？"王琼回答说："福州三卫军叛乱，臣派他到福州平乱去了。"朱厚照沉默片刻，抬起头冲王琼说："福州叛军，不过是小股哗变，成不了气候，没必要差遣王守仁去大动干戈。若宁王府出现异动，派王守仁率师肃反，不可懈怠。"王琼回应道："臣立马急传圣旨。"

第十四章　守仁奇招降宁王

一

正德十四年（1519）六月十三日，一名叫林华的宁王眼线快马兼程从京城赶回了南昌。六月十四日正好是宁王四十岁的生日，宁王府正忙不迭地准备宁王的生日宴，杀猪宰羊，一派喜气。

林华迈进宁王府，急着要见朱宸濠，见到朱宸濠后，迫不及待地禀报说："朝廷派遣太监赖义、驸马都尉崔元、都御史颜颐寿来南昌了……"

没等林华说完，朱宸濠急着问："派他们来南昌干什么？"

林华回答说："派他们来革除殿下护卫，估计三五天后就可抵达南昌。事不宜迟，请殿下赶紧决策，准备应对。"

朱宸濠大惊，意识到他举兵起事败露，再也坐不住。

随后朱宸濠召刘养正、李士实、王纶等人密谋。

朱宸濠说："明天的生日宴，可能要取消了。"

李士实问："宴席都准备好了，殿下为何要取消？"

朱宸濠说："驸马都尉崔元、太监赖义和都御史颜颐寿等人正在赶往南昌的路上，他们奉旨来收走我的护卫，分明是逼我反了。"

刘养正、李士实和王纶听到这个消息，不仅没震惊，反而亢奋起来。

刘养正说："想当年燕王起事，被建文帝收去护卫归宋忠部下。情急时刻，燕王计杀北平布政使张昺和都指挥使谢贵，北平驻军一时群龙无首，燕王靠了八百死士起事，首先控制北平，又各个击破，直趋南下，最终夺取皇权。殿下拥兵何止八百，趁了驸马都尉崔元等人还没赶赴南昌之前，起事乃绝佳时机。"

王纶说："明天殿下的生日宴不得取消，被邀请的南昌军政要员会来赴宴，顺者昌，逆者亡，殿下首先控制南昌城而且不用大动干戈。"

李士实说："巡抚南赣都御史王守仁奉命去了福建。眼下江西空虚，实为上天赐良机，机不可失，只要殿下控制江西，再直趋留都南京，就可称帝了。"

朱宸濠点头说："太祖在南京称帝，立国都。我趋南京称帝，去留都恢复国都，是奉天之命。"

举兵起事，绝非朱宸濠一时冲动，他蓄谋已久。他是分两步走的，第一步，讨好朱厚照立自己的世子为皇储；第二步，巴结刘瑾、钱宁等人恢复护卫军队，以便蓄势待发。立世子为皇储失败后，他只能走第二步了，一方面壮大护卫军，搜罗江湖上的强盗和亡命徒，另一方面私造兵器，只等机会降临。可以说他为蓄势举兵，作了充足的准备。

第二天，原本要取消的生日宴照常进行，看不出有任何异动的迹象。宁王府里张灯结彩，散发出美酒佳肴的气味。南昌各衙门的军政要员早已收到宁王府发出的恭请柬，捧个场，官员们陆续赶往宁王府赴宴。宁王朱宸濠穿戴一新携漂亮的小妾站在门口迎接来客，问候声不绝于耳。

酒宴设在最大的正殿里，摆了一百多桌。来赴宴的大多是南昌官场中人，难得有相聚的时候，纷纷以礼相待打着招呼，然后入座，气氛既融洽又热闹。

十年一轮，朱宸濠四十寿辰乃整数，要比过散生日隆重。按察司副使许逵平日里跟朱宸濠不和，也收到宁王府的生日宴柬。六月十四日一大早，去不去宁王府赴宴许逵既尴尬又纠结。犹豫不决时，想起巡抚都御史孙燧，这孙燧跟他一样，也是与宁王不和。许逵出门登孙燧府上，问孙燧有没有收到宁王府的生日请柬。孙燧表情淡然地说："收是收到了一份。"

许逵赶紧问："今天正是宁王的生日，孙大人打不打算去赴宴？"

孙燧沉默着，半晌之后才开口："许大人想去赴宴？"

许逵说："本不想去的，又觉不去不妥。"

孙燧说："咱俩平日跟宁王和不来，总在打斗，这么一去，以为咱俩巴结他。"

许逵说："听说宁王此次过四十大寿，阔气摆得非凡，南昌官场上的要员统统都请到了。咱俩赴宴是面子上的事儿，若是因隔阂不去应酬一下，给人小看了。"

经许逵提醒，面子上的事儿孙燧当然不愿让人小看，随了许逵来到宁王府作一番应酬，一看那场面果真阔绰非凡，南昌官场上大大小小的人物都来了，嗑着瓜子谈笑风生。许逵和孙燧来得迟，挤在人堆里问候着，他们虽是打起笑脸，内心里总觉得别扭。

快到正午时辰，拜寿及酒宴就要开始。王纶就在这时领着数百全副武装的护卫进了王府。因毫无任何不测征兆，赴宴的官员见来了这么多护卫，并不觉得可疑，以为这群护卫是来庆贺主子生日的。

拜寿正式开始。李士实和刘养正一左一右扶着朱宸濠坐在了事先准备好的龙椅上。这把龙椅虽说是仿制品，跟京师奉天殿皇帝坐的那把龙椅一模一样，但它出现在宴会厅的时候，一直没引起人们的注意；再说来赴宴的大多是地方官员，许多人从没见过皇帝上朝时坐的龙椅，也就忽略了。此时此刻，朱宸濠被李士实和刘养正扶坐在龙椅上，接受赴宴者的礼拜，油然产生做上皇帝的感觉。拜寿完毕，接下来就是品尝美酒佳肴。可是朱宸濠倏地从龙椅上站起，大言宣布道："太后有密旨，令我率兵入朝监国，诸位听说过了没有？"话音一落，众人惊得目瞪口呆。

没等众人从震惊中缓过神来，朱宸濠又大言不惭道："皇帝无子嗣，关乎社稷，选宗亲藩王入储监国，以除后忧，因此太后特降密旨于我，我将奉太后密旨北上。"

朱宸濠陡然在他的生日庆典上提到太后密旨，来赴宴的不少官员信以为真，正要祝贺。巡抚都御史孙燧的头脑还算清醒，仔细一想正德皇帝朱厚照不足三十岁，宁王朱宸濠今日整四十岁，大正德皇帝十岁有余，这不是要正德皇帝早死吗？于是孙燧怀疑朱宸濠在撒谎，连忙问道："太后降密旨召宁王率兵入朝监国，那密旨在什么地方，能拿出来给大伙瞧瞧吗？"

孙燧当众发问，众人不约而同怔住，看着朱宸濠，等待他拿出太后密旨。可是朱宸濠即使有七十二变，也变不出太后密旨来，对孙燧当众戳破他的谎言非常恼火。这当儿，被王纶带进王府的护卫已经围住赴宴的官员，整个宴会大厅里开始弥漫着令人焦虑不安的气氛。

朱宸濠企图谋逆，来赴宴的官员大多早有耳闻，想到他是皇亲藩王得罪不起；然他擅杀官员，朝廷视若无睹，都怕惹祸上身，也就沉默不语。没料朱宸濠设此鸿门宴，逼得来赴宴的官员进退维谷，惊惶得大眼瞪小眼，你看我，我看你，不知下一刻是什么情形。

既然打定主意起事，朱宸濠不再遮掩，也不想回头。他拿了孙燧暗示其他官员说："我率师东行，你愿随我护驾吗？"

孙燧全然明白朱宸濠话里意思，竖起眉头，果断地回答说："国无二主，臣不可拜二君。有皇帝安在，臣子岂能背主离心，做个乱臣贼子？"

孙燧骂出乱臣贼子激怒朱宸濠。接着朱宸濠想起孙燧多次向朝廷密奏他不法事，老账新账一起算，下令护卫绑了孙燧拖出去斩了。这本是欢聚一堂的生日庆典在弹指间演变成杀戮。整个宴会大厅里骚动起来，众人一阵惊恐，不知所措。

被护卫拖出去时，孙燧还在大骂朱宸濠是乱臣贼子。他刚拖出门槛，一把挥起的大刀砍在了他脖子上，热血飞喷，溅在门框上，异常刺目。

孙燧根本不想来宁王府赴宴，是许逵约他来的，因为话不投机，朱宸濠陡然变脸，拿了孙燧开刀。许逵愧对孙燧，被朱宸濠的残暴激怒，朝朱宸濠大声喝道："巡抚都御史孙燧是朝廷大臣，宁王擅杀朝廷大臣，天理难容，国法不赦！"

"顺我者昌，逆我者亡！"朱宸濠大怒道，"绑许逵，跟孙燧一并处斩！"

一群护卫朝许逵扑过来，架起许逵的胳膊往门外拖。

许逵挣扎着乱蹬腿子，使出吃奶的劲儿扭过头来，怒目圆睁朱宸濠，叫骂道："今日贼杀我，明日贼被朝廷杀！"

许逵的叫骂声格外惨烈，似钢针刺扎众人的耳朵和心尖。没多会儿，那惨烈的叫骂声在门外消失了。朱宸濠如此残虐地杀掉孙燧和许逵，就是要震慑来赴宴的官员，老老实实归顺他。没料来赴宴的官员并非人人被他震慑住，其中就有数十人被他开的杀戒给震怒，直斥他擅杀良臣，不得人心。整个宴会厅里乱成一团，早有准备的护卫开始抓人，将来赴宴的官员一网打尽。

二

控制南昌后，朱宸濠并没急于举兵远征，忙着做以下几件事，首先发布檄文，革除正德年号，指斥皇帝昏庸怠政、荒淫游乐无度、放任权臣误国等诸劣迹。然后任命李士实、刘养正为左右丞相，任命王纶为总督军务大元帅。派遣娄伯、王春等人四处收兵。

开弓没有回头箭。是打到北京称帝还是攻克南京称帝，朱宸濠拿不定主意，召李士实、刘养正和王纶共商定都大计。

王纶偏向取北京。

李士实和刘养正偏向取南京。

王纶说："正德荒淫无道，只顾北巡游乐，既不归朝也不视朝，可想朝廷秩序不整，人心涣散，加之佞臣当道，能臣心灰意冷，难得大有作为。殿下此时出其不意率大军直趋北京，朝廷必然大震大乱，百官定会携妻带子四处逃窜，哪顾得上保正德皇位？殿下在乱中取胜，为上策。”

李士实提出异议说：“当年燕王从北京打到南京称帝，足足打了四年，其战局险象环生。咱们从南昌打到北京，必行陆路，且路途遥远风险太大，一定会遭遇诸多险阻，一旦出现不测，有可能前功尽弃。”

刘养正说：“打到南京走水路既快捷又直达。”

朱宸濠再三权衡，接受了李士实和刘养正的主张，决定举兵赴南京。

但朱宸濠仍有疑虑，他说：“我在南京称帝，天下人会接受吗？”

刘养正说：“当年燕王打到南京称帝，天下人不是接受了吗？”

朱宸濠又说：“大明国都在北京，我在南京建都，天下人会接受吗？”

李士实说：“南京本是太祖钦定的国都，如果殿下兵临南京称帝，是奉太祖之命，天下何人敢反对？”

朱宸濠说：“北京怎么办？”

刘养正说：“等殿下在南京称帝，稳定政权后，再攻打北京不迟啊。”

朱宸濠看着刘养正，会心地笑起来。

奉命赴福建平定乱军的王守仁是在丰城获悉朱宸濠起事的。丰城距南昌百余里。王守仁折回南昌不费劲，他听丰城知县顾佖说朱宸濠把生日宴摆成鸿门宴，杀了不少官员也逮捕了不少官员。他手里没几个兵，折回南昌等于自投罗网。

在丰城过了一夜，王守仁本该要往前赶路，想到宁王起反的事大于福建乱军，改变主意不去福建了。他待在丰城非常纠结，既不便潜回南昌探动静，也不便留在丰城，只好潜入临江。他来到了临江府。

江西乱象环生，局势不见明朗。临江知府戴德儒深表忧虑，问王守仁：“宁王既然已经举兵，就没有回头箭。王先生料事如神，料宁王会趋何方？”

王守仁说："宸濠举兵无非有三策，若直趋京师，出其不意，为上策；若趋南京，与朝廷分江而立，为中策；若固守南昌，待朝廷增派援军赶到合围，他死定了，为下策。"

戴德儒认同说："王先生判断得非常精准。窃以为宸濠不会固守南昌，剩下来要去的两条路要么去北京，要么去南京，无论去北京或者去南京，都会危及宗社，造成国家动乱。"

王守仁说："宸濠不会赴北京，他多半去南京，一定会走水路，只要出鄱阳湖湖口入长江，再顺江而下就可直达南京。"

临江临近南昌，南昌有什么动静，很快就可传至临江。不出王守仁所料，朱宸濠果然要去南京，他已纠集数万兵力准备出赣江走鄱阳湖入长江东行，只等船只备齐后出发。王守仁听到这个消息无比揪心，因南京虚空，有目共睹，如果朱宸濠攻占了南京，长江便是一道天然屏障，可阻隔从北而来的朝廷援军。再说王守仁能调动的兵力不足一万，又缺乏粮草，显然处于弱势，若急于开战，胜算不足，就怕一败，反而鼓舞了叛军士气。

王守仁在临江再也待不住，他要离开。

戴德儒问："王先生要去哪里？"

王守仁说："去趟吉安。"

戴德儒挽留说："去吉安，何不留在临江与我共谋平乱大计？"

王守仁说："临江距南昌太近，易攻难守，又与南昌共在赣江边上，这临江有什么风吹草动，宁王眨眼就会发现。我去了吉安，会回到临江来的，请戴先生抓紧备战，等我回来。"

戴德儒说："王先生何必走得这么急呢？"

王守仁说："就怕宁王出了长江顺流而下，南京沦陷无法保住。"

前往吉安的路上，王守仁生出一计，给朱宸濠的谋士刘养正和李士实写信，信上说宁王谋反直趋南京，朝廷早有防备，已派重兵把守南京，只等宁王赴南京就擒。二公若想立功，求得高升富贵，赶紧力劝宁王勿赴南京，大功恭候二公摘取。信写好后，王守仁买通一个人把信送往南昌。那送信人一到南昌，就被当作探子抓获，直接押到了朱宸濠面前。送信人本是把信交给刘养正和李士实的，没料被抓后，他的人被送到了朱宸濠面前。送信人经受不住一拍桌子三诈唬，吓得从夹衣缝里掏出信件来。朱宸濠一看，是王守仁写给李士实和刘养正的密信，中了王守仁的反间计，怀疑李士实和刘养正暗通王守仁。

犹豫不决的朱宸濠迟迟不举兵赴南京。蒙在鼓里的李士实和刘养正急得不断地催促，两人越催促，朱宸濠越起疑心。

等王守仁赶赴吉安后，仍不见朱宸濠出南昌，便觉朱宸濠中计。王守仁显然赢得了时间。他和吉安知府伍文定联手备战，储粮草，备战船，修兵器，调集兵力，准备集结鄱阳湖与叛军交战。随后王守仁又使出一计，向各州府发出檄文声讨叛贼，文中明确告白：朝廷早知宁王谋反，已派两湖都御史秦金、两广都御史杨旦率师十六万赴往南昌，大兵所过，沿途官府开仓供给军粮，违者重罪论处。

檄文在江西境内广泛散发，自然传入朱宸濠手中。其中言及秦金和杨旦率师十六万直赴南昌，朱宸濠不得不谨慎起来，固守南昌观察动静。

三

朱宸濠观察了十多天，不见秦金和杨旦率师出现在南昌，便觉中了王守仁的计，召李士实、刘养正商谋。两人主张不变，仍旧催请朱宸濠赶快东行直赴南京。

刘养正急切地说："殿下既然起事，与朝廷势不两立，若固守南昌称帝，皇考不容，天下不服，最终会落得个四面受困毫无出路的下场。"

李士实说："守仁派人送来的信，地地道道反间计，目的是误导殿下缓东行，给北来的京军赢得时间。他在信中所言南京有重兵把守，实为诈言。

请殿下立刻东行。"

刘养正接着鼓动说："殿下举兵不足一月，即使有人飞报朝廷，路遥千里之外，信使多半还在途中，因此臣断定京军仍没上路。殿下东行南京，仍是最佳时期，切莫错过。"

朱宸濠鼓起两腮吹出一口气说："那就出征吧。"

此次朱宸濠离开封地，是为皇权而出，意义非凡，只盼命里有天子运，在南京做了皇帝，不再回返封地。成败未卜之际，朱宸濠对南昌的牵挂尤为浓烈，他不能丢下南昌失去后路，召宜春郡王朱拱樤和内官万锐到跟前，吩咐说："我要率师东行，命你俩镇守南昌，不可有丝毫的大意。"朱拱樤说："我会尽忠尽职，守住南昌的。"万锐说："臣在南昌在，愿上天保佑殿下攻取南京。"可以说朱拱樤和万锐是朱宸濠最信得过的人，他才把偌大的南昌城交给他俩，朱宸濠郑重说道："丢失南昌，就是丢失老巢。我走后，会有人来攻城，你俩一定要严防死守。待我登上大宝位之后，再来重赏你俩。"朱拱樤和万锐连连点头，发誓死守南昌。交代完守城的事，朱宸濠携带众王妃、众世子、众侍从，准备出章江门到赣江边乘舟入鄱阳湖。

王妃娄氏匆匆奔来，双膝跪在了朱宸濠面前，从容劝道："皇恩所赐王爷足以受用，王爷何以负皇恩？"

娄氏是朱宸濠最宠爱的妃妾。她在举兵上路时刻突然出来劝阻，朱宸濠不禁怔住，弯下腰扶起娄氏道："难道爱妃不想成为皇后吗？"

娄氏眼里含着泪说："臣妾何曾不想，只是天下唯有一个皇帝，唯有一个皇后。"

朱宸濠替娄氏抹去泪水说："等我进了南京城称帝，就是皇帝了，爱妃就是皇后了。"

娄氏摇头说："王爷赴南京城称帝是谋反，天理不容，天下不服，且是诛九族之罪啊！王爷现在回头还来得及，别去南京了。"

娄氏极力劝阻，朱宸濠半句也听不进耳，反而脸色一变说："妇人之见！"

娄氏也不在乎朱宸濠没把她的谏阻当回事，继续说道："若王爷不听臣妾劝阻，执意乘舟东行，是拿了鸡蛋碰石头，不会有个好结果。"

朱宸濠背过身去，边走边说："昔日的纣王听妇人之言，亡天下……"

娄氏无奈，只好随同朱宸濠出章江门在赣江边乘舟东行。鄱阳湖贼凌十一、吴十三等众喽啰也加入了反叛大军。舳舻浩荡驶出鄱阳湖入长江，言声直取南京。

东行大军号称十万，行至江上声威震天。大军没费吹灰之力破了九江、南康。到达安庆时，朱宸濠决计试兵安庆，获取一胜，鼓舞士气，顺便收取安庆驻军壮大自己。他令将士登岸，没料安庆城里早有防范，城门紧闭，进不了城。安庆知府张文锦、都指挥杨锐、指挥崔文发现朱宸濠兵临城下，令军士敲响金鼓，守城将士听到鼓声，急忙登上城墙，大骂朱宸濠大逆不道。朱宸濠原本打算劝降，带走安庆驻军，对来自城墙上的叫骂声不屑一顾，竟然摆出大度的姿态解释道："朝廷出了佞臣左右天子，我是奉太后密旨，领兵'清君侧'；途经安庆，特来邀请诸位官兵前往讨伐奸佞的。你们别误会了，快点打开城门吧。"张文锦问道："早些日子你在王府设宴，杀良臣、捕忠臣，难道是太后密旨吗？"杨锐接道问道："你奉太后密旨'清君侧'，为何率大军顺江而下？为何跑来攻安庆？要知佞臣在北，你却趋东背道而驰，难道不是用心取金陵吗？"问得朱宸濠无言以对。此时此刻，安庆城门不会对朱宸濠打开。朱宸濠失去耐性，这才下令攻城。杨锐和崔文下令还击，乱石、弓弩、飞箭齐发，密如斜雨往城下飘来，打得叛军躲闪不及，纷纷转身逃离。

见这狼狈情形，朱宸濠不服，继续下令攻城；将士们重又集合起来，朝着安庆城蜂拥而上。守城官兵加强了防卫，就是不给一点儿破城的机会。这下激怒了朱宸濠，不攻克下安庆决不罢休。

眼看攻打安庆浪费工夫，李士实对朱宸濠劝道："殿下别因一个安庆拿不下来，误了大事。"

朱宸濠已跟张文锦、杨锐、崔文较上劲，任性地说："打安庆必胜，方可鼓士气。"

李士实说："拿下安庆又有何用呢？不如蓄好精力攻打南京。"

朱宸濠说："一个小小安庆都攻不下来，怎去攻下大大的南京？"

李士实说："殿下别再因小失大了，还是快点上路吧。"

朱宸濠不听，死要面子，不拿下安庆城决不收兵。

早前浙江留守太监毕贞跟朱宸濠有约。在这节骨眼上，毕贞响应朱宸濠起事，带来一支人马与朱宸濠会合了，令朱宸濠异常高兴。赶来入伙的佥事潘鹏正好是安庆人。潘鹏见安庆久攻不下，替朱宸濠想出一个破城的办法。潘鹏的至亲家眷有住在城里，也有住在城外的，他叫朱宸濠写了份劝降书，托了住在城外的一位家眷捎进城去，那家眷拿着劝降书进了城，亲自交到守城指挥崔文手上。崔文看罢劝降书，知道送信人是浙江佥事潘鹏的至亲后，站在高高的城墙上喊潘鹏到城下。潘鹏以为那份劝降书令崔文动心了，来到城下。这时崔文突然变脸，撕碎劝降书朝潘鹏抛下，大声问道："你啃食朝廷俸禄，皇恩待你不薄，可你为何忘恩负义背叛朝廷，投靠叛贼？"潘鹏理直气壮回答道："国主昏庸，罢能臣取信奸臣，导致天下贪赃无度，盗匪四起，民怨滔滔，不反，何来新政？"崔文被潘鹏的言辞激怒，抓起送劝降书的人猛地挥剑斩下首级，如抛绣球似的抛给潘鹏，然后又将身躯斩成数截，连续抛给潘鹏，大怒道："天下皆知大逆不道谋反，诛灭九族；潘鹏你仔细瞧着，你家的九族将一一灭尽，你也难逃一死！"潘鹏目睹送劝降书的家眷被崔文斩成几截抛下城来，惊恐万状，而后悲愤难耐。这血淋淋的情形，被攻城的叛军看在眼里，惊惧不已。

崔文从没像这样残忍地杀人，就连守城的士兵看在眼里都感到惊惧。

知府张文锦看不懂崔文为何突然变得如此残虐，责怪说："你这样杀个信使，给了宁王继续攻城的理由。"

崔文说："宁王也有个残虐的口碑，听说他杀人不眨眼，只有显露出比他更残虐的一手，才能压住他。"

张文锦说："万一宁王攻下安庆，来一场报复性的大屠城怎么办？"

崔文说："凭了宁王一人攻城是一只蚂蚁撼大树，怕就怕这黑压压的叛军围城又攻城。我杀信使，是杀给众叛军看的，只有众叛军受到震慑，他们攻城的士气才会被打压下来。"

张文锦不放心地说："我就担心叛军被激怒，不攻克安庆誓不罢休。"

崔文说："杀的是潘鹏的至亲，真正被激怒的只有潘鹏一人，他又能如何呢？但我杀掉潘鹏至亲，可起到杀一儆百的作用。"

崔文一不做二不休，派人抓来潘鹏住在城里的亲眷，一个不留当着城外叛军斩其首级。潘鹏眼睁睁看着众亲眷的头颅从城墙上滚落下来，无助得悲愤至极，发誓攻城。崔文对潘鹏的誓言不屑一顾，对城下众叛军说道："谋反者诛灭九族是朝廷律令。潘鹏参与宁王谋反族人被灭，是奉朝廷律令。你们继续跟随宁王谋反，最终难逃诛灭九族，你们也难逃千刀万剐的凌迟，那可是受三日之酷刑，痛不欲生。"

四

一时得不到兵力歼灭朱宸濠的叛军，王守仁只能依靠江西各州县筹集兵力。他在吉安征集兵力时通知各州县迅速引兵至丰城。待兵力征集完备，王守仁率知府伍文定从吉安起兵赴临江樟树镇，与临江知府戴德儒相会。随之袁州知府徐琏，赣州知府邢珣，瑞州通判童琦、胡尧元，太和知县李楫，宁都知县王天与，新淦知县李美，万安知县王冕等人各引兵出发，共计八万人于七月十八日在丰城会合。各路兵马会合丰城后，统一听从王守仁指挥。出征之前，王守仁召集领头的知府、知县、通判等人商议战事。

徐琏说："宁王东行之前，精心谋划了近半月，可想南昌守备森严，若去攻取，恐怕难破。听说宁王还在攻打安庆，算起日子来，都过去十来天了，城池久攻不下，其兵必然疲惫且沮丧。我军趁此时机顺江逼至安庆，与安庆守军里应外合夹击宁王，必败，宁王败，则南昌不攻自破。"

王守仁细听后摇头说："安庆守军能自保就不错了，哪来的实力援助我军？我军一旦追向宁王，南昌守军决不会坐视不管，更不会坐山观虎斗，如果他们使出最狠一招，出我军后路，断其饷道，绝其粮草，再加上南康、九江叛贼合力杀来，我军腹背受敌，定会困在江上，动弹不得。"

戴德儒说："出征南昌，或者追击宁王，二者取其一，否则没有其他路可走。"

众人都看着王守仁，希望王守仁立马拿出主张。

王守仁琢磨了会儿，一振说："依我之见，宁王东行赴南京，精锐必随他而行。留下来防守南昌的肯定不是精兵强将。我军气锐攻南昌，一定能拿下，只要拿下南昌，等于端掉宁王的老巢，他能不慌吗？还有心思攻安庆吗？他定会在乎他的老巢，会转身跑回来救老巢，既解了安庆之危，也拖住他不去南京。到那时，南下的京军差不多赶到了，我军即使吃不掉宁王的叛军，京军也会吃掉他们。"

众人一听王守仁分析得如此透彻，不再有异议，一直赞同出师南昌。王守仁开始排兵备战。城池最薄弱的地方是城门。南昌共有七座城门：章江门处于赣江连接鄱阳湖的水道旁，城里叛军容易从章江门逃走；广润门靠近赣江，为四方货物集散地，人流如潮很是热闹；抚州门地近荒野；惠民门是农民经抚河运送农产品进城的通道；望云门前是片开阔的场地，方便安营扎寨；坛头门为祭坛之处；琉璃门外是宁王练兵的校场。根据以上七座城门的不同特点，王守仁排出七支突击队攻克城门，又备云梯攀越城墙。

七月十九日，兵分数路从丰城出发。将士们为蓄积体力，行军百余里大多走水路，二十日黎明，各路兵马按指令到达南昌。

王守仁不知城中底细，担心城池久攻不破，特地下了道军令："一鼓附城，二鼓登城，三鼓不登城者诛，四鼓不登城者斩其队将。"这道军令逼得攻城将士毫无退路，唯有以死相拼。

就在王守仁率军攻城的时候，宜春郡王朱拱樤和内官万锐正躺在宁王府里睡得香甜。朱宸濠发兵东行时，把偌大的南昌城交给朱拱樤和万锐，指望他俩率军守住南昌城。等朱宸濠发兵离开南昌城后，他俩大意起来，以为要来攻城的是南下的京军，京军即便南下，不会这么快兵临南昌城下，至少在最近一段日子，南昌城会平安无事。正因朱拱樤和万锐的大意和松懈，守城军跟着大意松懈起来。

天刚蒙亮，城上守军有的在睡觉，有的早已开小差溜走，正是防御最薄弱的时候。攻城军听到一鼓声，蜂拥至城墙，迅速往城墙上搭起云梯；到二鼓敲响时，攻城军如蚁往云梯上攀登。这才惊动城上守军，往城下一看，黑压压一片全是来攻城的，大惊失色。攻城军有主帅王守仁的军令摆在面前，队将们一个劲儿督战，后退是死，不如冒死登城，前仆后继攀登云梯。从睡梦中醒来的城上守军事先毫不知晓有人来攻城，又缺乏统一指挥，各自为战抵御了一阵子，慌了起来，很快乱成一团。

就在攻城军一拨接一拨往城墙上攀登的时候，有人跑来给王守仁报信，说抚州门已破。王守仁大喜，不失时机地率领将士从抚州门冲进了城。紧接着章江门、广润门和惠民门被攻破，城外大军潮水般涌进城门，杀得守城军溃败成烂泥，只好缴械投降。

王守仁和部下原以为攻克南昌城会发生多次血战，且是艰辛难料，没承想是如此的顺利、如此的快捷，仿佛没费吹灰之力。

指挥守城的宜春郡王朱拱樤和内官万锐在王守仁率军攻进城来时仍躺在床上，他俩被惊恐万状的守卫叫醒，怎么也不相信南昌城在一夜之间就落入了王守仁手中。

万锐狐疑问道："王守仁不是去了福建吗？"

前来禀报的守卫说："他没去福建。"

朱拱樤愤然说："没料他从去福建的途中折转回来了，真是狡兔三窟。"

又有失魂落魄的守城护卫跑进宁王府，急急禀报说："完了，南昌城完了，城里到处都是王守仁的兵。"

朱拱樤和万锐明白南昌城大势已去，谁也救不了了，好像给人抽掉筋骨。

过了会儿，万锐格外沮丧说："无颜见宁王。"

朱拱樤随后说道："被守仁俘获，唯有死路一条，不如自绝罢了，来得体面。"

两人生出绝望，又不想被王守仁擒获，放火点燃宁王府。

攻进城来的王守仁和众将士还没来得及喘口气，见宁王府那边浓烟翻滚，腾起火焰。等他们赶到宁王府时，朱拱樤和万锐领着十多人扑火而亡。

这当儿，较劲儿的朱宸濠仍在跟安庆城过不去。突然有报传至安庆，通报王守仁率师大破南昌城，守城指挥朱拱樤和万锐扑火亡。获此消息，朱宸濠如五雷轰顶，大惊道："诸位随我去救南昌。"

李士实连忙劝道："殿下既然离开南昌，就忘了南昌吧。应尽快舍弃安庆，直趋南京登大位。"

朱宸濠又急又愤直摇头："弃安庆，但不可以弃南昌。"

刘养正也劝道："燕王当年离开北平南下取南京，从没想到半途回返北平，可是殿下为何执着一个南昌？"

朱宸濠放心不下说："南昌是我的根据地，万一取南京受阻，我失根据地，能退避何处？"

李士实说："南京和南昌都属江南，只要殿下得南京，就不会失南昌。"

朱宸濠苦着脸叹道："南昌积蓄尚多，一旦丢失，此后的军需从何而来？"

刘养正毫不客气地说："殿下要的是江山，却不忘自家几亩薄田和积蓄，岂能成就大事？"

朱宸濠不听，执意要救南昌。

七月二十二日，王守仁得到谍报，朱宸濠已遣两万兵力来救南昌了。回来的是大敌，如何招架，王守仁召众将领商议对策。

临江知府戴德儒有点不安说："南昌城被我军攻破，宁王必盛怒。我军尚无援军，恐怕支撑不住，何不守在南昌城里，等四方援兵到来，来个里应外合歼灭叛军。"

王守仁摇头说："叛军来袭两万，后边何止两万？我军若固守城中遭围，极端被动。再说城里粮草，也支撑不住我军久日固守。宁王兵力虽强，久攻安庆不下，其兵卒疲惫，又闻巢穴被我军端掉，折回来的心情必定沮丧，且是众心多有游离。我军攻城获胜，士气正在高处，此时乘胜迎击，叛军多有不堪一击。"

七月二十四日，两军在黄家渡相遇。朱宸濠的军队鼓噪出夺城的盛气来。王守仁的军队早已作好迎战准备，吉安知府伍文定和佘恩带领小股兵力从北边诱敌入圈套。朱宸濠的军队凭着一股夺城的盛气，驾驶战船追赶伍文定和佘恩，这一追一逃，拉开了朱宸濠叛军的战船，显露出前后不应的弱点。邢珣就在这时领兵从南边横贯其阵，包抄后路；伍文定和佘恩突然掉转船头，与徐珣形成南北夹攻之势，打得朱宸濠的叛军前无进路后无退路，一时施展不开，大乱方寸。伍文定、佘恩和徐珣一路包抄夹攻，攻打了十余里，歼杀敌军二千多人，慌不择路跳江溺死者数以万计。

这一战，打得朱宸濠大伤元气，领兵退到八字脑。夜里泊船时泊在了八字脑的对岸。朱宸濠站在船上见江水湍急，显露出凶险之相，不放心地问左右将士："这泊船的地方叫什么名字？"左右人等不知是什么地方，都答不上来。

船上正好有位小卒是附近的池州人，他知道是什么地方，快嘴回答说："殿下泊船的地方叫黄石矶。"

池州人念"黄"和"王"都是一个音，朱宸濠把"黄石矶"听成"王失机"。加上白天遭遇伍文定、佘恩和徐琯夹攻，打得朱宸濠兵溃四散损失惨重，令他心情糟透了。此时遇小卒口吐"王失机"，惹他大怒道："你竟敢嘲笑我？"不由分说拔剑杀了小卒，杀得众人莫名其妙地看着他。

刘养正不解地问道："殿下为何拔剑杀掉一名小小士卒？"

朱宸濠仍旧怒道："他说王失机，分明大胆嘲笑本王失去时机，本王才杀他。"

刘养正这才明白，哈哈一笑，解释说："他说的黄是黄色的黄，他说的石是石头的石，他说的矶，跟安徽地名采石矶的矶同字，是个石旁矶，不是木旁机。"

朱宸濠顿时一惊，这才知道自己听错了话，杀错了人。

五

王守仁派知府陈槐和林械领兵攻九江，派知府曾玙和周朝佐领兵攻南康。朱宸濠闻知后，焦虑难耐，对左右说："再失九江和南康，我还有什么地盘？"刘养正宽慰说："殿下首战虽败，主力尚存，只要重振军心背水一战，若胜守仁，既可复得南昌，也可安定封地。"朱宸濠打起精神说："发兵九江、南康，与王守仁决一死战！"刘养正说："重赏之下，必有勇夫。殿下要想决胜，可先令赏将士，待临阵时刻，必有勇夫呼之欲出。"朱宸濠领首道："那就悬赏吧。"刘养正笑问道："如何赏法，应即刻公示。"朱宸濠说："将士争先杀敌者，赏千金，勇猛杀敌受伤者，追加赏百金。"

赏令一公布，众将士果然摩拳擦掌，起航朝着九江、南康快速前行。

战船没行多远，与伍文定等人狭路相逢。

因朱宸濠悬了重赏，将士们冲着重赏人人变成亡命徒，好似一股抵挡不住的疾风朝着伍文定等人扑腾过来，眨眼之间，伍文定的部下被杀得招架不住，伤亡数百，惊慌得纷纷退却。见这情形，伍文定也是一阵惊慌，但很快他镇定下来，拔出宝剑，亲斩了几位胆小脱阵者，这才稳住阵脚。

这次交战，两军都使出炮铳，打得浓烟翻滚，震响天际。主帅伍文定立在船头指挥作战，突然间飘来一团火球，从伍文定身边飞过，烧着了他的衣裳和胡须，他立马扑灭身上的火，誓死督战。将士们见主帅伍文定临危不惧，没有退路。

两军交战一个多时辰，仍不见胜负。伍文定急中生智，指挥火炮手集中火力攻打朱宸濠的坐船，炮发数十枚，终有一弹击中朱宸濠的坐船，炸毁船头，船舱进水，渐渐往下沉去。朱宸濠被这飞来的一炮炸得吓掉魂，赶紧逃到了别的船上。就是这一炮，炸得朱宸濠的将士魂飞魄散，溃不成军，逃向鄱阳湖的樵舍。

伍文定的部下正要追杀过去。

伍文定告诫说：“穷寇勿追，咱们回营，改天再战。”

回到营地，万安知县王冕对伍文定使出一计。

王冕说：“宁王的战舰可载数百人，行在江河不如小艇快速，我军应使用小艇……”

没等王冕说完，伍文定摇头说：“宁王的船个头大，咱们用上小艇，一旦两船发生冲撞，我军的小艇怎么撞得过宁王的大船？”

王冕说：“宁王扎营在樵舍，那地方芦苇丛生，水道狭窄，大船一旦进入狭窄的水道，笨拙得要命，只有小船机灵……”

伍文定听懂一半，忙问道：“接下来呢？”

王冕说：“我军在小艇上乘风举火，用火攻，宁王必败，并且会败得一塌糊涂，毫无回天之力。”

伍文定倏地缓过神，一拍大腿说：“王先生出的这个主意真绝，可我怎么没想到呢？”

第二天，伍文定采纳王冕的主意改乘小艇，邀约主将邢珣、徐琏、戴德儒、佘恩等人密谋布阵，兵分数路赴樵舍，直接钻进芦苇荡。朱宸濠接连兵败，退至樵舍后军心不振，若再征再败，士气定然崩溃。于是朱宸濠求胜心切，拿出随行携带的金帛奖赏将士。哪知伍文定等人就在朱宸濠奖赏将士的时候，率军来到了樵舍，来的居然是一条条木筏子。刘养正和李士实眼看木筏子一条接一条驶入芦苇荡，大喜过望，便觉那小小的木筏子，岂能敌得过他们大大的战舰。朱宸濠抓住这个时机，下令战舰组成方阵去冲撞木筏子，一条不剩全撞沉。

伍文定见朱宸濠的战舰形成方阵追来，也不回头迎击，佯装逃离直往前行，就是要诱敌深入芦苇荡。朱宸濠生怕伍文定逃走，火急火燎地指挥战舰猛追前边的木筏子，没承想战舰驶进芦苇荡狭窄的水道，航速变得缓慢，连掉转船头都相当困难。伍文定他们的木筏子在芦苇里穿梭自如。求胜心切的朱宸濠这才发现中计，正要退出芦苇荡，来不及了。只见伍文定领兵操起火箭、火把直冲过来；邢珣领兵操起火箭、火把从左边攻击过来；徐琏、戴德儒领兵操起火箭、火把从右边攻击过来；佘恩等人配合火攻形成合围之势。

没等朱宸濠率兵从芦苇里撤退出来，四面的火箭、火把横穿半空，仿佛天降火雨落在了朱宸濠的战舰上，点燃战舰引燃芦苇，更可怕的是湖风助阵，吹拂着火焰很快连成一片。战舰上的叛军在眨眼间被大火围困，惊慌大乱，谁也顾及不了谁，纷纷跳水逃命。

朱宸濠的坐船成为众矢之的，密如雨丝的火箭快速飞来，他的坐船着了火，噼噼啪啪烧得热浪滚滚，他和众王妃、众儿女被火困住，无处可逃。众王妃、众儿女见大火快要烧身，吓得哭叫连天。火攻来得突然，朱宸濠想稳住局势，见避火的将士们只顾跳水逃命，这宽广的水域岂能逃得了生呢，跳下去必死无疑，便觉大势已去。他心口猛地一沉，哀叹道："大限降临，天要灭我！"吓得蹲下身来，和众王妃、众儿女抱头大哭。这时娄妃一脸泪水瞅着朱宸濠埋怨道："王爷听奸佞之言负皇恩，反斥臣妾忠言为妇人之见，现在好了，连苟且偷生都无门可入啊！"此话刺得朱宸濠抱愧不已，连说是我害了爱妃。绝望的娄氏冷不丁儿站起身，直朝船舷奔去，一跃跳进水里再也没浮出水面。

见娄妃跳水而去，朱宸濠完全崩溃。伍文定等人率军奔来，朱宸濠束手就擒，他的随从一并就擒。水上残寇无主支撑，全都弃械投降。

伍文定等人押着朱宸濠回到了南昌，将戴着大枷的朱宸濠推到了王守仁面前。

好像没有审讯朱宸濠的心情，王守仁摆出儒雅的书生气来，冲戴着大枷的朱宸濠温和地笑了下。

朱宸濠也笑了，笑得格外尴尬。

王守仁收敛笑，看着朱宸濠不吭声，好像要腾出时间给朱宸濠自圆其说。

朱宸濠终于耐不住王守仁的沉默，翕动嘴巴，伸出舌头舔了下干枯的嘴唇，苦笑一声说："我被王先生擒获，知罪，情愿削去护卫，降为庶人可以吗？"

王守仁闭上眼睛"嗯"了声，然后睁大眼睛，扬起头说："有国法在，宁王的任何请求都敌不过国法。"

朱宸濠垂下头，不禁想起娄妃来，一声长叹道："商纣王听妇人之言亡天下，我不听妇人之言亡封国，悔之晚矣，悔之晚矣！"

伍文定问王守仁："宁王如何处置？"

王守仁回答说："宁王身为皇亲，豆腐泼了一地，架子还在呀，就交给朝廷处置吧。"

第十五章　醉在南巡捂大捷

一

　　王守仁派心腹飞报宁王谋反抵达朝廷，京师大震。兵部尚书王琼立马觐见，奏请皇上下诏削宁王属籍，正贼名，向天下宣布宁王反叛罪行。朱厚照虽没显露出心急如焚的样子，可他非常担心宁王的反叛失控，引发天下大乱。他随即想起宁夏安化王朱寘鐇举兵谋反十八天就被镇压的往事，但愿宁王谋反也是短命的。于是他问王琼，宁王反，到底能反多久？王琼回答道："有王守仁在江西，陛下不必担忧，不多日会有捷报传至朝廷来的。"朱厚照叹道："就怕王守仁不能速战速决镇压住江西叛寇。"王琼道："王守仁巡抚南赣讨贼，屡出奇策，无败迹，相信他镇压江西叛乱能制胜。"随后朱厚照又叹道："宸濠劣迹昭著，朕不是不知道，朕每每收到奏他的奏章，总是以仁者之心宽容他，没问其罪。可他背主离心，是朕从没料到的。但愿守仁出奇策，逮住宸濠，问罪惩处。"

　　江彬眼看除掉钱宁的机会来了，岂肯放过。等朱厚照独处时，江彬凑上前说道："宁王恢复护卫，就是预谋造反。"

　　朱厚照后悔地说："朕太大意，放任了他。"

　　江彬说："听说宁王在钱宁身上花去不少银子。"

　　朱厚照一惊，连忙问道："宁王为何在钱宁身上花银子？"

江彬回道："就是请钱宁帮他周旋，恢复护卫。"

此话令朱厚照一震，不禁想起钱宁曾在他面前替宁王进言，立刻警觉起来。

江彬接着又说："听说宁王每次来京城，首先登钱宁府上，人说无事不登三宝殿，可想他们一定有过不为人知的密谋。"

朱厚照目不转睛地盯住了江彬："难道钱宁负我？"

江彬勾下头道："早些时候，皇上召大臣廷议皇储，只有钱宁再而三地举荐宁王世子，还说宁王是忠臣，立宁王世子皇上无忧。"

朱厚照立马拉长脸，厉声道："传钱宁。"

等江彬退下后，近侍太监跑去传旨，带钱宁来到了朱厚照面前。这时的钱宁丝毫不觉大祸临头，还以为朱厚照遣使他去做什么事儿。

朱厚照一脸冷漠地打量钱宁，问道："你随朕多年了，朕从没薄待你，可你为何负朕？"

钱宁打个冷战道："臣不敢负皇上……"

朱厚照一瞪眼道："南昌的宸濠恢复护卫，贿赂你多少银子？"

钱宁居然淡定得很，否认道："臣从没受过宁王任何贿赂。"

朱厚照怒道："宸濠谋反，你跟他有没有串通一气？"

钱宁继续否认道："臣从没参与宁王谋反，请皇上别听谣言。"

朱厚照大怒道："好你个嘴硬的东西，不见棺材不掉泪！"

于是将钱宁下了诏狱，这不仅是江彬的期盼，更是许多朝臣的期盼。可是江彬并不满足钱宁下诏狱，他想置钱宁于死地，只有钱宁彻底消失了，才不会跟他争宠。但钱宁毕竟是皇帝的宠臣，即便下了诏狱，兴许还有变数。江彬担心他接二连三地奏钱宁阴事，引起皇帝的猜疑和反感，只好怂恿心腹太监张忠接替他奏钱宁。张忠来到朱厚照身边，奏道："钱宁是鸭子死了嘴巴硬。"

朱厚照扭过头来看着了张忠："你说这话是什么意思？"

张忠不紧不慢地回答道："宁王贿赂钱宁，不是一次两次，是许多次，都数不清了，可以说钱宁是宁王安插在朝廷的眼线。"

朱厚照非常震惊，忙问："你是怎么晓得的？"

张忠说："除了皇上不晓得，晓得的人多着哩，但都害怕钱宁杀人灭口，不敢奏报皇上。可以说钱宁是第二个刘瑾。刘瑾落马时，皇上亲自去抄刘瑾家，不是抄出堆积如山的金银财宝吗？这次皇上亲自去抄钱宁家，照样能抄出堆积如山的金银财宝来。"

堆积如山的金银财宝被张忠说出口，格外刺耳。朱厚照不由得想起抄刘瑾家的情形，怀疑地说："宁王哪来那么多财宝送给钱宁？"

张忠说："多年以来，江西盗贼之所以猖獗，是因为有宁王保护，宁王凭什么要保护盗贼，是盗贼养着宁王，靠宁王撑腰。"

朱厚照又是一震，挥手说："备轿，去钱宁家看看。"

侍卫抬来轿子，请朱厚照乘坐上去，里三层外三层地护着轿子来到钱宁家。钱宁家的卫士早已作鸟兽散，只有一群打杂的家奴还没来得及离开。听到皇上驾到，家奴们全都跪在两旁迎驾。

朱厚照下了轿子，带着众侍卫进了大门，下令一个房间接着一个房间翻箱倒柜抄查，抄出值钱的东西堆放在院落空地上。刚开始，张忠有点担心抄不出堆积如山的金银财宝，让他背上欺君的罪名，反而给钱宁洗清了身子，他不安。后来侍卫往外搬运的财宝越来越多，院落里的空地上越堆越高，他的心才踏实下来。

不抄不知道，一抄吓一跳，抄到末尾，抄出玉带二千五百束，黄金十几万两，白银三千箱，胡椒数千石，把空荡的院落堆放得满满当当。

张忠大有立功后的快感，凑近朱厚照，得意地说："皇上，臣没说半句假话吧。"

朱厚照点头说："算你没说假话。"

这时江彬赶来，目睹钱宁家院子里堆满黄金白银，故意惊叹说："记得那年皇上抄刘瑾家，抄出惊天之数，这回钱宁家的赃物一点不比刘瑾家的逊色，皇上如何处置呢？"

朱厚照双手叉着腰，扫了眼查抄到的赃物说："户部的太仓库里缺的是金银财宝，等运回宫之后再说吧。"

二

朱宸濠举兵谋反，给了朱厚照南巡的理由。因内阁始终拒绝草敕，朱厚照只好自称"奉天征讨威武大将军镇国公"亲征南下，令江彬和许泰领兵随行。

游幸江南是朱厚照的心愿。早些时候，他要带江彬南下，遭百官谏阻，气得他奈何不了。这次南下，想到群臣不会沉默，他问江彬如何应对。江彬说："江西出了天大的乱子，这回再有官员谏阻皇上南下，是无理取闹。皇上干脆提前下旨，有谏阻者，处以极刑。"这个吓人的主意不错，朱厚照连忙采纳，下了道极刑令，果然封堵住群臣的嘴巴。

刘良女从太原来到京城之后，一直居住在豹房的腾沼殿。朱厚照南下亲征，没忘带上刘良女，他来腾沼殿时，不巧刘良女正处在病中，一时上不了路，只能缓行。朱厚照倾下身子趴在病榻边，随手掏出一枚精美的玉簪在刘良女眼前晃了晃，说等爱妃病愈后，朕以这枚玉簪为信物，派人带上信物来接爱妃游幸江南。刘良女满心欢喜，撒娇说臣妾不见信物是不会上路的。朱厚照说朕决不食言。两人约好在通州潞河相会。

八月十二日，车驾出了京城。过卢沟桥时，朱厚照竟将信物玉簪丢失，他亲自带人在路上寻找，没找到。到了潞河，朱厚照派人回豹房接来刘良女。说好信物相见，派去的人拿不出那枚玉簪，刘良女以为朱厚照将那玉簪许给了另外的人，生起气来，不肯被人接走。从京城到涿州，路程不过数十里，为了那枚信物，足足走了四天。待车驾抵达涿州时，王守仁派往京城传送捷报的人正好赶到涿州，与朱厚照不期而遇。

捷报附带王守仁的奏疏由江彬接过来，递进了御辇。朱厚照览毕捷报，心情愉悦地出了口长气，接着阅览王守仁的奏疏：

> 臣于告变之际，选将集兵，振扬威武，先收省城，虚其巢穴，继战鄱阳，击其惰归。今宸濠已擒，逆党已获，从贼已扫，闽、广赴调军士已散，地方惊扰之民已定。窃惟宸濠擅作威福，睥睨神器，招纳叛亡，辇毂之动静探无遗迹，广置奸细，臣下之奏白百不一通。发谋之始，逆料大驾必将亲征，先于沿途伏有奸党，期为博浪、荆轲之谋。今逆不旋踵，遂已成擒，法宜解赴阙门，式昭天讨。然欲付之部下各官，诚恐潜布之徒乘隙窃发，或虞意外，臣死有余憾矣。盖时事方艰，贼虽擒，乱未已也。

王守仁料到皇帝要来亲征，担心途中劫驾，劝皇帝不要来亲征，由他亲自来京师献俘。这本是万全之策，但朱厚照想到王守仁要来献俘，他没理由继续南下，立刻封锁消息，不让随从官兵知道。又下诏王守仁不要来献俘，他好继续南下。

得到王守仁的捷报，朱厚照心里的一块石头落了地，忧患随之除去。车驾到达山东临清时，朱厚照念念不忘刘良女，他突然玩起失踪来，没跟谁打声招呼，一个人悄悄溜回京城，随驾的大臣不知皇帝去了哪里，急得直跳脚。待朱厚照带着刘良女出现在临清时，急得跳脚的随臣这才知道是怎么回事。

车驾走到江苏清江浦时，朱厚照见有渔夫在河道、湖泊捕鱼，看上去好玩得很，他下令不走了，随侍车驾的官兵不得不停下脚步，陪他捕鱼玩儿。阁臣梁储和蒋冕也随了车驾南下，正焦虑宁王谋反的事。朱厚照担心梁储和蒋冕知道王守仁的捷报后，劝谏回銮，他瞒着梁储和蒋冕。

两位阁臣没有闲情逸致捕鱼。

梁储走到朱厚照面前说："江西出了那么大的事，皇上哪来的心情停留清江浦捞鱼儿玩？"

朱厚照哄梁储说："早有重兵压境江西了，朕亲征江西，不过是打扫战场。"

蒋冕说："军情危急，皇上捞鱼儿玩，别误了大事。"

朱厚照不听，继续捞鱼儿玩。

车驾要到扬州。扬州盛产美女闻名京城。江彬想在扬州大饱眼福，趁了朱厚照驻跸清江浦之机，打着提前安顿车驾事宜的幌子，拉上太监吴经当差赶赴扬州。两人到达扬州后，首先通报扬州知府蒋瑶随时准备接驾，然后以皇帝亲征为名，强占几幢高门宽宅充当总督府。知府蒋瑶劝阻江彬不要扰民。江彬威胁蒋瑶，说皇上亲征驾临扬州，借几幢民宅歇驾，你岂敢不从？蒋瑶吓得不敢吱声，随了江彬放纵。于是江彬带了吴经逛在扬州城里，果然发现扬州处处可见美女。吴经是太监，见到美女既没冲动也使不上劲儿。江彬不是太监，他的精气相当充沛；在皇上没到达扬州之前，他要好好享受一番扬州美女的滋味，便派吴经去抓美女。

被抓进总督府的女子就是不听使唤，哭闹着要回家。女人不顺从，令江彬倒胃口，可他经受不住美色诱惑。吴经看在眼里，提醒江彬说："这美人是给皇上准备的，江大人先用上了，让皇上发现咋办？"江彬说："扬州到处是美人，皇上来扬州召选侍寝，用罢就扔掉，不会当真的。"吴经还是心有余悸，瞅着江彬欲言又止。江彬威胁吴经说："我在扬州玩女人，你要是说出去，让皇上知道了，我操刀割掉你的舌根子，让你再也不能开口说话。"吴经吓得打个寒战："奴才不敢，请江大人放心。"此后吴经只管抓女子。江彬是否睡过女子，吴经视若无睹。

算日子皇上的车驾该要抵达扬州，仍没出现。在扬州贪女色的江彬适可而止，留下吴经看守总督府，他回返清江浦接驾。

车驾已经离开清江浦，江彬在半路上相遇车驾。

十二月辛酉日，车驾抵达扬州。

朱厚照和随驾而来的刘良女驻跸在了临时设定的总督府。

一路上，朱厚照跟刘良女依依偎偎，亲热得很。到了扬州之后，他撇下刘良女，要做的第一件事，就是找美女。有关扬州美女，朱厚照印象特别深，譬如京城的豹房就有许多来自扬州的美女。他问江彬："你提前来扬州，遇到的美人到底有多美？"江彬挑逗说："皇上只要看上一眼，就会销魂。"朱厚照突然来了兴致，不顾旅途疲惫，站起身说："走吧，到扬州城里逛逛。"

出驾南巡，朱厚照一直没穿龙袍衮服，而是着戎装，一介威武大将军的派头。他即使出现在扬州城里，也没人能认出他是当今的万岁爷。在以往，无论他游幸在什么地方，最大的嗜好就是逛。他最讨厌逛的时候身边紧随一群护驾的侍卫，总是悄无声息带上若干侍从，这样逛起来，不会被人认出他是皇帝，就不怕劫驾。他带上江彬和太监吴经溜出总督府，逛在了街市上。扬州久负盛名，是江南最有特色的文化名城，城里的园林建筑，如同精致的古玩，逛起来，令人神清气爽。扫兴的是朱厚照逛了几条街市，却没遇到一位容貌俱佳的女子。

"你说扬州城里的美人美得令朕销魂，都逛了好一会儿，怎么没遇上一位？"朱厚照问江彬。

"早些天，我和吴经的确遇到过许多令人销魂的美人。"江彬感到奇怪。"今天一个都不见，不知是怎么回事。"

吴经知道缘故，不敢当着朱厚照的面说出来。

后来吴经悄悄告诉江彬："扬州美女都躲藏起来了。"

江彬说："她们为何躲藏？"

吴经说："正是江大人派我抓她们……"

江彬朝吴经瞪眼说："你再提这话，小心我割掉你的舌头。"

吴经吓了一跳，闭了嘴。

　　吓唬完吴经之后，江彬把找不到扬州美女的原因转嫁到了朱厚照身上，告诉朱厚照，说扬州美人一个都不见，她们是回避皇上，全都躲藏起来了。朱厚照老不高兴了，说朕首次游幸扬州，她们不迎驾，反而躲藏起来，是对朕的大为不敬。江彬想起在宣府半夜敲门寻找美人，说只要夜里派人挨家挨户搜，一定能找到皇上喜欢的美人。朱厚照说半夜敲门入室，是扰民，不妥当。江彬说皇上在宣府的时候，不是敲过门吗？

　　难寻扬州美人，朱厚照没多强求，下令召来扬州处女和寡妇。

　　江彬带了一帮人，差使太监吴经打头阵，挨家挨户搜寻，果然搜出深藏闺阁的女子，惊动扬州城，引起一片恐慌。有女待嫁的人家，赶紧嫁出女子。姿色颇佳的女子，连夜逃出城外投亲靠友去了。江彬和吴经找回来的女子，朱厚照一个都看不上，他看不上，女子们还不情愿，待在总督府里哭得震天响。朱厚照一看她们的哭相，越发不爽，对她们说："朕又没糟蹋你们，你们哭什么呢？都回吧。"

　　女子们不哭了，一个接一个离开了总督府，她们没想到自己的身材和相貌长得不出色，被皇帝拒绝了。

　　找不到扬州美女，朱厚照格外沮丧，抱怨江彬和吴经办事不得力。两人受到皇帝训斥，恨不得在扬州城里挖地三尺。两人接着再去探寻，白天派人身着便服在城里东游西逛，探到哪家藏了美人，不出手，等到半夜时分，出动一群人举起火把，打着灯笼来到白天探好的人家，突然叫嚷皇帝驾到！那户人家一看窗口外边亮堂堂的来了许多人，真的以为皇帝驾到了，不敢怠慢赶紧开门迎驾，这时一群人拥进大门，从床上背起美人就跑。

　　叫嚷"皇帝驾到"这一招使上几天，被人识破，不再显灵，怎么喊就是不开门。不开门就拆开门，遇到大户人家的门厚如城墙，门后抵着根木杠子，怎么撞也撞不开。江彬和吴经自有办法，挥起锤子朝着墙壁猛烈地敲击，敲出一个洞，派人钻进洞里，背出美人送往总督府。

三

游幸到了扬州的朱厚照就是寻个开心。有一次他在河里钓起一条大鱼，说这条鱼至少值五百金，这可是个相当惊人的天价。江彬逼迫扬州知府蒋瑶买下这条鱼。蒋瑶当真了，一时拿不出五百金，又得罪不起，回家取来夫人的簪珥、袿衣进献给朱厚照。

簪珥是银制的镶嵌了玉器。袿衣是贵妇家传的常服。

见了蒋瑶的簪珥和袿衣，朱厚照吃惊地说："你偷你家夫人的东西进献给朕？"

蒋瑶解释说："奴才没有五百金换取皇上钓的鱼。"

朱厚照这才明白，扑哧一笑说："朕不接受你的进献。朕说那条鱼值五百金是开的玩笑。"

蒋瑶说："奴才当真了。"

见蒋瑶认真，朱厚照说："你要进献，就进献琼花吧。"

蒋瑶说："琼花自宋朝之后在扬州绝迹了。"

朱厚照说："扬州产苎白布总没绝迹吧。"

蒋瑶不得已，进献了五百匹苎白布。

江彬等人怂恿朱厚照淫乐，索取财物，在扬州城里闹得民怨飞扬。随驾的阁臣梁储和蒋冕看不下去了，跪在朱厚照面前直谏。

梁储说："忧天下事，爱天下民是天子的己任。陛下游幸扬州，本是与民同乐，共享天伦。可是陛下放任几个宠臣凿墙入室，抢夺民女，也不问罪，这民心实在是伤不起啊。"

蒋冕说："天下民女既是天下人母，也是天下父母之骨肉，伤民女视同伤天下；天下安，则国家安，国家安，则陛下安。"

两位阁臣毫无情面直谏，朱厚照尴尬得很。

正好刘良女也在一旁，听了梁储和蒋冕的直谏，按捺不住地劝说道：
"梁阁老和蒋阁老一腔忠言，皇上不得不听，不得不行。"

朱厚照这才说道："放众女子回家，明日起驾离开扬州。"

第二天，朱厚照起驾离开扬州，乐而忘返继续南下，前往南京。

在前往南京途中，入夜就寝时朱厚照做了个梦，梦见一群猪围追他，
他逃无去路，吓得惊醒过来，叫喊猪猪猪。躺在他身边的刘良女被他叫醒，
坐起来忙问道："皇上四周全是侍卫，哪来的猪？"朱厚照浑身冒着虚汗说：
"朕刚才梦见了一群凶恶的猪……"刘良女好奇又问道："那群猪怎么了？"
朱厚照没回答。

身为天子，遭遇一群猪围追，竟是逃无去路。朱厚照便觉这个梦做得
非常奇怪，联想起他此次南下亲征，对手是宁王朱宸濠，梦里的那群猪会
不会是一种不祥的暗示？这般琢磨，猛地意识到他和宁王都姓朱，且猪与
朱同音。他属猪。梦里的他正是在路途上遭遇那群猪的，他正好奔行在去
南京的路途上，预感途中会遇风险。天亮之后，夜里做的那个梦仍如一团
阴影笼罩在他心头，急于破梦求解，他当即下了道禁猪令：

养猪之家，易卖宰杀，固系寻常，但当爵本命，既而又姓，虽然字异，
实乃同音。况兼食之随生疮疾。宜当禁革。如若故违，本犯并连当房家小
发遣极边卫，永远充军。

这禁猪令下达之后，沿途百姓害怕违令后发配千里之外充军，子子孙
孙永不回返。没等朱厚照游幸到南京，民间的猪绝迹，要吃肉，只能用羊
来代替。

正德十四年的十二月下旬，朱厚照驻跸南京。

南京的紫禁城里曾入主过朱元璋、朱允炆、朱棣三位明朝皇帝。自永
乐十九年，朱棣迁都北京，南京的紫禁城就闲置了，既没皇帝视朝也没大

臣候朝。直到迄今，宫里建筑依旧保持原样。南京乾清宫原是朱元璋、朱允炆、朱棣的寝宫。朱厚照下榻在了乾清宫，将这乾清宫当作了行宫。

南京官员难得盼来皇帝驾临，百般地侍奉，生怕哪炷香烧歪了，给自己惹上麻烦。江彬率军数万扈从皇帝车驾，高视阔步且把南京官员没看在眼里。南京官员知晓江彬是皇帝身边的大红人，见到江彬自觉地低矮了几分。

正德十五年（1520）正月，魏国公徐鹏举在紧靠秦淮河边的自家瞻园宴请江彬。徐鹏举正是明朝开国元勋徐达的后人，其中徐达的长女又是永乐皇帝的皇后，可想徐家和朱家的世族渊源非同一般。可以说徐鹏举在年头的正月里宴请江彬，给了江彬天大的面子。江彬来徐家瞻园赴宴时，徐鹏举没开启中道门迎客，让江彬走了侧门；而后的宴席上，徐鹏举又没设中堂座，让本该入席中堂位的江彬坐了侧位。这使江彬感觉徐鹏举没拿他当回事儿，顿时大怒。徐鹏举也耐得住性子，轻笑着解释，说当年太祖高皇帝驾临瞻园，进出中道门，把盏入座，坐的是中堂位。一听这话，江彬明白了，岂敢跟太祖高皇帝争高下，不得已就宴。

到了南京后的正德皇帝朱厚照，一直沉醉在江南的风情里，只顾赏景观花，寻找金陵美人，哪有工夫顾及随从们的举动。

一晃到了正德十五年六月，朱厚照南巡快一年，驻跸南京快半年。他却没有回返京师的念头。从扬州到南京，他夜夜离不开女人侍寝，淫乐无度，精气自然流失过度，龙体越来越虚弱，讲话没有中气，步态缺乏神气。江彬眼看朱厚照的龙体每况愈下，想起宁王举兵东行要在南京称帝，可笑的是宁王肩上长着一颗猪头，跟安庆城过不去，又小家子气十足，丢弃不下封地南昌；如果宁王有昔日燕王直趋南京永不回返的壮举，他早已在南京称帝。想到宁王要在南京称帝成为过眼烟云，江彬在冥冥之中起了邪念。

南京共有十三座城门。江彬对这十三座城门动了心思，只要得到十三座城门的十三把开锁的钥匙，就可得到南京城了。掌管城门钥匙的机构是南京兵部。江彬异想天开地去见南京兵部尚书乔宇，直接向乔宇索取十三座城门钥匙。乔宇大惊，心想南京十三座城门钥匙，未曾有谁敢索取，江彬破天荒地索取，不得不使他产生怀疑。乔宇拒绝说："开启城门的钥匙因有祖宗法制在，除非皇上下诏，任何人不得索取。"江彬这才打消索取城门钥匙的念头。

六月的南京酷热难耐，朱厚照来到南京郊外的牛首山歇暑。这牛首山与栖霞山齐名，为明朝皇家避暑山庄，夏季绿荫如云，格外清凉。随驾亲征的京军紧跟朱厚照拔营在了牛首山。这京军其实就是原来的边军，正是那年江彬说通朱厚照，让京军跟边军互调，江彬身为边军将领，把自己人调到了自己身边。也就说朱厚照南巡，一直是江彬的人在护驾。

牛首山离南京城数十里，上不着村，下不着店。起过邪念的江彬又不安分了，心想索取南京城门钥匙不成，这荒郊野地的牛首山是个机会。他背地里跟心腹许泰密谋，争取许泰支持。身为原边军将领的许泰拥有绝对军权，可他面对江彬的唆使，觉得事大，不敢轻举妄动，问江彬："这种事做得吗？"江彬说："就连朱家的人都做出了推翻朱家皇帝的事来，咱们为何做不得？"许泰一想也是的。随后江彬又在背地里召见其他几位心腹，蛊惑说："皇帝昏庸无道，只晓得贪图女色，无所作为。只要诸位随我齐心合力在牛首山起事成功，诸位就是为人之上的左丞右相，子子孙孙尽享万全之福，何乐而不为呢？"心腹们被江彬蛊惑动心，答应跟随江彬铤而走险。

夜里，江彬安排心腹刺杀朱厚照，连夜起兵攻取南京，等于得到半壁江山。北京的朝廷又无太子监国，得到皇帝被刺身亡的消息必然大乱，他再去收复北京易如反掌。

子时过后，牛首山漆黑得只见天上的星星亮着。军营里安静得很。皇帝睡觉的地方向来是个谜，有时就连贴身近侍都不知道皇帝究竟睡在哪张床上，并且皇帝入寝的地方防卫森严。江彬派出一名心腹避开防卫悄悄潜入朱厚照寝殿，只等心腹传来好消息。哪知那心腹在黑暗中克制不住心慌意乱，潜错房间，挥剑刺向床榻，刺中一位近侍太监。那太监中剑后并没立刻毙命，惊叫刺客！有刺客！这一声叫喊惊动皇帝近侍奔涌过来。那心腹失手后，惧怕败露，拔剑飞逃了。

行刺的当儿，朱厚照正躺在隔壁的房间呼呼大睡，几个受惊的贴身侍卫急忙奔跑进来，说了声寝殿进来刺客，皇上快离开。朱厚照醒来后惊吓得心跳不止，随着贴身侍卫离开了。

军营里顿时大乱。官兵们赤膊露腿奔出营帐，抓刺客。就在侍卫们四处抓捕刺客的当儿，发现朱厚照不见了踪影，都慌了神，到处寻找朱厚照，找不到人，吓得六神无主。

那贴身侍卫护驾朱厚照早已藏进了附近的山林。此刻，朱厚照听到营房那边闹哄哄的，他在漆黑的山林里再也藏不住。一个贴身侍卫提醒说："黑灯瞎火的，兴许刺客还没离开，就藏在混乱的人群里，陛下此刻露面，非常危险。"朱厚照说："朕若怕死不露面，军营里的局势必然失控，朕这时候必须露面，稳住局势。"稍微平静了一些，朱厚照从山林里回来。众官兵众侍卫见皇帝毫发无损出现在他们面前，这才踏实。

行刺失败，江彬害怕事情败露，惴惴不安。他若无其事朝朱厚照走过来，假惺惺说道："皇上安，则国家安。"

朱厚照本是惊魂未定，可他装出特别镇定的样子，问刺客抓到没有。

江彬回答说："跑了，没抓住。"

朱厚照怀疑刺客并非来自远方，使出一计，说朕知道今夜里会出现刺客，早就作好了防备。

江彬暗自大惊，以为朱厚照对他有所觉察，惶恐不已。

幸好那刺客趁着夜色逃离了牛首山，江彬这才放心。

离天亮还早着，不再有人入睡。

朱厚照本想下令追查刺客，但他却装得淡定得很，最终没有下令，暗自琢磨到底是谁在行刺。

看样子牛首山再也不能待了。天刚亮时，朱厚照起驾回南京，又住进了南京的行宫。

就在朱厚照渐渐淡忘牛首山惊魂一夜的时候，江彬耐不住寂寞，又跟许泰密谋。

"皇上从扬州来南京的路上，下的那道禁猪令，太有意思了。"江彬说。

"皇上是恐猪。"许泰说。

"禁令上讲得很清楚，皇上姓朱，朱跟猪同音，看来皇上一定犯了恐猪症，才下令灭猪。"江彬说。

两人围绕皇帝的禁猪令，先说皇帝犯下恐猪症，然后谋划出个摧残皇帝心智和意志的事来，他俩遣使心腹太监张忠弄到一只猪头。这大热天，猪头被张忠神不知鬼不觉地带进皇帝行宫时已发绿。朱厚照回行宫的时候，发现那只发绿的猪头，大吃一惊，召近侍询问。没人知道发绿的猪头从何而来。朱厚照不禁想起他下的禁猪令以及牛首山出现的刺客，意识到了新的危机就藏在眼前。可他并不在乎一只发绿的猪头，对近侍说："拿只发绿的猪头来吓唬朕，真是可笑极了。"

四

朱宸濠囚在他的封地，都囚禁了一年有余。王守仁心急如焚，唯恐夜长梦多生变。吉安知府伍文定和赣州知府邢珣等人冒死抓获朱宸濠，既不能诛杀也不许献俘，焦急得很，也怕夜长梦多。

伍文定说："朝廷不许献俘，又不得就地正法，宁王的余党还在，哪天他们冒出来劫持走了宁王，怎么办？"

邢珣发着牢骚说："如果朝廷仍不接受献俘，干脆放人，放走宁王。"

王守仁摇头说："万万不可以放走宁王。"

邢珣说："让宁王久禁南昌肯定不是个办法，唯一的办法只有继续献俘。"

伍文定说："听说皇上早已驾临南京了，我们赴南京献俘。"

邢珣说："再遭拒绝，就放人。"

王守仁也想不出好的办法处置朱宸濠，只能继续献俘。伍文定担心路途上发生意外，特地给朱宸濠做了个囚笼。王守仁一看囚笼像只鸟笼，人蹲在里边伸不直腰，转个身都很困难，就说做个大的。伍文定说囚笼做大了，宁王可在里边踢腿舞拳，拆开笼子跑了咋办？王守仁笑了笑，说囚他的笼子周围布满手持兵器的人，除非他变成苍蝇飞走，他没本事变成苍蝇，拆笼子是找死。伍文定说宁王已是囚犯，王先生干吗要让宁王舒适地待在大笼子里？王守仁说献俘是献活人，路途遥远，万一宁王受不了小笼子折磨，囚死在笼子里，这个差交起来一定很麻烦。伍文定这才明白王守仁的用心。王守仁又说宁王不同于其他犯人，他是皇亲，皇上一直不接受献俘，谁也猜不准皇上的葫芦里藏的什么药。我们给宁王蹲个宽松的笼子，让他既可站着也可躺着，是善待皇亲之举。

宽松的囚笼做好后，狱卒押出了朱宸濠。记不清有多少天，朱宸濠没见到阳光。他的头发长得特别快，都披到了脖子上，脸色憔悴，手脚戴着铁索链，一步一倾地走出户外，以为死期已到，垂首哀叹。然后伍文定和邢珣扶他钻进囚笼。他进了囚笼后，感觉不像是赴斩刑，开口问道："送我去哪里？"

王守仁告诉他说："赴远路。"

朱宸濠"噢"了声说："囚我赴远路的笼子真宽敞，我未曾见过这么宽敞的囚笼。"

王守仁说："是我特地给宁王准备的，让宁王体面地蹲在里边舒适些。"

朱宸濠笑道："都去赴死了，哪来的体面？"

王守仁不再搭理朱宸濠，说了声上路吧，载着朱宸濠的囚车辘辘响着离开了。一群骑着高头大马的士兵围绕囚车驶出南昌城，朝东北方向行进。

谋逆不成，江彬暂且罢了。他获悉王守仁押着朱宸濠要来南京，等于平叛的功劳全记在了王守仁头上，于是江彬带着心腹太监张忠来到了朱厚照面前。

江彬说："听说王守仁押着宁王要来南京了。"

朱厚照说："朕在涿州的时候，给王守仁下过诏子，叫他别来献俘的，他怎么不听，又跑到南京来献俘了？"

张忠说："皇上御驾亲征，这平叛的功劳应该归于皇上。"

朱厚照说："朕即便有功，但不得抹掉王守仁的功劳。"

江彬说："宁王是在江西举兵叛乱的，是在鄱阳湖被擒的。如果王守仁押着叛寇宁王来南京，分明抹杀了皇上亲征之功。"

朱厚照转而一想说："朕已下到江南来，驻跸南京。王守仁来南京朝拜、献俘，自有他的道理，朕要是再下诏阻止他，恐伤他之心。"

张忠说："既然皇上亲征到了江南，平定江西叛乱的头功应该记在皇上名下。"

朱厚照浅浅一笑说："这个头功如何记呢？"

江彬说："平定江西叛乱的消息一直封锁着，没有诏告天下，只要皇上驾临江西，获平叛的头功就可载入史册。"

其实朱厚照对平叛之功没有多大兴趣，那功劳即使记在臣下头上，无损他任何利益。真正想邀功的是江彬和张忠等人，两人百般怂恿朱厚照，就想从中分到一杯羹。按照事先跟张忠的合谋，江彬说皇上既然亲征，免不了要跟宁王交战，将宁王重新放归鄱阳湖，等皇上跟他交战，再擒获，凯旋论功，功归朝廷，圣驾不虚此行。朱厚照一听这话，如同演戏，也有合理性，欣然接受了。

王守仁押解宁王朱宸濠离开南昌后入鄱阳湖走信江北上。江彬和许泰赶紧派人到半路上拦截。拦截者手持奉天威武大将军的军门檄快马加鞭日夜兼程，在江西东北部的玉山县停下脚步。玉山四省交界，南边是福建，东边是浙江，北边是安徽。也就说过了玉山，难寻王守仁的行踪，拦截者才选在玉山守候。信江正好穿越玉山。王守仁抵达玉山后，获知江彬和许泰派人蹲守在玉山阻截他们，不知如何是好。

伍文定纳闷说："朝廷为何再而三地阻止献俘？"

王守仁回答说："江彬和许泰差人守在半路上截获宁王，迫切想邀功，我等做了他们的垫脚石。"

伍文定愤然说道："避开他们！"

不得已只好连夜过玉山，取道浙江。正好太监张永在杭州。王守仁来到杭州，与张永相会了。

正德五年四月安化王朱寘鐇谋反，张永率师西征平叛，押解朱寘鐇回京师，然后计除刘瑾。王守仁受刘瑾迫害，险遭暗杀，他记忆犹新，首先对张永来了番高度评价，赞张永当年西征宁夏平叛，又虎口拔牙除掉刘瑾，功入史册。平叛宁夏，计除刘瑾，正是张永人生最辉煌的亮点，他当然爱听王守仁的夸赞。两人言谈得投缘，胸怀自然贴近了。

王守仁颇有感慨："江西的百姓，受够宁王宸濠之苦。经历这场大乱，又遇旱灾，百姓困苦至极，有的只好逃进深山避乱。从前助宁王谋反的那伙人，如今被我征伐得分崩离析，这平息叛乱，安定百姓，实在不易。"

张永说："得亏王先生力挽狂澜，平息了宁王叛乱。"

王守仁抱怨地说："我去京师献俘，却不能如愿；就地正法宁王，朝旨又不许可。我是得了个烫手的山芋。就怕宁王久禁江西，出现闪失。"

张永说："禁止献俘，兴许是左右皇上身边的群小所为。"

张永说的群小，就是江彬之流。

王守仁问道："张公公在朝廷颇有声威，为何不谏阻？"

张永立马皱起眉头道："群小左右皇上，朝臣谏阻不当，会讨得个吃不了兜着走。我若进言不当，照样得罪群小，受罪于己身，何苦何劳？我此次南下，并非为了邀功请赏，而是皇上执意南下，我不得不侍从罢了。"

得知张永并非为邀功南下，王守仁倾吐苦衷说："江彬等人想将擒贼之功窃为己有，派人持皇帝下发的军门檄蹲守在玉山，准备截获宁王凯旋论功。我和随从避开了他们，才取道途经杭州。"

张永说："江西平叛，王先生立下大功，谁人不知何人不晓。江彬等人想从中获利，真是可笑。"

王守仁心想有江彬等人候在皇帝身边巧言令色，加上皇帝事先传旨南昌，令他不要来献俘，他赴南京献俘，若被江彬等人抓了个违旨的把柄，是吃不到羊肉反惹一身臊。他突然改变主意说："我想托付张公公献俘……"

张永犹豫片刻，明白王守仁托付他的意思，恳切说："有我在，不会让王先生受屈，请放心。"

王守仁说："请张公公替我禀报皇上，功不在我一人，我是靠了伍文定、戴德儒、邢珣、徐琏等江西众知府、众知县引兵合力，才擒获宁王的，他们功不可没。"

张永赞叹道："王先生高风亮节，令人佩服。"

王守仁欢颜一笑，将载着朱宸濠的囚车交给了张永，一身轻松回返了江西。

五

前去拦截王守仁献俘的人扑了个空从江西回到了南京。江彬和太监张忠意识到夺功之事泡了汤，耿耿于怀，来到朱厚照面前进谗言。

"禀皇上，江西有密闻传来……"张忠躬身道。

"什么密闻？"朱厚照好奇地问道。

张忠不紧不慢说，"密传守仁附宸濠。"

朱厚照一惊道："守仁附宸濠，不可能吧？"

江彬接着奏道："据说守仁早就攀附了宸濠，见宸濠事败，才戴罪立功擒获宸濠的。"

张忠说："看来王守仁是条漏网之鱼。"

朱厚照立刻起了疑惑，考虑到王守仁平定江西叛乱立下大功，下令逮捕王守仁，将来宁王谋反之罪诏告天下，岂能自圆其说？最终没有下令逮捕王守仁。

没多日，张永押着朱宸濠来到南京。朱厚照正游玩在秦淮河上，身边簇拥着一群金陵歌伎，个个宛若仙女下凡。张永在一条灯船上找到朱厚照，急不可待地说："禀皇上，臣将宁王宸濠押解到了南京。"

朱厚照立马惊得站立起来，两眼发直盯着张永，问道："你在杭州的，怎么去了南昌？"

张永如实回道："臣的确在杭州，只是守仁押解宸濠途经杭州，正好与臣相遇，他将宸濠托付给臣押回了南京。"

朱厚照重又坐了下来，忙问道："宸濠在哪里？"

张永回答说："在囚车上，请皇上处置。"

处置朱宸濠，首先要举行隆重的献俘仪式。此刻朱厚照正游在兴头上，不想急着举行献俘仪式，对张永说："南京的监牢多着，先将宸濠投进大狱再说吧。"

张永说了声臣遵旨，离开了秦淮河，将朱宸濠投进了大牢。

江彬、许泰和张忠做梦都没想到朱宸濠会落入张永手中，格外惊诧。三人又进谗言，构陷王守仁。

张永发现江彬、许泰和张忠在背后攻击王守仁，怒从心起，当了张忠的面，对朱厚照进言道："江西的王都御史是难得的忠臣，他一心为国除叛贼，可敬可佩，到如今他未曾得到朝廷一丝一毫的封赏，反遭诬陷，这是何等的不公！倘若来日朝廷有事，谁还敢效忠朝廷？"这话虽是说给朱厚照听的，却直接冲着张忠来。朱厚照怔了下，朝张忠瞥上一眼，目光里隐含着问张忠如何解释。

张忠狡黠一笑说："听说张公公是在杭州相遇王守仁的。"

张永说："王守仁押俘途经杭州，正好与我不期而遇。"

张忠又是狡黠一笑说："杭州相距南京不是太远，王守仁明知皇上驻跸在南京，他为何不来朝见？他不来朝见，难道能说他忠吗？"

张永替王守仁解释说："南昌毕竟是宸濠的封地，久禁宸濠于封地，王守仁就怕夜长梦多生变，他担当不起，唯有献俘。可是朝旨又阻止他献俘，他是左右为难，至杭州，才托付我献俘的。"

张忠说："无论怎么说，守仁至杭州不来南京朝见，是高狂，皇上即使召他，他未必肯来，他是目无君上。"

听张永和张忠言辩，有关王守仁至杭州不来南京，朱厚照的心情复杂起来，立刻下旨说："朕想见守仁，召他来南京。"

王守仁从杭州回南昌没几天，后边追来的快马将皇旨递到他手上，他一阵惊喜，没来得及收拾，奉召上路赶赴南京。

此时的王守仁，心情是何等的畅快，宛若孩童，一路撒欢策马。

张忠获知王守仁骑快马来南京朝见，想起他和张永在朱厚照面前说的那番话，没法收场，不安起来。

背地里，不安的张忠悄悄告诉江彬："皇上召见守仁，他没拒绝，匆匆上路来南京了，这可怎么办？"

江彬心想王守仁赴南京朝见，皇上一定很高兴，他和张忠进的谗言就会不攻自破。琢磨片刻，江彬对张忠说："阻止王守仁来南京。"

张忠说："他有皇旨在身，能阻止得了吗？"

江彬说："没事的，你快派人上路。"

得到江彬吩咐，张忠立马派人上路。

一路愉悦的王守仁奔行到了龙江，故都南京近在眼前。他做梦也没想到离皇帝近在咫尺的时候，在龙江突然遇上一群人阻拦，不许他进城。

王守仁撇开随从，上前问道："你们是何人，为何阻止我入城朝见皇上？"

阻拦者中走出一个领头的，对王守仁说："我们是奉命而来，请王先生就此止步。"

王守仁怒道："我奉皇旨应召来南京，你们奉谁的命，岂敢逼我违抗皇旨？"

阻拦者打定主意不让王守仁进南京城，也不正面回答王守仁。

王守仁举步维艰，对茫茫官场生出绝望，朝着隐约可见的南京城大声疾呼道："皇上啊，臣奉旨不远千里来朝见，绝非来邀功请赏。行至龙江不得入城，罢了罢了，请恩准臣弃官远离仕途，归隐丛林，做个荒郊野老吧。"

王守仁心灰意冷潸然泪下，愤然脱下官袍丢弃在了路边的草地里，换上巾纶野服，带着随从匆匆离去。

在龙江拦回王守仁，江彬和张忠这才松了口气，不再担忧王守仁来南京朝见。

朱厚照不知张忠派人在南京近郊的龙江拦回王守仁，还在等王守仁来朝见，等了些时候，以为王守仁正如张忠所言，心高狂，目无君上，便对王守仁颇有看法。

哪知王守仁从龙江返回，并没回到江西，他取道至安徽，入九华山做了道士。

张永闻知王守仁弃官求道归隐丛林，为江彬、张忠等人所迫，怒不可遏，叩拜御前，奏道："皇上早前下谕旨至南昌，召王守仁来南京朝见……"

没等张永说完，朱厚照耐不住反感道："朕召见王守仁，都等了一些时候，他不来，此人的确太高狂。"

张永接着奏道："皇上错怪王守仁了，他奉召即来，只是途中遭人拦阻，没来成。"

朱厚照一惊问道："何人敢拦他？"

张永不便把话说明，笑了下说："王守仁被人拦回去后并没回江西，他弃官入九华山做了道士。"

朱厚照大惊道："朕又没准许他致仕，他岂敢自作主张弃官求道？"

张永回答道："他行至龙江遭人阻拦，又闻近臣争功不休，才愤然弃官去修道的。国家有守仁这样的忠臣，为人所迫，闲置丛林，问仙求道，实为可惜！"

朱厚照这才明白是怎么回事，也没追究。想到王守仁平叛之后功成身退，实在是可惜，亲书一道谕旨，命王守仁为江西巡抚，擢升吉安知府伍文定为江西按察司，擢升赣州知府邢珣为江西布政司右参政。

接到谕旨后，王守仁不敢推辞，不得不离开九华山，重返江西任巡抚。

第十六章　不禁风流入春秋

一

朱厚照原本打算离开南京接着游苏州、杭州、湖广，最后登武当，取道河南回北京。归期不知何日来临。随驾的阁臣梁储和蒋冕甚是担心皇帝身家安危，跪于行宫外泣谏，请回銮。两人从未时跪泣至酉时。朱厚照这才吩咐太监张忠出得行宫，请梁储和蒋冕离开。梁储和蒋冕冲张忠说道："臣等没奉旨，不敢起立。"张忠转身回了行宫，禀报道："梁储和蒋冕死活不肯离开，仍在跪泣，臣没法撵走他们。"朱厚照皱起眉头道："朕不日即回銮。"张忠再次跑出行宫传旨。梁储和蒋冕这才起身告退。

宁王朱宸濠被太监张永从杭州押至南京后，已关押了一些时候。朱厚照令王守仁重新上捷报。王守仁明白是怎么回事，书写捷报时，把功劳记在了朱厚照头上，顺便把江彬、许泰等人搭在了后边，而他自己的功劳在捷报里只字不提。朱厚照收到王守仁差人送来的第二次捷报，准备受俘。

怎么受法，有人建议在南京城里受俘。江彬反对在南京城里受俘，他对朱厚照说："皇上既然亲征，没跟宁王交战，何曾擒过叛寇？"蒋冕反对江彬说："叛寇已擒，俘已献，皇上受俘，需要的是举行仪式。"江彬坚持说："只有皇上亲自擒获叛寇宁王，才不虚此行。"梁储说："叛寇早已囚禁大狱，叫皇上去大狱擒叛寇，岂不是荒唐至极吗？"朱厚照最后采纳了江彬的建议，郑重说道："朕尚武，南巡亲征，的确想跟宁王交战，擒获他，问他个谋反的理由，终没机会。那就安排在南京郊外受俘吧。"

这天一大早，朱厚照率领南下大军出南京城数十里，来到一片开阔野地上。宁王朱宸濠带着大枷出了大狱，以为死期已到，苦着脸不吭声。待囚车出了南京城后，朱宸濠心想从前朝廷在南京斩犯人，大多在午门外开斩。他被囚车拖离南京城，不知咋回事，问押解他的狱卒："你们送我上哪里？"一个狱卒回答说："今日要举行受俘仪式，皇上在郊外等着。"朱宸濠这才知道今天不是他的死期，竟然萌发求生的欲望，心里暗自说道："愿皇上大慈大悲，给我一条生路。"

囚车到达受俘现场。随皇帝亲征的大军人人手持兵器身着铠甲，左右列阵而立，中间露出空场地。朱厚照并没身披龙袍衮服，而是以奉天威武大将军镇国公的身份出现，着装铠甲，高坐在受俘台上。没等囚车来到他面前，他按捺不住走下高台；江彬和许泰等人左右在他身边，朝着囚车走去，正式跟朱宸濠见了面。

朱宸濠无颜面对朱厚照，垂下头来。

朱厚照打量朱宸濠说："解开大枷，放宁王出来。"

押送囚车的狱卒说了声微臣遵旨，打开囚笼，卸掉大枷，放出了朱宸濠。

没了沉重的大枷依附，朱宸濠顿感轻松，跪在朱厚照面前，不断地哭泣，不断地叩拜，不断地谢罪："臣一时糊涂，犯下谋逆之罪，罪该万死！请皇上大开皇恩，免臣一死！臣愿发配边塞改过自新……"

朱厚照本可往前一扑，扑倒朱宸濠。见朱宸濠跪在地上摆出软骨头的样子，他当了列阵大军的面，捕获跪拜哀求的朱宸濠，有失大驾："你痛哭流涕，这不是你当初谋反的样子。你快站起来吧，朕要看你当初举兵的样子。"

朱宸濠站起身时打了个趔趄，晃了晃身子站稳后，看着朱厚照。

朱厚照对朱宸濠说："你要在朕的面前做出反抗的样子……"

朱宸濠说："臣不敢。"

朱厚照说："你想赖着活，就遵旨。"

朱宸濠说："臣不敢再犯上。"

朱厚照说："你不遵旨做出反抗的样子，朕这就杀你。"

听到一个"杀"字，朱宸濠害怕起来，说臣遵旨。

朱厚照说："你遵旨，朕就让你继续活着。"

这时进军的金鼓擂响。朱宸濠听到鼓声，左顾右盼，全是身着铠甲手持兵器的大兵，想他做出反抗之举，插翅难飞，吓得腿子一软又跪下，哀求说："我不想被乱刀砍死，请皇上了结我。"朱厚照一瞪眼说："你再跪，朕就杀你！快动手吧！"朱宸濠只好站起来，朝朱厚照推了一掌，转身逃跑，朱厚照迈开腿子追了上去，身子往前一跳跃，将朱宸濠扑倒在地。众将士齐声吼叫着奔了过来，从朱厚照手中接过朱宸濠，受俘仪式正式结束。然后凯旋入城，诏告天下。

二

浩浩荡荡南下，浩浩荡荡北归。

离开南京之后，亲征大军归心似箭。朱厚照一点不急，走到哪儿玩到哪儿。车驾至镇江，停歇下来，在大学士杨一清故居待了数天，又起驾。九月下旬，车驾抵达清江浦。来时朱厚照对清江浦留下极深印象，特地驻跸清江浦捕鱼取乐，似乎仍没乐个够，又驻跸下来。

清江浦是江南闻名的水乡，渔业资源相当丰富。朱厚照打听到清江浦有个地方叫积水池，这积水池与纵横交错的湖泊河汉相通，水草肥壮，鱼儿喜欢成群结队游到积水池觅食。

正是仲秋时节，气候转凉。积水池水波浩渺，凉意更浓。皇帝喜欢捕鱼儿玩。江彬吩咐太监借来几条渔船划进积水池，挑了会捕鱼的官兵站在船头撒网，那渔网撒开后呈喇叭状，极优雅地降落在水面，往下沉。等网沉到水底后慢慢收网，收几下，抖一下，让鱼儿游起来。渔网仅仅收出水面一半，就有受惊的鱼儿撞网，接二连三地跳出水面。

起初朱厚照坐在渔船上观看撒网捕鱼，一网撒下去，大小鱼儿沉甸甸地罩在网里，活蹦乱跳捕进船舱，很刺激。他经受不住刺激，从船舱走到船头，想亲自捕鱼过把瘾。撒网看起来简单，其实是件熟练的技术活，全凭两条胳膊抛撒。朱厚照要过渔网，学着渔夫的样子站在船头往积水池里撒下一网，那网根本没有张开，好似一坨泥巴砸进水里，第二网撒下去，仍似一坨泥巴砸进水里，就是撒不开网。渔船太小，是木筏子。人站在船上撒网，就要摆动身子，没有章法摆动，船儿就会左右摇晃。撒第三网的时候，朱厚照不信撒不开网，用力过猛摆动胳膊，渔船晃动得厉害，差点侧翻，他站立不稳打个趔趄，随着渔网掉进了积水池。

他不会游泳，掉进水里就像一块石头"咚"的一声砸得水花四溅，尽管他舞动四肢，身子照样往下沉，眨眼间儿，他的身子不见了，只有头顶上的几缕发丝如水草般荡漾在水面上。捕鱼的人吓得惊慌失措乱叫嚷："皇上落水了，皇上落水了，快救皇上……"不巧的是离朱厚照最近的人都不会游泳，他们跳进水里就是找死，只能干着急地叫嚷。会游泳的人离得有些远，他们纷纷跳进水里朝朱厚照游过来。一个太监快速游到朱厚照跟前，一把抓住荡漾的头发不放，没让朱厚照继续往下沉，后边游来的人费了九牛二虎之力才将朱厚照救到渔船上。

被水淹得脸色苍白发紫的朱厚照已是奄奄一息，不能动弹。随驾的太医正好也在积水池边观看捕鱼。见这危急情形，太医忙不迭地施救。朱厚照的脖子抽搐几下，一口接一口地吐水，不知吐出多少口水，吃力地哼了声，慢慢苏醒过来。

救离积水池后，朱厚照开始犯病，发烧、咳嗽、气短、乏力。他没了游乐的兴致，下令急速返回京师。

刚开始，众随侍以为朱厚照掉进水里遭遇惊吓龙体受凉，数日后就会康复，哪知车驾行至河北境内，朱厚照的病情仍不见好转。梁储心想皇上掉进积水池，又不是严寒的冬天，仅仅受了点秋寒，太医一路医治，为何不能治愈？

梁储背地里问太医："皇上正处盛年，按说犯点毛病扛得起，可是皇上从落水至今，怎么久病不愈？"

太医告诉说："皇上犯病，起因不在溺水上。"

梁储说："皇上没溺水之前，龙体没见过异常，不是溺水受凉引起病症，又是何种原因呢？"

太医叹口气说："色是刮骨的钢刀，正因皇上纵欲无度，不加节制，元气大伤，龙体虚脱得毫无抵抗力，他在积水池溺水受凉，是引发病症的诱因。"

梁储担心地说："皇上的病医治起来，到底需要多久才可痊愈？"

太医说："我都下过猛药了，真是束手无策，就怕皇上的龙体引发别的病症，医治起来，可就麻烦了。"

听太医含糊其词，梁储一阵紧张，捏着把汗，跑去跟蒋冕商量。

梁储不安地说："车驾离京城依旧遥远，皇上的病情万一出现不测，那可是叫天天不应，叫地地不灵。"

蒋冕说："路途上再也不能耽误，等回到京城就好办了。"

梁储提醒蒋冕说："永乐皇帝第五次亲征北漠，在回返途中犯重疾，驾崩榆木川。眼下皇上也是在亲征之后的回返途中犯下重疾，久治不愈，我等身负重任，一定要让皇上平安回到京城。"

蒋冕宽慰梁储说："当年的永乐帝六十有余，垂暮之年犯下重疾，又是大热天，怎能受得了长途颠簸？我朝的正德帝才三十出头，正壮年，归京师，一定挺得住。"

梁储松了口气说："但愿皇上的病症尽快痊愈。"

刘良女一直随侍在御驾上。尽管朱厚照病得手无缚鸡之力，车驾安顿的时候，依旧不失侍寝的欲望。刘良女劝慰说："皇上处在病中，要节制房事，待龙体康复后，臣妾随时侍奉。"朱厚照不听，刘良女无奈，只得侍奉。

车驾行至通州，离北京近了。朱厚照本想押解叛俘凯旋京师大显威武，可他的威武在病中丧失殆尽。他有难言之隐，焦虑又烦躁，召梁储和蒋冕到跟前说："赐死宸濠于通州，二位阁老意下如何？"

梁储说："一百步走完九十九步，还有一步就到京师了，赐死宸濠皇上何必这般急切呢？"

蒋冕赞同梁储的观点说："皇上亲征回銮，押叛俘于朝殿受审论处，方可彰显圣威，震慑不法之徒。"

朱厚照叹息说："朕担心京师有宸濠余党潜藏着，他们一旦知道朕在回銮途中染上重疾，突然冒出来接应宸濠，朕这副样子恐怕无力招架。"

梁储说："护国朝臣毕竟是多数，皇上不必担忧突然冒出几个乱臣贼子。"

朱厚照坚定地说："就在通州赐死宸濠。"

梁储说："赐死宸濠，还有宸濠逆党在押途中，如何处置？"

朱厚照说："逆党带回京师一并处死。"

梁储和蒋冕不再多言，按旨行事，派了个太监给朱宸濠送去一杯毒酒。那太监端着酒来到朱宸濠面前说："这杯酒是皇上赐给宁王的，请喝下。"朱宸濠猛地一怔，明白自己的死期已到，说："皇上怎么没赐一碗下酒的菜？"太监调侃说："赐过一碗下酒的菜，拿去喂狗了。"朱宸濠朝太监瞪了一眼。太监也朝朱宸濠瞪了一眼，将酒递了过去。朱宸濠抖动双手接过酒杯，喘口长气说："皇上打发我今日上路，那就上路吧。"仰起脖子一饮而尽，片刻后，他两眼发黑，栽倒在地，一阵抽搐，慢慢静止下来。路途上没有棺材入殓，太监们找来木柴堆放在朱宸濠尸体上点火焚烧，葬骨在了野地。

三

亲征的车驾平安归来。整个京城沉浸在了皇帝凯旋的欢腾气氛里。朱厚照一身戎装强打起精神骑在一匹高头大马上，从列阵的军士面前穿越而过，因龙体不适，取消了盛典，直接回了豹房。

参与朱宸濠反叛朝廷的俘虏一并处斩悬尸示众；潜伏京城的朱宸濠余党陆完、藏贤等人全都下了诏狱。可以说歼灭朱宸濠及其逆党到此终结。

回到豹房后，朱厚照病卧龙榻。众太医来豹房给朱厚照会诊。也许是吃下偏方、大补，也许是回銮的心情特别好，朱厚照的病症开始渐现好转。众太医仍不敢有丝毫的马虎，忠告朱厚照禁女色。这忠告没有具体期限，朱厚照暗地里问自己，若长久禁女色，朕的整个人岂不废掉了？

太医的忠告如同一道圣旨，刘良女不来侍寝了，别的嫔妃自然不敢挨近朱厚照。夜里入寝，朱厚照独自躺在龙床上，显得格外孤寂。

过了年，春寒料峭的。这时节皇帝必须出宫到南郊祭祀天地祖宗。春正月癸亥，改卜郊。朱厚照冒着春寒出驾至天坛。祭拜完回宫，未觉龙体不适，以为病症痊愈，心里头禁不住生出些许躁动。

刘良女本是回了腾沼殿。这天晚上，朱厚照暗自差遣一个小太监去腾沼殿召刘良女入寝宫，两人一见面就紧紧搂成一团，仿佛被绳索捆绑住。

朱厚照且把太医的忠告抛在了九霄云外，嘴唇附在刘良女耳边说道："朕好想爱妃，想得彻夜难眠。"

刘良女回应说："臣妾也是好想皇上，想得夜夜难熬。"

刘良女是避人眼目召进寝宫侍寝的，没等天亮，她穿好衣裳悄悄回了腾沼殿。

受用过了刘良女的身子，朱厚照竟然生厌，就想尝个新鲜味儿。太医禁女色的忠告如同明镜高悬，又似紧箍咒，朱厚照难于启齿吩咐近侍召个美人侍寝。江彬来了，直接进了寝宫，见朱厚照没躺在龙床上，恭维说："看皇上气色不错，都恢复原样了。"朱厚照"嗯"了声，故意摆出闷闷不乐的样子来。江彬一眼看出朱厚照的心思，也不说破，离开后，神不知鬼不觉地带来一位美人，顺便进献壮阳的春药。得到两样东西，朱厚照不问来历，浅浅一笑说："知朕者，江彬也。"此后的夜晚，江彬不忘去一趟八大胡同，挑选一位最美的粉头，偷偷进献给朱厚照。

借助春药催情淫乐，朱厚照对江彬感激不尽。江彬瞅准这个时机矫旨，改西官厅为威武团练营，自称兵马提督。这兵马提督不仅掌管皇城九门，而且掌领着整个京城的军权。

江彬的军权来得不地道，惹得阁臣毛纪不满，称江彬是野心使然，邀杨廷和去见皇上。

杨廷和扯住毛纪说："处在病中的皇上并没糊涂。"

毛纪说："正因皇上处在病中，让江彬的野心放纵，一旦失控，怎么得了？"

杨廷和笑了笑说："江彬的野心刚露出苗头，就扑灭，皇上一旦偏袒他，以为咱们捕风捉影。"

毛纪想不通说："难道随了江彬？"

杨廷和说："也不是。江彬有贼心，还没贼胆。待皇上彻底看清他的贼心和贼胆，再来收拾他不迟。"

靠着江彬进献的春药和美人，朱厚照乐此不疲。这春药和美人就是两把铁锹，朱厚照操持这两把铁锹深挖他的龙体，挖到极限，他空洞似的龙体就会垮掉。这天用罢早膳，他明显感觉龙体不适，挨近中午，他刚从寝宫出来，顿觉天旋地转，眼前发黑，一口热血随着一声咳嗽喷了出来。在场的近侍，被他突然吐出的鲜血吓坏了，快步过来搀扶住他，问他怎么了。他没有回答，张开的嘴巴里还在滴血。他被近侍扶回了寝宫，躺在了龙床上，胸腔仿佛有什么东西堵塞着，呼吸时急时缓。

太医火急火燎赶来，嗅到龙床上有股浓稠的脂粉香味，知道朱厚照根本没听忠告，仍在贪图女色，你看我，我看你，默默地摇头。

突然吐出一口血后，朱厚照躺下后再也没离开过龙床。太医使尽招数，找不到医治的良方。

这时候江彬不再进献春药和美人了。他来寝宫的时候少了，但他一直关注着寝宫的动静。

十多天后，朱厚照的病症越来越严重，龙体发肿，宛若一只缚茧的老蚕。司礼监太监魏彬眼看朱厚照服下太医配制的药剂如同服下白开水，发肿的龙体一点都没消散。魏彬产生疑惑，悄悄问太医。太医无从回答，沉着脸摇头。

四

正德十六年（1521）三月十四日丙寅，朱厚照病危，他在冥冥之中似乎感觉到了归天的时辰将至。这时候只有司礼监两个小太监陈敬和苏进侍奉在病榻边。朱厚照从昏迷中醒来，担心再次睡去不醒，对陈敬和苏进宣遗诏："朕重疾在身，不可治愈。然天下事重。且将朕意传达皇太后，当请皇太后宣谕阁臣，共谋国事，共立国主。"说到这里，一阵气短，差点憋了过去。等气息平缓，又断断续续说道，"过去的政事，皆由朕一人所误，与你等他人无关……"摆了下手，闭上了眼睛。陈敬和苏进齐声道："臣等奉旨，立即传达太后。"等朱厚照安睡后，陈敬和苏进才去通报太后。

太后从紫禁城赶到豹房，见病入膏肓的儿子处于昏迷中，伤心得直流泪，将身子贴在病榻上，轻轻呼唤厚照，厚照，没能唤醒。做皇帝的儿子不是太后想见就可随时见到。此刻，太后见到儿子病成奄奄一息的样子，她唯有以泪洗面。她以为儿子会醒来，跟儿子说说心里话儿，候在病榻边，候了两个多时辰，儿子的脖子倏地一撑，两眼一翻，咽下最后一口气。

年仅三十一岁的正德皇帝突然归天，太后措手不及，哭得撕心裂肺。随侍病榻的太监六神无主，跟着太后哭泣，哭成一团。

太后拭去泪水，急召首辅杨廷和。

杨廷和匆忙赶到豹房，疾步进了寝宫，悲痛道："皇上晏驾，请太后节哀。"

太后不再哭了，对杨廷和说："廷和啊，你身为首辅，皇上遗诏你率内阁主谋国事，这重托落在了你肩上。"

杨廷和垂下头说："臣遵旨。"

太后说："你跟我来。"

杨廷和知道太后有言交代，随太后来到一处僻静地方。

太后说："皇上匆匆离去，国无储君，怎么得了？"

杨廷和宽慰说："有臣在，太后莫急。"

太后说："不急也得急啊。"

杨廷和提醒太后说："江彬不忠，唯恐他作乱。皇储未立之前，不得发布国丧。"

太后听取杨廷和的建议，下旨封锁皇帝驾崩的消息。

重任在身的杨廷和不便久留豹房，回了内阁。梁储、蒋冕和毛纪正好一个不缺。杨廷和一进门，沉着脸对他们说："皇上有遗旨，太后令诸位随我主谋国事。"

梁储、蒋冕、毛纪不知皇帝驾崩在了豹房，一听遗旨大惊失色，木桩似的立着不动，以为杨廷和开了个不该开的重大玩笑。

片刻后，梁储呆头呆脑问道："皇上怎么了？"

杨廷和叹口长气说："晏驾了。"

内阁的气氛立马紧张起来。

四个人走进值房，关上了门。

然后杨廷和说："皇上遗诏咱四位阁臣配合太后议定皇储，迫在眉睫。"

话刚说了个开头，值房外边有人敲门，不知何人在敲，四个人一愣，既没吭声也没开门。敲门声继续"咚咚"响着。

梁储耐不住性子说："打开看看，到底是谁在敲。"

毛纪离门最近，起身开门，一看是太监张永和魏彬。两人不知皇上驾崩，钻进门里也不客气，找了板凳坐下来。

毛纪不给面子，绷脸瞪眼说："内阁正在商议大事，你俩跑来干什么的？"

魏彬说："皇上病卧豹房，江彬军权独揽，日夜在京郊校场操练他的威武团练营，他麾下的边军专横跋扈，内阁不可视若无睹。"

张永接着说道："坊间传江彬反在旦夕，诸位阁臣不可袖手旁观。"

魏彬和张永一边诉说，一边看四阁臣脸上的表情不对劲儿，意识到来得不是时候，说罢想说的话，屁股离开板凳，起身告辞。

等毛纪重新关上门后，杨廷和说："皇储未确定之前，我和太后担心江彬趁此时机起反，才将皇上晏驾的消息封锁住了。"

梁储急切问道："皇上在遗诏里提到过立谁为皇储没有？"

杨廷和说："皇上晏驾得突然，遗诏里未提及立谁。当下国无储君，太后着急。我奉遗诏回内阁，召集诸位尽快议定皇储，事不宜迟。"

立皇储本是皇帝家的头等大事，立谁不立谁由皇帝说了算，现在皇帝驾崩，没来得及册立，这皇帝家的头等大事在不经意间甩给了四个阁臣，这在有明一代是头一回。梁储、蒋冕和毛纪一时想不起立谁，不约而同看向首辅杨廷和。

杨廷和的手指捻着下巴上的胡须，捻了好一会儿才开口说道："兄终弟及，祖训昭然。湖广安陆州的兴献王长子，系宪宗帝嫡孙，孝宗帝从子，皇帝从弟，若按长幼有序的原则，当继立。诸位意下如何？"

梁储、蒋冕和毛纪一时找不出另外一个宗亲藩王能够胜过兴献王长子，异口同声赞成。没有异议，四阁臣去见太后。太后闻知四阁臣议定兴献王长子，没有不妥之处，说了声就这么定了吧。

四阁臣经过太后认同之后，以皇帝的名义起草遗诏，随即召群臣于奉天殿，传皇帝遗诏。

杨廷和宣读遗诏，声泪俱下：

朕绍承祖宗丕业，十有六年，有辜先帝付托，唯在继统得人，宗社生民有赖。皇考孝宗敬皇帝亲弟兴献王长子厚熜，聪明仁孝，德器凤成，伦序当立。遵奉祖训兄终弟及之文，告于宗庙，请于慈寿皇太后，与内外文武群臣合谋同词。即日遣官迎取来京，嗣皇帝位。

群臣这才惊悉皇帝驾崩，新帝继统有主，只好顺遂大流。

第二天，朝廷派遣内阁大学士梁储、礼部尚书毛澄、太监谷大用、驸马都尉崔元等人带着诏谕金符赴湖广安陆州迎接兴献王长子朱厚熜来京师登大宝位。

五

朱厚照的遗体从豹房移驾到了紫禁城。

登大宝位的兴献王长子朱厚熜还在湖广的安陆州。

皇位出现真空。

江彬旦夕反在京城越传越盛。蒋冕深感忧虑，见首辅杨廷和鱼不游水不动，耐不住性子问杨廷和："坊间传江彬谋反，杨先生该听说过了吧？"

杨廷和不吭声。

蒋冕急了，又说："自从皇上病卧御榻，江彬很少来寝宫亲近皇上，几乎天天待在郊外的校场训练威武团练营，分明是起兵的先兆。"

杨廷和这才开口说："江彬反无疑，擒他只能智擒。"

蒋冕说："智擒太花费工夫，恐怕来不及了，叫太后下道旨，就可照旨办事。"

杨廷和要比蒋冕想得复杂，说："江彬既然起了反心，一定有防备，叫太后下令抓他，正好成全他一呼百应。"

内阁共有四个大臣，梁储去了湖广的安陆州，还剩杨廷和、蒋冕和毛纪。三人相聚合谋。杨廷和仍旧坚持智擒江彬，说自从皇上病卧不起，直到今日，江彬不来大内，可想他深藏不可告人的动机。咱内阁没有军权，指挥不了军队。尤其是驻京的部队全是江彬的人，若草率行事，打草惊蛇，江彬性情鲁莽，定会斗个鱼死网破。毛纪说："杨先生要智擒江彬，可是江彬不来大内露面，怎么个擒法？"杨廷和说："皇上大丧期间他一定会来露面的，除非他暴死，只要他一来露面，就捉拿他。"三人最终合谋出了个计策跑去见太后，请求太后下旨解散威武团练营，所有边军迅速撤离京城回归边镇，削去江彬的依靠，逼江彬就范。太后应允，以皇帝的名义宣遗诏，边军不得不奉遗诏迅速撤离京城。这一招惊动江彬，他意识到了太后宣皇帝遗诏解散威武团练营，驱逐边军是冲他来的。他立马警觉起来。

皇帝大丧期间，江彬的确找不出任何理由不来大内吊丧，但他又害怕有来无回。许泰朝他走过来，挑拨说："杨廷和等人敢遣边军返回边镇，解除威武团练营，会不会对咱们有所觉察？倘若如此，那就撕破脸，轰轰烈烈大干一场，大不了北走塞外。"江彬粗中有细，沉默了会儿，对许泰说："人所共知皇上生前待我不薄。这大丧期间，皇上的尸骨未寒，我若急着起事，天下不服，必遭共讨，那是偷鸡不成反蚀一把米。"许泰鼓动说："眼下国无主君，太后指望内阁的几个书生撑着，身经百战的江提督难道在乎几个老态龙钟的书生吗？"江彬跟许泰想的完全不一样，他说："别小看了书生，有时候书生之谋胜过了武夫之剑。"听江彬这么说，许泰主动说："让我进宫去打探一下怎么样？"江彬说："好你去吧。就说我这几天生病了，你替我代个劳来宫里吊丧。"许泰性急，挑了匹马跨了上去，进城入宫，直接来到内阁府探知动静，正好遇上杨廷和。杨廷和一看江彬不来大内，派许泰来大内探虚实，顿生一计，破口大骂江彬不厚道。

许泰笑笑，替江彬解释说："这几天江提督生病了，起不了床。"

杨廷和生气说："皇上崩于豹房，灵榇于大内，至今不见江彬来大内烧炷香，叩个头，他对得起皇上生前赐他的厚恩吗？"

许泰接着解释说："过几天江提督会来的。"

杨廷和怒道："等他来时，皇上都安息在了陵寝，他来见谁？"

杨廷和骂江彬不来宫里奔丧骂得凶，指责得毫不留情，听起来并不过分。许泰渐渐打消疑心，顺便问杨廷和："威武团练营刚组建，为何解散呢？还有边军入驻京城多年了，为何突然遣返边镇，这到底是谁的主张？"

杨廷和觉得许泰根本没资格使出这么大的口气问他这话，他同时明白许泰问他这话是探虚实，将计就计回答说："解除威武团练营，遣散边军回边镇，是太后遵照皇上遗诏作的决定，谁也拗不过。"责任推了个一干二净，许泰没理由再怪罪杨廷和。

许泰告辞时，杨廷和的态度缓和多了，对许泰说："皇上晏驾，国事堆积如山，你捎个口信给江彬，叫他快进宫来做个帮手料理，好给皇上吊丧。他再不来，想见皇上一面，只能在梦里见了。"

杨廷和的表情和言辞毫无破绽，许泰当真了。

许泰回去见到江彬时，江彬急着问许泰："宫里有何动静？"

许泰轻松自如地回答说："遇到杨廷和了，没探出什么动静。"

江彬追问："杨廷和说了什么？"

许泰将他所见所闻如实说了一遍。

江彬仍旧心虚："我去得吗？"

许泰说："皇上活着时都没拔掉江提督一根汗毛，皇上晏驾了，江提督前往宫里吊丧，天经地义，怎么去不得？"

　　自从许泰离开内阁府之后，杨廷和坚信江彬会来大内奔丧。他去密报太后，太后恨江彬恨到了骨缝里，当即密令道："只要江彬进宫，立刻逮捕他下诏狱。"

　　杨廷和领太后懿旨，找司礼监太监魏彬和中官张永相助。这两人正是江彬的死对头，早就想置江彬于死地，就是没有机会。

　　杨廷和对张永和魏彬说："太后已下密旨，只要江彬进宫，逮他下狱，二位应全力配合抓江彬。"

　　魏彬和张永一阵兴奋，问江彬何时进宫。杨廷和说近日他一定会来宫里奔丧的，他一来，就下手。魏彬和张永听这话，连连点头，说那就等他来。

　　第二天，江彬果然带了卫士进宫来了，他一进午门没走多远，魏彬的心腹发现了他，赶紧给魏彬报信。魏彬得到江彬进宫的消息，急派心腹给张永和杨廷和报信。随后魏彬朝着江彬走了过来，哈哈笑迎道："江大人来得好不如来得巧。"心虚的江彬本是绷着神经提心吊胆进宫来的，路上偶遇魏彬热情招呼，绷着的神经有些放松，回应道："魏公公好久不见了，为何称我来得巧呢？"魏彬伸出一只胳膊搭在了江彬肩上，如同弟兄般地说道："坤宁宫屋顶上要配置鸱吻，昨天太后有旨，吩咐我派大员和工部官员去坤宁宫，江大人身为大员，随我去坤宁宫祭祀，不是来得巧吗？"江彬这才明白魏彬叫住他的原因，推辞不掉，脱下丧服换上礼服，随同魏彬和工部尚书李鐩等人去了坤宁宫。

　　魏彬约江彬去坤宁宫配置鸱吻，就是要把江彬的卫士跟江彬分离开，以便好对江彬下手。江彬和李鐩、魏彬等人在坤宁宫做罢祭典，转到大内，遇到张永。这张永更比魏彬热情，招呼时，居然要留江彬在值房吃饭喝酒。起初江彬感到突然，因他平日跟张永毫无任何交情，可以说是面和心不和，拒绝说："张公公别客气，罢了罢了。"但张永盛情高涨，左手牵着李鐩，右手拉着江彬说："正好我的值房备有好酒好菜，二位大人不给点面子陪我喝几杯，肯定不放过。"张永留客的盛情不可阻挡，江彬和李鐩被张永硬拉进了值房。

刚喝下两杯酒，江彬的酒兴还没完全上来。几个大内的太监突然闯进门来，毕恭毕敬站在酒桌边禀报道："太后有旨，逮江彬下狱！"

这一声叫嚷，却把酒宴上的人全喊蒙了，都侧过头来，看着闯入的太监，无语。唯有张永心里有数，却故意装糊涂问道："太后有何旨，我们没听个明白，再说一遍。"

传旨的太监以为张永真的喝糊涂了，重复道："太后有旨，逮江彬下狱！"

这下酒宴上的人全听明白了。江彬大惊失色，站起身使劲一磕酒杯说："太后凭什么下旨逮我下狱？"说罢，疾步奔了出去，直冲向近处的西安门，门已锁上，出不了门；转身跑向北安门，见北安门敞开着，心想只要逃出北安门就有办法了。

江彬逃到北安门。一群早有准备的太监堵在门口，冲江彬大声喝道："有旨留提督，不得出宫！"江彬顿时惊出冷汗，佯装正经问道："皇上已晏驾，旨从何来？"众太监懒得解释，蜂拥而上，将江彬扑倒在地。江彬拼命挣扎、反抗。太监们知道江彬武功过人，三五人绝非他的对手，不在乎受到辱骂，就怕他逃走北安门，交不了差，干脆抽掉他的裤带，扒掉他的裤子，他想逃走，总不能光着屁股逃走。太监们以牙还牙羞辱江彬。但江彬逃命要紧，哪里顾及得了扒掉裤子蒙羞，他仍在反抗、叫骂。太监们有的操起绳子捆绑他的胳膊、腿，有的冲他怒骂出气。五花大绑之后，江彬下了锦衣卫狱。随之边将许泰、太监张忠等人也被逮捕下狱。

投进大狱的江彬肯定没戏了。倒是蒋冕觉得江彬家的府邸有戏，对杨廷和说："江彬进了大狱，太后不会让他活着出来，可他家藏着的金银财宝没人花销，岂不浪费得太可惜了？"

经蒋冕提醒，杨廷和来了精神，一吼说："走，带人去抄他家！"

由杨廷和带队，领着一帮人开进江彬家。动手一抄，可不得了，抄出黄金七十柜，白银二千二百柜，金银珠宝首饰无法统计，又抄出私藏奏疏百余本。

蒋冕瞅着抄出来的好东西说："江彬步刘瑾、钱宁之后尘，贪得八辈子花不完的财宝，可惜他这辈子再也享受不到了。"

杨廷和说："蒋先生眼红江彬，也想贪得这么多的好东西，但已经没有机会了，也是可惜得很。"

两人对视一下目光，哈哈大笑起来。

一个月后，兴献王世子朱厚熜来到北京登基，从明年正月开始改年号为嘉靖元年。先帝朱厚照入土为安，下葬进了昌平莲花山东麓的康陵。

然而朱厚照生前两位最得宠的幸臣钱宁和江彬还活着。恨他俩的朝臣希望他俩的死跟早年的刘瑾的死一样，那年刘瑾处凌迟，刑斩三天，割下三千多片肉，看客像买猪肉似的，一文钱买一片。

最终得到嘉靖皇帝朱厚熜的批复，钱宁和江彬被刑部处以凌迟，果真跟刘瑾死的一样，也是被捆绑在搭起的木架子上，几把锋利的刀子轮换地上阵削割三天，要割三千多刀。他俩的肉片有没有被看客买走，史籍没有记载，无从知晓。